최문정 장편소설

입보 엄마

2권

2 닻별 이야기

최문정 장편소설

바보 엄마

2권

2 닻별 이야기

다차원북스

내 어머니의 어머니,

고 박태순의 영정에 이 글을 바칩니다.

차 례

제 1 장

지워버린 기억

1

거센 겨울바람이 거의 천장에 달라붙은 작은 창문을 흔들었다. 벽에 걸린 작은 시계의 바늘 두 개가 12라는 숫자에 얽혀들고 있었다. 인색한 겨울 햇빛도 이 시간만큼은 우리가 살고 있는 반지하 월세방에 스며들었다. 그마저도 유일하게 창문이 나 있는 부엌 쪽에서나 햇살을 즐길 수 있을 뿐이었지만.

몇 걸음 되지 않는 작은 집인데도 방 안은 낮인지 밤인지 구분할 수 없을 정도로 항상 어두웠다. 그래서 언제나 이 시간에는 부엌 바닥에서 일광욕을 하는 게 내 중요한 일과 중 하나였다.

엄마는 싱크대에서 설거지를 하고 있다가 내 인기척에 뒤를 돌아보았다.

"우리 딸별이 나왔네. 뭐 필요한 거 있어? 배고프니?"

나는 엄마의 연이은 질문에 고개를 저었다. 그리고 햇빛이 가장 잘 드는 자리에 앉았다. 태양에서 8분 전에 출발해 광속으로 숨차게 달려온 햇빛이 나를 감싸며 숨을 골랐다.

"잠깐만 기다려. 엄마가 이거 마무리하고 맛있는 거 해줄게."

엄마는 나에게 환히 웃어주고는 다시 뒤돌아 설거지를 시작했다. 설거지를 하는 엄마의 어깨가 아래로 축 처져 있다. 하지만 이따금 고개를 돌려 내 모습을 확인하는 엄마는 어김없이 밝고 명랑한 웃음을 짓는다.

엄마는 언제나 그랬다. 한 번도 내게 눈물 흘리거나 짜증내는 모습을 보인 적이 없었다. 항상 웃는 모습이었다. 하지만 그 웃음은 언제나 거짓이다. 진정한 웃음은 눈꺼풀 바깥쪽의 근육만 수축하기 때문에 바깥쪽 눈주름이 아래로 처진다. 반면에 거짓웃음은 눈 주위에 있는 세 개의 근육 모두가 강하게 수축해 눈이 약간 감겨버린다. 반쯤 감긴 눈으로 내게 웃음을 짓는 엄마의 바람과는 달리 꾸며낸 웃음에 속을 만큼 나는 어리석지 않았다.

설거지를 하느라 걷어올린 스웨터 소매 틈으로 거무스름해져가는 멍자국이 보였다. 언제나 그랬듯 어젯밤 아빠와의 다툼도 결국 같은 결론이었던 모양이다. 나는 가끔 아빠가 멍청한 건지 뻔뻔한 건지 판단할 수 없어 결론을 보류하는데, 엄마에 대한 폭력에서만큼은 아빠의 현명함과 조심성이 돋보인다는 것을 부정할 수 없다. 절대 다른 이의 눈에 띄지 않는 곳에 상처를 남기는 그 영민함을 누가 따라갈 수 있을까.

아니, 아빠를 탓할 일이 아니었다. 아빠는 원래 그런 사람이니까. 아빠가 어떤 인간인지 망각한 내 잘못이었다. 방심하지 말았어야 한다. 연말연시의 들뜬 분위기에 젖어 허우적거리는 평범한 인간들처럼 어리석게 굴었던 나 자신을 용서할 수가 없다.

2

어제 오후, 아빠는 예정시간보다 한 시간이나 일찍 나를 데리러 왔다. 그 사실만으로도 나는 들떴다. 어린이집에 있는 다른 평범한 아이들처럼.

한 해의 마지막 날, 나를 제외한 다른 아이들은 모두 가족과 시간을 보내기 위해 어린이집에 아예 나오지 않거나 일찌감치 데리러 온 부모를 향해 신나게 달려갔다. 점심시간이 되기도 전, 나는 어린이집에 남은 유일한 아이가 돼버렸다. 원장은 초조함과 짜증이 뒤범벅된 얼굴로 시계와 내 얼굴을 번갈아 바라보았다.

"알아듣지도 못하는 AFKN은 왜 항상 틀어놓고 있는 건지……"

원장이 텔레비전 채널을 바꾸며 투덜거렸다. 원장의 기분을 더 거스르고 싶지 않았다. 나는 책장에 있는 책 한 권을 뽑아들고 구석자리로 가서 앉았다. 그런 내 모습을 보며 원장은 입을 비쭉였다.

"누가 보면 정말 글이라도 읽는 줄 알겠네. 말 한마디도 못하는 주제에 꼭 저렇게 그림 하나 없는 책을 고른다니까. 하긴 바보니까 그렇겠지."

순간적인 모멸감에 입술이 달싹였다. 하지만 오랜 습관 덕분인지 목소리는 나오지 않는다.

어쩌면 어른들은 모두 저 모양일까? 정확한 사실이나 논리적인 인과관계에는 관심도 없고, 자신의 편견과 아집으로 모든 걸 판단해버리는 어른들은 이미 익숙한데도 적응이 안 되는 존재였다. 때마침 내가 집어든 책도 그런 내용이었다.

"닻별아, 아빠 왔다."

책에 집중하고 있던 나는 아빠의 목소리를 제대로 듣지 못했다. 아빠가 바로 옆에까지 와서 내 어깨를 신경질적으로 흔들었다. 나는 책에서 고개를 들고 아빠를 바라보았다.

"책에 집중하느라 아빠 목소리도 못 들었구나."

억지로 웃음을 짓느라 아빠의 입가가 파르르 떨렸다. 아마 원장이 지켜보고 있지 않았다면 벌써 손이 올라갔을 터였다.

'멍청한 계집애! 제 이름도 못 알아듣는 바보. 저런 게 내 딸

이라니.'

길게 푸념을 늘어놓으며 짜증이 가라앉을 때까지 내게 꿀 밤을 먹였을 것이다. 하지만 오늘은 달랐다.

"네 생일 축하하려고 생크림케이크까지 사왔는데."

평소에는 바보라며 나를 모른 척하던 아빠가 웬일인지 다정한 어조로 말을 걸었다.

"현진이 언니가 네 생일 축하해주고 싶다고 해서 같이 왔어."

아빠가 평소와는 달리 다정한 어조를 꾸며낸 이유가 아빠 뒤에서 내게 손을 흔들었다. 옷차림만 보면 한겨울이 아니라 한여름인 곳에서 살고 있는 듯한 여자가 다가와 내 머리를 쓰다듬었다.

"네가 닻별이구나. 정말 예쁘게 생겼네. 내 이름은 현진이야, 전현진."

현진의 손길에 나도 모르게 고개가 홱 돌아갔다. 쥐어박는 아빠의 손길보다 내 머리를 쓰다듬는 현진의 부드러운 손길이 더 참기 힘들었다. 나의 노골적인 거부에 현진이 눈살을 찌푸렸다. 다행히 아빠는 현진의 손길을 피하는 것을 보지 못했다. 봤다면 가만있을 아빠가 아니었다. 타인의 시선을 한껏 의식하는 아빠는 현진과 자신의 관계를 원장에게 설명하느라 바빴다.

"제 연구를 도와주는 조교입니다. 알고 계신지 모르겠지만, 제가 대학에서 유체역학을 가르치고 있거든요."

역시 아빠답다. 원장의 미심쩍은 눈길을 해결하는 동시에 은근히 대학교수라는 신분을 자랑할 수 있는 기회를 놓치지 않는다.

　"낯가리는 거야? 그러지 말고 우리 친하게 지내자."
　현진은 끈질겼다. 10분쯤 걸리는 집으로 돌아오는 내내 징징거리는 현진의 콧소리를 듣지 않기 위해 현진의 손을 잡아야만 했다. 생크림케이크에 초를 꽂고 알아듣기 힘든 콧소리로 생일축하 노래를 부른 뒤에도 현진은 나와 놀아주려 애썼다. 하지만 그런 수준 낮은 인간과 어울릴 정도로 내 인지적 능력이 퇴화되지는 않았다. 얼굴만 바뀔 뿐 하는 짓은 비슷한 아빠의 다른 '언니들'과 마찬가지로 결국 현진도 내 무관심에 뾰로통해 돌아섰다. 아빠의 짜증을 받아내기도 싫어 나는 잠이 오는 척했다.
　"우린 방에 들어가서 텔레비전이나 볼까?"
　아빠는 내 눈이 감기기 무섭게 기다렸다는 듯 현진에게 물었다.
　"그래도 어떻게 닻별이만 남겨놓고……."
　누가 들어도 거절의 뜻은 전혀 담겨 있지 않은 대답이었다. 게다가 어린이집 아이들보다 더 어린아이 같은 말투였다.
　"괜히 닻별이가 오해해서 나중에 사모님께 무슨 말이라도 하면……."

"걱정 마. 아직 엄마라는 말밖에 못하니까. 쟨 아무것도 몰라."

아빠는 나를 부엌바닥에 그대로 내버려둔 채 현진과 함께 방으로 들어가 방문을 닫았다. 엄마는 결코 나를 부엌바닥에 재우는 법도, 나만 홀로 둔 채 방문을 닫는 법도 없었다.

아빠야말로 아무것도 모른다고 소리를 지르고 싶었다. 내가 말을 하지 않는 건 '아빠'라는 단어를 내뱉고 싶지 않아서라고. 모든 아기들이 '엄마'라는 말 뒤에 하게 되는 '아빠'라는 말을 하지 않기 위해 나는 언어라는 유용하고 편리한 수단을 포기해야만 했다. 그 단어를 내뱉는 순간 아빠가 내 아빠라는 사실을 공식적으로 인정하는 것이 될 테니까. 아직까지는 그 순간을 미루고 싶었다.

방문 틈으로 새어나오는 킥킥거리는 소리가 거슬린다 싶을 때 텔레비전 소리가 들리기 시작했다. 하지만 텔레비전 소리 틈틈이 들려오는 아빠와 현진의 웃음과 울음이 뒤섞인 듯한 작은 신음소리는 충분히 내 신경을 날카롭게 만들었다. 나는 안방에서 가장 멀리 떨어진 냉장고 옆으로 가서 앉아 두 손으로 귀를 막았다. 아빠는 발정기에 짝을 못 찾으면 죽어버리는 흰족제비 암컷처럼 언제나 필사적으로 여자에 몰두했다. 이미 잘 아는 사실인데도 나는 그런 아빠가 '나의 아빠'라는 사실을 견디기 힘들었다. 나는 언제나처럼 끝없이 이어지는 파이(π)를 외우며 시간이 가기를 기다렸다. 3.141592653……

나는 살며시 눈을 뜨고 귀에서 손을 뗐다. 9시 뉴스 소리가 드문드문 들렸다. 12월 31일. 모두 새해에 대한 희망으로 들뜬 모양이었다. 인간은 시간까지 자신들만의 잣대로 규정지어 묶어버린다. 다를 것 없는 오늘과 내일을 자신들의 기준으로 다르게 만들고는 좋아라 한다.

생크림케이크의 몽글몽글한 생크림을 손가락으로 휘휘 저으며 기다렸다. 드디어 9시 뉴스의 끝을 알리는 멘트가 들렸다. 이제 슬슬 현진이 떠나야 할 시간이었다. 엄마는 12시쯤 돌아온다. 내 짐작이 틀림없다면 현진도 다른 '언니들'처럼 떠날 준비를 하며 꾸물대는 데 1시간은 걸릴 테고, 떠나고 난 뒤 그 흔적을 지우기 위해서도 1시간쯤 필요하다.

나는 아빠의 주의를 끌기 위해 '앙' 소리를 내며 훌쩍이기 시작했다. 하지만 방문은 꼼짝도 하지 않는다. 텔레비전 소리에 묻혀 내 목소리가 들리지 않는 모양이었다. 결국 나는 문앞으로 다가가 방문을 걷어찼다. 마침내 덜컥, 소리와 함께 문이 열렸다. 하지만 방문이 아니라 현관문이었다.

너무 놀라 울음을 뚝 그쳤다.

"닻별아, 왜 그러니?"

엄마가 신발도 벗지 않은 채 내게 달려왔다. 그 소리에 방에 있던 아빠가 허겁지겁 밖으로 나왔다. 아빠 뒤로 멀찌감치 서 있는 현진이 보였다. 치맛자락 사이로 블라우스가 빠져나와 있었다. 엄마는 재빨리 나를 안고는 내 방으로 들어가 방문을 쾅 닫았다.

현진과 아빠가 소곤거리는 소리가 들리는가 싶더니 곧이어 현관문 소리가 났다. 아빠도 현진을 바래다주러 나간 모양인지 집 안은 고요했다. 너무 고요해 나를 껴안고 바들바들 떠는 엄마의 진동이 느껴질 정도였다.

엄마는 아무 일 없었다는 듯 나를 목욕시키고 잠자리에 누였다. 토닥토닥, 엄마의 다정한 손길에도 나는 쉬이 잠들지 못했다. 어디선가 폭죽소리가 울렸다. '해피 뉴 이어~' 아이들의 희망에 찬 외침이 타닥타닥 터지는 불꽃소리와 섞였다. 나도 그 아이들처럼 내일이면 또 다른 세상이 펼쳐질지 모른다고 착각하며 신나 하고 싶었다. 비록 하룻밤의 착각일지라도.

그래서 기도했다. 제발 내일은, 다가오는 새해에는 나를 둘러싼 이 모든 것들이 달라지게 해주세요. 몇 번이나 빌었을까. 까무룩 정신이 아득해지며 잠이 오려는 순간, 덜컥, 잠들었을지도 모르는 나를 절대 배려하지 않는 아빠가 현관문을 거칠게 닫았다. 나를 토닥이던 엄마의 손길이 멈칫했다. 눈을 감고 있었지만 내가 깼는지 살피느라 신경을 곤두세우는 것이 느껴졌다. 나는 일부러 살짝 미간을 찌푸리며 뒤척이다가 다시 쌕쌕 소리를 냈다.

곧이어 아빠가 벗어던진 신발이 현관문에 부딪히는 소리가 들렸다. 순간 놀란 나머지 나도 모르게 눈을 번쩍 뜰 뻔했다.

화가 난 엄마가 씩씩대며 숨을 몰아쉬었다. 나는 그대로 잠든 척했다. 잠들지 않는다고 해서 달라지는 것은 없었다.

엄마는 내가 잠들었는지 몇 번이나 확인하고 나서야 발뒤꿈치를 들고 살금살금 방을 나섰다.

그렇게 또다시 시작이었다.

"어떻게 또 이럴 수가 있어? 어떻게 딸별이가 있는 집에 여자를 들일 수가 있냐고?"

"그냥 제자라니까. 넌 어쩜 생각하는 게 그렇게 저급하니?"

도돌이표가 있는 노래처럼 끊임없이 반복되는 말싸움이었다. 엄마는 내가 들을세라 작은 목소리로, 아빠는 목소리가 커지면 자신의 말이 정당해지기라도 하는 듯 큰 소리로. 엄마가 살짝 열어놓은 방문 틈으로 듣기 싫은 노래는 끝없이 반복되었다.

부부싸움 하는 모습을 보이기 싫어 내가 잠든 뒤에야 싸움을 시작하는 엄마의 배려가 무색하리만큼 나는 쉬이 잠들지 못했다. 도대체 엄마는 왜 아빠를 참고만 있는 건지, 왜 이런 상황을 두고만 보는 건지 이해할 수 없었다. 이제는 엄마의 낮은 자장가 소리보다 부부싸움 소리에 잠드는 일에 더 익숙해졌다.

한참 뒤에야 벽을 울리는 공기의 진동이 멈췄다. 나는 살그머니 방문을 열고 주위를 훑어보았다. 엄마는 부엌바닥에 웅크리고 잠들어 있었다. 언제나 그렇듯 울다 잠든 모양이었다.

잠든 엄마의 뺨으로 아직도 눈물이 흘렀다.

얼마나 많은 눈물이 쌓여 있기에 자면서도 울어야 하는 걸까? 잠들어서까지 눈물을 흘리면 엄마 속에 고여 있는 눈물이 다 빠져나오긴 하는 걸까?

그 눈물을 닦아주는데 엄마가 웅얼거렸다.

"엄마, 엄마."

신음처럼 흘러나오는 소리에 나는 움찔했다.

"엄마, 엄마."

엄마는 아기처럼 엄마를 부르며 울었다. 어른들도 엄마를 부르며 울 수 있다는 걸, 그리고 어른들이 그렇게 울면 아기들이 엄마를 부르며 울 때보다 더 안타깝다는 걸 나는 엄마 때문에 알게 되었다.

3

'엄마의 엄마'는 병원에 있다. 내가 제대로 걷지도 못하던 시절, 엄마는 '엄마의 엄마'를 병원에 버리고 돌아섰다.

눈이 온 세상을 하얗게 뒤덮은 날이었다. 아무도 울지 않았다. 나는 울지 못하는 엄마가 안쓰러워 대신 울었다. 억지웃음을 짓는 '엄마의 엄마'가 안타까워 대신 울었다. 서로의 눈을 바라보지 못하고 하고 싶은 말을 삼키는 사람들 사이에서 어린 내가 할 수 있는 일은 아무것도 없었다.

"울지 마, 닻별아. 엄마가 여기 있잖아. 울지 마, 닻별아."

버스정류장으로 가는 길 내내 엄마는 나를 달래며 말했다.

"울지 마. 울지 마, 닻별아. 엄마가 죽은 것도 아닌데 왜 우니?"

엄마는 등에 업혀 있는 내 엉덩이를 토닥이며 달랬다. 하지만 이상하게도 눈물이 그치지 않았다.

한참이나 기다린 버스를 그냥 보내고 난 뒤, 엄마는 내 엉덩이를 두드리며 신경질을 냈다.

"울지 말라니까 왜 울어? 네가 너무 울어서 버스도 못 탔잖아. 이렇게 추운데 또 한참을 서서 기다려야 하잖아. 이게 다 너 때문이야. 이게 전부 너 때문이야. 빨리 엄마한테 미안하다고 말해. 빨리 말해봐. 엄마, 미안해… 그렇게 말해보란 말이야."

다음 버스가 올 때까지 엄마는 발을 동동 구르며 같은 말만 반복했다.

"안 타요?"

버스기사가 열린 앞문 쪽으로 고개를 내밀며 엄마에게 물었다. 엄마가 아무 대답을 안 하자 버스기사는 다시 재촉했다.

"아기도 있는데 빨리 타요. 누굴 기다리더라도 터미널 가서 기다려야지, 아기 감기 걸리겠어."

"안 탈 모양인데 그냥 갑시다. 이러다 시외버스 시간에 늦겠네."

승객 중 누군가가 투덜거렸다. 그렇게 또다시 버스를 보냈다.

머리끝까지 꽁꽁 싸맨 외투 위로 쌓여가는 눈의 무게가 느껴졌다. 버스기사의 말처럼 엄마는 누군가를 기다리고 있었다. 하지만 그 누군가는 결코 오지 않으리라는 것을 엄마도 나도 잘 알고 있었다.

"엄마 미안해, 하고 말하기 힘들면 엄마, 그렇게라도 말해봐. 닻별아!"

엄마가 자주 하던 말이었다. 추위에 떨며 우는 나를 달래며 엄마는 힘없이 말했다.

"엄마! 엄마! 해봐, 닻별아."

처음으로 내가 '엄마'라는 말을 내뱉었을 때 엄마는 나를 붙잡고 울었다. 기쁨의 눈물이라기에는 엄마의 표정이 너무 아파 보였다. 나는 우는 엄마의 머리를 끌어안고 말했다.

"엄마, 우마."

그때는 '울지 마'라는 말 한마디가 제대로 나오지 않았다. 그런 내 품에서 엄마는 더 서럽게 울었다.

"그래, 내가 네 엄마야. 엄마, 엄마!"

엄마가 우니까 나도 눈물이 났다. 내가 훌쩍이기 시작하자 엄마는 재빨리 눈물을 닦고 나를 껴안아 달랬다.

"울지 마, 닻별아. 엄마는 너무 기뻐서 눈물이 난 거야. '엄마'라는 단어를 꺼낸 게 거의 20년 만이라 어색하기도 하고. 걱정 마, 닻별아. 무슨 일이 있어도 너만은 엄마라고 맘껏 부르면서 자라도록 해줄게."

그 뒤 엄마에게는 새로운 버릇이 생겨났다. 엄마는 힘들거나 괴로울 때면 나를 보고 말했다.

"엄마! 엄마! 해봐, 닻별아."

엄마는 세 번째 버스까지 그냥 보내고 나서 또 그렇게 말했다. 엄마의 목소리는 눈에 젖어 물기가 흘렀다.

"엄마! 엄마! 그렇게 말해봐, 닻별아."

눈길을 걸어 버스를 타고, 또 다른 버스로 갈아탈 때마다 엄마는 그렇게 말했다.

"엄마! 엄마!"

그게 나한테 하는 소리가 아니라는 걸 알기에 나는 엄마라는 말을 내뱉지 못했다. 내가 그 말을 하면 엄마는 더 이상 내 핑계를 대며 엄마를 부르지 못할 테니까.

엄마는 눈 같은 사람이었다. 엄마의 엄마를 버리고 오면서도 눈물 한 방울 흘리지 않는 차가운 사람이었다. 엄마는 눈 같은 사람이었다. 손 안에 쥐면 스르르 녹아버리는 사람이었다. 엄마가 맘껏 울 수 있도록 손을 내밀어주는 사람이 있으면 좋을 텐데, 엄마에겐 아무도 없었다. 하늘에서는 차갑고 싸늘한 눈송이만 흩날렸다. 흘러내리지 못한 눈물은 차갑게 얼어 세상을 뒤덮었다.

아빠가 군대에 간 뒤 엄마와 내가 단둘이 사는 단칸방은 서울 시내가 다 내려다보이는 산동네 꼭대기에 있었다. 그날 밤 집으로 돌아가는 길은 유난히 멀었다. 하늘을 하얗게 채우며 내리는 눈은 그칠 기미가 없었다.

산동네에 쌓인 눈은 금세 얼어붙는다. 가파른 산비탈은 이미 얼음판이었다. 엄마는 기다시피 하며 아슬아슬 산길을 올랐다. 엄마는 몇 번이나 넘어졌다. 내가 다치지 않게 조심하느라 넘어질 때마다 엄마는 더 크게 다쳤다. 그래도 엄마는 이를 악물고 일어나 구불구불한 산길을 꾸역꾸역 올랐다.

마침내 다섯 집이 모여 사는 낡은 무허가 판잣집 한 귀퉁이가 우리를 맞았다. 엄마는 나를 따뜻한 아랫목에 누인 뒤 쓰러지듯 드러누워 잠들었다. 그리고 밤새도록 잠든 채 울었다.

나도 밤새도록 울었다. 엄마를 부르면서. 엄마가 '엄마의 엄마'를 찾아 나를 두고 멀리 떠날 것만 같았다. 울다 지쳐 설핏 잠이 들었다 엉덩이 밑이 축축해 잠이 깼다. 엄마가 늘 두 시간마다 정확히 갈아주던 기저귀는 '엄마의 엄마'를 두고 온 병원에서 마지막으로 간 뒤 그대로였다. 나는 피부가 예민한 편이라 조금만 기저귀를 늦게 갈아도 습진이 생기고 피부가 짓물렀다. 기저귀를 잡아당겨 벗으려다 소스라치게 놀랐다.

이불 아래가 모두 피였다. 눈물을 모두 쏟아낸 엄마는 피를 토하고 있었다. 파리하게 질린 엄마 얼굴을 보며 나는 엄마를 흔들었다.

그제야 엄마가 힘없이 눈을 뜨고 나를 바라보았다. 하얗게 말라붙은 입술을 달싹이다 엄마는 기어서 부엌으로 향했다. 정확히 말하자면 우리가 사는 단칸방의 연탄아궁이가 있는 곳이었다. 뜨거운 물을 끓여 엄마가 가장 먼저 한 일은 내 분유를 타는 일이었다. 호적상 어머니의 장례식과 진짜 엄마의 입원이라는 고된 역경을 연달아 치른 엄마는 얼마 전 결핵에 걸렸다. 그리고 결핵약을 복용하게 되면서 모유수유를 중단했다.

내게 피로 얼룩진 분유병을 쥐어준 뒤 엄마는 다시 부엌으로 나갔다. 연탄을 갈기 위해서였다. 일어서지도 못한 채 바닥을 기어가는 엄마를 따라 핏자국이 번졌다. 겨우 연탄을 갈고 난 뒤 엄마는 그 자리에서 일어나지 못했다. 부엌 끝 얇은 양철문에서 찬바람이 몰아쳤다. 엄마는 마지막 힘을 끌어모아 방문을 닫았다.

나는 분유병을 내던지고 기어가서 방문을 열었다. 엄마에게서 흘러나온 피가 부엌 바닥을 붉게 물들이며 하수구로 향했다. 문득 궁금했다. 흘러내리지 못한 눈물이 가슴에 쌓이면 시뻘건 피가 돼 흐르는 게 아닐까? 그렇게 수많은 여자들이 흘린 피로 물들어 흙은 점점 검붉어지는 게 아닐까?

엄마는 꼬박 하루를 앓았다. 그렇게 부엌바닥에서 일어나지 못하는 상태에서도 내 분유와 이유식만은 거르지 않았다.

엄마와 '엄마의 엄마' 사이에 무슨 일이 있었는지는 정확히 알지 못한다. 그저 '엄마의 엄마'가 엄마에게는 가장 큰 상처라는 것만 안다. 아직 다 아물지 않았으니 건드리면 안 된다는 것도 안다. 하지만 아빠는 가끔 그 상처를 일부러 헤집는다. 아빠는 타인의 약점을 잡는 데 선수였다. 엄마와 다툴 때면 괜스레 '엄마의 엄마' 이야기를 꺼내곤 했다.

"우스워. 그 여자 병원에 가둬놓고 한 번도 찾아가지 않은 주제에 꿈속에서는 그렇게 그립고 안타깝냐?"

"무, 무슨 소리야?"

"너 어제도 그 여자 꿈 꿨잖아. 자면서 질질 짜는 거 보면 뻔하지."

아빠와 다툰 날이면 엄마는 어김없이 자면서 울었고, 울면서 엄마를 불렀다.

"그, 그 여자라니?"

엄마는 끝까지 상처를 드러내기 싫어 모른 척한다. 하지만 아빠는 어린아이 같은 사람이었다. 무슨 방법을 써서라도 이기기만 하면 되는 어린아이처럼 상대의 가장 아픈 곳만 찔러댔다.

"아, 그 여자라고 불러서 기분 나쁘니? 당신도 엄마라고 안 부르는데 내가 장모라고 부를 이유 있어?"

"꼭 그렇게 잔인해야겠니?"

"잔인? 악몽 꾸면서 우는 게 불쌍해서 깨워줬더니 고맙다는 말은 못할망정 잔인하다고? 하여간 옛말 그른 거 하나 없다니까. 물에 빠진 놈 건져줬더니 보따리 내놓으라 한다더니."

싸움의 끝은 항상 똑같다. 말도 안 되는 억지만 쓰는 아빠를 이성으로 감당하기는 버겁다. 그냥 두 손 번쩍 들고 포기하는 것 말고는 방법이 없다.

4

어젯밤 잠을 설쳐서인지 따뜻한 햇살에 졸음이 쏟아졌다. 나는 좁은 부엌바닥에서 꾸벅꾸벅 졸았다.

"아이고, 우리 닻별이 많이 졸린가보네. 방에 들어가서 자자."

엄마가 나를 안아 올리며 속삭였다. 토닥토닥, 엄마는 내 잠을 재촉하며 내 가슴을 두드렸다.

엄마가 내 가슴을 두드릴 때마다 엄마 팔의 거무스름한 멍이 내 눈앞에서 춤을 추었다. 멍이란 외부의 충격으로 손상된 혈관에서 빠져나온 혈액이 피부 밖으로 나오지 못하고 살갗 아래 고여서 검푸르게 보이는 것을 말한다. 어쩌면 엄마가 미처 토해내지 못한 울분과 화도 엄마 속에 쌓이고 고여 저렇게 시커멓게 변해가고 있을지도 모른다.

얼마 전부터 엄마는 몰래 숨어서 우는 일이 잦아졌다. 내가 보지 않는다고 생각할 때 재빨리 눈가를 훔치는 일도 흔해졌다. 엄마가 깨어 있을 때조차 울기 시작했다는 것을 안 뒤부터 내 걱정도 늘었다.

차라리 도망이라도 가. 그렇게 말하고 싶었다. 하지만 나는 혼자 남겨지고 싶지 않았다. 엄마 없는 세상은 버거웠다. 아니, 끔찍했다. 내가 말을 하지 않는다는 이유만으로 모두가 나를 모자라다고 손가락질할 때도 엄마만은 있는 그대로의 나를 받아들여주었다.

차라리 아빠와 헤어져버려. 그렇게 말해야만 했다. 하지만 아빠 없이 자라는 것이 이 사회에서 어떤 편견을 불러일으키는지 어린이집에서 보고 들은 나는 아빠 없이 살고 싶지도 않았다. 어떤 사람이든 상관없이 아빠가 존재한다는 것이 중요했다.

그래서 나는 아예 아무 말도 하지 않았다. 엄마나 아빠 어느 한쪽과 헤어지는 것과 엄마의 불행을 보는 것 중 어느 것이 더 나쁜지 확신할 수 없었다.

엄마는 나를 방에 누이고 나갔다. 달그락거리는 문소리를 들으며 얼핏 잠이 들었다. 문득 잠결에 사위가 너무 고요하다는 생각이 들었다. 닫힌 방문 밖에서는 아무 소리도 들려오지 않았다.

이상한 일이었다. 엄마는 나를 방에 혼자 남겨두고 문을 닫는 일이 없었다. 순간, 나를 둘러싼 그 고요함이 섬뜩하게 느껴져 나는 얼른 방문을 열었다. 문을 열자마자 나를 바라보며 환히 웃고 있는 엄마와 마주했다.

한낮의 태양이 좁은 부엌 안을 가득 채우고 있었다. 겨울의 거센 겨울바람이 창문을 흔드는 가운데 하얀 햇살이 엄마를 감싸고 있었다. 내가 다가갈 때마다 하얀 햇살이 바스러졌다. 나는 엄마에게서 한 걸음쯤 떨어진 곳에 멈춰 섰다. 더 이상 다가가면 엄마도 햇살처럼 산산조각 나서 흩어질 것만 같아 두려웠다. 금방이라도 울음이 터질 것 같았다. 어린아이처럼 우는 게 제일 싫은데, 어린아이처럼 울고 싶었다.

엄마는 울먹이는 나를 향해 활짝 웃어주었다. 반쯤 감긴 눈의 거짓웃음이 아니라 바깥쪽 눈주름이 처지는 진짜 웃음이었다. 나도 엄마를 향해 환하게 웃어주고 싶었지만 눈물만 났다. 엄마의 눈이 천천히 감겼다. 입꼬리에는 아직 웃음이 남아 있었다.

처음으로 엄마는 평온해 보였다.

처음으로 엄마는 행복해 보였다.

엄마의 숨통을 죄는 가죽벨트는 엄마의 고통마저 질식시켜 사라지게 하는 것 같았다. 엄마의 몸을 지탱하던 긴장이 빠져나가며 팔다리가 축 늘어졌다. 엄마의 몸을 잡아당기는 중력이 나를 붙들어 꼼짝할 수 없었다. 나는 소리가 나오지 않는 입을 벌렸다. 턱이 덜덜 떨렸다.

"엄마! 죽지 마!"

내가 태어난 지 3년 만에 처음으로 내뱉은 말이었다. 엄마가 놀라서 눈을 떴다. 엄마의 입이 뭔가를 말하려 움찔거렸다. 그 순간, 발걸음을 뗄 수 있었다. 간신히 엄마에게로 한 발자국 내디뎠다. 나는 엄마의 다리를 붙잡으며 힘껏 들어올리려 애썼다.

"엄마! 죽지 마!"

내 머리 위로 엄마의 눈물이 후드득 내리기 시작했다. 엄마의 무게가 온몸에 실려 다리가 꺾였다. 그래도 버텨야 했다.

"엄마! 죽지 마!"

엄마의 눈물이 쏟아져 내 눈물과 섞였다. 엄마의 발을 받친 어깨가 깨질 듯 아파왔다.

"제발! 엄마, 제발!"

눈물로 흐릿했지만 엄마가 손으로 목을 죄고 있던 벨트를 풀기 시작하는 것은 보였다. 엄마의 몸이 떨어지면서 나와 엉켜 바닥에 뒹굴었다. 나를 감싸 안은 엄마는 한참을 캑캑거렸다. 엄마가 기침을 할 때마다 몸이 덜컹거려 여기저기가 아팠다.

"다, 닻별아. 너, 너 말할 수 있는 거니? 다시 한 번 말해봐."

엄마는 두 손으로 내 볼을 감싸며 내 눈을 마주 보았다. 캑캑, 기침을 하면서도, 헉헉, 가쁜 숨을 몰아쉬면서도 말했다.

"다시 한 번 말해봐."

"엄마, 죽지 마. 날 내버려두고 혼자 가지 마."

"도, 도대체 어, 어떻게… 도대체 왜? 왜 이제껏 말을 안 했어? 도대체 왜!"

"아빠 싫어! 아빠 미워! 아빠 나빠!"

엄마는 멍한 얼굴로 나를 바라보았다.

선택은 이미 끝났다. 더 이상은 엄마의 불행을 모른 척할 수 없었다. 누군가의 희생으로 이루어진 가족은 결코 행복한 가족일 수 없었다. 희생을 한 그 누군가는 이미 불행하니까.

한참을 멍하니 주저앉아 있던 엄마는 내 눈물을 닦아주며 거짓웃음을 지었다.

나를 씻기고 자리에 누여 토닥이며 엄마가 속삭였다.

"잊어버려. 오늘 있었던 일은 모두 다, 완전히 잊어버려. 그래야 엄마가 살 수 있어."

나는 열심히 고개를 끄덕였다.

"알았어. 잊어버릴게. 모두 다 완전히 잊어버릴게. 약속할게."

엄마는 신기한 듯 내 입만 바라보았다. 엄마의 토닥임에 날카롭던 신경이 가라앉으며 졸리기 시작했다.

"아빠는 나쁜 사람 아냐. 네 아빠잖아. 내가 나쁜 사람이야. 너를 버리고 가려고 했잖아. 그러니 내가 진짜 나쁜 엄마야. 그것만 기억해. 나머지는 모두 잊어버려."

잠결에도 고개를 끄덕였다. 약속을 지켜야만 했다. 그래야 엄마가 살 수 있다면. 그 약속이 무엇을 의미하든 중요치 않았다. 그래서 나는 그날 오후를, 그날 오후까지의 모든 기억을 내 속에서 지웠다. 그리고 엄마가 나를 버리고 떠나려 했던 나쁜 엄마라는 것만 기억했다.

제2장

내가 선택하지 않은 삶

1

엘리베이터에서 내리면 오른쪽으로 세 집, 왼쪽으로 세 집의 현관문이 줄지어 있다. 우리 집은 왼쪽 통로의 가운데에 있다. 양옆의 소음이 모두 들려온다. 아무 응답이 없으리라는 것을 뻔히 알면서도 현관벨을 눌렀다. 당연히 아무 대답이 없다. 집은 조용하다. 다시 한 번. 이번에도 아무 반응이 없다. 그리고 마지막으로 다시 한 번. 여전히 집 안에서는 아무 인기척이 없다. 나도 모르게 다시 벨에 손이 갔지만 더 이상 벨을 누르지 못했다. 세 번 이상 누르거나 신경질적으로 누르면 양쪽 집에서 밖을 내다보는 불상사가 일어나기 마련이다.

디지코드를 누르고 현관문을 열었다. 인간의 온기가 없는 집 안은 서늘하다. 발을 꼼지락거려 신발을 벗은 뒤 현관문을 향해 차듯이 던져버렸다.

괜찮다. 나를 기다려주는 이가 없어도. 그 정도에 기죽거나 속상해하기에는 내 인지적 능력이 너무 뛰어나다.

냉장고에서 된장찌개를 꺼내 가스레인지에 데우고 전기밥솥에서 밥을 꺼내 식탁에 앉았다. 엄마는 오늘도 자정이 지나야 학원에서 돌아올 것이다. 아직 어둠이 내려앉기엔 이른 시각이다.

나는 매일 혼자 밥을 먹는다. 그런데도 그 당연한 일상에 익숙해지지 않는다. 밥을 먹은 뒤 설거지를 하고 나니 부엌 쪽에 난 작은 창에서 들어오는 빛이 길게 그림자를 드리우며 도망가고 있다. 어둠이 스며드는 시간이 가장 견디기 힘들다. 나는 급하게 방문을 모두 열었다. 모든 공간이 한눈에 들어오지 않으면 어리석은 공포감이 몰려온다. 감정에 휘둘리는 것은 내가 가장 혐오하는 일이다. 언제쯤이면 혼자가 아니게 될까? 문득 드는 의문마저도 짓밟아버렸다. 감정을 통제하지 못하는 인간은 미성숙한 인간이다.

라디오를 켜자 디제이의 다정한 목소리가 들려왔다.

"오늘 하루도 많이 힘드셨나요?"

라디오 볼륨을 높이고 모든 방의 불을 켰다. 아직 7시도 되지 않았는데 어둠이 벌써 내려앉았다. 겨울이 다가오고 있었다.

중년의 여자 아나운서는 푸근한 목소리로 시청자 사연을 읽어주었다. 나는 얼굴도 모르는 사람들의 사소한 일상 속에서 책을 읽었다.

사위가 어두워진 순간, 현관 앞에서 덜컥, 하는 소리가 들렸다. 순간 긴장으로 온몸이 굳었다. 시계를 보니 아직 엄마가 돌아올 시간은 아니었다. 다행히 소음은 금세 멈췄다. 광고전단지를 돌리는 사람이거나 배달원인 모양이었다. 옆집, 아랫집, 윗집… 사방의 소리가 모두 들릴 정도로 작은 집에서 살아왔는데도 갑작스러운 소음에는 익숙해지지 않는다.

전 국민에게 편안하게 살 수 있는 '내 집'을 마련해주겠다는 국가의 허울 좋은 의지로 지어진 아파트는 낮은 분양가에 맞춰 싸구려 자재를 사용했다는 결점이 있다. 내가 태어나기도 전에 지어진 아파트는 작은 공기의 진동이라도 진폭을 크게 늘려 아파트 전체를 흔든다.

엄마는 오늘도 지친 얼굴로 돌아왔다. 그리고 같은 말을 반복했다.

"밥은 먹었니?"

나는 고개를 끄덕였다. 엄마의 지친 얼굴을 보면 나까지 지쳐버린다.

"병원은 갔다 왔고?"

삶에 대한 엄마의 치열한 전투는 나까지 질리게 만들었다. 그렇게 죽을힘을 다해 발버둥을 쳐도 벗어날 수 없는 구질구질한 인생이 짜증났다. 미친 듯이 달려도 꼴등인 인생, 그게 엄마의 인생이었다.

"용돈은 떨어지지 않았니?"

엄마와의 대화는 그것으로 끝이었다. 슬금슬금 내 눈치를 살피는 엄마가 보기 싫어 나는 방으로 들어와버렸다. 엄마는 자신을 언제 잡아먹을지 모르는 맹수를 바라보듯 겁에 질린 채 나를 바라보았다. 한마디 한마디를 한참 뭉그적거리다 꺼내곤 했다. 별것 아닌 질문조차 조심스레 꺼내는 엄마가 짜증 나서 나는 단답형이나 고갯짓으로 질문에 답했다. 그래서 우리 모녀의 대화는 5분을 넘는 경우가 없다.

물론 엄마의 눈을 겁에 질리게 만든 사람은 나다. 내가 두 번의 자살시도를 한 뒤, 엄마는 내 앞에서 긴장과 공포 외에는 보여주지 않는다. 그 조심성이 나를 위한 배려라는 것을 인지하고, 그 경계심이 나로 인해 생겨났다는 것을 인정하지만 여전히 엄마의 태도는 신경에 거슬린다. 나를 대하는 엄마의 태도를 이해하는 것과 수용하는 것은 별개의 문제다. 게다가 돌이켜보면 그전에도 우리 모녀가 살가운 관계는 아니었다.

엄마는 항상 바빴다. 게다가 대화하는 것을 별로 좋아하지 않았다. 어쩌면 온종일 떠드는 직업이라서 더 그럴 것이다. 엄마의 목소리는 언제나 반쯤 쉬어 있었다. 아니, 엄마의 직업이 학원강사가 아니어도 마찬가지였을 것이다. 아빠도 대학에서 강의를 하지만 순간의 침묵도 견디지 못했다. 결국 성격의 문제였다. 엄마는 성격이 무뚝뚝하다. 살갑게 이런저런 얘기를 하는 아빠와는 정반대다.

엄마와는 5분이면 끝나버리는 대화에서도 아빠는 수많은 이야기를 끌어냈다.

"밥은 먹었니?"

"응."

"그래? 무슨 반찬이랑 먹었는데? 어떤 게 제일 맛있었어? 어쩌면 넌 입맛까지 아빠랑 똑같니? 아빠도 닻별이랑 같이 먹고 싶다."

샤리아르에게 목숨을 구걸하느라 필사적이었던 세헤라자드도 아닌데, 아빠는 나를 위해서라면 《아라비안나이트》보다 더 긴 이야기도 읊을 수 있었다. 가끔은 아빠의 수다가 부담스럽기도 했는데, 그럴 때면 내가 엄마의 무뚝뚝한 성격을 닮은 것만 같아 더 열심히 수다에 귀를 기울였다.

사실 무뚝뚝한 성격은 말 그대로 성격차이일 뿐 단점은 되지 못한다. 엄마의 가장 큰 문제점은 다른 사람도 엄마처럼 무뚝뚝하길 바란다는 것이다. 아빠는 본성이 살가운 편이라 이사람 저 사람에게 친절한데, 엄마는 늘 그것을 못마땅하게 여긴다. 가끔은 엄마의 의심처럼 아빠가 정말 바람을 피운다고 해도 이해할 수 있을 것 같은 생각이 든다.

엄마가 내일 먹을 반찬이나 찌개를 만들며 달그락거리는 소리, 양치와 세수를 하고 잠들 준비를 하는 소리가 들렸다.

그 소리는 내가 혼자가 아니라는, 누군가가 나와 함께 있다는 것을 증명한다.

새벽 2시, 엄마의 소리가 사라졌다. 그 대신 앞동에서 부부 싸움을 하는 소리가 들려왔다.

"그래, 죽여라, 죽여!"

"이년이 아직 덜 맞아서 소리를 지르지!"

찬바람이 들어올까봐 꽁꽁 닫은 문틈으로도 고함소리는 선명하게 비집고 들어왔다. 결혼 당시의 혼수문제부터 최근 남편의 바람까지, 부부는 서로의 흠을 동네방네 중계하며 싸움을 이어갔다. 이 동네에 이사를 오고 나서야 부부싸움이 가족이 아닌 타인의 구경거리가 될 수도 있다는 것을 알았다. 내부모의 부부싸움은 언제나 관객이 나 하나뿐이었다. 아니, 정확히 말하면 볼 수는 없었으니 청취자라고 해야 하나?

사실 딱히 부부싸움이라고도 할 수 없는 다툼이었다. 말다툼의 공식적 원인은 아빠가 대전에 있는 연구단지에 내려가는 문제였고, 비공식적 원인은 엄마의 의부증이었다. 엄마는 아빠가 연구를 하러 지방에 내려가는 게 아니라 바람나서 딴살림이라도 차리는 것처럼 굴었다. 언제나 방문을 닫고 벌어진 싸움이었지만, 몰래 엿들은 바로는 그랬다. 나도 아빠가 지방연구소로 가는 것은 싫었지만 엄마의 반대는 의외였다.

엄마는 평소에 아빠를 없는 사람 취급했다. 아빠에게 먼저 말을 거는 법도 없었고, 어쩌다 대화를 시도하는 아빠의 질문에도 단답형으로만 답했다. 아빠가 연구 때문에 못 들어와도 전화 한 통 거는 법이 없었다. 엄마가 가끔 아빠에게 관심을 가질 때는 아빠와 연관된 여자가 나와 또다시 연관될 때뿐이었다.

엄마는 조곤조곤 설명하는 아빠의 말을 들을 생각도 하지 않고 억지만 부렸다. 아빠는 엄마가 들어주지 않는 전후사정을 내게 털어놓으며 한숨만 내쉬었다.

"다른 아이들은 학예회라 부모님이 모두 올 텐데, 너만 아빠 혼자 가면 엄마 없는 아이처럼 보이잖아. 그게 싫어서 후배한테 부탁해 겨우 같이 간 거였다고."

물론 나도 엄마 없는 아이로 보이는 것은 싫었다. 내 수준에 안 맞는 유치한 학예회 프로그램에 대한 경멸과 엄마가 오지 않는다고 놀려댈 게 뻔한 아이들을 생각하면 스트레스가 극에 달했다. 그런 상황에서 아빠가 데려온 후배는 완벽한 엄마 노릇으로 내 걱정을 날려버렸다.

"원장님이 너에 대해 상담을 해야 한다고 해서 참석한 자리였어."

온종일 직장에 매어 있는 엄마와는 달리 아빠는 비교적 자유로우니 당연한 일이었다. 게다가 엄마는 영재학원 원장보다 나에 대해 아는 게 없을 테니 보호자 상담은 아빠의 몫일 수밖에 없었다. 그런데 엄마는 엄마의 빈자리를 메워주려 노력하는 아빠의 수고 따위는 무시해버렸다. 아빠는 엄마의 어이없는 의심이 싫어 여자후배나 동료와 단둘이 식사를 할 때면 나를 불러내곤 했다. 하지만 엄마는 더 길길이 날뛸 뿐이었다.

앞동 여자의 비명소리가 생각을 비집고 들어왔다.
"거 좀 조용히 삽시다!"
누군가의 외침 뒤로 경찰차의 사이렌소리가 이어졌다. 그리고 세상의 모든 소리가 순식간에 사라졌다.

갑작스러운 고요에 적응이 되지 않았다. 엄마와 아빠가 부부싸움을 할 때는 어떻게 결론이 나든 싸움이 끝났으면 했다. 엄마의 어이없는 트집으로 시작된 갈등 때문에 괴로워하는 아빠를 보는 게 싫었다. 하지만 지금은 차라리 그때가 좋았다는 생각이 들었다.

밤이 오는 게 세상에서 가장 무섭다. 밤이 오면 잠을 자야만 할 것 같은 강박관념에 시달린다. 잠이 오지 않는 게 세상에서 가장 두렵다. 몸은 피곤에 찌들어 여기저기 쑤시고 아플 지경인데도 정신은 점점 더 말똥말똥해진다.

불면증에 시달리던 나를 위해 옆에 누워 끝없이 이야기를 들려주던 아빠가 그리웠다. 나는 책상 서랍장을 뒤져 수면제를 꺼냈다. 하얀색의 작은 알약을 종이 위에 놓고 숟가락으로 짓뭉갰다. 가루로 만들면 체내 흡수가 훨씬 빠르다. 가루약을 티스푼에 놓고 물에 풀었다. 하얀 약반죽을 혓바닥 밑에 털어

넣었다. 가장 빠른 흡수방법이다. 혀 밑의 혈관이나 림프관으로 스며든 수면제는 중추신경계를 억압해 무의식의 세계로 나를 인도한다.

어제와 똑같은, 내일과 다르지 않을 오늘 하루가 끝났다.

아빠가 돌아오지 않은 지 150일째 되는 날이었다.

2

엄마의 휴대전화가 끊임없이 울렸다. 시계를 보니 새벽 4시였다. 이 시간에 전화를 할 사람은 할머니밖에 없다. 할머니가 떠받드는 목사님은 예수에 앞서 예의를 가르칠 생각은 아직 없는 모양이었다.

"여보세요. 네, 어머니. 네, 네, 네."

엄마는 언제나 그랬듯 할머니와의 대화에서는 '네'만 반복한다. 엄마의 목소리가 끊기고 부스럭거리는 소리가 이어졌다.

나는 재빨리 방의 불을 꺼버렸다. 엄마는 분명 같이 가자고 나를 설득할 테지만 따라가고 싶지 않았다. 할머니 집에 가는 일은 스트레스만 부른다. 피할 수 있는 일을 마주하는 것은 어리석은 짓이다. 그리고 엄마는 우리나라 최고의 대학을 나왔다는 게 의심스러울 정도로 어리석었다.

부산스럽게 움직이던 소리는 디지털도어락이 잠기며 내는

기계적인 음성과 함께 끝났다.

"문이 잠겼습니다."

부엌으로 나가보니 냉장고문에 메모지가 붙어 있었다.

'엄마는 할머니 댁에 김장 도우러 간다. 일어나서 아침 먹고 할머니 댁으로 와.'

도우러? 웃기시네. 혼자 다 하러 가는 거겠지.

할머니에게는 무당의 피가 흐르는 게 틀림없다. 아니면 어떻게 엄마가 쉬는 날을 그렇게 정확히 예측해서 김장날을 잡을까? 엄마의 직업은 재수학원 과학강사였다. 일요일에도 공식적인 강의 스케줄은 없지만 논술대비 특강, 면접대비 특강 등 학생유치를 위한 각종 특강이 잡히기 일쑤였다. 오늘은 정확히 6주 만에 맞는 엄마의 휴일이었다.

나는 메모지를 보며 할머니 집에 가야 할지 고민했다. 할머니는 끔찍한 시어머니이긴 했지만 끔찍한 할머니는 아니었다. 그래도 할머니 집에 가는 건 꺼려졌다. 정확히 말하면 할머니 집에서 밥을 먹는 게 껄끄러웠다. 할머니는 가족들이 모두 식탁에 앉아 식사하는 것을 화목한 가족의 상징으로 여겼는데, 불행히도 그 식탁은 홈드라마의 정겨운 풍경과는 거리가 멀었다.

엄마는 스트레스를 받으면 먹을 것으로 푸는 자기 파괴적 성향이 있었다. 아빠가 뒤룩뒤룩 살이 쪘다며 질색하고, 엄마를 '돼지'라고 모욕하기까지 하는데도 일부러 그러는 것처럼 아빠 앞에서는 더욱더 먹어대곤 했다. 당연히 할머니의 식탁에 앉은 엄마는 할머니와 고모들의 말에 '네'라는 말밖에 못하는 돼지가 되어 미친 듯이 먹어대기만 한다.

처음 엄마의 폭식을 눈치챘을 때는 엄마가 먹는 모습을 지켜보기만 했다. 하지만 작년 할머니 생신 이후 나는 엄마의 폭식이 내게 주는 스트레스를 거부하기로 결정했다. 그날 엄마는 내가 밥을 몇 숟갈 넘기기도 전에 이미 두 번째 밥그릇을 비우고 일어나 또 밥을 한 그릇 가득 퍼서 내 앞에 앉아 입안에 쑤셔넣었다. 그 순간부터 나는 아빠나 할머니라는 스트레스 요인이 있을 경우 엄마와 식탁에 앉는 것을 되도록 피하려 노력했다. 그나마 아빠나 할머니와 식사할 기회가 많지 않아 다행스럽게도 엄마는 평균체중을 유지할 수 있었다.

김장날이라면 고모들과 사촌들도 모두 할머니 집에 몰려들게 뻔했다. 나와는 전혀 맞지 않는 사람들, '가족'이라는 이름으로 강제적으로 맺어지지 않았다면 절대 어울리지 않았을 사람들을 봐야 한다는 생각만으로도 머리가 아파왔다. 하지만 수면제의 기운이 완전히 가시지 않아 멍한 머릿속으로 혹시 아빠가 올지 모른다는 기대감이 스멀스멀 올라오기 시작했다. 아빠는 갓 담근 김치와 보쌈을 좋아하니까. 결국 나는 김장이 끝날 시간에 맞춰 집을 나섰다.

할머니 집은 전형적인 부촌이었다. 버스에서 내려 한참을 걸어 올라가야 했다. 이 동네에 사는 인간들은 대중교통을 이용할 필요가 없으니까. 엄마는 앞마당에서 내 키만큼 쌓은 배추 옆에 쪼그리고 앉아 김칫소를 넣고 있었다. 날씨가 제법 쌀쌀한데 얇은 스웨터 차림에 하얀 목이 드러났다. 나는 목도리를 풀어 엄마의 목에 둘러주었다.

"외투 안 가져왔어? 추운데 그 옷차림으로 뭐 하는 거야?"

"외투까지 입으면 몸이 둔해져서 빨리 못하잖아. 할 일이 산더미인데. 왜? 엄마 추우니까 걱정되니?"

엄마의 입에서 하얀 입김이 뿜어져나왔다. 나는 대답하지 않았다. 그 대신 내가 둘러준 목도리가 흘러내렸다.

"우리 딸 착하네. 엄마 추울까봐 걱정도 해주고."

엄마는 고무장갑을 빼고는 다시 목도리를 동여맸다. 하지만 두꺼운 목도리는 금세 매듭이 풀려 다시 흘러내렸다.

"터틀넥 스웨터라도 입지. 머리 좀 쓰고 살아."

엄마가 터틀넥 스웨터라면 질색하는 걸 알면서도 나는 기어이 한마디를 덧붙였다.

"그러게. 우리 닻별이가 오랜만에 엄마한테 신경써줬는데 미안해. 이거 풀어야겠다."

나는 엄마가 내미는 목도리를 받아 들고 현관으로 향했다. 대문에서 한 번, 집 안으로 들어가기 위해 또 한 번 도난경보 시스템을 해제해야 했다. 이렇게 으리으리한 집에 살면서도 김장 도와줄 도우미 한 명 안 부르는 할머니의 심술이나, 이렇게 추운 날 열 시간도 넘게 밖에서 일하며 터틀넥 스웨터

닻별 이야기 43

는 죽어도 안 입겠다는 엄마의 고집이나 지독하기로는 막상 막하다.

집 안으로 들어서자 더운 바람이 훅 얼굴로 몰려왔다. 반소매 차림의 사촌들이 드넓은 거실을 가로지르며 뛰어다녔다.

"어머나, 무슨 바람이 불어서 천재소녀께서 납셨나?"

비꼬기가 취미고 생트집잡기가 특기인 큰고모가 소파에 누워 있다가 나를 보고 일어나 앉으며 말했다.

"농담이야. 설마 천재라는 애가 농담도 못 알아듣는 거 아니지? 자주 좀 보고 살자는 뜻이야. 얼굴 잊어버리겠다, 애."

아직도 보톡스 중독에서 못 벗어났는지 잘 움직이지도 않는 얼굴 근육이 거짓웃음에 뒤틀렸다.

"그러셨어요? 재훈오빠가 고모 닮았나봐요, 무엇이든 그렇게 쉽게 잊어버리는 걸 보면. 정말 부럽다. 난 뭘 잊어버리고 사는 게 소원인데."

큰고모는 내가 4수를 하고도 지방대밖에 못 간 아들을 들먹이자 의학의 힘을 이기고 눈살을 찌푸렸다.

"저도 농담인 거 아시죠?"

옆에서 듣고 있던 둘째 고모가 킥, 자신도 모르게 웃다가 큰고모가 노려보자 현관으로 들어오던 엄마에게 소리를 질렀다.

"우리 가져갈 김치는 반은 밖에 두고 반은 안으로 날라줘. 빨리 익게. 익은 김치 다 떨어졌거든."

"네, 형님."

손가락 하나 까딱하지 않았을 고모들은 엄마가 김치통을 몇 개나 나르는데도 거들기는커녕 찬바람이 들어온다며 안방으로 들어가버렸다. 나는 안방으로 가 막장드라마를 보느라 고개도 들지 않는 할머니에게 인사를 하고 밖으로 나왔다.

거실 전면 유리창으로 뒷정리를 하느라 혼자 종종거리는 엄마의 모습이 보였다. 나는 부엌 한쪽에 놓인 고모들의 김치통을 열고 소금을 한 주먹씩 뿌렸다.

뒷정리를 마치고 들어온 엄마가 한숨을 내쉬며 식탁의자에 앉자마자 할머니가 나타나 아빠를 찾았다.

"아범은? 아직도 연락이 안 돼?"

"많이 바쁜가봐요. 아무리 전화를 해도 안 되네요."

"아범이 얼마나 보쌈을 좋아하는데……."

"제가 다시 전화해볼게요."

하지만 엄마의 전화기에서는 신호음만 울린다. 신호음이 들릴 때마다 엄마는 움찔한다. 마침내 신호음이 끊기고 익숙한 여자목소리가 흘러나왔다.

'지금은 전화를 받을 수 없으니…….'

"안 받네요. 많이 바쁜가봐요."

할머니는 못마땅한 듯 헛기침을 하더니 휴대전화를 꺼내들었다. 신호음이 몇 번 들리고 이내 아빠의 목소리가 들렸다. 엄마의 표정이 묘하게 일그러졌다. 할머니는 그런 엄마를 못마땅하다는 듯 노려보며 말했다.

"어미다. 전화는 왜 안 받아? 오늘 김장했으니 와서 보쌈 먹고 가. 어미 얼굴 보고 싶지도 않니? 당장 와. 아니면 이번 달 생활비 없어."

할머니는 전화를 끊자마자 엄마에게 퍼부어댔다.

"네가 잘해봐라, 얘가 이러나."

"맞아, 올케. 남자는 다 여자하기 나름이야."

어느새 큰고모가 들어와 할머니를 거들었다.

"허구한 날 바람피운다고 난동이나 부리고. 차라리 네 말대로 바람이라도 나 어디서 아들이라도 낳아왔으면 좋겠다. 대체 이래서야 언제 아들을 봐?"

또 시작이었다. 할머니의 아들타령. 엄마는 여전히 아무 말 없다. 엄마는 할머니 집에만 오면 선택적 함구증이 돼버린다. 특정 환경에서만 말이 막히는 병이다.

내가 엄마였다면 담근 김치를 사방으로 내던지며 화를 냈을 텐데 엄마는 벙어리처럼 아무 말 없다. 엄마의 심장은 강철로 만들어진 모양이다. 보통사람이라면 할머니 한 명만으로도 벌써 심장병에 걸렸을 것이다. 하지만 엄마는 할머니와 세 고모를 동시에 상대하면서도 표정 하나 바뀌지 않는다.

감정은 자율신경계에 충격을 주어 심장에 영향을 끼친다. 분노는 심장병의 주요원인 중 하나다. 인간이 화를 내게 되면 혈류가 증가하고 혈압이 상승해 혈관벽에 미세한 상처를 내게 된다. 게다가 분노라는 감정은 많은 양의 비축에너지를 필요로 하기 때문에 지방산이 혈류로 흘러들어가 혈관벽이 막히기도 한다. 그나마 분노를 표출하면 인체가 금세 정상으로 돌아가지만, 엄마처럼 화가 나는데 참고만 있으면 교감신경계의 활동이 활발해지면서 아드레날린과 노르아드레날린이 혈류로 투입돼 혈압이 더욱더 상승하는 사태가 벌어진다. 최악의 경우에는 심장마비가 올 수도 있다.

결국 엄마의 심장마비를 막기 위해 내가 나서는 수밖에 없었다.

"아들이랑 딸이랑 뭐가 다른데요?"

"뭐?"

"아들이랑 딸이랑 겨우 성염색체 하나 다른 거 빼고 뭐가 다른데요?"

"닻별아."

엄마가 내 이름을 나직이 불렀다. 그만하라는 뜻이다. 하지만 이미 시작한 싸움을 중간에 끝내는 건 나답지 않았다.

"조선말기 엉터리 유교관념으로 아들 선호하는 풍습 우스운 거 아시죠? 고대국가부터 뼈대 있는 집안에서는 여자랑 남자랑 평등하게 취급했어요. 괜히 조선말에 돈으로 양반족보 산 쌍놈들이나 아들 좋아하는 거지."

"대체 너……."

할머니는 주특기인 목덜미 잡기를 시도했다.

"야! 너 할머니한테 그게 무슨 말버릇이야?"

큰고모는 당연히 할머니를 지원사격하기 위해 나섰고.

"내가 뭐 틀린 말 했어요?"

하지만 나는 물러서지 않았다.

"닻별아."

내 이름을 부르는 엄마의 목소리에 애원이 실렸다. 엄마는 소리 내지 않고 입모양으로 '제발'이라고 말했다. 결국 한숨을 쉬며 돌아서는 내 뒤로 엄마를 향한 할머니의 설교가 들려왔다.

"애는 그렇게 키우는 게 아니다."

나는 할머니의 말을 못 들은 척 거실 한구석으로 가서 이어폰을 꽂고 책을 펼쳤다. 언제나 나의 논리적이고 합리적인 반박은 어른들에게 말대꾸밖에 안 된다. 어리석은 어른들을 더 발전적으로 변하게 하려는 나의 노력은 늘 헛수고로 끝났다.

거실은 고모들이 데려온 사촌들로 엉망진창이었다. 멍청한 남자 사촌 둘은 그 지능지수에 맞게 장난감총을 들고 엉뚱한 칼싸움을 하고, 여자 사촌 둘은 자신들과 정반대로 생긴 인형을 가지고 서로 공주역할을 하겠다며 우기고 있었다.

"하여간 쪼끄만 게 무슨 놈의 성질은 저렇게 더러운지… 봐! 다른 애들이랑 어울리지를 않잖아."

"그러게 내가 뭐랬어? 내가 그때 말했지? 억지로라도 지우게 하라고."

"그러게 말이다. 저것만 안 낳았어도……."

할머니와 고모들의 대화가 이어폰 너머로 들려왔다. 내가 들을 수도 있다는 염려 따위는 누구도 하지 않는다. 아마 일부러 들으라고 하는 대화일 것이다. 처음 듣는 말도 아니니 새삼 충격받을 일도 없다. 하지만 할머니의 말을 듣고 있으면 내가 아무도 원치 않았던 아이라는 생각에 비참해진다.

나를 바라보는 친척들의 눈빛은 더 견디기 힘들었다. 어쩔 수 없이 한 선택이 숨을 쉬며 점점 자라나서 또다시 그들이 원치 않는 무언가를 들이밀까봐 두렵다는 눈길은 끔찍했다. 내가 태어난 것은 내 선택도, 내 결정도 아니었다. 게다가 이제 와서 그 선택을 무를 수도 없었다. 그런데도 그들은 마치 내가 결과를 바꿀 수 있는 것처럼, 내가 결과를 바꾸기를 바라는 것처럼 매번 그 얘기를 꺼낸다. 나는 MP3의 볼륨을 높였다.

"그러게. 머리 좀 좋다고 지가 아주 대단한 줄 안다니까. 현대는 자고로 IQ보다는 EQ의 시대라는데."

"그러게. 그래서 나도 우리 현서 발레 시키기로 했잖아."

"발레? 그러기엔 몸매가 좀……."

"얘! 저건 젖살이야."

"무슨 놈의 젖살이 초등학교 6학년이 되도록 안 빠져? 그러지 말고 현서도 승마나 시켜."

현서는 자기 이름이 대화에 오르내리자 가지고 놀던 인형을 내팽개치고 어설픈 발레리나 흉내를 내며 거실을 휘젓고 다녔다.

"저것 좀 봐. 배운 지 얼마나 됐다고 저렇게 잘한다."

둘째 고모는 손뼉까지 치며 현서의 발레리나 놀이를 응원했다. 둘째 고모의 설레발에 모두 현서를 보는 척하다가 금세 시들해졌다. 모두의 관심에서 벗어난 현서는 심통이 나서 더 퉁퉁 부어 보였다. 현서의 심술이 향한 곳은 결국 나였다. 완벽한 무관심으로 무장하고 있는 나. 현서는 책을 읽고 있는 내 주위를 일부러 빙글빙글 돌았다.

"하지 마!"

내 경고에 현서의 심술궂은 미소가 깊어졌다.

"고현서, 하지 말라고 경고했다."

현서가 추켜올린 발이 내가 읽던 책을 툭 쳤다. 그냥 피하는 것이 가장 조용한 해결방법이라는 것을 알지만, 가장 조용한 해결방법은 늘 '다음 기회'만 기약할 뿐이었다. 엄마와는 달리 나는 분노 따위를 참느라 내 심장을 괴롭힐 생각이 전혀 없었다. 나는 들고 있던 책을 현서에게 던졌다. 그런데 하필이면 그때 현서가 고개를 돌리는 바람에 책 모서리가 정확히 현서의 코를 가격했다. 그렇게 둔한 운동신경으로 무슨 발레를 한다는 건지.

현서의 울음소리에 놀라 어른들이 달려왔다.

"이게 뭐야? 네가 그랬니? 정말 내가 못살아. 발레리나 되려면 얼굴도 중요한데, 이거 흉 지지 않겠어?"

둘째 고모의 손이 내 등짝을 향해 날아왔다. 엄마가 어쩔 줄 몰라 하며 고모에게 고개를 숙였다.

"형님, 죄송해요. 제가 단단히 야단칠게요."

그러고는 내 등짝을 때리며 말했다.

"너 정말 왜 이래?"

아프지는 않았다. 그래도 눈물이 났다. 엄마는 분명 다 보고 있었으면서도 내 편을 들어주지 않았다. 분명 모든 상황을 다 알고 있는데. 나는 그대로 할머니 집을 나와버렸다. 할머니의 시집살이와 아들타령으로 엄마에게 연민이 생기기라도 할라치면 엄마는 그것마저 스스로 짓밟아버린다.

얼마 뒤 엄마의 문자가 도착했다.

'엄마가 처음부터 다 보고 있었기 때문에 너만 잘못한 게 아니라는 건 알아. 하지만 어떤 사람이 네게 상처를 줬다고 해서 그 사람에게 그 상처를 되갚아주는 것만큼 어리석은 일도 없어. 어떤 이유로든 폭력은 용서될 수 없는 거야. 엄마가 널 때린 것도 나쁜 거지. 미안해.'

나는 메시지를 지워버렸다. 나는 미안하다는 말 따위를 믿지 않는다. 사과란 자신의 잘못을 인정하고 용서를 빈다는 뜻이었다. 잘못이라는 것을 알면서도 저지른 일에 대해 사과한다는 것은 우스웠다. 미안할 일이면 처음부터 하지 말았어야 한다. 게다가 나는 용서라는 관념이 가능하다고 믿지 않았다. 완벽한 용서란 망각이었다. 하지만 잊어버리는 것이 불가능한 내 두뇌는 용서라는 기능을 수행할 수 없었다.

어른들은 나보다 오랜 시간을 이 지구에 살았다는 이유만으로 나를 진화하지 못한 하등동물로 취급한다. 한 달 만에 만난 아빠도 마찬가지였다.

"아빠 보니까 좋지? 아빠는 닻별이 얼굴 보고 싶어서 다 팽개치고 왔는데, 닻별이는 아빠 얼굴도 안 보고 집에 가버리고."

"할머니가 생활비 끊겠다니까 온 건 아니고?"

이번에는 아빠의 사탕발림에 쉽게 넘어가고 싶지 않았다.

"와, 우리 닻별이 너무 살벌하다. 설마 아빠가 그것 때문에 내일 새벽에 출근해야 하는데도 이 저녁에 올라왔겠니? 막말로 할머니 협박에 올라왔으면 할머니랑 보쌈 먹고 있지, 뭐 하러 너를 보러 왔겠냐?"

아빠는 그 말을 증명이라도 하듯 예쁘장한 점원이 대놓고 얼쩡거리는데도 모른 척 나만 보고 있었다. 그래도 화가 완전히 풀리지는 않았다. 나는 최근 생긴 외국계 패밀리레스토랑의 시즈널 메뉴를 뒤적거리기만 했다.

건너편 테이블에는 멍청하게 생긴 내 또래의 남자아이가 부모와 앉아 있었다. 반짝이가 잔뜩 붙은 고깔모자를 쓴 부모와 점원 몇이 조잡한 왕관을 쓴 아이를 둘러싸고 생일축하 노래를 불러주었다. 나도 행복한 가족을 가지고 싶었다. 하지만 내 좋은 두뇌로도 그것을 가질 방법을 찾을 수가 없었다.

아빠는 한참 뒤에야 내가 말이 없다는 걸 깨달은 모양이었다.

"왜 말이 없어? 아직 화 안 풀린 거야?"

"연구는 대체 언제 끝나?"

한 번이라도 더 아빠 곁을 알짱거리려는 듯 점원이 절반이나 남은 음료를 리필해주려고 다가왔다. 점원에게 살짝 고갯짓을 하며 인사하던 아빠는 점원의 애교 섞인 눈빛에 멈칫했다. 순간, 엄마의 의부증이 옮기라도 한 듯 내가 노려보자 당황한 아빠는 사레가 들렸다.

"도대체 아빠가 하는 게 무슨 연군데? 꼭 대전에서 해야 할 이유라도 있어?"

"닻별아."

아빠는 자신이 어른이라는 걸 상기시키기라도 하듯 낮은 목소리로 말했다.

"KTX 타면 두 시간도 안 걸리는 거리야. 통근하는 사람도 많아."

"어린애처럼 왜 그래?"

나를 어린애 취급하는 건 내 부모밖에 없다.

"주말에도 못 올 만큼 바쁜 연구가 뭐야, 대체?"

"닻별아."

"내가 틀린 말 한 거 있어?"

"그래. 이젠 너도 다 컸으니까 알 건 알아야겠지. 엄마와 아빠가 함께 있으면 행복하기보다는 불행하다는 거 너도 잘 알잖아. 같이 있어서 서로 불행한 것보다는……."

순간, 때로는 어린애 취급이 낫다는 걸 깨달았다. 나는 악, 소리를 내지르며 자리를 박차고 일어섰다.

4

지이잉. 휴대전화에 또다시 아빠의 번호가 떴다. 나는 수신거부 버튼을 눌렀다. 수신거부 일주일째, 아빠의 전화가 울릴 때마다 묘한 안도감이 느껴진다. 아빠는 아직 우리 가족을, 나를 포기하지 않은 것이다.

혜란의 진료실 문에 붙어 있는 자그마한 꽂이함에는 '수술 중'이라는 메모가 꽂혀 있었다. 나는 아랑곳하지 않고 문을 열었다. 진료실에 들어서면 문 옆에 자그마한 간호사용 책상이 있고, 그 앞에는 커튼이 쳐져 있었다. 환자의 사생활 보호를 위해서였다. 혜란의 진료는 언제나 커튼 뒤에서 이루어졌으므로 내가 불쑥 문을 열고 들어가도 혜란은 별다른 제지를 하지 않았다. 간호사는 자리에 없었다. 나는 커튼을 확 젖혔다.

"닻별아, 깜짝 놀랐잖아!"

혜란이 없는 틈을 타 진료실 병상에 누워 낮잠을 자고 있던 박간호사가 화들짝 놀라 일어나려다가 나라는 걸 확인하고는 도로 자리에 누웠다. 슈렉의 짝꿍인 피오나 공주의 생생한 실사인 박간호사는 혜란만 없으면 진료실 병상을 차지하곤 했다.

"무슨 수술이에요? 오래 걸려요?"

간호사는 벽시계를 바라보며 손가락으로 숫자를 꼽았다.

"글쎄다, 수술이라는 게 워낙 예상하기 힘든 법이라서."

어차피 성의 있는 대답을 기대하지는 않았다. 어른들은 항상 그러니까. 혜란의 책상으로 다가갔다. 스케줄표에는 작은 글씨로 I.A.라고 쓰여 있었다. Induced Abortion. 인공유산의 약자였다.

큰 병원에서는 중절수술을 하지 않는다는 불문율을 깨고 혜란은 매번 중절수술을 한다. 수술 후에는 날카로운 신경을 주체하지 못하면서도 기어이 수술을 하는 자기 파괴적 성향도 납득되지 않았고, 갈가리 찢긴 아기의 시신을 의료용 폐기물로 버리는 게 아니라 화장해서 유골을 뿌려주기까지 하는 감상도 이해할 수 없었다.

혜란을 만나 기분전환을 하려던 계획은 아무래도 글렀다. 우울은 전염성이 짙은 감성이었다. 그러잖아도 나쁜 기분을 더 망치고 싶지는 않았다. 나는 진료실 밖으로 나왔다.

하얗고 긴 복도가 내 앞에 펼쳐졌다. 하얀 가운을 입은 의사들과 병원로고가 새겨진 병원복을 입은 환자들, 희미하게 공기 중에 감도는 소독약 냄새. 이제는 익숙한 정도가 아니라 일상이 돼버린 하얗고 단순하기만 한 공간. 병원은 내게 집보다 더 친숙한 공간이었다.

이런 삭막한 공간에 익숙한 내가, 이 살벌한 풍경에서 벗어나는 것보다 아무도 없는 집으로 돌아가는 게 더 싫은 내가 한심했다. 이미 어둠이 내려앉은 지 한참 지났지만, 오늘은 집으로 돌아가고 싶지 않았다.

"닻별아."

혜란이 부르는 소리에도 나는 모른 척하고 걸었다. 혜란은 세상에서 존재했던 시간을 알리는 척도인 나이만으로 나의 능력을 판단하지 않는 유일한 어른이었다. 혜란도 나처럼 천재 소리를 들으며 자란 사람이니까. 나처럼 너무 정확하고 날카로운 말을 한다는 것만 빼면 나와 절친한 친구가 될 조건을 완벽히 갖추고 있었다.

"왜 못 들은 척하는 거니?"

혜란이 어깨를 잡으며 물었다. 나는 보란 듯 귀에 꽂고 있던 이어폰을 뺐다. 혜란이 코웃음을 쳤다.

"음악 듣고 있지도 않았잖아. 너, 사람들 무시하려고 일부러 이어폰 꽂고 다니는 거 내가 모를 줄 아니?"

역시 혜란은 눈치가 빨랐다. 이어폰을 꽂으면 귀 속의 온도와 습도가 올라가면서 박테리아가 자라기 좋은 환경이 되기 때문에 청각에 좋지 않다. 그래서 나는 이어폰으로 음악 듣는 것을 꺼리는 편이다.

"아직 저녁 안 먹었지? 우리 집 가서 같이 먹을래?"

아무도 없는 어둡고 서늘한 집보다는 나은 선택이었다.

혜란의 집은 병원에서 걸어 5분 거리에 있는 고급 주상복합 아파트였다. 거실만 해도 우리 집의 세 배쯤 되었다. 하지만 벽지 색깔이 제대로 보이지 않을 만큼 뭔가가 가득 차 있어 그리 넓어 보이지 않았다. 거실의 한쪽 벽면은 LCD프로젝터에 연결된 스크린이 차지하고 있고, 맞은편은 내 침대보다 넓은 5인용 카우치소파가 자리잡고 있었다.

두뇌가 뛰어난 혜란의 요리솜씨는 형편없었다. 정확히 말하자면 라면 끓이는 솜씨는 최악이었다. 봉지라면이 아니라 컵라면인데도. 깔끔한 흰색 부엌가구와 냉장고, 오븐 등이 빈틈없이 들어차 있는 빌트인 주방을 단 한 번이라도 사용해봤는지 의문스러웠다.

"금에 맞춰서 물을 붓기만 하면 되는데 어쩜 그것도 제대로 못하냐? 제대로 못하면 나한테 해달라고 하든가."

내가 툴툴거리자 컵라면 용기를 대충 헹궈 재활용박스에 던지며 혜란이 눈을 흘겼다.

"그러게 피자 시켜주겠다니까 네가 그냥 라면으로 때우자고 했잖아."

혜란과의 관계는 정확히 정의하기 힘들었다. 하지만 어떤 관계든 어느 한쪽이 의존적이 되면 망가진다는 게 내 지론이었다. 경제활동을 하는 혜란이 물질적으로 나보다 훨씬 풍요

롭다 해도 혜란에게 얻어먹으면 자존심이 상했다. 나 자신을 물질에 연연하는 시시한 인간이라 생각해본 적이 한 번도 없었는데, 나도 모르게 혜란의 집과 우리 집을 비교하고 주눅 드는 내가 싫어서 오늘은 더 그랬다.

혜란에게 접근한 의도는 단순했다. 나를 치료하겠다고 설레발을 치는 민원장의 약점을 잡고 싶다는 것. 민원장의 배려 덕분에 나는 병원의 웬만한 곳은 휘젓고 다닐 수 있었다. 사실 배려라기보다는 내 억지 덕분에 가능해진 일이다.

"아프면서도 삶에 대한 의지가 강한 환자들을 보면 제 우울증에 도움이 되지 않을까요?"

민원장이 내 말을 믿든 아니든 상관없었다. 거절할 명분이 딱히 없다는 게 중요했다. 민원장의 과도한 배려 덕분에 내가 민원장의 숨겨놓은 딸이라는 소문까지 병원에 돌았다. 정신과 치료를 받고 있다는 사실을 아는 사람은 극소수였으니 그럴 만도 했다.

처음 며칠은 혜란도 내가 산부인과를 기웃거리는 것을 용납했다. 하지만 인공유산 수술을 한 날은 달랐다.

"힘든 수술이었나봐요."

아무것도 모르고 해맑게 웃으며 인사를 건넨 나에게 혜란은 싸늘하게 말했다.

"그래. 사람 죽이는 게 쉬운 일은 아니거든. 꼬마야, 내가 민원장과 부녀간이라 나한테 뭔가 얻어낼 게 있다고 생각하

면 오산이야. 나랑 그 사이비무당은 의료진 전체회의 때 외에
는 대화라는 걸 하지 않거든."

순간, 나는 혜란이 좋아졌다. 혜란도 그랬는지는 분명치 않
지만.

내 까다로운 인간관계 기준을 통과한 최초의 타인답게 혜
란은 끈질기게 버텼지만 결국 나를 알아보았다. 우리는 거울
같은 사람이었으니까. 상대방을 비춰주지만 자신의 속은 절
대 드러내지 않는. 다른 사람들은 우리를 그저 반짝거리며 빛
나는 존재로만 생각할 뿐 작은 충격에도 산산조각이 나는 연
약한 존재라는 비밀은 전혀 몰랐다.

나는 후식으로 먹을 만한 게 없나 하고 냉장고를 열었다가
황당해서 입을 떡 벌렸다.

"어떻게 이 커다란 냉장고에 화장품밖에 없냐?"

"냉장고도 자기의 존재이유를 찾아야 할 거 아냐. 다른 방
뒤져봐. 어쩌면 먹다 남은 과자 같은 게 있을지도 몰라."

혜란은 카우치소파에 드러누워 LCD프로젝터를 작동시키
며 말했다. 스크린에 공영방송의 맛집소개 프로그램이 떴다.
눈을 감고 있는 것으로 보아 혜란도 프로그램에는 관심이 없
는 모양이었다. 혼자 사는 사람들의 흔한 습관인데도 묘하게
동질감이 느껴졌다. 저 사람도 나처럼 외로운 거구나. 그런 생
각을 떨쳐내며 긴 복도로 발을 내디뎠다.

예전에 몇 번 와봤지만 거실과 부엌에만 있었을 뿐 다른 공

간을 본 적은 없었다. 혜란의 사생활을 침범하는 것 같아 꺼려지는 면도 있었다. 하지만 혜란이 직접 둘러보라고 허락한 마당에 망설일 이유가 없었다. 음식은 없었지만 혜란의 집엔 책이 가득했다. 복도 양쪽에 있는 다섯 개의 방 중 네 개가 서재였다. 바닥에서부터 천장까지 문을 제외한 모든 벽이 이중으로 된 슬라이드 책장이었고, 가운데의 빈 공간마저도 사람이 겨우 꼼지락거릴 수 있을 만큼만 남기고 책장으로 채워져 있었다. 책의 종류는 다양했다. 소설, 의학서적, 에세이…….

마지막에 있는 방이 침실이었다. 그런데 침실에서도 벽을 보기가 힘들었다. 붙박이장, 커다란 거울과 화장대, 침대머리 장식이 사방 벽면을 채우고 있었다. 혜란은 고집스럽게 집 안의 모든 공간을 꽉꽉 채웠다. 나도 모르게 쓴웃음이 나왔다. 빈 공간을 채운다고 해서 텅 비어 있는 마음을 채울 수는 없었다. 혜란도 아직 모르고 있는 것이다. 허전한 공간이나 시간에는 억지로 무언가를 채워 넣을 수 있지만 허전한 가슴은 무엇으로 채워야 하는지.

나는 혜란의 공간과 시간을 채웠던 책 중에서 관심 가는 책 몇 권을 꺼내 들고 거실 소파에 앉아 있는 혜란에게 다가갔다.

"이 책 빌려가도 되지? 일주일 안에 반납할게."

"반납 안 하고 그냥 가져도 돼. 어차피 나는 다 읽은 책들이니까. 그래도 한 번에 그렇게 많이 들고 가려면 힘들지 않겠어? 그러지 말고 가끔 심심할 때 와서 책이나 보고 가."

"정말 그래도 돼?"

재빠른 내 대답에 혜란의 표정이 묘하게 뒤틀렸다. 뭔가 의도하지 않은 순간을 마주했을 때의 눈빛이다. 어른들은 참 이상하다. 왜 마음에도 없는 인사말을 하는 걸까?

"말 꺼내놓고 후회하는 거야? 내가 너무 반색을 해서? 걱정마. 그냥 인사치레로 하는 말이라는 걸 모를 만큼 멍청하지는 않으니까."

"아니, 인사말 아냐."

혜란은 정말이라는 것을 증명하고 싶다는 듯 성급하게 비밀번호를 읊었다. 나는 고개를 갸웃했다.

"뭐가 이상한데? 내 표정? 싫어하는 것처럼 보였어? 그건아냐. 그저 당황했어. 내가 생각보다 더 많이 널 좋아하고 있었나 보다 싶어서."

"그저 특이한 환자라고만 생각했는데?"

혜란은 내가 민원장의 연구대상이라는 것을 아는 소수 중하나였다. 병원재단의 지분을 가장 많이 보유한 이사이니 당연한 일이었다. 지분보유율로만 따지자면 병원경영에서는 민원장보다 혜란의 입김이 더 거셌다.

"내 환자가 아닌 이상 환자라고 생각지는 않아. 게다가 넌환자도 아니고."

"무슨 뜻이야?"

"그저 사이비무당이 관심 있어 하는 특이한 케이스일 뿐이지. 자신의 사춘기우울증을 과하게 포장하는 천재소녀."

혜란은 가끔 아버지인 민원장을 사이비무당이라고 불렀다. 우울증에 관한 한 국내 최고의 권위자인 민원장을 비웃는 별명이었다. 하기는 틀린 말도 아니었다. 샤머니즘이나 종교가 담당하는 위로의 기능을 요즘에는 정신과의사가 대신 수행하고 있으니까.

병원 내에서 민원장과 혜란의 사이가 나쁘다는 것을 아는 사람은 거의 없는 것 같았다. 혜란은 다른 이사진들이 반대해도 민원장의 연구에 전폭적 지원을 아끼지 않았다. 정신분열증 임상치료에 실패해 병원경영에 큰 손실을 입히고도 민원장이 원장직위를 지킬 수 있었던 것도 혜란 덕분이었다. 민원장과 사이가 나쁘긴 해도 공적으로는 민원장의 연구와 능력을 인정하기 때문이라 판단했는데 그것도 아닌 모양이었다. 나는 민원장의 주요 연구대상이었고, 혜란의 발언은 그 연구의 근본 자체를 부정하는 것이었다.

"내 우울증이 가짜라고 말하는 거야?"

"가짜라고는 하지 않았어. 하지만 너도 네 우울증이 심각하지 않다고 생각하니까 약을 안 먹는 거 아닌가?"

"어떻게 알았어?"

나는 고개를 홱 돌려 혜란을 노려보았다.

"네가 방금 말해서."

순간 혀를 깨물 뻔했다. 그런 유치한 수법에 넘어가다니.

"역시 그랬구나. 나는 혹시나 하고 찔러본 건데. 그게 어리석은 짓이라는 건 알지?"

"난 그저 항우울제가 아닌 내 정신력으로 슬픔과 고통을 다스리고 싶은 것뿐이야."

나는 슬픔, 절망, 고통, 그 모든 부정적 감정들과 얽혀 있었다. 그것은 내 의지와는 상관없이 가해진 감정들이었다. 그래서 그 감정들에 지배당하거나 질식되고 싶지 않았다. 그 의지의 표현이 민원장이 처방한 약을 거부하는 것이었다.

"우울증 환자들이 하는 가장 심각한 오판 중 하나지. 정신력으로 이겨낼 수 있다고 믿는 거. 하긴 그런 자세가 나쁠 건 없어. 현대인들은 항우울제에 너무 의지하는 경향이 있으니까. 오죽하면 영국 수돗물에서 프로작(prozac, 우울증치료제) 성분이 발견됐겠어? 그래도 처방된 약을 네 맘대로 복용하지 않거나 마음대로 조제해 복용하는 건 문제가 있어."

"마음대로 조제해서 복용하다니?"

"분명히 수면제는 가끔 먹겠지. 나머지 약도 약학정보원 같은 데서 데이터를 검색하면 쉽게 정보를 얻을 수 있을 테니 맘대로 먹었다 안 먹었다 하겠지. 너 같은 사람 많아. 워낙 정보가 넘쳐나는 세상이잖니."

"민원장한테 이를 거야?"

약의 복용 거부는 연구에서 심각한 문제가 될 수도 있었다.

내가 우울증이라고는 생각지 않지만 상담을 받는다는 사실이 어느 정도 정신적 안정감을 주고 있었다.

"민원장한테 이를 거였으면 진작 그랬겠지. 게다가 민원장의 중간보고서에 따르면 넌 그다지 심각한 우울증도 아니니까. 사실 잘 모르겠어. 내 판단으로는 네가 보이는 증세가 우울증이 맞는지도 의심스럽거든. 굳이 너한테서 정신분석적 문제점을 찾아내라면 약한 아스퍼거증후군(asperger disorder)* 정도?"

"대인관계에 문제가 있다고 아스퍼거증후군이라고 하면 혜란샘은 더 심각한 아스퍼거증후군 아닌가? 솔직히 피오나 이름도 제대로 모르지? 항상 박간호사라고만 부르잖아."

혜란은 장난스럽게 나를 노려보다 피식 웃으며 일어나 커피머신의 버튼을 눌렀다.

"네가 불편하면 다른 얘기할까?"

혜란은 내 의도를 정확히 눈치챘다. 이럴 때는 정면돌파를 하는 수밖에 없었다. 내 우울증에 관한 이야기를 건너뛰고 혜란과 가까워지기란 불가능하니까.

"정말 박간호사 이름 제대로 모르는구나? 그래서 다른 얘기

---

* 사회적 대인관계를 힘들어 하고 한정된 분야나 주제에만 관심을 가지는 질환이다. 아인슈타인, 비트겐슈타인, 고흐 등도 아스퍼거증후군과 관련된 특징을 보였다고 한다.

하자고 그러는 거지?"

혜란이 커피잔을 들고 소파로 다가오자 달콤한 커피향이 넓은 거실에 퍼졌다. 스크린에는 시식을 한 뒤 맛있다며 요란을 떠는 연예인들의 표정이 클로즈업되고 있었다.

"내가 약을 먹지 않는 건 나한테서 확인했다 치고, 내가 우울증이 아니라는 근거는 뭐야?"

혜란은 커피를 한 모금 마시며 씩 웃었다.

"정말 죽으려고 마음먹었다면 경동맥을 그었어야지."

혜란은 자신의 턱 아래를 오른손으로 긋는 시늉을 했다.

"그런 말을 어쩜 그리 쉽게 할 수 있어? 그러다 내가 진짜 그으면 어쩌려고?"

"넌 안 그럴걸?"

"무슨 근거로?"

"정말 죽으려고 마음먹었다면 네가 가장 쉽게 한 번에 끝냈으리라는 걸 알잖아."

"그럼 내가 거짓으로 그랬다는 거야?"

"그렇게 얘기하지는 않았어. 아마 처음에는 단순한 장난이나 실수였겠지. 감기약 과다복용이라… 그저 단순한 호기심에 시도해본 로보트리핑(robo-tripping)*이었겠지."

---

* 환각작용을 일으키는 덱스트로메트로판이 포함된 감기약 등을 과다섭취해 도취감에 빠지는 현상이다. 저렴하고 접근이 쉬워 마약대용으로 많이 사용된다.

정확한 지적에 나는 할 말을 잃었다. 이런 방향으로 대화가 진행될 줄은 전혀 예상하지 못했다. 혜란의 얼굴에 슬며시 미소가 스쳤다.

"부정은 안 하는구나."

"로보트리핑이라… 난 중독된 사람들 경멸하는데? 그게 술이든 담배, 마약, 도박, 게임이든 뭐든. 자신이 스스로 통제할 수 없을 정도로 무언가를 원하게 되는 일 따위는 피하자는 게 내 주관 중 하나인데, 왜 하필 로보트리핑이야?"

"나도 써먹은 적 있는 방법이니까. 로보트리핑은 환각을 경험하게도 해주지만 지능지수를 떨어뜨리기도 하지. 아마 넌 그저 멍청한 사람들, 보통사람들이 사는 세상이 궁금했을 거야. 하지만 재수 없게 들켜버렸고, 넌 그저 모른 척했겠지. 재미있기도 했을 거야. 네 정신상태에 대한 의사들의 진단, 어쩔 줄 몰라 당황하는 가족들……."

보통사람들. 내가 결코 들어갈 수 없는 세상 속에서 사는 그 사람들처럼 되고 싶었다. 누군가가 말해주지 않아도 혼자서 이해하는, 그 수많은 지식을 사진처럼 기억하는 포토메모리의 천재가 아니라 이해가 안 돼 어리둥절하면서 헤매고 방금 듣고도 잊어버리는 보통사람이 되고 싶었다.

시럽으로 된 감기약을 한꺼번에 들이켜면 환각상태도 경험하지만 일시적으로 지능지수가 떨어졌다. 그러면 연예인들이 나와서 신변잡담이나 늘어놓는 시시껄렁한 예능프로그램에도 웃을 수가 있었다. 또 나를 둘러싼 모든 상황을 이해해야만 한다는 강박관념 없이 잊어버릴 수 있었다.

"그럼 그다음 자살시도는 어떻게 설명할 건데?"

"아마 깨달았겠지. 아, 내가 죽는다고 하면 엄마 아빠가 더 이상 싸우지도 않고 이렇게 화해할 수 있는 거구나! 이것도 좋은 방법 중 하나겠군."

나는 부정하지 않았다. 어차피 상대방이 믿지 않을 설득을 하느라 두뇌를 쓰고 싶지는 않았다. 그래서 방향을 바꾸었다.

"생각보다 자살에 대해 많이 연구하나봐? 여의사의 자살에 관해서는 들어본 적 있어?"

"무슨 뜻이야?"

"여의사의 자살률이 타직업군보다 4배나 높다고 하던데? 알코올간질환 사망 가능성은 술집사장, 술집종업원 다음이 의사래. 조심해."

혜란은 대답 대신 큰 소리로 웃음을 터뜨렸다.

나는 꽤 늦은 시간까지 혜란의 집에 머물렀다. 그저 누군가와 같이 있다는 것, 혼자가 아니라는 것만으로도 시간은 빨리 흘렀다. 하지만 그 긴 시간 동안 솔직히 고백하지 못했다. 죽고 싶어 한 적도 없지만 살고 싶어 한 적도 없다고, 삶은 결코 내 선택이었던 적이 없다고……

제3장

겨울의 시작

1

계절은 서서히 다가오지 않는다. 아, 하는 순간 성큼 바뀌어
버린다. 나는 가을이라는 계절을 시각과 후각으로 먼저 느낀
다. 멍청한 행정관료들이 암나무인지 수나무인지 구별도 못
하는 주제에 아파트단지 주변의 가로수를 모조리 은행나무로
도배한 덕분이었다. 분명 며칠 전까지만 해도 은행나무에서
떨어진 열매들이 사람들의 발길질에 뭉개져 악취를 풍겼는
데, 이젠 간간이 낙엽만 거리에서 뒹굴 뿐이었다.

겨울이 오는 게 싫었다. 피부에 닿는 차가운 공기가 내 몸속
으로 들어와 똬리를 트는 게 소름끼쳤다. 항상 몸속 깊숙한 어
딘가에 서늘한 기운이 뭉쳐 있는 것 같은 느낌이 들었다. 날씨
가 추워지면 그 차가운 뭉치가 점점 커져 내 몸 전부가 얼어버
릴 것만 같았다. 그래서 나는 될 수 있으면 옷을 두껍게 입었

다. 다른 사람들이 때 이른 겨울옷차림을 이상하게 쳐다보든 말든 상관없었다. 어차피 타인의 시선은 내 판단에 어떤 영향도 미치지 못했다.

나는 습관대로 현관벨을 눌렀다. 기대하지 않아야 한다고 되뇌면서도 다시 한 번 시도한다. 혹시나 이번 판은 딸 수 있지 않을까 기대하는 도박판의 노름꾼처럼. 이런 바보 같은 행동이 내가 인간이라는 것을 되새겨준다.

나는 다시 현관벨을 눌렀다. 뭔가 소리가 들려왔다. 젠장, 옆집에서 무슨 일인가 싶어 나오는 모양이다. 비밀번호를 누르려고 디지털키의 뚜껑을 위로 올린 순간 문이 열렸다.

"네가 닻별이구나."

놀라서 멍한 나를 여자가 끌어당겼다.

"정말 반갑다."

낯선 여자는 숨이 막히도록 나를 끌어안았다. 내가 버둥거리자 여자는 그제야 날 놓아주고는 자신의 입을 틀어막았다.

"미, 미안해. 놀랐어?"

그렇게 묻고는 여자가 다시 자신의 입을 틀어막았다. 그리고 입을 틀어막았던 손을 들어 자기 머리를 쥐어박았다.

"어쩌면 좋아. 말 시키지 말라고 했는데… 하여간 바보 같아."

혼자 구시렁거리는 소리였지만 분명 들었다.

"난 있잖아. 누구냐 하면……."

더듬거리는 말투만으로도 누군지 알 수 있었다.

그녀다. 아무도 이야기해주지 않았지만, 그녀라는 것을 알수 있다. 내가 기억하지 못하는 이모.

며칠 전 엄마는 내게 그녀가 올 거라고 얘기했다. 그 말에 대한 내 반응은 간단했다.

"이모? 나한테 이모가 있었어?"

그렇게 대답하는 것이 엄마에 대한, 엄마가 죽도록 지키고 싶어 하는 비밀에 대한 예의라고 생각했다. 엄마는 외갓집 이야기는 한 번도 꺼낸 적이 없었다. 어떻게든 외갓집을 화제로 삼는 건 피하려고 안간힘을 썼다.

하지만 억지로 호기심을 억누른 내 질문을 엄마는 오해했다. 무관심하고 성의 없는 대답이라고.

"그래, 있어."

순간 오기가 치밀었다. 나는 나름대로 엄마를 배려한 것인데 그것도 몰라주는 엄마에게, 끝까지 진실을 알려주지 않으려 하면서 내 진심을 모른 척하는 엄마에게 화가 났다.

"그런데 난 왜 이모가 있다는 걸 몰랐지? 어떻게 한 번도 본적 없지?"

"봤어. 너 어릴 적에도 봤고."

더듬거리며 대답하는 엄마에게서 거짓의 기미는 느껴지지 않았다. 그저 당황해서 우물쭈물했을 뿐이다. 순간, 이상한 생각이 들었다. 나는 뭐든 잊지 않는 아이였다. 그런데 어떻게 내 기억 속에 이모와 함께한 기억이 하나도 없을까?

　내가 기억하지 못하는 뭔가가 있다는 생각에 골몰하는 사이 엄마는 이모가 언제 오는지도 얘기하지 않고 출근해 버렸다.

　외갓집과 엄마의 관계가 비정상적이라는 사실을 깨달은 것은 초등학교에 입학한 지 한 달쯤 되었을 무렵이었다. 정년을 앞둔 담임은 창의력과 발표력을 동시에 향상시킨다는 핑계를 들어 학생들의 숙제발표로 수업을 때우는 사람이었다. 초등학교 1학년의 발표시간은 가관이었다. 그날도 담임은 가족관계도를 그려와서 발표하라는 숙제를 내주었다.

　친가 쪽 3대를 순식간에 채운 나는 외가 쪽 3대의 텅 빈 칸을 보고 멍해졌다. 그제야 외가 쪽 친척을 한 번도 만난 적 없다는 사실을 깨달았다. 그게 비정상적인 일이라는 것을 모를 정도로 어리석지는 않았다. 외갓집과 엄마의 관계가 비정상적이라는 사실에 충격을 받지는 않았다. 솔직히 외부세력의 개입이 있기 전까지는 내가 외갓집에 대해 한 번도 생각해본 적 없다는 것에서 증명되는 나의 비사교적인 성격이 더 충격적이었다. 마침 아빠는 지방에 세미나가 있어 집을 비우고 없었다.

　엄마가 돌아오는 자정까지 나는 망설이고 고민했다. 하지만 이유가 무엇이든 내 아이큐의 절반에도 못 미치는 아이들이 모두 해올 숙제를 내가 못한다는 것은 자존심이 용납하지 않았다.

내가 가족관계도를 내밀자 엄마는 새파랗게 질렸다.

"지, 지금은 내가 너무 피곤하네. 부모님이 여행 중이셔서 못했다고 해."

가늘게 떨리는 목소리에서 절박감이 느껴졌다. 그래서 나는 더 이상 조르지 않았다.

하지만 세상에 영원한 비밀은 존재하지 않는 법이다. 재작년 여름, 할머니의 생신잔치 대신 가족여행을 갔고 그곳에서도 나는 혼자였다. 엄마는 가족들의 식사며 간식을 준비하느라 바빴고, 나와 달리 운동을 좋아하는 아빠는 수영을 하느라 바다에서 나올 줄 몰랐다. 나는 해변에 누워 깜박 잠이 들었다.

얼마 뒤 할머니와 고모들의 이야기에 잠에서 깼지만 눈을 뜨지는 않았다. 사촌들과 어울려 놀라는 잔소리 따위는 듣고 싶지 않았다. 드문드문 들리는 목소리 사이로 가끔 나를 향한 시선이 느껴져 더 눈을 뜨고 싶지 않았다. 내가 잠들었다고 확신했는지 할머니와 고모들은 마음 놓고 이야기를 나눴다.

"그 핏줄을 받아 모자라면 어쩌나 그렇게 걱정했더니……."

익숙한 얘기에 나는 끙, 신음소리를 냈다. 모래를 털어 넣어 귀를 막고 싶은 심정이었다. 할머니는 내가 모자란 아이인 줄 알았다는 얘기를 나를 볼 때마다 했다. 세 살까지 말을 안 했다나 뭐라나. 그 이야기는 신물이 날 만큼 많이 들었다. 내가 언어를 사용한 정확한 시기에 대한 기억이 없어 반박도 못하고 참아야 하는 게 짜증났다. 내 두뇌는 과학이론이나 수학증명은 고스란히 기억하면서도 개인적인 추억 따위는 너무 쉽게 지워버린다. 두뇌의 효율성을 높이기 위한 무의식적 작용이겠지만, 엄마 생일이나 동네 분식집의 위치 따위를 잊어버릴 때는 조금 황당하기까지 하다.

"그 핏줄? 아, 그 사람? 닻별이 이모라고 해야 하나, 아니면……."

큰고모의 말을 할머니가 가로막고 나섰다.

"시끄러! 입에 올리지도 마! 이모고 뭐고, 우리 집안과는 상관없는 사람이니까. 닻별이는 그냥 우리 핏줄이야. 내 아들 닮아서 머리가 저렇게 좋은 거니까 그런 더러운 핏줄 얘기는 꺼내지도 마!"

"솔직히 쟤가 똑똑한 게 엄마 아들 닮아서는 아니지. 엄마 아들은 그 정도로 머리가 좋지는 않았잖아? 차라리 엄마가 열심히 교회에 돈 갖다 바쳐서 그런 거라고 하는 게 더 신빙성이 있겠수."

큰고모는 엄청난 사교육비의 효과를 전혀 발휘하지 못하는 멍청한 아들을 둔 사람답게 지능지수의 유전적 측면을 강하게 부정했다.

"언니가 말하는 싸가지가 그 모양이니 주님께서 애들 성적을 안 올려주시는 거야."

할머니 못지않게 독실한 기독교신자인 셋째 고모는 큰고모에게 눈을 흘기더니 덧붙였다.

"솔직히 닻별이 쟤가 저렇게 똑똑할 줄 누가 예상이나 했겠어? 세 살 때까지 말 한마디 못한 아이잖아. 엄마가 십일조도 열심히 내고 매일 새벽기도를 하니까 주님께서도 갸륵하게 여기신 거지."

"그건 아니다. 그때 엄마가 무당 불러서 굿했던 거 분명히 기억하거든. 그러니까 꼭 교회에 십일조를 내서 그렇게 된 건 아니지."

큰고모가 셋째 고모의 말을 반박했다. 큰고모는 교회에 다니면서도 할머니가 십일조를 내는 것에 대해서는 틈만 나면 불만을 표시하곤 했다.

"나쁜 것! 넌 어째 틈만 나면 십일조 내는 게 아깝다고 난리냐? 그것 때문에 너한테 갈 유산 줄어드는 게 서운해서 그래? 네가 번 돈이니? 내가 번 돈이야!"

할머니의 말에 큰고모는 금세 말을 바꿨다.

"내가 언제 십일조 내는 게 아깝다고 그랬어? 그냥 내 말은 엄마가 그렇게 노력했으니까 닻별이가 저 정도 된 거라는 뜻이지. 어떻게 말 한마디 못하던 애가 갑자기 또박또박 문장을 말할 수 있지? 아무리 똑똑한 아이라도 발달단계가 있는 거 아냐? 그런데 쟤는 어떻게 그걸 휙 뛰어넘을 수가 있냐고."

"그러니까 기적이라는 거지. 그래서 내가 십일조를 계속 내는 거야. 혹시나 저것도 그, 그 인간처럼 미쳐버리면 어쩌나 싶어서. 내 손녀딸이 그 핏줄 닮아 정신병원에 갇힌다는 생각만 해도 소름이 끼쳐."

할머니는 딱 잘라 결론을 지었다.

"하긴 그래. 솔직히 바보까지는 어떻게 봐줄 수 있어도 미치는 건 정말 곤란하지. 천재들 중에 미쳐버린 사람도 많잖아."

언제나 할머니의 말이라면 깜빡 죽는 둘째 고모가 할머니의 역성을 들었다. 그나마 그때까지는 할머니와 내 사이가 그리 나쁘지 않았다. 어쨌든 나는 할머니의 첫 친손녀니까. 하지만 할머니의 내리사랑은 그리 오래가지 못했다. 비논리적이고 비합리적인 사고방식을 경멸하는 나와 증명되지 않았거나 증명할 수 없는 사실에 집착하는 할머니는 평화로운 공존관계를 유지하기 어려웠다. 몇 번의 말다툼 끝에 나는 할머니에게 귀하디귀한 '아들의 딸'이 아니라 뭘 해도 미운 '며느리의 딸'이 되었다.

그게 끝이었다. 내 기억 속의 이모는 그저 할머니의 혼잣말과 고모들의 거짓된 걱정 속에 있었을 뿐, 나와 이모가 마주한 적은 결코 없었다. 그렇다고 해서 엄마가 거짓말을 했다고 확신하지도 못했다. 나는 혜란의 말처럼 아스퍼거증후군까지는 아니라도 사람을 대하는 데 약간 문제가 있었으니까. 특히 내 주위 사람들의 이름이나 얼굴을 익히는 데 심각한 문제가 있었다. 혜란 덕분에 거의 매일 보다시피 하는 피오나 간호사의 이름도 몰랐다. 근본적인 원인은 사람에 대한 호기심과 흥미의 부재에 있었다. 나는 한 개체로서 존재하는 사람들에 대해 관심도 애정도 없었다. 그래서 사람들의 얼굴이나 이름을 기억하지 않았다. 기억할 필요가 없는 것들로 내 두뇌의 뉴런을 혹사시키고 싶지 않았다.

나는 내 기억을 샅샅이 뒤지는 데 오전을 허비했지만, 결국 내 기억 속에서 이모의 모습을 찾는 데는 실패했다. 그것이 자존심 상해 며칠 동안 엄마와 마주치는 것을 피해왔다.

그래서일까. 나는 '이모'라는 존재에 당황했다. 이모와의 갑작스러운 만남이 어리둥절한 것은 아니었다. 어쨌든 만남은 예정돼 있었으니까. 그 상황이 어색했던 것은 이모의 모습 때문이었다.

이모는 내가 생각한 모습이 아니었다. 특별히 이모의 모습을 상상하느라 시간을 낭비하지는 않았지만, 당연히 엄마 나이 또래의 평균적인 여자를 예상했다. 살짝살짝 보이는 잔주름, 막 생기기 시작한 기미와 주근깨, 뱃살로 망가진 보디라인… 그것이 내가 생각한 30대 여자들의 평균적인 외모였다.

하지만 이모는 예뻤다. 아주, 매우, 정말 예뻤다. 길거리에서 우연히 마주친다면 누구나 돌아서서 다시 한 번 쳐다볼 정도의 미모였다. 허름한 옷차림만 아니었다면 연예인이 나를 상대로 몰래카메라를 찍는 거라고 착각할 정도였다.

바보의 멍한 눈도 정신분열증 환자의 풀린 눈도 아닌, 크고 검은 동공 속에 당황한 내 모습이 보였다. 비정상적일 정도로 큰 눈에 또렷하고 새까만 눈동자도 서클렌즈를 착용한 것처럼 커서 마치 만화주인공 같았다. 제법 높은 콧대도 볼록한 이마와 완벽한 V라인의 턱 덕분에 거슬리지 않고 입체감을 더해주었다.

나는 사람의 외모보다는 내면이 중요하다고 믿어왔지만, 그 믿음은 이모 앞에서 깨져버렸다. 이모의 가는 뼈대와 투명할 정도로 하얀 피부는 이모의 등 뒤에 부드러우면서도 연약한 아우라를 만들어내고 있었다.

다행히 나보다 이모가 더 당황한 모양이었다. 이모는 내가 아무 말 없이 뚫어져라 얼굴을 쳐다보자 자신이 누구인지 몰라서 그런다고 생각했는지 냉장고에 붙어 있던 메모지를 떼어 내 앞에서 흔들었다.

'저녁강의가 펑크 나서 급하게 나간다. 이모 잘 부탁한다. 엄마.'

그래도 글로 쓸 때는 더듬지 않는군. 엄마는 이모라는 단어를 내뱉을 때마다 어김없이 더듬거렸다. 하긴 그런 적도 몇 번

안 된다. 엄마는 이모라는 단어를 꺼내는 것조차 피했다. 마치 이모라는 존재가 없는 것처럼.

"잘해주라고 부탁하지는 않을게. 그저 불편해도 견뎌줘. 짜증이 나도 참아."

이모가 올 거라고 통보하며 엄마는 그렇게 말했다. 그 말 속에 엄마가 생각하는 내 모습이 모두 들어 있었다. 엄마에게 나는 겨우 그런 사람이었다. 인내심이 부족해서 투덜거리고 작은 일에도 짜증내는, 타인에 대한 배려심이라고는 없는 아이. 엄마의 예상대로 행동해서 엄마가 준 상처를 되갚고 싶었지만 참았다. 복수라는 것은 이해받고 싶은 욕구의 또 다른 표현이었다. 내가 받은 상처와 고통을 똑같이 겪고 나를 이해해달라는 바람이었다.

하지만 엄마는 내 행동의 원인이 된 나의 상처와 고통을 이해하기보다는 결과만으로 나를 야단칠 게 뻔했다. 어차피 목적을 달성하지 못할 바에는 이모를 엉뚱한 희생양으로 만들면서까지 복수하고 싶지 않았다.

그날 밤, 엄마는 아주 오래간만에 내 방문을 노크했다.
"왜?"
용건이 뻔했지만 일부러 물었다.
"그냥… 오늘, 잘 지냈어?"
불완전한 문장에 나는 눈을 치켜떴다. 엄마는 컴퓨터 앞에 앉아 있는 나와 딱 한 걸음 떨어진 자리에 서서 뭉그적거렸다.

"그냥, 똑같은 하루였어. 어제랑 똑같은."

이모에 대해 묻는 것을 뻔히 알면서도 나는 불완전한 문장으로 대답했다. 이모는 메모지를 보여준 뒤 안방에 숨어버렸고, 나는 언제나 그랬듯이 혼자 저녁을 먹고 방에 틀어박혀 내내 인터넷 서핑만 했다. 이모의 저녁식사가 마음에 걸리긴 했지만, 어린아이가 어른을 챙기는 건 우스웠다.

"너도 봐서 알겠지만 좋은 분이셔. 네가 착한 아이라는 건 아는데, 네가 예민한 것도 아는데……."

나는 요점이 불분명한 대화는 하고 싶지 않았다. 하지만 어른들은 이리저리 에둘러 말하기를 좋아했다. 나는 다시 모니터로 시선을 향하고 말했다.

"알았어."

엄마는 요즘 들어 부쩍 더 초췌한 몰골이었다. 그래서 그렇게 대답해주었다.

2

다음 날 오전과 오후의 경계 무렵에 잠에서 깨어 방에서 나갔을 때, 이모는 부엌바닥에 금방이라도 울 것 같은 얼굴로 주저앉아 있었다. 내가 모른 척하고 욕실에서 세수를 하고 나왔을 때도 상황은 마찬가지였다.

"왜 그러고 있어요?"

이모를 위해서라기보다는 호기심을 채우기 위한 질문이었다. 내 질문에 움찔하는 이모의 눈에서 눈물이 뚝 떨어졌다. 이모는 재빨리 눈가를 훔치며 뭐라고 웅얼거렸다.

"뭐라고요? 잘 안 들려요."

"두부가 없는데… 시장을 가야 하는데… 영주가 돈도 줬는데… 무서워서……."

그러니까 할머니와 고모들의 속삭임이 사실인 모양이었다. 처음 그 수군거림을 들었을 때부터 지금 이 순간까지 그것은 거짓이라고 생각했다. 할머니도 고모들도 엄마와 관련된 일이라면 워낙 모함과 시비를 좋아했으니까. 그런데 아니었다. 순간, 당황스러웠다. 내 판단이 틀린 적은 없었다.

"내가 같이 가줄까?"

이상하게 나도 모르게 반말이 나왔다. 이모의 지능지수가 낮아서 그런 건 아니었다. 나는 나보다 지능지수가 낮은 수많은 사람들에게도 높임말을 썼다. 내가 높임말을 하지 않는 어른은 부모님과 혜란뿐으로 모두 나와 가까운 사람들이었다. 그래서인지 갑자기 이모가 가깝게 여겨졌다.

"정말?"

이모는 보통어른들처럼 내 반말을 문제 삼지 않았다. 하긴 보통사람이 아니니까.

나와 같은 종에 속하는 인간보다는 수학이나 과학에 더 흥미가 있는 내게 이모는 처음으로 호기심을 불러일으킨 인물이었다. 나는 답이 없는 의문을 그리 좋아하지 않았다. 답을 모르는 의문은 호기심을 불러일으키고 답을 찾아냈을 때 희열을 느끼게 했지만, 답이 없는 의문은 답을 찾는 내내 짜증만 나게 하다가 결국 답이 없다는 결론에 좌절만 남겼다.

나에게 인간은 답이 없는 의문의 존재였다. 생물학적으로 나와 같은 분류체계에 속하면서도 이해 불가능한 존재가 인간이었다. 하지만 이모는 뭐랄까, 새로운 존재였다. 억지나 거짓으로 자신을 꾸미지 않는 인간은 처음이었다. 당연히 이모는 모든 감정을 얼굴에 고스란히 드러냈다. 순수한 온 것의 감정이라서인지 감정의 정도도 상대에게 크게 전달되었다. 그리고 그 상대가 바로 나였다.

나는 항상 감정을 억누르고 통제하려 애썼다. 인간이 동물과 구별되는 것은 본능과 감정이 아니라 이성에 따라 행동하기 때문이었다. 감정적인 인간은 그 감정 때문에 실패하고 열등한 존재로 인생을 마감하기 마련이었다. 감정을 조절하고 억제하지 못하는 인간은 타인에게 조정을 당하기 쉽기 때문이었다. 나는 쉬운 인간이 되고 싶지 않았다. 그래서 나와 연관된 모든 감정을 나와 격리시키기 위해 노력해왔다. 하지만 이모와 함께 있으면 내 노력은 물거품이 되었다. 이모의 모든 감정이 내 속으로 파고들었다. 나에게는 낯설고 어색한 상황이었지만 그것이 은근히 마음에 들었다. 이모는 심각하게 낙

천적이라 부정적인 감정은 금세 날려버리고 긍정적인 감정은 오래 간직했으니까.

지하철로 한 정거장인 대형 할인마트까지 가는 데는 한 시간이나 걸렸다. 이모에게는 세상 모든 것이 신기한 모양이었다. 여기저기 두리번거리느라 발걸음을 자주 멈췄고, 이것저것 묻는 것도 많았다. 항상 주변에는 무관심하게 목적지로만 향하는 나와는 반대였다. 나는 오늘에서야 처음으로 우리 아파트단지 상가에 어떤 상점이 있고, 우리 아파트 앞 사거리에 어떤 학원이 있는지 알게 되었다.

이모는 지하철에서 내리자마자 숨을 몰아쉬었다.

"왜? 멀미해?"

나는 안색이 창백한 이모를 보고 걱정스럽게 물었다.

"아니, 무서워서."

이모는 침을 꿀꺽 삼키며 대답했다.

"뭐가?"

"땅굴 속에서 막 움직이는 거잖아. 그러다 땅굴이 무너지면 어떡해?"

피식, 웃음이 났다. 지하철을 처음 타본다고 좋아할 때는 언제고. 하여간 이모는 새롭고 신선한 존재였다.

이모는 지하철에서 나와서도 살금살금 걸었다.

"왜 그렇게 걷는 건데?"

"이 밑에 땅굴이 있잖아. 이렇게 사람들이 많이 걸어가는데

땅이 푹 꺼지면 어떡해?"

어처구니없는 생각에 웃으면서도 나는 이모를 따라 살금살금 걸었고, 이모는 그런 내 손을 꼭 잡았다. 평소보다 두 배나 시간을 들여 도착했는데, 이모는 할인마트가 마음에 들지 않는 듯했다.

"서울에는 시장이 없어?"

재래시장을 예상한 모양이었다.

"여기 물건이 훨씬 싸. 게다가 깔끔하고."

그렇게 대답을 하면서도 주눅 든 모습을 보니 걱정스러웠다. 다행히 이모는 할인마트 분위기에 자신만의 방식으로 적응했다. 이모는 점원들이 제품을 권하면 아주 진지하게 끝까지 들어주고 제품을 집어 카트에 담았고, 점원의 시식권유에는 깊이 고개 숙여 감사하며 시식했다. 결국 나는 카트에 담긴 몇 가지 물건을 제자리에 둔 뒤 이모를 끌고 재래시장으로 향했다.

"여기가 더 좋지?"

이모의 환한 웃음이 대답을 대신했다.

하지만 이번에는 내가 어색해서 적응하기 힘들었다. 재래시장은 나도 처음이었다. 다닥다닥 붙어 있는 점포, 어수선한 진열대, 트이지 않은 시야……

재래시장은 텔레비전에서 본 것처럼 더럽고 시끄러웠다. 그런데 이상한 일이었다. 텔레비전에서 보며 질색하던 그 공간이 웬일인지 좋았다. 살아 있는 온기가 느껴졌다. 역겹던 생선냄새마저 바다내음처럼 느껴졌다.

이모도 나도 시간 가는 줄 모르고 재래시장 안을 쏘다녔더니 어느새 허기가 졌다. 이모는 양손 가득 들었던 검은 비닐봉지를 분식집 앞에 내려놓았다. 떡볶이 한 입, 어묵국물 한 모금을 마실 때마다 '너무 맛있다'를 연발하던 이모가 갑자기 소리를 지르며 일어났다.

"와, 종이인형이다!"

이모는 급하게 계산을 하고는 문구점으로 달려갔다. 깔끔하고 세련된 디자인의 팬시문구에 익숙한 내게는 그곳도 생소한 장소였다. 천장에는 내 머리보다 큰 시뻘건 돼지저금통과 허술해 보이는 플라스틱총이 매달려 있고, 진열대에는 출처가 불분명한 색색의 불량식품이 놓여 있었다.

이모는 쪼그리고 앉아 먼지가 뽀얗게 앉은 비닐봉지 안의 종이인형에 정신이 팔려 있었다. 이모가 두꺼운 종이를 들출 때마다 먼지가 풀풀 날렸다. 조잡한 선과 유치한 원색의 그림들은 하나같이 비슷했다. 얼굴의 절반을 차지하는 눈과 치렁치렁한 금발머리, 어느 시대인지 알 수 없는 디자인의 긴 드레스들. 맞춤법도 안 맞는 제목들은 더 유치했다. 이뿐이, 미쓰서울, 공주님의 방……

이모는 한참을 구경하더니 주인할아버지가 노려보든 말든 빈손으로 일어섰다.

"사려던 거 아니었어?"

"아냐. 어린애도 아니니까, 이런 거 가지고 놀면 안 된댔어."

왜 그 순간 이모의 말에 엄마의 목소리가 겹쳐 들렸을까?

"누가?"

"아, 아니. 누가 그런 게 아니라 내 생각에 그렇다고."

"그래? 그러면 난 어린애니까 사도 되겠네?"

"정말? 너 이거 사고 싶어?"

이모의 입이 민망할 정도로 헤벌쭉해졌다.

"그래."

"어떤 거 살 건데?"

"이모는 어떤 게 좋아 보여?"

"난 이거!"

이모는 순식간에 골라 들다가 후다닥 내려놓았다.

"네가 사고 싶은 거 사."

나는 피식 웃으며 이모가 골라잡은 것 외에도 이모가 한참 보던 것을 몇 장 더 골랐다.

"이렇게 많이 사게?"

입으로는 그렇게 말하면서도 이모의 눈빛에는 더 샀으면 좋겠다는 바람이 담겨 있었다.

"이건 내가 사줄게. 아직 돈 남았거든. 사주고 싶어. 이거 얼마예요?"

이모는 들고 있던 지갑을 두드리며 당당하게 말했다.

"한 장에 2천원이유."

자신 있게 지갑을 열던 이모가 놀라서 주춤했다. 내 계산으로는 지갑에 만원 조금 넘게 있었다. 나는 주인할아버지에게 다가갔다.

"할아버지, 너무하시네요. 한 장에 500원이라고 써 있잖아요."

나는 그렇게 말하며 등 뒤로 슬쩍 만원짜리 한 장을 건넸다. 주인할아버지는 그제야 뭔가 이상하다는 눈치를 채고 이모에게 다가갔다.

"알았어요, 알았어. 그럼 다 해서 6천원만 줘요."

"조금만 더 깎아주시면 안 돼요?"

이모가 고개를 들고 물었다. 주인할아버지는 그제야 눈이 휘둥그레져 이모를 바라보았다. 이모의 미모가 빛을 발하는 순간이었다. 아마 할아버지가 눈이 나빠 이모를 미처 못 본 모양이었다. 할아버지는 결국 5천원을 받고도 입을 헤 벌린 채 우리가 가게를 나올 때까지, 그리고 그 뒤로도 한참 동안 이모에게서 눈을 떼지 못했다.

이모는 돌아오는 길에 신이 나서 내가 들고 있는 종이인형 꾸러미를 보며 노래를 불렀다.

"외로워도 슬퍼도 나는 안 울어……."

나는 이모의 노랫소리에 피식 웃었다.

"왜? 내가 노래를 너무 못해서?"

"그 만화가 유행할 때 이모 나이가 몇이었어? 스무 살도 넘었을 거 같은데."

"그, 그랬나? 그건 잘 기억 안 나."

이모는 쑥스러운지 노래를 멈추고 흥얼흥얼거렸다. 집에
와서 종이인형을 오리면서도 마찬가지였다.

"어릴 적에는 아무리 노력해도 잘 오려지지 않아서 매번 영
주가 오려줬어. 나는 가위질을 너무 못해서 드레스의 리본 같
은 데를 싹둑 잘라버렸거든."

이모는 방금 오린 종이인형을 보며 헤벌쭉해서 말했다. 어
린아이들이 가지고 노는 장난감에 좋아서 어쩔 줄 모르는 이
모를 보니 기분이 묘했다. 나는 장난감을 가지고 놀아본 적이
없었다. 어릴 적에도 누가 장난감을 쥐어주면 나는 어쩔 줄 몰
라 했다. 그걸 가지고 어떻게 놀아야 할지 몰라 어색하고 불편
했던 것이다.

그러니 학교에서 아이들과 어울리지 못하는 게 당연했다.
내가 학교에서 유일하게 배운 것은 참고 기다리고 인내하는
법이다. 이미 다 아는 내용을 가르치며 잘난 체하는 선생들을
참고, 그 지루한 수업시간이 끝나기를 기다리고, 중간중간 아
이들이 유치한 놀이를 하며 내는 소음을 견뎌야 했다. 그럼에
도 불구하고 내가 참을성이 부족한 것은 학교를 다닌 시간이
길지 않았기 때문이다. 아마 학교라는 곳을 조금 더 다녔다면
나는 벌써 열반의 경지에 올라 있을 것이다.

"이제 다 오렸다. 같이 놀자."

책을 읽고 있던 나는 이모의 말에 화들짝 놀라 고개를 들었다.

"사실 나 인형놀이는 별로 좋아하지 않는데."

기대로 가득 찬 이모의 눈빛은 거절하기가 어려웠다.

"그래? 그럼 뭐 좋아하는데? 공기놀이? 고무줄? 아니면 무궁화꽃이 피었습니다?"

"그거 난 다 해본 적 없는데……."

내가 특이한 경우라서가 아니었다. 이모가 말한 놀이들은 모두 수십 년 전에나 유행했던 것들이니 모르는 게 당연했다. 요즘 아이들은 인터넷 메신저를 통해 친구를 만들고 컴퓨터 게임을 하며 우정을 쌓는다.

"그럼 넌 어릴 때 뭐 하고 놀았어?"

이모의 순진한 질문에 나는 할 말을 잃었다. 잠시 '놀다'의 사전적 의미를 생각했다. 넓은 범위로 따지면 책을 읽으며 '놀았다'는 말이 틀린 것은 아니었다.

"책 읽으면서 놀았어."

아마 다른 사람이 물었다면 그렇게 정직하게 대답하지 못했을 것이다. 사람들은 자신들의 습성에서 벗어나는 인간을 싫어하니까. 내 대답에 이모가 놀라서 입을 쩍 벌렸다.

"우리 닻별이 대단하네. 난 아직 한글도 제대로 읽지 못하는데."

이모의 고개만큼 목소리도 수그러들었다. 다른 사람들은

책을 읽고 놀았다는 말을 들으면 비웃을 텐데 이모는 달랐다. 이모 욕을 하며 수군거리던 할머니, 고모들의 모습과 구걸하는 사람의 바구니에 돈을 넣고는 쑥스러워하며 도망치던 이모의 모습이 번갈아 스쳐 지나갔다. 지능지수나 배움의 정도로 인간을 판단해서는 안 된다는 것을 깨닫는 순간이었다. 이모는 할머니나 고모들보다, 그리고 나보다 훨씬 나은 인간이었다.

"미, 미안해."

이모의 더듬거림이 다시 시작되었다.

"뭐가?"

"그냥 미안해. 다른 사람들처럼 글도 잘 읽고 똑똑한 이모면 좋을 텐데."

'다른 사람들'과 다른 이모가 하는 사과에 화가 치밀었다. 왜 '다른' 것이 사과의 이유가 돼야 하는지 이해할 수 없었다.

인간은 잔인한 동물이다. 호모이드, 즉 호모 속에 속하는 유인원에는 다양한 종이 존재했다. 하지만 인간, 즉 호모사피엔스는 다른 종과 혼혈을 만들지도 않고 나머지 종을 모두 멸종시켜버렸다. 그게 인간이라는 종의 본성이었다. 자신과 조금이라도 다른 점이 있다는 이유만으로 거부하고 배척해 세상에서 없애버리는 잔인함.

"그건 사과할 필요가 없는 거야. 사람들은 모두 달라. 그러니까 이모가 다른 사람과 다른 게 당연한 거지. 보통사람들과 다르다는 이유로 미안해할 필요는 없어."

나는 조용히 속으로 덧붙였다. 이모도, 나도.

"정말?"

이모가 고개를 번쩍 들고 내 눈을 바라보며 물었다.

"그럼. 그리고 외국에서 살다 오면 우리말도 잊어버리는데 읽는 거야 당연히 잊을 수 있어. 그렇지?"

나는 이모 대신 변명하며 웃었다.

"그, 그래. 외국."

"걱정 마. 내가 가르쳐줄게."

"정말?"

무심코 한 제의에 이모가 반색을 했다. 순간, 당황했다. 당연히 예의상 몇 번의 거절과 실랑이가 오가리라 생각했기 때문이다. 게다가 평범한 인간들은 자발적으로 학문적 상승을 꾀하지 않았다. 그런데 이모는 역시 나와 마찬가지로 평범한 인간이 아니었다. 나는 타인에게 무언가를 가르치는 일을 싫어했다. 나는 내가 너무나 당연하고 쉽게 받아들인 이론이나 법칙을 이해 못하는 사람들이 이해되지 않았다.

이 상황을 어떻게 타개해야 하나 고민하고 있는데 이모가 물었다.

"언제부터 가르쳐줄 건데?"

이모의 눈이 반짝반짝 빛나고 있었다.

"당장 내일부터 하자!"

3

"지난 사흘 동안 어떻게 지냈니?"

상담은 항상 똑같은 안부인사로 시작한다. 나는 소파에 파묻히듯 깊숙이 앉아 등을 기댔다. 민원장은 항상 소파에 앉아 상담을 시작한다.

"똑같죠, 뭐."

"그래? 새로운 일은 하나도 없었니?"

혜란의 말대로 신기라도 있는지 오늘따라 민원장은 내 주변에 일어난 새로운 일에 대해 캐물었다. 나는 이제껏 민원장에게 정직하려고 노력해왔지만, 이상하게도 이모에 대해서는 이야기하고 싶지 않았다.

상담을 마치고 나와 혜란의 진료실로 향했다. 마침 혜란이 가운을 벗고 평상복 차림에 핸드백을 들고 진료실에서 나왔다.

"어쩌면 이렇게 딱 퇴근시간에 맞춰서 왔지? 혹시 나한테 위치추적기라도 달아놓은 거 아냐?"

혜란이 내 몸 구석구석을 쓸어보며 웃었다.

"어제는 무슨 일 있었니?"

"아니. 왜?"

"어제 병원 안 왔잖아. 박간호사가 너 무단결근이라고 사유서 받아야 한다던데?"

"그냥 일이 좀 있었어."

그제야 내가 어제 이모와 했던 외출이 병원을 제외하고는 거의 몇 달 만에 이루어진 외출이라는 것이 생각났다. 나의 동선은 극단적으로 한정돼 있다. 모두 나를 보호하기 위해서였다. 나는 지능지수만큼 감성지수도 높은 편이었다. 한마디로 극도로 예민한 감성을 타고났기 때문에 사람들이 무심히 한 말이나 행동에도 상처받고 며칠을 끙끙 앓곤 했다. 인간의 신체란 감정에 반응하는 법이어서 상처받은 마음 때문에 고열로 응급실에 실려간 적도 많았다.

그 예민한 감성을 통제하고 다스리기 위해 많은 훈련을 한 덕분에 지금은 꽤 나아졌지만, 초등학교에 다녔던 몇 달간은 내게 심각한 대인기피증과 공황장애를 남겼다. 민원장에게 치료를 받기 전에는 몇 달 동안 집 밖에 나가지 않은 적도 있었다.

민원장과의 상담이 조금 효과가 있었는지 지난 몇 달 동안 나는 날마다 병원에 출근하다시피 하며 지냈다. 병원에 있으면 내가 혼자가 아니라는 느낌이 들어 좋았고, 신기한 일이 많아서 좋았다. 아니, 다른 이유는 모두 핑계에 불과했다. 무엇보다 병원에 있으면 안심이 됐다. 내가 목숨을 끊는 극단적 시도를 한다고 해도 금세 누군가가 달려와 내 목숨을 구해줄 테니. 병원에 있으면 초조하지도 불안하지도 않았다.

그런데 문득 어제는 내내 그런 기분을 느끼지 못했다는 것을 깨달았다. 병원이 아니라 언제 나를 상처입힐지 모르는 낯선 사람들로 가득한 시장바닥에 있었는데도.

"오늘 우리 집에서 저녁 먹고 갈래? 네가 좋아하는 피자 시켜줄게."

혜란의 말에 나는 고개를 저었다.

"어디 가는데?"

"집."

"아닌 거 같은데? 좋은 데 있으면 같이 좀 가자."

"가긴 어딜 가? 다 늦은 저녁에. 그냥 집에 갈래."

하루 종일 혼자 있었을 이모가 마음에 걸렸다. 나는 오후 늦게야 일어나 밥도 먹지 않고 병원으로 왔다. 그러니 이모는 아침도 점심도 혼자 먹었을 것이다. 아는 사람 하나 없는 낯선 곳에 이모를 계속 혼자 두고 싶지는 않았다.

"정말 집에 가는 거야? 그러기엔 표정이 너무 좋은데? 너 집에 가는 거 싫어했잖아."

"내가 그랬어?"

"그럼. 그래서 우리가 친구가 된 거 아니었나? 서로 비슷해서."

혜란의 말처럼 내가 혜란을 좋아하게 된 것은 나와 비슷해서였다. 남들이 보기에는 아주 부러운 조건을 갖췄지만 혼자떠도는 사람이었으니까.

"아니. 비슷하지 않아도 친구가 될 수 있더라고."

어떤 사람을 좋아하려면 그 사람과 닮아야 한다고 생각했다. 하지만 나는 나와 완벽하게 반대인 이모에게 빠져버렸다. 어떤 사람과 친밀해지려면 그 사람과 오랜 시간을 보내야 한다고 생각했다. 하지만 이모는 단 하루 만에 나와 가까워졌다. 인간관계란 논리성과 합리성이 결여된 바탕 위에서 더 견고하게 이루어지는 모양이었다.

4

집 안에 들어서자 밥냄새가 나를 감쌌다. 순간 나도 모르게 입가에 미소가 번졌다. 가슴속에서 뭉쳐서 굴러다니던 차가운 뭔가가 풀어지는 기분. 차갑게 얼어 있던 심장이 스르르 녹아내린다. 그 따스한 느낌이 어색하고 낯설었다.

가스레인지 위에는 자그마한 돌솥이 올려져 있었다. 내 시선을 따라간 이모가 쑥스러운 듯 머리를 긁적였다.

"이상하게 전기밥솥은 익숙해지지가 않아서."

나도 모르게 표정이 굳어 있었던 모양이다. 이모는 내 굳은 표정을 오해했는지 열심히 변명했다.

"나 솥에도 밥 잘해. 걱정 마. 이게 더 맛있을걸?"

뭔지 어색하고 불편했다. 어두침침하고 습기 찬 작은 아파트가 처음으로 집이라는 생각이 들었다. 그리고 그 집이 따뜻하다는 느낌에 기분이 묘했다. 그 따스함에 푹 빠져 허우적대다 배신당하고 싶지 않았다.

누군가와 또다시 가까워지고 싶지 않았다. 가장 큰 상처는 가장 가까운 사람이 주는 법이었다. 이해할 수도 없는 사랑이라는 감정에 나 자신을 휘둘리고 싶지 않았다. 내 두뇌는 명확하고 예리하게 사물을 바라보게 만들고 싶었다. 그래서 이모를 병원에 데려가기로 결심했다. 타인에게 보여주는 모습이 아니라 진짜 내 모습을 보여주면 이모도 태도가 달라질 것이라 생각했다.

이모와 병원에 가는 것은 생각보다 싫지 않았다. 이모와 가까워지는 것을 피하기 위해 내린 결정이었다. 초라하고 볼품없는 집에 친구를 데려오는 게 싫듯 나는 엄마와 병원에 가는 것이 죽도록 싫었다. 내 안의 보잘것없는 모습을 들키는 것 같은 느낌이었다. 하지만 그런 보잘것없는 모습조차 따뜻하게 봐줄 수 있는 사람이 이모였다.

이모는 버스를 타고 병원에 가는 동안 쉴 틈 없이 질문을 해댔다.

"나는 아직도 의사들도 무섭고 주사도 무섭고 그런데, 어떻게 너는 매일 병원에 갈 수 있어? 어디가 아픈데?"

나는 손가락으로 머리를 가리켰다.

"나도 머리 진짜 자주 아파."

이모는 호들갑을 떨다가 금세 기가 죽어 어깨가 축 늘어졌다.

"그런데도 주사가 무서워 병원 가기 싫은데, 우리 닻별이는 정말 용감하네."

이모는 내 머리카락을 쓸어주며 부럽다는 듯 한숨을 내쉬다 화들짝 놀라 일어섰다.

"설마 죽을병에 걸린 건 아니겠지?"

"아냐."

죽을병이 아니라 죽고 싶은 병이라는 말까지는 꺼낼 수 없었다. 어차피 이모도 나를 따라 몇 번 병원에 오면 알게 될 텐데 굳이 내 입으로 그 얘기를 꺼내기는 싫었다.

"매일 네가 오는 데가 여기구나. 나는 병원냄새 되게 싫어하는데, 여기는 병원냄새가 별로 안 나네."

병원현관으로 들어서자 긴장한 듯 이모의 말이 빨라졌다.

"내가 따라와도 괜찮겠어?"

"내가 실수라도 하면 어떡하지?"

"치료가 많이 아픈 건 아니지?"

질문은 끊임없이 이어졌다. 이모가 긴장할수록 나는 느슨해졌다. 병원에서 살다시피 하면서도 민원장과 상담할 때는 나도 모르게 긴장이 됐다. 나는 질문받는 것, 시험당하는 것을 좋아하지 않는데 정신과 치료라는 것이 전부 사생활, 그것도 내가 대답하기 싫어하는 질문으로만 가득했다. 하지만 오늘은 이모가 밖에서 기다리고 있다는 생각에 긴장이 풀어져 숨을 제대로 쉴 수 있었다.

"오늘은 기분이 좋은 모양이네."

민원장의 질문에도 나는 빙긋 웃기만 했다.

평소 같으면 당장 이렇게 맞받아쳤을 것이다.

"무슨 근거로 그런 얘기를 하시는데요?"

"그런 엉뚱한 판단을 하시다니 원장님도 촉이 많이 늙으셨나
봐요."

따지며 되묻거나 비꼬기는 시합 중 상대선수의 신경을 건
드려 냉정을 잃게 하기 위한 트래시 토크의 기본이었다. 민원
장과의 상담은 일종의 경기였다. 내 안의 약해빠진 열 살짜리
꼬마 여자아이를 숨기고 싶은 나와 그 아이를 끌어내려는 민
원장과의 싸움이었다.

"안녕히 계세요."

상담을 마치고 평소와는 달리 예의 바르게 인사까지 하자
민원장의 눈이 커졌다.

"누가 기다리기라도 하는 모양이네. 그렇게 급하게 나가는
걸 보니."

"이모가 기다리거든요."

순간 민원장의 눈썹이 움찔했다.

"이모?"

민원장이 따라나서려는 듯 일어나 다가왔다. 나는 진료실
문을 막아섰다.

"이모가 집에 와 계시거든요. 오늘 병원에 같이 와주셨어요. 이모한테 인사를 한다느니 어쩌느니 하는 헛소리는 하지 마세요. 제 진료에 관해 하실 말씀 있으시면 엄마랑 하시라고요."

나도 모르게 말이 날카로워졌다. 첫날부터 이모에게 부담을 주고 싶지 않았다.

"내가 그렇게 엉뚱한 사람이었니? 걱정 마. 그저 얼굴이나 한번 보려고 그러는 거니까."

민원장은 기어이 진료실 밖으로 나섰다. 나를 보고 환히 웃던 이모의 얼굴이 민원장을 보자 두려움으로 얼어붙었다. 의사가 무섭다던 이모의 말이 스쳤다. 나는 민원장이 이모에게 다가서지 못하게 가로막으며 이모의 손을 붙잡았다.

"가자."

"하지만……."

이모가 엉거주춤하며 우리 뒤에 서 있는 민원장을 돌아보았다. 민원장의 눈길은 우리가 사라질 때까지 우리의 뒤통수에 꽂혀 있었다.

5

이모를 가르치는 일은 의외로 성가시지 않았다. 모음과 자음 쓰는 연습을 다 하고 나니 그다지 가르칠 것도 없었다. 어쩌면 이모는 제대로 된 교육을 받지 못해 '바보'라는 누명을 썼을지도 모른다는 생각이 들었다.

우리나라 교육제도는 인간에게 새로운 뭔가를 가르치기보다는 인간의 다양성을 철저히 배제한 채 획일화된 체제에 적응하도록 길들이는 데 집중한다. 그리고 그 체제의 효율성에 의문을 가지는 인간은 부진아 또는 부적응아라는 낙인을 찍어 사회에서 격리해버린다. 나와 이모는 어쩌면 그 체제에 의해 격리되었다는 점에서 닮았는지도 모른다.

이모가 모음과 자음을 합쳐 단어 쓰는 연습을 하는 동안 나는 빌려온 책을 집어들었다.

"내가 천재가 아니라도 엄마는 나를 사랑할까요?"

내 목소리가 머릿속에서 끊임없이 되풀이되었다. 재수 없게도 민원장의 수작에 걸려들고 말았다. 그런 질문은 하지 말아야 했다. 질문은 대답을 듣고 싶은 사람에게 해야 한다. 아니, 대답을 알고 있는 질문은 필요 없었다. 이게 모두 이모 때문이었다.

어제 민원장은 상담이 끝난 뒤 굳이 따라나와 이모에게 인사를 했다. 이모는 어떻게 해야 할지 모르겠다는 듯 나만 바라보았다.

"여기서 뵙게 될 줄은 몰랐네요."

'처음 뵙겠습니다'가 아닌 민원장의 인사에 내가 더 당황해 이모를 바라보았다. 고모와 할머니들의 '미쳤다'라는 속삭임이 스쳐 지나갔다. 그 속삭임을 진실이라 여긴 적은 단 한 번도 없었다. 하지만 '정신병원에 갇혔다'는 말은 맞을 거라고 짐작했다.

"아, 네. 안녕하세요?"

이모의 표정은 해석하기 힘들었다. 이모와 민원장의 인생이 교차한 지점은 뻔했다. 이모가 당황한 이유도 짐작 가능했다. 나는 이모를 구해주려 재빨리 나섰다.

"우리 이모랑 아는 사이셨어요? 어떻게 알게 된 사이예요? 이모는 외국생활을 오래했는데 그때 만난 사이인가봐요."

"그러게, 이렇게 만날 줄은 몰랐네."

민원장은 전혀 당황한 기색 없이 내 변명을 받아쳤다.

"차라도 한 잔 하시면서……."

나는 재빨리 민원장의 권유를 잘랐다.

"오랜만에 만나서 반가운 건 알겠는데, 저희가 급히 가야 할 데가 있어서요."

나는 이모의 손을 잡고 도망치듯 그곳을 벗어났다. 버스를 타고 돌아오면서 이모에게 민원장에 대해 묻고 싶은 것을 간신히 참았다. 이모도 마찬가지였는지 집에 오자마자 민원장에 대한 질문을 꺼냈다.

"그분이 너 치료해주시는 분이야?"

"민원장? 그렇지."

"진짜 좋은 분이신데, 다행이야."

나는 이모의 표정을 살폈다.

"얼마나 알고 지낸 사이야?"

"오래."

나는 더 이상 묻지 않았다. 자세히 묻기 시작하면 이모는 또 과거를 감추느라 우물쭈물할 게 뻔하니까. 기분이 별로 좋지 않았다. 정말 이모가 정신분열증에 걸렸던 게 맞을까? 정신분열증은 10년 정도 치료를 하면 20%에서 30% 정도가 정상적인 생활을 할 수 있다. 이모가 외국에서 살았다는 기간도 그 정도였다. 그래도 이모가 정신분열증에 걸렸다고는 믿고 싶지 않았다. 정신분열증 외에도 정신병원에 입원하는 이유는 다양했다.

오늘은 병원에 가면서 일부러 이모를 데려가지 않았다. 민원장은 이모가 함께 오지 않은 것에 대해 아무 말도 하지 않았다. 하지만 내 신경은 충분히 곤두서 있었다. 평소 같으면 그렇게 넋을 놓고 민원장의 수법에 말려들지 않았을 것이다.

"내가 천재가 아니라도 엄마는 나를 사랑할까요?"

내가 했던 질문이 다시 머릿속을 울렸다. 생각할수록 억울했다.

엄마는 유난히 내 두뇌가 뛰어나다는 사실에 집착했다. 처음에는 단순히 뛰어난 자식에 대한 자랑스러움이라고 생각했다. 내 교육에 대한 열성과 열의도 대한민국 아줌마들의 치맛바람 영향을 받은 탓이라 이해했다. 나도 엄마에게 장단을 맞춰주려 노력했다. 그리 나쁘지는 않았다. 엄마는 내가 하고 싶다고 하면 무슨 수를 써서라도 해주려고 노력했다. 일곱 살이 되기도 전에 나는 대한민국의 사교육을 거의 대부분 접했다.

하지만 언제부터인지 점점 시들해졌다. 나는 왕성한 호기심에 비해 인내심이 별로 없었다. 새로운 학문에 대한 열정은 금세 수그러들었다. 내가 과학에 흥미를 잃으면 엄마는 수학학원에 보냈다. 회화를 지겨워하면 플루트학원에 가야 했다. 엄마는 나를 위해 끊임없이 다른 계획을 들이밀었다. 내 인생의 계획인데도. 그래서 언젠가부터 나는 내 인생에서 멀어져 있었다.

과연 무엇을 하며 살아야 할까?

어떤 꿈을 꾸고 살아야 할까?

그것이 다른 아이들이 십 년 넘게 공부해야 할 것을 단 몇 달 만에 해치우는 내가 풀지 못한 문제 중 하나였다. 다른 아이들이 십 년 동안 고민하고 계획할 미래는 순식간에 내 눈앞에서 결정을 기다리며 나를 닦달했다.

엄마는 내 질문에 대답하지 못했다. 내 학원비를 버느라 새벽부터 밤늦게까지 일해야 했기 때문이다. 하지만 나는 영재교육 따위는 필요 없었다. 내 미래를 함께 고민해주고 현실적이고 구체적인 조언을 해줄 사람이 필요했다. 아니, 그저 함께 있어줄 누군가가 필요했다.

아빠는 달랐다.

"네가 좋아하는 걸 하고 살 수 있으면 좋겠지. 가장 이상적인 직업이니까. 하지만 진로라는 건 현실을 무시하고는 결정할 수 없어. 많은 사람들이 '사'자가 들어가는 직업에 매달리는 건 그런 이유 때문이겠지."

비록 속물적인 면이 강했지만 아빠의 충고는 '네가 바라고 좋아하는 걸 하고 살면 엄마는 만족해'와 같이 뜬구름 잡는 식은 아니었다. 가장 큰 문제는 내가 바라고 좋아하는 것이 무엇인지 모르겠다는 데 있었다. 나는 무엇이든 잘할 수 있었지만 그 무엇도 딱히 하고 싶지 않았다. 그런데 엄마는 문제점이 무엇인지 파악하지 못하면서도 나에 대해 다 안다고 여긴다. 사실은 하나도 제대로 알지 못하면서.

제대로 알지 못하는 인간을, 이해할 수 없는 인간을 사랑할수는 없었다. 적어도 내 생각에는 그랬다. 엄마는 내가 천재가 아니라도 나를 사랑했을까?

사랑이라는 증명 불가능한 감정에 매달리는 나 자신이 초라하게 느껴졌다. 감정을 통제하지 못하는 인간을 한심하게 여기면서도 타인이 내게 풍부한 감정을 가지지 않는다고 불평하는 것도 이율배반적이었다. 상대방의 동의 없는 무조건적 헌신과 배려는 오히려 두 사람 모두에게 폭력일 수 있었다.

그래서 나는 가끔 문학작품이나 영화에서 보여주는 완벽한 모성을 대할 때면 심각한 무기력감을 느끼곤 했다.

"무슨 책인데 그렇게 재미있게 읽어?"

"응?"

집중을 방해하며 계속 울려퍼지던 내 목소리를 이모의 목소리가 덮었다.

"몇 번이나 불렀는데 대답도 안 하고… 무슨 책이야?"

나는 책을 뒤집어 표지의 제목을 보았다.

"우리말로 하면 사회생물학 입문서라고 해야 하나?"

"우리말? 그럼 한글 책이 아니야?"

"제대로 된 사회생물학 번역서가 없더라고."

이모는 내 손에 들린 책을 들여다보며 신기해했다.

"그게 뭔데? 사회생물학?"

"간단히 말하면 이기적 개체에서 이타적 행동이 출현하는 이유를 밝히는 학문이야."

"그, 그게 무슨 소리야? 난 정말 바보인가봐. 넌 다른 사람들보다 훨씬 똑똑해서 이렇게 다른 나라 글까지 읽을 수 있는데……."

"이모가 바보가 아니라 내가 설명을 제대로 못한 거야. 좀 더 자세히 말하자면… 모든 동물은 이기적이거든. 생존본능이라는 것도 결국 살아남으려는 이기심이잖아. 그런데 가끔 이런 동물들이 본능과 다른 행동을 할 때가 있어. 다른 누군가를 위해 죽음까지 불사하고 행동하지. 이 책은 그 이유가 뭔지 설명해주는 책이야."

이모는 어리둥절해하면서도 다시 한글연습을 시작했다. 벌써 'ㅅ'과 모음을 합치는 단계였다.

이모가 글쓰기 연습을 하는 동안 나는 다시 책을 집어들었다. 당연한 본능인 이기심을 누르고 동물이 이타적 행동을 하는 경우는 두 가지로 설명할 수 있다. 윌리엄 해밀턴이 주장한 혈연선택(kin selection)은 구성원들의 번식성공도를 증진시키는 방향으로 행동한다는 이론으로 꿀벌, 개미 등 사회성 곤충에게서 많이 나타난다. 새끼를 잡아먹으려는 포식자 앞에서 어미가 포식자를 유인해 새끼 대신 잡아먹히는 게 한 예다. 로버트 트라이버스가 주장한 상호이타주의(reciprocal altruism)는 동물들이 자기의 도움에 보답할 수 있는 다른 동물을 돕는다는 이론으로 피를 나눠 마시는 흡혈박쥐나 자기 몸에 있는 기생충을 먹고 사는 청소고기를 잡아먹지 않는 큰 물고기가 그 예다. 두 이론 모두 결국 목적 없는 희생은 없다는 점에서는 닮아 있다.

'모성'은 이 두 가지에 모두 해당된다. 자녀란 자신의 유전자를 번식시키는 동시에 노년기를 보장해줄 수 있는 든든한 보험이기도 하니까. 결국 가장 위대한 사랑이라 불리는 모성마저도 자신의 이익을 위해 꾸며낸 허울좋은 변명에 불과한 것이다.

열흘, 이모가 집에 온 지 겨우 열흘이었다. 10일밖에 안 되는 시간 동안 나는 이모에게 익숙해져버렸다. 누군가에게 익숙해졌다는 것은 위험신호다. 누군가에게 익숙해졌다는 것은 그 사람 없이 사는 게 힘들어질 수 있다는 반증이기도 하므로. 뭔가가 없이 사는 게 힘들어진다는 것은 그 뭔가에게 지배될 수 있다는 뜻이기도 했다. 나는 세상 그 어떤 것에도, 심지어는 내 마음속의 감정에도 지배받고 싶지 않았다.

그래서 나는 일부러 혜란의 집에 놀러가 시간을 보내기로 했다. 눈에서 멀어지면 마음에서도 멀어진다는 속담을 믿어보기로 한 것이다. 이모는 혜란의 집에 간다고 하자 냉장고에 있는 밑반찬을 끌어모아 내 손에 들려주었다.

"그 집에는 먹을 게 하나도 없다며? 게다가 민원장님께 내가 진 신세가 얼만데. 다음부터는 미리 얘기해줘. 그럼 내가 밑반찬이나 이런 거 만들어줄게."

나는 짐을 들고 다니는 것을 좋아하지 않는다. 하지만 혜란에게 많이 얻어먹어온 터라 이모의 설레발이 그리 싫지만은 않았다.

혜란의 집 현관문을 열어준 사람은 현민이었다. 소파에 앉아 있던 혜란이 내 얼굴을 보고 일어섰다.

"피자집 배달원인 줄 알았는데 너구나. 갑자기 현민이가 들 이닥쳐서… 너도 얼굴은 알지?"

혜란은 현민이 집에 있는 것에 대해 변명하며 내 눈치를 봤다. 현민은 민원장이 진행하는 프로젝트의 일원이었다. 현민이 나에 대해 얼마나 아는지 몰라도 나는 현민의 얼굴만 아는 정도였다. 본관에 뻔질나게 드나들며 본관에서 근무하는 의사, 간호사, 직원들과는 어울릴 수 있었지만 내 치료에 관여하는 사람은 제외였다. 게다가 현민은 좀 과하게 친절하다고 할까, 나를 볼 때마다 친한 척하며 묘하게 내 신경을 긁었다. 나는 나에게 친절한 사람보다는 불친절한 사람이 편했다. 불친절한 사람은 기대감을 주지도 않고 뒤통수를 치는 법도 없다.

"너무 반갑지 않은 얼굴이네. 나 그냥 갈까?"

현민이 아직 현관에 서 있는 나에게 물었다. 굳이 물어본다는 것은 가고 싶지 않다는 뜻이었다. 일단 어린애라고 무시하지 않는 태도는 나쁘지 않았다. 나는 신발을 벗고 거실로 들어섰다.

"아뇨, 피자값 계산하실 분이 가면 안 되죠."

그제야 혜란이 자그맣게 한숨을 내쉬었다.

"그렇군. 난 왜 그 생각을 못했을까? 가장 비싼 피자로 시킬 걸 그랬네."

나는 손에 들고 있던 가방을 내밀었다.

"우리 이모가 가져다주래. 밑반찬이야."

"정말? 고맙긴 한데 난 집에서 밥 안 먹는데……."

혜란이 곤란한 듯 말끝을 흐렸다.

"그럼 내가 가지고 가도 돼? 선영누나 음식솜씨 진짜 좋은데."

순간, 정말 굳어버렸다. 민원장이 이모와 알고 있다는 사실에도 적응하지 못했는데 현민까지……. 뭐랄까, 갑자기 내 인생에 '우연'이 너무 많이 등장한다는 생각이 들었다. 반갑지 않았다. '좋은' 우연은 연달아 일어나지 않는다.

"김현민 선생님이 어떻게 우리 이모를 알죠?"

생각보다 말투가 신경질적으로 나왔다.

"너 상담하는 동안 밖에서 기다리실 때 봤거든."

현민은 그것으로 모두 설명이 되는 줄 아는 모양이었다.

"그런데 어떻게 음식을 잘한다는 걸 알죠? 두 분, 원래 아는 사이였나요?"

이번에는 현민의 표정이 굳었다. 나는 눈에 띄게 눈썹을 추켜올리며 고개를 갸웃했다. 혜란도 이상하다는 표정으로 현민을 바라보았다.

"어릴 때 같은 동네에서 살았거든."

현민이 억지로 뱉어내듯 대답했다.

"고향이 같다고요?"

내 물음에 현민이 고개를 끄덕였다. 그렇다면 엄마와 현민의 고향도 같다는 말이다.

"그럼 우리 엄마도 알겠네요?"

"그, 그렇네. 네 엄마도 알지. 한동네였으니까."

"아, 맞다. 할아버지가 중풍 걸리셔서 간병하느라 엄마가 시골 내려가면서 너도 데려갔다고 했지? 가끔 네가 시골출신이라는 걸 완전히 까먹는다니까. 사투리도 전혀 안 쓰고."

혜란이 끼어들었다.

"할아버지가 중풍을 맞으시기 전까지는 서울 살았으니까."

"아버지는 못 내려가셨을 거 아냐? 힘드셨겠다, 완전히 기러기아빠 신세잖아."

"그렇지, 뭐……."

현민은 그렇게 대충 얼버무렸다. 가족이야기 하는 걸 꺼리는 게 분명한데도 혜란은 계속 현민의 가족이야기를 읊었다.

"얘네 아버지가 판사셨거든. 지금은 변호사시고. 나 입학하자마자 처음 이름 외운 애가 현민이었잖아. 그 집안 빠방하다는 애가 김현민 맞지? 쟤가 김현민이야? 그렇게 물어대며 소개팅을 시켜달라는 고등학교 동창들한테 엄청 시달렸어. 외갓집은 이름만 대면 알 만한 사업체 오너여서 돈 많지, 친가는 대대로 법조계에 몸담았지, 게다가 외아들이지… 하여튼 여자애들이 줄을 섰다니까."

피자가 배달되고, 그 피자를 다 먹는 동안에도 혜란은 현민에 대한 이야기를 늘어놓았다. 현민이 그만하라고 몇 번이나 말했는데도 혜란이 끈기 있게 피자 대신 현민에 관한 화제만 입에 올린 덕분에 현민은 피자를 먹자마자 가야겠다며 일어섰다.

"현민이 때문에 불편했니? 같은 아파트에 살다보니 이렇게 가끔 들이닥칠 때가 있거든. 정말 미안해."

혜란은 현민이 가자마자 변명을 했다. 동료의사들에게도 꼿꼿하기로 유명한 혜란이 어쩔 줄 몰라 하며 사과하는 것을 보니 나도 모르게 맘이 풀렸다. 게다가 현민이 사생활 이야기를 꺼리는 걸 눈치 빠른 혜란이 몰랐을 리 없었다. 혜란은 일부러 현민을 내보내기 위해 너스레를 떨었던 것이다.

"미안하긴, 오히려 내가 데이트 방해한 거 아닌지 모르겠네."

"데이트?"

혜란이 놀란 눈으로 웃음을 터뜨렸다.

"데이트는 아니었다는 뜻으로 알아들을게. 다행이네."

"내가 현민이랑 데이트하는 게 아니라서 다행이라고? 왜?"

"경쟁이 너무 센 거 같아서."

현민은 병원 내에서 인기가 많은 편이었다. 나는 손가락을 꼽으며 말을 이었다.

"내가 아는 사람만 해도 성형외과 인턴, 이식외과 레지던트 3년차, 뇌신경센터 간호사 셋에……."

"그만해. 인기가 많은 건 알았지만, 그 정도인 줄은 몰랐네."

혜란은 마땅찮다는 표정이다.

"그러니까 친구와 연인 사이 중간쯤 어딘가구나?"

내 질문에 혜란이 허를 찔린 듯 움찔했다.

"쪼끄만 게… 아무리 네가 똑똑하다 해도 나한테 연애에 대해서까지 충고할 생각은 말아줬으면 좋겠다. 솔직히 넌 아이돌 스타도 좋아해본 적 없잖아. 넌 사랑이라는 감정에 대해 전혀 모를걸?"

"경험해보지 않았다고 그것에 대해 모르는 건 아니지."

"아니. 세상에는 겪어보지 않으면 모르는 것들도 있어."

"혹시 공감이라는 단어 못 들어봤어? 타인의 감정을 똑같이 느낀다는 뜻인데?"

혜란이 푸하하, 웃음을 터뜨리며 빠르게 오가던 토론의 장을 마감했다.

"널 어떻게 말로 이기겠니? 하지만… 감정이란 게 그래. 어떤 것이라고 딱히 정의할 수 없는 감정이란 것도 있거든."

"그렇지, 우정과 사랑 사이. 건투를 빌게. 그 경쟁률을 뚫는다면 나도 축하해주지."

"맘대로 생각해. 사실 나도 현민이랑 그렇게 잘 맞는 성격은 아냐. 현민이는 워낙 남들한테 살가운 성격이잖아. 난 완전히 반대고. 그런데도 이상하게 싫지는 않아. 굳이 변명하자면 현민이는 나랑 비슷한 색깔이라는 느낌이 들거든."

"비슷한 색깔?"

"어두운 색. 참 이상하지? 완벽한 스펙에 뭐 하나 부족할 게 없는 애한테서 그런 느낌이 든다는 게?"

"그렇게 따지면 혜란샘은 뭐가 부족한데?"

"하긴, 그것도 그렇군. 뭐 하나 부족한 게 없어 보이는 사람들인데 왜 이리 다들 어두운 건지… 그런데 넌 현민이가 왜 싫은데?"

이번엔 내가 허를 찔릴 차례였다.

"난 잘 모르는 사람한테 싫어한다, 좋아한다 따위의 감정을 가지는 사람 아니거든."

일단은 부정했다. 어떤 사람이 없는 자리에서 그에 대해 나쁜 얘기를 하는 건 얕은 수준의 학식과 나쁜 질의 본성을 드러내는 것이다. 하지만 혜란은 끈질겼다.

"그러니까 어떤 점이 좋아할 수 없게 만드는데? 나는 현민이랑 십 년 넘게 알고 지내왔는데 현민이를 싫어하는 사람은 처음 봤거든."

"그냥 좀 경계심이 든다고 할까?"

"왜?"

"너무 친절하거든."

그렇게 대답하고 나서 재빨리 덧붙였다.

"나 이상한 거 아니까 이상하다고 말하지 마. 어차피 인간이라는 게 다 나름대로의 판단기준이 있는 거니까."

"그게 왜 이상한데? 나도 너무 친절하고 살살거리는 성격 싫어해. 그런 인간들이 꼭 뒤통수를 치거든."

그 말에 나는 크게 웃음을 터뜨렸다. 정말 혜란과 나는 꼭 닮았다. 혜란은 내가 웃는 모습을 신기하다는 듯 바라보며 눈을 크게 떴다.

"그럴 리는 없지만, 내 말 듣고 약이라도 먹기 시작한 거야? 너 그렇게 크게 웃는 거 처음 본다."

"아니, 난 고집이 세거든. 아직도 내가 감정을 통제하고 조절할 수 있는 인간이라고 믿어."

"그래? 약을 안 먹는단 말이지? 그런데 좀 이상하다? 무슨 일 있어?"

모두 그렇게 물었다. 병원에서 나를 만나는 사람마다.

"왜? 도대체 어디가 이상한데?"

"일단 하루 종일 병원에서 헤매는 일도 없고……."

"이제는 흥미가 떨어졌나보지. 증거불충분, 기각!"

"엄청 행복해 보여. 예전에는 웃어도 웃는 것 같지 않았거든. 어린아이 껍질 속에 들어 있는 어른 같다고나 할까? 항상 인생 다 산 노친네처럼 굴었잖아."

나도 그렇게 생각했다. 나는 어린아이 껍질 속에 들어 있는 어른이라고, 어른인데도 어린아이 대접만 받는 게 속상하다고. 하지만 아니었다. 나는 어른의 껍질을 쓴 어린아이였다. 그리고 이모가 그 어린아이를 끄집어내주었다. 지난 며칠간 나는 가질 수 없었던 어린 시절을 이모 덕분에 겪고 있었다. 학문에 대한 탐구 따위는 접어두고 유치한 놀이로 시간을 때우고, 아무 목적 없이 여기저기를 기웃거리며 시간을 낭비했다. 그리고… 거리낌 없이 내 감정을 터뜨렸다. 나와 관련된 것을 모두 분석하고 판단하며 미래를 계획하는 일은 미뤄두고 현재만 즐기는 어린아이로 사는 일은 즐거웠다.

"어쨌든 다행이다. 가끔 네가 우리 집 거실에서 밖을 바라볼 때면 혹시 뛰어내리는 게 아닐까 두려웠거든. 너, 그 단계만 남았잖아."

혜란의 말에 나는 피식 웃었다. 내 자살시도를 거짓으로 치부한 지 얼마 지나지도 않았는데 혜란은 자신이 했던 말을 뒤집는다. 가까운 이에 대한 판단에서는 항상 두려움이라는 감정이나 미래에 대한 걱정이 이성을 압도하는 법이다. 자살시도 단계는 비슷하다. 사람들은 자신을 파괴하려는 마지막 순간까지도 자기 신체는 훼손하지 않으려는 묘한 습성을 지녔다. 첫 번째는 수면제 과다복용이나 질식사. 시신훼손이 덜한 그 방법이 실패로 돌아갈 경우는 손목 긋기, 즉 동맥 파열. 그리고 이런저런 방법이 시도되지만, 모두 실패로 돌아갈 경우 마지막은 같다. 높은 곳에서 뛰어내리기.

나는 혜란의 걱정 어린 말에 별다른 대꾸를 하지 않고 집에 가겠다며 일어서 나왔다. 어쩌면 정말 그 방법을 써야 할지도 모른다는 말은 꺼내지 못했다.

오늘 아침도 여느 때처럼 아빠에게 전화를 걸었다. 아빠는 잠에서 덜 깬 목소리로 웅얼거렸다.

"닻별아, 아빠가 어제 연구 때문에 밤을 새워서 조금 더 자야 할 거 같거든."

"알았어, 아빠. 이따 오후에 다시 전화할게."

"그래."

아빠의 짧은 대답 뒤로 킥킥거리는 여자의 웃음소리가 들렸다. 아빠가 잠결에 웅얼대는 바람에 휴대전화 볼륨을 최대한으로 높여서 벌어진 일이었다.

나는 당황하지 않았다. 그 상황에 대해 캐묻지도 않았다. 그 상황에 대해 마음대로 판단하고 화를 내지도 짜증을 부리지도 않았다. 그저 통화종료 버튼만 눌렀을 뿐이다.

아빠는 엄마를 의부증으로 몰아붙였지만, 항상 실마리를 제공한 사람은 아빠였다. 나는 항상 편파적이 되지 않게 조심하려고 했다. 그래서 아빠의 여자관계에 무관심하려 노력했다. 정보가 부족하면 판단할 수 없으니까.

두 번째 자살시도를 하기 전, 아빠의 친구라는 여자가 찾아왔다. 여자는 분명히 자신을 아빠의 '애인'이라고 밝혔다. 그리고 엄마와 아빠의 싸움은 다행히 내 자살시도로 멎었다.

"전부 다 내 오해였어. 엄마가 잘못 안 거였어. 그러니까 너도 오해하지 마."

엄마는 내가 누워 있는 병원침대 옆에서 말했다.

"그 여자가 아빠를 짝사랑해서 그런 거야. 애인이라니 어림도 없지. 그냥 단순한 친구일 뿐이야."

아빠는 퇴원하고 돌아온 나에게 그렇게 말했다.

모든 인간이 정직하다고는 믿지 않는다. 하지만 가끔은 인간의 정직성에 대해 의심하지 않는 게 편했다. 아직도 귓가를 울리는 듯한 여자의 웃음소리를 지우기 위해 나는 이어폰 볼륨을 높였다.

지난 늦여름 태풍으로 무너진 아파트단지 담장을 수리하는지 길가에 벽돌이 쌓여 있었다. 꽤 늦은 시간이라 주위에는 아무도 없었다. 나는 벽돌을 밟고 담장 위로 올라섰다. 어른 키 정도 높이의 담장 위에서 나는 아래를 내려다보았다.

낙하했을 때의 속도는 물체의 위치에너지와 운동에너지가 같다는 역학적 에너지 보존의 법칙에서 구할 수 있다. 공기저항이 없을 때 $mgh = \frac{1}{2}mv^2$에서 낙하속도 $v=\sqrt{2gh}$가 된다. 여기에 중력가속도 $g=9.8m/s^2$, $h=1.8m$를 대입하면 나는 5.93m/s의 속도로 바닥에 떨어지게 된다. 바닥까지 떨어지는 데 걸리는 시간은 0.6초.

나는 한쪽 발을 허공으로 내디뎠다. 몸이 휘청거렸다. 심호흡을 한 뒤 나머지 한 발을 뗐다. 내 몸이 허공을 가르며 떨어져내렸다. 나를 에워싸는 공기를 느낄 틈도 없었다. 바닥에 맨 먼저 닿은 왼쪽 발이 비스듬히 꺾이는 바람에 발목이 시큰거렸다. 본능적으로 앞으로 뻗어나가 충격을 분산시킨 손은 시멘트 바닥에 쓸려 벗겨졌다.

나는 한참을 바닥에 주저앉아 떨어질 때의 느낌을 되새겼다. 발밑에 아무것도 닿지 않았던 그 순간의 공포와 무력감을 기억할 필요가 있었다.

제4장

선택

1

엄마는 살금살금 발뒤꿈치를 들고 현관으로 가고 있었다. 혹시 새벽에 잠들었을지 모르는 나에 대한 배려였다. 하지만 나는 엄마가 깨어났을 때부터 문밖에서 느껴지는 엄마의 움직임에 신경을 곤두세우고 있었다.

"일요일인데 어디 가?"

자신만의 생각에 빠져 내 인기척을 듣지 못했는지 엄마가 소스라치게 놀랐다.

"보, 보강이 있어서."

파르르, 가슴이 떨렸다. 엄마는 아빠와 만나는 일 자체를 나에게 숨기려고 했다.

"아빠 만나러 가는 거잖아."

아빠는 주말 동안 열리는 학회에 참석하기 위해 며칠 전 서울에 왔다. 학회 중간에라도 얼굴을 보기 위해 시간적 여유가 있는 내가 움직였다. 아무리 학회일정이 바빠도 점심식사는 할 테니까. 아빠를 놀래주려고 미리 알리지도 않았다. 코엑스몰까지 가는 두 시간 동안 오래간만에 아빠를 본다는 생각에 내내 설레었다.

"아빠, 학회가 코엑스몰 근처에서 열린다고 했지? 나 마침 그 근처인데 얼굴 볼 수 있어?"

나는 컨퍼런스룸이 있는 3층에 도착하자마자 아빠에게 전화를 걸었다.

"미안. 다른 학교 교수님들이랑 점심약속이 있거든."

아빠의 말대로 점심시간인지 컨퍼런스룸에서 사람들이 쏟아져나오고 있었다. 나는 건성으로 아빠의 변명을 들으며 화려한 황금빛 조명 아래서 아빠를 찾아 헤맸다. 이왕 여기까지 왔으니 얼굴이라도 보고 가고 싶었다.

"그래도 내 얼굴이라도 보고 식사하러 가면 안 돼? 나 아빠한테 전해줄 소식도 있는데."

"무슨 소식?"

미국 대학의 입학허가서가 속속 도착하고 있었다. 모두 합격이었지만 아직 고민이 많았다. 우선 내가 가고 싶은 대학은 사립인 데다 그 네임벨류 때문에 학비가 비쌌다. 한 주립대학에서는 생활비까지 장학금으로 주겠다는 서류가 왔지만 영 내키지 않았다. 엄마, 아빠의 능력으로는 내가 원하는 대학의 학비를 감당할 수 없었다. 하지만 할머니라면 충분했다. 할머니를 설득하려면 당연히 아빠가 나서는 편이 유리했다. 할머니는 아빠가 국내대학원에서 박사학위를 받은 것도, 그 박사학위를 받기까지 오랜 시간이 걸린 것도 평생의 한이라고 했다.

"우리 딸 삐치는 거 아니지? 요즘 아빠가 급한 연구가 많아서 전화도 자주 못했는데, 우리 딸 또 실망시켜서 어떡하니?"

아빠의 말을 듣고서야 아빠와 통화한 지 일주일이 넘었다는 것을 깨달았다. 그리고 더 이상 아빠를 못 보고 지낸 날을 세지 않고 있다는 것도 의식했다.

"아니야. 바쁘면 못할 수도 있는 거지."

"그런데 어떻게 아빠가 전화 안 한다고 딸도 전화를 안 하냐? 아빠는 네가 화난 줄 알고 잔뜩 겁먹었잖아."

"아빠한테 화난 게 아니라 나도 좀 바빴어. 이모가 와서 이런저런 일이 좀 많았거든."

"이모?"

전화기 너머 아빠의 목소리가 갑자기 커졌다. 순간, 전화기에서 들리는 아빠의 목소리와 겹쳐지는 목소리가 들렸다. 나는 소리가 들리는 쪽으로 고개를 돌렸다. 전화기를 들고 있는 아빠의 모습이 눈에 띄었다. 나는 아빠 쪽으로 천천히 다가갔다. 어차피 내 키가 워낙 작아서 다른 사람들에 가려 보이지도 않겠지만 아빠가 중간에 눈치채는 건 싫었다. 아빠가 나를 보고 좋아하는 모습을 바로 곁에서 보고 싶었다.

"이모가 왔다는 거야?"

"응."

"온 지 얼마나 됐는데? 하루 종일 같이 있는 거야?"

갑자기 나에 대한 아빠의 관심이 급상승했다.

"되도록 둘만 있지 않도록 해. 무슨 짓을 할지 모르는 사람이니까."

그 말에 담긴 이모에 대한 모멸감에 갑자기 기분이 나빠졌다. 아빠는 본 적도 없는 사람을 마음대로 재단해버린다. 나는 아빠를 몇 걸음 앞에 두고 멈춰 섰다.

"좋은 분이던데."

나도 모르게 이모 편을 들었다. 이모가 평범한 사람과 다르다는 것은 나도 알았다. 정신분열증을 앓았을 가능성도 무시하지 않았다. 그 병이 어떤 병인지도 잘 알았다. 하지만 그 모든 사실보다 분명한 것은 이모가 결코 내게 상처를 입히지 못할 것이라는 확신이었다. 아빠의 오해를 풀어주고 싶었지만 아빠가 내 말을 잘랐다.

"넌 아직 어려서 다 얘기해줄 수 없지만 함부로 가까이하지 않도록 해. 모레 엄마 만나니까 이모 일은 아빠가 알아서 할게."

"엄마를 만난다고? 왜?"

내가 아빠에게 다가가려고 걸음을 떼는 순간, 아빠가 누군가를 향해 손을 흔들었다.

　"미안, 전화 끊어야겠다. 아는 교수님이 부르시네."

　나는 아빠가 손을 흔드는 방향으로 고개를 돌렸다. 젊은 여자가 아빠에게 다가와 팔짱을 꼈다. 나는 사람들이 빠져나간 홀에 한참을 서 있었다. 둘을 쫓아가고 싶지는 않았다.

　앨런 튜링은 어떤 명제가 선험적으로 증명이 가능한지 불가능한지는 증명해보기 전까지는 알 수 없다는 것을 증명했다. 나는 '아빠가 누군가와 사랑에 빠져 우리 가족을 버리고 새로운 가족을 이루기를 원한다'는 명제를 증명하려는 시도를 아직은 하고 싶지 않았다.

　집에 돌아와서도 아빠와 팔짱을 끼고 가던 여자의 모습이 뇌리를 떠나지 않았다. 몇 번이나 슬며시 물었지만 엄마는 내게 아빠를 만난다는 얘기를 꺼내지 않았다. 별거 후 몇 달 만에 부부가 만나 할 수 있는 것은 두 가지밖에 없다. 서로에게 이를 갈며 이혼서류를 작성하거나 극적으로 화해하는 것. 엄마 아빠 모두 드라마라면 질색하는 사람들이니 결론은 하나뿐이었다.

　나는 무조건 이혼은 안 된다며 억지를 썼다.

　"무조건 이혼은 싫어. 엄마가 싫다고 하면 아빠는 결국 돌아올 거야. 무릎 꿇고 빌기라도 해."

왜 엄마와 대화를 하면 논리적이고 합리적인 내 모습은 사라지고 아무것도 모르는 무지렁이 노인네처럼 우기게만 되는지 모르겠다. 엄마는 기막힌 얼굴로 물었다.

"내가 잘못한 것도 없는데 왜 빌어야 해? 왜 나만 참고 살아야 해?"

가끔은 이래서 억지가 좋다. 객관적 사실을 바탕으로 한 논거도 필요 없고, 주장이 합리적이며 타당한지 논증할 필요도 없다. 그저 내 견해와 주장만 되풀이하면 된다. 대답할 수 없을 때 억지는 가장 강력한 무기가 된다.

"엄마잖아!"

내 단순한 대답에 엄마는 황당해서 입을 다물지 못했다. 나는 그대로 방에 들어와버렸다. 이모가 엄마를 쫓아나가며 뭐라고 소리치는 것 같았다. 하지만 나는 관심을 끈 채 오디오 볼륨을 높였다.

한참 뒤 혼자 돌아온 이모는 머리가 아프다며 드러누웠다. 하얗게 질린 얼굴로 보아 꾀병은 아닌 것 같았다.

"병원 가봐야 하는 거 아냐?"

내 말에 고개를 젓던 이모는 이맛살을 접으며 고갯짓을 멈추었다. 정말 많이 아픈 모양이었다.

"아냐, 병원은 안 가. 민원장님이 주신 약 있어. 그거 먹으면 금세 나아질 거야."

민원장은 어떻게든 이모와 이야기를 나누려고 애썼다. 이모에게 반했다는 것을 굳이 숨기려 하지도 않았다. 이모를 위해 대기실에 각종 차와 쿠키까지 가져다놓았고, 어쩌다 내가 혼자 병원에 가는 날은 실망한 기색이 역력했다.

국내 최고의 정신과의사인 종합병원 원장과 이모는 참 어색한 조합이었다. 하지만 이모도 민원장을 그리 싫어하는 것 같지 않았고, 내게도 그리 해가 될 게 없는 관계여서 나는 모르는 척 둘 사이를 지켜보았다. 민원장이 이모를 위해 대기실 소파를 새것으로 바꾼 다음에는 또 어떤 이벤트와 선물을 준비할지 궁금하기까지 했다.

며칠 전, 상담을 후다닥 마친 뒤 이모와 얘기하려고 나를 따라나오던 민원장의 손에 들린 쇼핑백은 내 기대감을 부추겼다. 쇼핑백 안의 선물상자를 열어보라는 내 닦달에 이모는 병원 앞 작은 공원 벤치에 앉아 상자를 열었다. 나는 상자 안의 선물을 확인하고는 황당한 표정을 감출 수 없었다. 쇼핑백 안의 선물은 내 기대를 산산조각 냈다.

"약이잖아."

그런데 실망하는 나와는 달리 물질만능주의의 폐해 따위는 모르는 선한 이모는 상자 안에 가득한 조제용 약봉지를 쓰다듬으면서 행복해했다.

"며칠 전에 두통이 너무 심하다고 했더니 그게 맘에 걸리셨나봐."

나는 혀를 찼다. 참, 민원장도 여자에는 젬병이다. 여자의 마음을 얻고 싶으면 명품백이나 보석을 사줘야지, 병원에 남아도는 약을 선물로 주다니. 열 살밖에 안 된 나도 그 정도는 아는데…….

그래도 이모의 행복을 망치고 싶지 않아 덧붙였다.

"평생 먹어도 되겠네, 이렇게 많으니. 약도 유통기한이 있는데 많이 주기만 하면 좋은 줄 알다니 민원장님도 참 대단해. 하긴 약선물 자체가 대단한 거지."

실망이 커서인지 좋은 말을 해주려고 해도 결국 비꼬며 투덜대기만 했는데, 다행히 이모의 행복은 끄떡없었다. 이모는 민원장이 준 약을 꼬박꼬박 먹었다. 민원장은 복용시간과 복용량을 따져 각종 비타민과 영양제를 챙겼다. 하지만 민원장의 정성어린 선물에도 불구하고 이모의 습관성 편두통은 별로 나아지지 않았다.

이모는 하루 종일 아팠다. 엄마의 이혼소식이 큰 충격이었나 보다. 하얗게 질린 얼굴로 부엌에 나와 밥을 한다고 서성거리는 모습을 보고 있으려니 나까지 두통이 생길 지경이었다.

"내가 오늘은 서비스로 밥을 할 테니까 들어가 있어."

자신 있게 말하고 이모를 방으로 들여보냈지만 막막했다. 급히 인터넷을 뒤져 요리법을 찾았다. 된장찌개, 가장 보편적이고 간단해 보이는 음식이었다. 하지만 레시피에 나온 대로 숟가락에 정량의 양념을 담아 정확한 시간 동안 가열하고, 실험을 하듯 요리를 했는데도 맛이 엉성했다. 어디가 잘못됐는지 알 수 없지만 뭔가가 빠진 듯한 맛. 간을 보고 이것저것 조금씩 첨가하기를 반복하다 짜증이 나서 숟가락을 던져버리고 말았다. 결국 나는 피자집에 전화를 걸었다. 다행히 이모는 그 간단한 전화 한 통의 노력에도 충분히 감동해주었다.

"진짜 맛있다. 정말 고마워."

이모는 피자를 먹고 난 뒤 기름기 묻은 손가락을 쪽쪽 빨며 똑같은 감사인사를 거듭했다.

"뭐가 그렇게 고맙냐?"

"난 처음 먹어보는 음식이거든."

이모는 가끔 사람을 할 말 없게 만드는 재주가 있다. 나는 피자만 우적우적 씹었다.

"나 때문일까?"

이모는 한참을 말없이 있다 불쑥 물었다.

"뭐가?"

"영주가 이혼하는 게 나 때문일까?"

이모의 재주가 또 한 번 발휘되는 순간이었다. 골똘히 생각에 잠긴 이모의 눈은 허공을 향하고 있었다. 나는 사레가 들려 캑캑대다가 되물었다.

"말도 안 되는 소리 하지 마."

"하지만 내가 와서 일이 더 안 좋게 풀리는 건 사실이잖아.

네 아빠가 나 별로 좋아하지 않거든. 하긴 누가 친정언니 데리고 사는 걸 좋게 생각하겠어?"

"어떤 외부적 문제든 서로 의지해서 극복하지 못하는 부부라면 그건 그 부부 자체의 내부적 문제겠지. 모두 말하잖아, 부부문제는 아무도 알 수 없는 거라고. 이모 때문 아니니까 신경 쓰지 마."

그렇게 이모를 달래면서도 확신할 수 없었다. 나도 궁금했다. 엄마 아빠가 이혼하는 게 나 때문일까? 평범한 부부는 문제가 생겨도 자식 때문에 참고 산다고 말한다. 하지만 나는 엄마 아빠에게 가족이라는 집단을 유지할 이유와 명분이 되지 못했다.

내가 평범한 어린아이기를 바랐다. 아니, 정확히 말하면 내가 부모들이 꿈꾸는 아이에 가까워지기를 바랐다. 내가 조금만 덜 똑똑했어도, 내가 조금만 더 애교가 많았어도……. 어쨌든 내가 좀 더 사랑할 만한 아이였다면 엄마도 아빠도 나를 떠날 수 없을 것이라 생각했다. 내가 바라던 화목하고 포근하고 따뜻, 완벽한 가족을 이룰 수 있을 것이라 생각했다. 어쩌면 엄마 아빠가 헤어지고 싶은 사람은 서로가 아니라 정작 나일지도 모른다.

"왜 엄마가 이혼한다는 게 그렇게 싫은 거야?"

이모는 말도 안 되는 질문이라는 듯 나를 빤히 바라보았다.

"넌 싫지 않아?"

"나야 싫은 게 당연하지. 부모가 이혼하는 걸 좋아하는 자식이 어디 있겠냐?"

대답은 그렇게 했지만, 나도 이제는 어떤 태도를 보여야 할지 혼란스러웠다. 물론 아직도 엄마 아빠가 이혼하는 것은 싫었다. 하지만 내가 막무가내 억지로 이혼을 막는다 해도, 내 고집으로 함께 산다고 해도 변화를 기대하기는 어려웠다. 엄마 아빠는 내 바람과는 달리 행복한 가족이 아니라 침묵하는 가족이나 싸우는 가족이 돼버릴 테니까.

"그러니까… 나쁜 거니까, 당연한 거잖아."

"글쎄다. 자식 입장에서는 나쁠 수 있지만 친정식구 입장에 서라면 다를 것 같은데?"

"뭐가?"

나는 대답을 망설였다. 아빠는 '아빠'라는 역할의 수행에서는 그리 큰 문제가 없었다. 하지만 냉정히 말해서 '남편'이라는 의무와 책임에는 다소 무관심한 편이었다. 그런 무관심 때문에 엄마가 아빠의 여자문제에 민감한 것인지도 모른다. 게다가 할머니와 엄마의 진부한 고부갈등만 해도 아빠가 중재를 잘했다면 좀 나아질 수 있었다.

아빠와 팔짱을 끼고 행복하게 웃던 여자의 모습이 머릿속을 스쳤다. 어쩌면 이번에는 여자문제가 의부증 해프닝이 아니라 진짜 문제가 될 수도 있었다.

"결혼생활이 행복하지 않다면 빨리 끝내버리는 게 좋지 않을까 해서. 한 살이라도 어릴 때, 조금이라도 새 인생을 살 수 있는 기회가 있을 때."

"그게 무슨 뜻이야? 네가 나라면 영주가 이혼하는 데 찬성할 거라는 뜻이야?"

이모의 커다란 검은 눈동자에 멍하니 굳어가는 내 모습이 보였다. 나는 어떤 판단과 결정을 타인에게 의존하는 인간을 좋아하지 않는다. 그것은 비겁한 짓이다. 게다가 인간의 일은 과학이나 수학과 달리 정답이 없다.

"너는 뭐든 아는 아이잖아. 그러니까 대답해줘. 네가 나라면 영주가 이혼하는 데 찬성할 거야?"

이모의 목소리에서 절망감이 느껴졌다. 나는 얕은 숨을 내쉬며 대답했다.

"그래. 내가 이모였다면 엄마가 이혼하지 않겠다고 우겨도 억지로 이혼하게 만들었을 거야."

이모는 곰곰이 생각에 잠겼다. 그리고 나도⋯⋯.

남은 피자를 냉동시키고 피자박스를 분리수거함에 정리한 뒤, 이모는 인스턴트커피를 세 봉지나 뜯었다.

"커피 마시게? 머리 아프다며? 그럴 땐 무조건 자는 게 상책이야. 게다가 커피에 들어 있는 카페인은 두통약이나 진통제에 흔히 포함되는 성분이야. 두통완화와 약의 체내흡수를 돕거든. 두통약을 커피랑 함께 마시면 카페인 섭취가 겹쳐서 약물로 인한 두통이 유발될 수도 있어."

"하지만… 자기 싫어."

"그냥 내 말 들어. 한숨 푹 자고 나면 머리 안 아플 거야."

"싫어. 무서워."

"뭐가 무서운데?"

이모는 침을 꿀꺽 삼키고 대답했다.

"꿈꾸는 거."

"꿈?"

"그래. 또 그 꿈을 꿀까봐 자는 게 무서워. 잠들기가 싫어."

"무슨 꿈인데?"

"모, 몰라. 기억도 잘 안 나. 그런데도 무서워."

나는 멍하니 아무 말 못하고 서 있었다. 나도 항상 그랬다. 악몽을 꿀까봐 두려워 잠들지 못했다. 우스운 것은 어떤 악몽을 꾸었는지 기억조차 없다는 사실이다. 그저 아주 기분 나쁜 꿈이었다는 느낌만 흔적으로 남아 다시 잠들지 못했다. 몸은 피곤해 가눌 수 없고 눈꺼풀도 도저히 뜰 수 없을 만큼 무거운데 잠들지 못했다.

"내가 나쁜 꿈 꾸지 않게 옆에서 같이 있어줄게."

이모는 물끄러미 바라보기만 할 뿐 미동도 하지 않았다. 나는 안방으로 가 이부자리를 폈다.

"빨리 와."

나는 이모를 누이고 가슴을 토닥이며 곁을 지켰다. 다행히 이모는 얼마 되지 않아 잠들었다.

이모가 어린아이처럼 쌔근쌔근 숨을 내쉴 때마다 길고 풍성한 속눈썹이 가늘게 떨렸다. 분명 이모의 유전자도 내 몸속에 공유돼 있을 텐데 왜 나는 이모처럼 예쁘지 않은 걸까? 천재적인 두뇌보다는 바보라도 차라리 완벽한 외모가 더 나은 유전자처럼 느껴졌다. 특히 요즘 같은 외모지상주의 사회에서는. 한숨을 내쉬며 일어서려던 나는 멈칫했다.

이모가 눈물을 흘리고 있었다. 나는 놀라서 물러섰다. 어쩌면 엄마와 이리도 비슷할까? 역시 핏줄이라는 건, 유전자라는 건 속일 수 없는 걸까? 엄마도 자면서 울었다. 아빠와 싸운 날, 할머니에게 어이없는 야단을 들은 날, 엄마는 자면서 울었다. 깨어 있을 때는 울지 못하고 깊은 잠에 빠져서야 흘리는 눈물이 나는 싫었다. 그게 이모라 해도 싫은 건 어쩔 수 없었다.

나는 방에서 나와 다시 된장찌개에 매달렸다. 내가, 다른 어떤 인간보다 뛰어난 두뇌를 지닌 내가 못하는 게 있다는 것을 견딜 수 없었다. 하지만 두 번째 시도도 역시 실패였다. 나는 이런저런 방법을 시도하며 시간을 보냈다. 뭔가를 하고 있으면 엄마 아빠를 생각지 않고도 버틸 수 있었다.

밤새 잠을 못 잤더니 책을 읽다가 얼핏 잠이 든 모양이었다. 엄마의 짜증 가득한 목소리에 잠을 깼다.

"대체 집에서 하는 일이 뭐니? 밥값은 해야 할 거 아냐?"

문득 어디선가 그런 말을 들었다는 기시감이 들었다. 나는 피식 웃으며 고개를 내저었다. 아빠는 내 앞에서 큰 소리를 내거나 짜증을 부리는 법이 없는 사람이었다.

나는 거실로 나갔다. 이모가 허겁지겁 정리를 하고 있고, 엄마는 그 모습에 더 화가 나서 소리를 질렀다.

엄마는 요즘 들어 쉽게 감정을 분출했다. 이모가 오기 전까지와는 사뭇 달랐다. 얼마 전에는 내가 이모에게 바보라고 했다는 이유만으로 내게 소리를 지르고 숟가락까지 던졌다. 전에 엄마는 감정을 내보이는 법 없는 사람이었다. 아빠는 그런 엄마가 무섭다고, 질린다고 했다.

"네 엄마는 가슴이 없는 사람이야. 심장이 없는 사람이라고."

아빠는 어쩌다 엄마와 싸움을 하면 엄마의 그런 모습에 더 화가 폭발했다. 가끔은 나도 아빠의 의견에 동의했다. 엄마는 내가 무슨 일을 저질러도 화를 내거나 짜증을 부리는 법이 없었다. 그것은 엄마가 나에게 아무 감정이 없다는 반증인 것만 같았다. 나에게만 감정이 없는 것보다는 차라리 어떤 것에도 감정이 없는 편이 더 나았다. 하지만 한 번도 내게 화를 낸 적 없던 엄마가 이모 때문에 미친 듯 화를 냈고, 사과도 하지 않았다. 엄마의 인생에 나 외에 다른 기준이 생기고 있었다.

"하루 종일 집에 있으면서 꼭 밖에서 일하고 온 사람한테 이런 꼴 보게 해야겠어?"

엄마의 모습에 내 모습이 겹쳤다. 나도 가끔 기분이 좋지 않거나 우울할 때면 엄마에게 그런 식으로 분풀이를 하곤 했다. 나의 어이없는 트집과 짜증에 엄마도 이모처럼 어쩔 줄 몰라 했다.

엄마의 분노는 도를 넘고 있었다. 이모가 바닥을 벌벌 기면서 치우는데도 엄마는 화를 멈출 줄 몰랐다. 결국 내가 소리를 지르고 나섰다.

"내가 그랬어. 어지른 사람, 이모가 아니라 나라고! 이모는 온종일 아팠단 말이야."

그제야 엄마는 바닥에 주저앉았다. 그 모습을 보고 나는 방문을 쾅 닫았다. 듣지 않아도 아빠와의 만남이 어땠는지는 뻔했다. 하지만 내 안의 작은 미련이 엄마에게 확인하라고 부추겼다.

"노력해보기로 했어."

어떻게 됐느냐는 질문에 엄마가 그렇게 대답했다. 나는 엄마의 말을 믿지 않았다. 하지만 믿고 싶었다. 아빠는 여전히 전화를 받지 않았다. 엄마는 침대 머리맡에 앉아 토닥토닥 누워 있는 나를 달랬다. 하지만 내 정신은 말똥말똥하기만 했다.

엄마의 얼굴은 몹시 지쳐 보였다. 나는 일어나 책상 서랍에서 수면제를 꺼내 집어삼켰고, 엄마는 그런 나에게서 고개를 돌렸다. 나는 민원장이 조제해준 약 중에서 수면제만 골라 모아놓은 통을 기울였다. 수면제가 몇 알 비었다. 약국에서 파는 수면유도제와는 달리 내가 병원에서 처방받는 수면제는 약효가 강한 편이다. 엄마는 약국에서 산 수면유도제로도 잠들지 못하면 가끔 내 약에 손을 댔다.

아무래도 수면제통을 숨겨야 할 모양이었다. 엄마는 다시 침대에 누운 나에게 속삭였다.

"걱정 마. 괜찮아질 거야. 괜찮아질 거야. 그러니까 걱정 마."

엄마의 말은 스스로에게 하는 말처럼 들렸다. 그 소리를 들으며 나는 겨우 잠들었다.

하지만 수면제 효과는 그리 오래가지 않았다. 침대에서 몸을 일으키는데 수면제 기운이 아직 남아 머리가 어지러웠다.

나는 안방문을 열었다. 등을 돌리고 모로 누운 엄마를 이모가 뒤에서 껴안은 채 자고 있었다. 엄마도 이모도 눈물이 마르지 않은 모습이었다. 이상하게 가슴이 저렸다. 그 순간, 아빠가 돌아오면 이모는 어떻게 되는지 한 번도 생각해보지 않았다는 걸 깨달았다. 그리고 어쩌면 아빠가 돌아오지 않는 게 나을지도 모른다는 생각이 들었다.

　나의 회유와 협박에도 수면제 처방을 늘려주지 않았던 민원장은 '이모'라는 마법의 한마디에 수면제를 추가로 처방해주었다. 집에 가서 이모에게 다음에 민원장을 만나면 불면증이 심하다는 거짓말을 해달라고 부탁해야 하는 과정이 남아있지만, 이모는 내 부탁이라면 뭐든 들어주려고 하니 문제될 게 없었다. 엘리베이터 안에서 처방전을 보며 만족스런 웃음을 짓고 있는데, 엘리베이터가 열리고 현민이 한 여자와 함께 올라탔다. 에르메스 핸드백, 구찌 시계, 샤넬 귀걸이, 티파니반지, 마놀로블라닉 하이힐……. 아빠 덕분에 명품을 자주 접했던 나는 여자가 몸에 걸친 것들의 가격을 계산해보았고, 그 결과는 엘리베이터가 1층에 닿기 전에 나왔다.

　"너한테 줄 게 있으니까 잠깐만 기다려줄래?"

　현민의 말에 나는 로비에서 현민과 여자를 바라보았다. 둘 다 훤칠한 키에 뛰어난 외모로 제법 잘 어울리는 한 쌍이었다. 현민은 로비 현관에서 여자를 배웅하고 돌아섰다. 현관 유리창으로 여자가 고급 승용차에 올라타는 것이 보였다. 나는 자그맣게 휘파람을 불며 현민에게 다가갔다.

　"애인이에요? 엄청난데요. 몸에 걸친 것만 억 단위가 넘네. 평범한 의사는 감당하기 힘들 것 같은데요?"

　다시 엘리베이터에 올라타며 현민에게 물었다.

"동생이야."

"애인도 동생일 수는 있죠. 한글에는 다의적 해석이 가능한 단어가 많으니까."

"친동생이야."

"이름이 뭐예요?"

"누구? 내 동생?"

나는 고개를 끄덕였지만 현민은 대답하지 않았다. 솔직히 궁금해서 꺼낸 질문도 아니었다. 엘리베이터라는 폐쇄된 공간에 말없이 있기가 어색해 물었는데, 현민이 대답을 꺼리니 괜스레 호기심이 들었다.

"설마, 동생 이름 몰라요?"

"영주."

우리 엄마 이름이랑 똑같네. 그렇게 대답하려다보니 정말 엄마 이름과 같았다. 현민도 김씨니까. 놀라서 고개를 드니 현민의 눈이 나를 향하고 있었다.

"우리 엄마랑 이름이 같네요. 이상한 일이에요. 한동네에 살았다면서 같은 이름을 지을 수도 있나요?"

"그러게. 그럴 수도 있더라고."

"그런데 병원에는 왜 왔어요?"

"그냥, 지나가던 길에 들렀다더라."

그러고는 더 이상 입을 열지 않았다. 현민은 진료실에 들어 갔다 나오더니 쇼핑백 하나를 건넸다.

"이거 좀 이모한테 전해줘. 휴대폰이야. 저번에 주신 반찬 잘 먹었다고, 감사의 인사로 드리는 거라고 전해줘."

쇼핑백 안에는 최신형 휴대전화 상자가 들어 있었다. 현민보다 내가 먼저 챙겼어야 하는데 그러지 못했다는 게 좀 화가 났다. 이모는 겁이 많아서 나와 함께 가는 것이 아니면 집 밖에 나서는 일이 좀처럼 없었다. 그래도 휴대전화가 있으면 이모가 안심하고 나갈 수 있을지 모르는데……. 타인에 대한 배려부족은 나의 단점 중 하나였다. 나는 확연히 드러난 내 단점이 맘에 들지 않아 괜스레 현민의 배려를 흠잡았다. 우선 반찬값이라고 하기엔 좀 과했다.

"개통돼 있는 거예요?"

"그래."

"누구 명의로요?"

"내 명의야."

"통화요금까지 내주시게요? 반찬값이라기에는 정말 과한데요."

"그냥… 요즘 휴대폰 없는 사람 없잖아. 선영누나 서울지리도 잘 모르는데 혼자 돌아다니는 것도 걱정되고……."

변명이 길었다. 길게 늘어놓는 변명은 대부분 진실성이 결여되기 마련이다. 나는 못 믿겠다는 견해를 분명히 드러내며 입을 비죽이고 눈썹을 추켜올렸다.

"아무래도 이모가 탐탁지 않아 할 거 같은데요?"

"그럼 이렇게 하자. 앞으로도 종종 반찬 얻어먹는 걸로. 그거면 되겠니?"

그제야 나는 고개를 끄덕이고 진료실을 나왔다. 하지만 의구심은 커져만 갔다. 현민이 친절한 편이긴 하지만 이모에게 보이는 관심은 분명 다른 사람을 대하는 기준과 달랐다. 그렇다고 단순한 동정이나 연민으로는 보이지 않았다. 인간의 선의나 호의 따위에는 한계가 있다. 물론 아주 드물게 한계가 없는 인간도 있다. 하지만 그런 경우가 희박하기 때문에 그 한계를 넘어서는 사람들이 성녀나 성인으로 추앙받는 것이다. 현민은 그 희박한 통계에 포함되지 못했다.

혹시 현민도 이모에게 반한 걸까? 나는 그런 생각을 몰아내려고 고개를 흔들었다. 민원장과 이모의 순수해 보이는 사랑이 진부한 삼각관계로 번지는 것은 사양하고 싶었다. 엉뚱한 생각을 몰아내는 데는 혜란과의 대화가 최고의 처방이었다.

"오늘 엄마랑 이름이 같은 여자를 봤어."

혜란은 진료실 소파에 앉아 이모가 싸준 김밥을 허겁지겁 삼키다 고개를 들었다.

"네 엄마 이름이 특이한 것도 아니고, 같은 이름이야 있을 수 있지. 나도 나랑 이름 같은 사람 자주 봐. 병원직원 중에도 이름이 혜란인 사람이 세 명이나 되더라. 환자 중에도 많고."

"그렇긴 한데 기분이 좀 그랬어."

"뭐가?"

"그 여자는 엄마와 완전히 반대더라. 잡지에서 쏙 빠져나온 것 같은 차림에, 난 행복하게만 살았고 앞으로도 행복하게만 살 거예요… 그렇게 얼굴에 쓰여 있더라."

현민의 여동생이라면 엄마 또래거나 몇 살 더 많을 텐데 엄마보다 더 어려 보였다. 물론 의학기술을 사용했거나 꾸준히 관리를 받았겠지만, 그것 외에도 그 여자의 얼굴에는 세월의 고단함이 안겨준 흔적이 없었다. 아마 그 여자라면 자신과 전혀 상관없는 타인이 과도한 친절을 베풀어도 아무 의심 없이 받아들였을 것이다. 그 여자에게 세상은 항상 호의와 배려로 가득한 곳이었을 테니까.

"김영주는 이렇게 쓰는 게 맞아?"

내가 집에 가자마자 이모가 공책을 내밀며 부끄럽다는 듯 몸을 배배 꼬았다. 나는 '김연주'라고 쓰인 삐뚤빼뚤한 글씨를 보고 픽 웃었다.

"틀렸구나?"

"그래도 대단하네. 내가 가르쳐주지 않았는데도 받침까지 있는 글자를 쓰다니. 김영주는 이렇게 쓰는 거야."

나는 'ㄴ'을 'ㅇ'으로 고쳐 써주었다.

"아, 그렇구나."

이모는 내가 고쳐준 엄마 이름을 보고 입술을 살짝 깨물며 웃었다.

"그런데 왜 하필 엄마 이름이 궁금했어?"

"그냥. 한글을 배우면 영주 이름을 제일 먼저 써보고 싶었어."

"내 이름은?"

나는 괜스레 투정을 부렸다.

"네 이름? 네 이름은 어려울 것 같아."

역시 이모는 눈치가 없었다. 반쯤 거절하는 듯한 대답에 묘하게 기분이 나빴다. 이모에게 우선순위는 항상 엄마였다. 아니, 우선순위가 아니라 엄마 외에 다른 사람은 존재하지 않는 것 같았다.

문득 의문이 들었다. 다른 자매들도 이럴까, 아니면 이모만 이런 걸까? 아마 후자일 것이다. 이모에게는 엄마가 보호자이자 가족일 테니까. 이모는 선심이라도 쓰듯 내 이름을 써서 보여주었다.

'이닿별'

나는 'ㅎ'을 'ㅊ'으로 고쳐주었다. 이모는 인심이라도 쓰듯 내 이름을 한 번 써보더니 다시 '김영주'라는 이름을 또박또박 공책 가득 메워나가기 시작했다.

"뭘 계속 쓰나? 다른 것 좀 써봐."

"안 돼. 이거 써야 해. 잊어버리면 어떡해?"

이모는 오늘따라 고집을 부렸다.

"그런데 왜 이모랑 엄마는 돌림자를 쓰지 않았어?"

"돌림자?"

"보통 형제자매들은 돌림자를 쓰잖아. 그런데 이모는 김선영이고 엄마는 김영주잖아. 외삼촌들 이름은 뭐야?"

"김선재, 김선웅, 김선우."

한 사람 한 사람 이름을 말할 때마다 이모의 표정이 어두워졌다. 모두 돌림자를 쓰는데 엄마만 아니었다. 물론 돌림자를 쓰지 않을 수도 있지만 이 경우는 달랐다. 꼭 일부러 엄마만 돌림자를 쓰지 않은 것 같은 느낌이 들었다.

"엄마 이름만 돌림자를 안 썼네. 왜 그랬지?"

"영주 태어나기 몇 달 전에 동네 부잣집에서 딸이 태어났는데, 그 아기 이름을 영주로 지었다고 하더라고. 엄청 유명한 선사님한테 받은 좋은 이름이래. 그래서 우리 엄마가 그냥 그 이름으로 지었대."

아무리 좋은 이름이라도 한동네에 사는 또래 아이의 이름을 따라 짓다니 좀 이상했다. 엄마의 어린 시절은 알면 알수록 비정상적이었다. 그리고 나는 비정상적인 일에 호기심이 많았다.

3

"정말 이거 나한테 선물로 주는 거야?"

이모는 믿을 수 없다는 듯 내가 내민 선물에 손끝도 대지 못했다. 지능지수가 낮을수록 본능은 신기에 가까우리만큼 발달한다. 지능이 높은 사람들이 논리와 이성으로 위험을 피하는 것처럼 지적장애인들은 예민한 감각과 본능으로 위험을 비켜간다. 이모는 트로이의 목마처럼 선물 안에 뭔가 함정이 있다는 걸 본능적으로 알아챈 듯했다.

"싫으면 관둬. 한글 뗀 기념으로 사온 건데."

그러면서 선물로 손을 뻗으려 하자 이모가 재빨리 선물을 낚아챘다.

"줬다 뺏는 게 어디 있나?"

"그럼 빨리 풀어봐."

포장지를 뜯는 손길이 조심스러웠다. 손톱 끝으로 투명테이프를 살살 긁어서 돌돌 말아 떼어내는 작업을 지켜보던 나는 답답함을 견디지 못하고 손을 내밀었다.

"이리 줘. 내가 뜯어줄게."

서점로고가 새겨진 촌스러운 포장지였다.

"안 돼! 싫어! 너한테 처음 받은 선물이잖아. 포장지까지 다 보관할 거야."

이모는 현민이 휴대전화를 선물했을 때와는 전혀 다른 반응을 보였다. 그때는 고맙다고 인사하라는 내 성화에 못 이겨 현민에게 전화를 걸었다. 하지만 지금 이모는 그 휴대전화 가격으로 몇 백 권은 살 수 있는 자물쇠 달린 일기장 하나를 받고 백 번쯤 감사인사를 하고 있었다.

"한글 다 뗀 기념이야. 일기 쓰면 한글 실력도 빨리 늘 거야.

내 거랑 똑같은 일기장이야."

"일기는 어떤 걸 써야 하는데?"

"그냥 쓰고 싶은 거. 그날 있었던 일도 좋고, 옛날에 있었던 일도 괜찮고. 이모가 그렇게 좋아하는 엄마 이름을 가득 써놓아도 되고. 내 경우에는 무서운 일을 일기장에 써."

"무서운 일?"

"응. 겁나고 두려운 일을 일기장에 쓰고 나서 일기장을 냉동실에 넣어둬. 그럼 그 두려움이 꽁꽁 얼어서 다시는 나를 공격하지 못할 테니까."

"와, 멋지다! 나도 그래야지."

이모는 신이 나서 일기장을 가슴에 꼭 껴안았다. 어쩌면 그리도 순진하게 내 말을 모두 믿을까? 내가 이모에게 일기장을 선물한 목적을 알아도 저렇게 좋아할 수 있을까? 나는 슬며시 고개를 드는 죄책감을 짓눌렀다.

목적이 없는 선물은 없다. 이성의 환심을 사기 위해, 자신의 이익을 위해 사람들은 선물을 한다. 상대방이 기뻐하는 모습을 보는 것만으로도 좋다고? 결국 기뻐하는 상대의 모습을 보며 자신이 기뻐하기 위한 거였다. 따라서 아무 대가 없는 선물이란 존재하지 않는다. 마치 사랑이 그런 것처럼.

그 일기장은 엄마와 이모에 대한 나의 호기심을 채울 도구이자 수단이었다. 과연 이모가 내 목적을 만족시킬지 의문이었지만 상관없었다. 나에게는 현민이라는 또 다른 수단이 있으니까.

현민은 나를 만만하게 생각했다. 나는 쉽게 뭔가를 포기하는 사람이 아니었다. 그리고 내게는 몰두할 뭔가가 필요했다. 엄마와 아빠의 이혼에 대한 생각 대신 다른 뭔가로 머릿속을 채워야만 했다. 엄마의 과거로 가는 다리가 되어줄 현민이 과연 내가 건너도 될 만큼 튼튼한 다리인지 알아보는게 우선이었다. 현민에 대해 알아보는 일은 그리 어렵지 않았다. 병원에는 수많은 눈과 귀가 있었고, 그중에는 입이 싼 사람도 당연히 있었다. 현민을 짝사랑하는 인턴 하나가 현민의 조카가 입원하는 바람에 여동생이 병원에 매일 온다는 소식을 전해주었다.

"그 여자가 처음 김현민 선생님이랑 나타났을 때 간이 철렁했잖아. 애인인 줄 알고. 여동생인 줄 진작 알았으면 좀 더 살갑게 구는 건데."

현민은 분명 여동생이 병원에 온 이유를 말하지 않고 얼버무렸다. 일부러 숨길 필요가 없는 일을 숨기는 사람은 없다. 왜 현민은 조카가 입원했다는 걸 내게 숨기려 했을까? 인턴의 아쉬움 섞인 이야기를 뒤로한 채 나는 다음 단계를 위해 전진했다.

"환자 중에 제 또래는 없어요?"

엉뚱한 질문에 민원장이 눈썹을 추켜올렸다.

"갑자기 또래는 왜?"

"혜란샘이 저보고 아스퍼거증후군이라네요. 저도 제가 사회성이 부족하다는 건 알아요. 하지만 제가 특수한 상황에 있어서인지도 모르잖아요? 어떤 것이든 저한테 뭔가가 부족하다는 건 견디기 힘들어서요. 또래 아이와 어울리면 대인관계를 맺는 기술도 좀 나아질 거예요. 어떤 문제든 분명한 교육과 꾸준한 훈련을 거치면 극복할 수 있으니까요."

"이젠 너도 또래랑 어울릴 때가 되긴 했지."

민원장은 대충 꾸며댄 내 변명을 그대로 믿었다. 그리고 다음 날 곧바로 내 또래 환자들의 명단을 확보했다.

"우선 박기혜라는 환자인데……."

"죄송해요."

계획된 나의 거절에 민원장은 보고 있던 명단을 덮었다.

"왜? 맘이 바뀌었니?"

"아무래도 환자랑 어울리는 건 좀… 처음에는 몸이 아픈데도 살려는 의지로 충만한 아이들을 보면 좀 나아질지 모른다고 생각했는데… 아시잖아요? 제 상황만으로도 충분히 힘든데 타인의 아픔까지 같이 겪어야 한다면 더 우울해질 것 같더라고요."

그것은 현민의 조카 외의 환자를 민원장이 추천할 경우에 대비한 복선이었다.

"걱정 마라. 그 정도는 나도 고려했으니까. 단순한 골절상 환자야. 발레를 하다가 다쳤다는구나. 게다가 김현민 과장의 조카라니 어색하지 않게 소개해줄 수도 있을 것 같고."

나는 아무것도 모르는 척 물었다.

"그래요? 언제 만날 수 있는데요?"

"지금. VIP병실에 입원해 있거든."

"단순 골절상인데 입원까지 했어요?"

"보호자가 원했어."

영주와 엄마의 공통점으로 하나가 더 추가되었다. 끔찍한 과보호 엄마 중 하나라는 것. 민원장이 나에 대해 어떻게 말했는지 몰라도 영주는 병실을 찾은 나를 반갑게 맞아주었다.

"안녕하세요?"

"어머, 네가 닻별이구나. 마침 우리 기혜가 심심해하던 차에 참 잘됐다. 네가 기혜보다 한 살 많은 언니니까 우리 기혜 잘 돌봐주어야 한다."

"네. 안녕, 기혜야. 난 이닻별이라고 해. 우리 친하게 지내자."

"5674 곱하기 5674는 뭐야?"

내가 내민 손을 무시하고 기혜가 다짜고짜 물었다. 나는 한숨을 내쉬며 대답했다.

"32194276."

휴대전화의 계산기 기능을 이용해 답을 맞춰본 기혜의 눈이 휘둥그레졌다.

"진짜 천재네."

"박기혜! 너 그게 무슨 짓이야, 예의 없이!"

기혜를 야단치는 영주의 눈에도 놀라움이 담겨 있었다.

"천재라며? 그래서 시험해본 거지."

"괜찮아요. 익숙한 일인데요, 뭐."

아무렇지도 않다는 듯 어른스러운 나의 태도에 영주는 완전히 내 편으로 넘어왔다. 나는 마음만 먹으면 사람들의 호감을 한 몸에 받는 천재역할을 해낼 수 있었다. 내가 아카데미상을 받을 만큼 뛰어난 나의 연기력에 심취해 있을 때 현민이 병실로 들어왔다. 현민은 병실에서 나를 발견하고는 멈칫했다.

"닻별이 네가 여기 웬일이야?"

"저야 여기저기 다 돌아다니잖아요."

현민은 뭔가 못마땅한 눈치였다. 이모에게는 과한 친절을 베풀면서 왜 내가 자기 가족과 어울리는 건 싫어할까? 영주가 현민을 구석으로 끌고 가 뭐라고 속삭였다. 민원장, 부탁, 천재, 도움이라는 단어만으로도 나는 문장을 꿰어 맞출 수 있었다. 현민은 영주의 설득에 이맛살을 찌푸렸고, 나는 눈치껏 일어섰다.

"저는 그만 가볼게요. 가족끼리 보내는 시간을 방해하고 싶지 않으니까요."

당연히 영주는 나를 붙잡았다. 때마침 식사시간이라 배식이 이루어졌는데, 기혜는 병원에서 나오는 음식이 끔찍하다며 기어이 패밀리레스토랑을 가자고 우겼다. 나는 마지못해 가는 척하며 병원 앞 유명 레스토랑까지 따라나섰다.

"그냥 삼촌이라고 불러. 선생님은 무슨 선생님? 솔직히 우리 오빠가 의사지 선생님은 아니잖아?"

영주가 현민에게 선생님이라고 깍듯이 존칭을 하는 나를 툭 치며 말했다.

"나도 이모라고 부르고."

나는 대답 대신 어색한 미소만 지었다. 호칭은 많은 것을 결정짓는다. 나는 아직 현민을 어떤 사람으로 규정짓고 싶지 않았다. 내 안의 뭔가가 현민을 삼촌이라는 이름으로 부르기를 거부한다면 어쩔 수 없다. 게다가 현민도 좋아할 것 같지 않았다.

"아마 그렇게 부르면 김현민 선생님이 싫어하실걸요?"

하지만 현민은 나의 예의 바른 배려가 담긴 거절을 다시 거절했다.

"아니, 그렇게 부르는 것도 괜찮을 것 같아. 너 혜란이한테는 혜란샘이라고 부르면서 나한테는 꼬박꼬박 김현민 선생님이라고 부르는 거 좀 어색하긴 하더라. 삼촌이라고 불러. 그래도 괜찮아."

나는 어색한 미소조차 짓기 힘들었다. 현민이 일부러 나를 당황시켜 내쫓으려 한다는 생각이 들었다. 다행히 영주는 현민과 나 사이의 미묘한 기류를 느끼지 못한 듯했다.

"앞으로 우리 기혜랑 자주 좀 어울리렴. 혹시 아니? 기혜도 너랑 어울리다보면 천재가 되는지."

영주는 살갑게 말하며 내 접시에 피자를 한 조각 더 놓아주었다. 기혜는 버릇없고 멍청하긴 했지만 못 견딜 정도는 아니었고, 현민도 예의 바르게 굴었다. 음식은 훌륭했지만 입맛이 당기지는 않았다. 밝게 웃고 떠들면서도 겉돌고 있다는 느낌이 들었다. 그들은 가족이라는 보이지 않는 울타리 안에 있었다. 우스운 일이었다. 그 울타리 안에 들어가고 싶은 마음이 없으면서도 울타리 밖에 서 있는 내가 거슬렸다.

저녁식사를 마친 뒤 현민은 굳이 나를 집까지 바래다주겠다고 했다. 무슨 이야기를 할지 뻔했다. 최선의 수비는 선제공격이었다. 나는 기혜와 영주의 모습이 시야에서 사라지자마자 말했다.

"앞으로 기혜랑 어울릴 일 없을 거예요. 걱정 마세요, 김현민 선생님."

"내가 걱정하는 것처럼 보였니?"

"적어도 반가워하는 것처럼 보이는 않았죠. 이해해요. 아무리 천재라고 해도 우울증 걸린 이상한 여자애와 조카가 어울리는 게 싫을 수 있으니까요."

현민은 허를 찔린 듯 아무 대답도 못했다. 나는 가볍게 인사를 한 뒤 현민에게서 돌아섰다. 내게는 익숙한 일이었다. 천재라는 말에 호기심으로 다가왔다가 우울증이 옮을까봐 도망가는 사람들이 낯설지 않았다. 내가 우울증을 앓고 있다는 사실을 모르는 사람도 별로 다르지 않았다. 사람들은 내가 그들과 다르다는 이유로 다가왔다가 내가 그들과 다르다는 이유로 멀어져간다. 그것이 핑계라는 것을 눈치채지 못할 만큼 내가 어리석지 않다는 걸 알면서도, 내가 얼마나 상처입을지 알면서도 그들은 내게서 멀어져갔다.

영주와 기혜도 마찬가지였다. 식사가 끝날 무렵에는 어색한 대화가 띄엄띄엄 이어졌다. 나도 엄마의 과거가 궁금해 호기심으로 접근했으니 그들을 나무랄 자격이 없었다. 따라서 나는 상처입지 않았다.

4

엄마는 기어이 할머니 생일에 나를 보내겠다고 우겼다. 백화점에서 선물을 사들고 나오는데 저절로 입이 부루퉁해졌다. 체면을 중요시하는 할머니의 생일은 당연히 호텔 레스토랑에서 축하해야 했다. 그나마 할머니의 마지막 양심은 죽지 않은 모양이었다. 엄마와 아빠 사이가 나쁠 때도 생일 전날부터 엄마를 불러 갖은 음식을 만들게 하던 시집살이가 무리라는 것을 마침내 깨달은 것 같아 다행이었다.

"뭘로 시킬까?"

"그냥 제일 비싼 코스로 시켜."

큰고모의 질문에 둘째 고모가 냉큼 대답했다.

"역시 비싼 게 맛이 다르다니까. 어떻게 이런 맛을 내지?"

각종 요리가 나올 때마다 고모들과 사촌들은 요리비평가라도 된 듯 요리에 대해 한마디씩 했다. 4개 국어를 하는 나조차무슨 뜻인지 알기 어려운 추상적인 이름이 붙은 요리는 그저그랬다. 그보다는 이모의 된장찌개가 훨씬 맛있었다.

남들이 보면 아주 화목한 가족으로 보이겠지만, 구석자리에 앉은 나는 꿰다놓은 보릿자루 신세였다. 내 가족들에게조차 겉도는 느낌을 받는다는 건 역시 나한테 문제가 있다는 것일까? 문득 현민 가족과의 식사가 떠올랐다. 아니, 반대로 생각하자면, 어쩌면 현민 가족도 타인인 내가 보기에만 견고하고 화목한 가족이었던 건 아닐까?

역시 아빠는 오늘도 늦는다. 아빠는 무슨 자리에든 제시간에 나타나는 법이 없었다. 그래서 늘 마지막에 등장하는 주인공이다. 그런데 오늘은 마지막이 아닌 모양이었다. 아빠는 레스토랑에 와서도 연방 시계만 바라보았다.

"누구 기다리는 사람 있어?"

그 순간, 내가 이상한 질문이라도 한 듯 가족의 대화가 툭끊겼다.

"왜? 누가 오는데?"

스멀스멀 불안한 기운이 나를 감쌌다. 나는 얼른 질문을 철회했다.

"아냐, 말하지 마. 별로 궁금하지 않아."

그때 할머니가 눈을 찡긋하며 아빠를 바라보았다. 아빠는 곤란하다는 듯 할머니를 바라보았지만, 할머니는 도움을 줄 생각이 없어 보였다. 아빠는 마음이 약한 편이어서 타인이 싫어할 만한 일에 총대를 메는 일이 결코 없었다. 하지만 아빠는 하필이면 오늘 매사를 편한 대로 어물쩍 넘기려는 버릇을 고치기로 결심한 모양이었다.

"닻별아, 아빠가 할 말이 있는데……."

"궁금하지 않다니까!"

생각 외로 말투가 날카롭게 나왔다. 아빠가 겁에 질린 눈으로 멈칫했다. 할머니는 그런 아빠를 보고 혀를 찼다.

"네가 자꾸 그렇게 감싸고돌기만 하니까 닻별이 버릇이 저 모양인 게야. 네가 무슨 죄라도 졌니? 비밀로 할 게 뭐 있어, 언제든 알게 될 텐데. 오늘 네 아빠 결혼할 사람 온다."

할머니의 말이 떨어지는 순간, 나는 자리에서 벌떡 일어났다. 그와 동시에 문을 열고 젊은 여자가 들어왔다. 여자의 얼굴이 익숙했다. 세미나장에서 본 여자였다.

"닻별이 너, 도로 앉아. 자리 박차고 나가봤자 네 어미 욕밖에 더 먹이겠어? 그러고 싶은 건 아니지?"

할머니는 상대의 약점을 정확히 꿰뚫고 적당한 타이밍에 공격할 줄 알았다. 나는 털썩, 짜증 섞인 소리를 내며 주저앉

152 바보엄마 2권

았다.

나는 연경이라고 자신을 소개한 여자를 뚫어지게 바라보았다. 연경은 사람들의 시선에도 당당하고 편해 보였다. 보통사람들은 자신에게 시선이 집중되면 당황하고 불편해하기 마련인데, 연경은 그 순간을 즐기는 것 같았다. 나는 쓴웃음을 지었다. 아빠는 나 없이 새로운 인생을 살 모양이었다. 아빠와 연경은 다른 사람들의 시선에는 아랑곳없이 귓속말을 나누고, 서로 먹을 걸 챙겨주고, 킥킥 웃어댔다.

어제 현민과 함께 있던 엄마의 모습이 눈앞에 아른거렸다. 엄마는 내내 어색하고 불편해 보였다. 처음에는 현민과 엄마가 카페에서 단둘이 만난다는 사실만으로도 당황스러웠다. 그 황당함이 가시기도 전에 엄마는 테이블 위에 봉투를 놓고는 자리를 박차고 일어섰다. 나보다 훨씬 더 당황한 종업원이 커피 두 잔을 받쳐 들고 서서 어쩔 줄 몰라 했다. 쫓아나와 잡는 현민을 뿌리치고 혼자 집으로 돌아가는 엄마의 어깨는 축 처져 있었다.

문득 현민이 내게 삼촌이라고 부르라던 게 떠올랐다. 과연 현민은 나와 가까워지고 싶어서 그런 말을 한 걸까, 아니면 엄마와 거리를 두고 싶어 일부러 그런 말을 한 걸까.

'현민'이라는 이름을 내뱉을 때 빛나던 엄마의 눈빛을 기억한다. 그 생기가 어찌나 강렬하던지 손에 잡힐 듯했던 그 순간은 충격이었다. 엄마는 내 엄마이기도 했지만 한 사람의 여자이기도 했다. 하지만 나는 엄마도 여자라는 사실을 잊고 있었다. 이제껏 나에게 엄마는 다른 무엇도 아닌 '엄마'일 뿐이었다. 아빠가 여자문제를 일으킬 수 있다는 가정은 많이 했고, 그에 대한 대응도 마련해야 한다고 생각했다. 하지만 엄마가 남자문제를 일으킬 거라고는 예상도 하지 못했다. 아니, 문제라고 칭하는 건 엄마의 노력에 대한 모욕이다. 엄마는 분명 문제를 만들지 않기 위해 최선을 다하고 있었으니까.

언젠가 혜란에게 왜 아직 결혼을 하지 않았냐고 물어본 적이 있다. 혜란은 곰곰이 생각하다 대답했다.
"아직은 내가 꿈에 그리던 남자가 나타나지 않았거든."
그러니까 혜란은 아직도 뭔가를 꿈꿀 수 있는 사람이었다. 엄마보다 훨씬 나이가 많은데도. 하지만 엄마는 아무것도 꿈꿀 수 없다. 모든 게 나 때문이었다. 내가 없는 엄마의 인생을 생각해본 일이 없었다. 엄마의 인생에서 가장 중요한 사람은 나라는 걸 믿어 의심치 않았다. 그래서 엄마가 사랑을 할 기회조차 갖지 못했다는 생각은 한 번도 해보지 못했다.

아빠는 연경을 바래다주기 위해 나를 버스에 태워 보내기로 결정했다. 연경이 자동차로 가서 기다리는 동안 아빠는 나를 버스정류장까지 바래다주었다.

"정말 저 여자랑 결혼할 거야?"

아빠는 내 말에 정색을 하며 화를 냈다.

"이닻별! 너 말조심해! 아빠가 선택한 사람이야!"

그 말은 나는 아빠가 선택한 사람이 아니라는 뜻으로 들렸다. 하지만 나는 그 말을 입 밖에 꺼내지 못했다. 그 말을 꺼냈다가 아빠가 그것을 인정할까봐 두려웠다.

"나는 죽어도 싫어. 그래도 저 여자랑 결혼할 거야?"

아빠는 대답하지 않았다.

우습지도 않고 웃고 싶지 않은데도 어쩔 수 없이 억지로 웃어야만 하는 순간이 있다. 거짓웃음은 진실된 감정을 숨기는 가장 편한 방법이니까. 오늘 나는 온종일 그런 상태였다. 나에게 아무 대답도 하지 않고 돌아서 가는 아빠를 보면서도 나는 미소를 유지했다. 엄마가 항상 그랬던 것처럼.

나만 없어진다면, 나만 없다면 엄마도 자기 인생을 살 수 있었다. 아빠처럼 새로운 사랑을 만나 행복할 수 있었다. 엄마의 인생이 불행한 것은 엄마 자신 때문이라고 생각했다. 할머니나 고모들의 시집살이를 견디는 것도, 끊임없이 아빠와 싸우면서 헤어지지 못하는 것도 모두 엄마의 선택이었으니 엄마가 책임져야 한다고 생각했다. 하지만 엄마는 내가 아니었다면 다른 선택을 했을지도 모른다. 지금까지 엄마의 인생을 불행하게 만든 것만으로도 충분했다.

내가 우울하고 불행한 것까지는 견딜 수 있었다. 하지만 나 때문에 타인까지 우울의 늪에 빠지게 하고 싶지는 않았다. 내 결정이 유치한 신파라도 어쩔 수 없었다. 원래 가족이 만들어 내는 이야기는 무엇이든 기본적으로 신파극의 속성을 지니는 법이다.

집으로 돌아가는 길에 일회용면도기를 하나 샀다. 집에는 아무도 없었다. 어쩌면 내 남은 인생은 내내 이 상태일지 모른다. 아무도 기다리는 이 없는 텅 빈 집.

얼마 뒤 엄마와 이모가 집에 돌아왔다. 금세 집 안은 소음으로 가득했다. 오늘따라 엄마도 기분이 안 좋아 보였다. 마치 넋이 나간 듯 내 말에 제대로 집중하지 못했다. 엄마도 아빠의 재혼소식을 알고 있는 걸까? 나는 엄마를 웃기려고 이런저런 흉내를 냈다. 엄마는 웃었다. 하지만 여전히 거짓웃음이었다.

5

새벽 4시. 집 안은 조용했다.

나는 차분히 감정을 정리했다. 아무 미련도 없었다. 쥐어보지 못한 행복이기에 아쉽지 않았다. 면도기를 가위로 벌려 면도날을 꺼냈다. 면도날이 불빛에 파랗게 빛났다. 혜란의 말대로 경동맥을 그으려 턱 아래에 면도칼을 갖다 댔다. 손이 부들

부들 떨렸다.

점점 용기가 사라져간다. 어쩌면 엄마에 대한 내 사랑이 부족해서인지도 모른다. 이성을 철저히 배제하고 온전히 감정만으로 하는 선택은 위험하다. 그렇게 무모하고 두려운 선택을 행동으로 옮길 수 있는 이유는 사랑밖에 없다. 사랑이라는 감정의 영원성에 대해서는 항상 의심했지만, 그 감정의 강렬함은 의심의 여지가 없었다. 내가 세상에서 사랑하는 사람은 나를 낳아준 부모밖에 없었다. 엄마 아빠의 인생에서 걸림돌이 되면서까지 살고 싶을 정도로 생에 대한 애착은 없었다. 그런데도 망설이고 두려워하는 나를 위한 변명은 없었다.

수면제를 잔뜩 먹었다. 수면제 기운이 도는지 어지러웠다.

세숫대야에 따뜻한 물을 잔뜩 받아서 방으로 돌아왔다.

점점 동이 트고 있었다. 밤하늘의 별빛이 희미해지고 있었다. 또 다른 별인 태양이 뜨면 저 희미한 별빛조차 모두 사라질 터였다. 그전에 끝내야 했다. 나는 왼쪽 손목을 세숫대야에 넣고 면도날을 갖다 댔다. 오른손에 힘을 주었다. 피가 천천히 빠져나와 물을 붉게 물들이고 있었다.

지구에서 가장 가까운 별 태양이 노르스름한 빛으로 세상을 밝히며 존재를 드러냈다. 자욱한 안개 속이라 어디에 있는지 정확히 보이지는 않았지만 그 하얀빛 속에서 따뜻했다. 어린 시절처럼 따뜻한 햇살을 마음껏 즐겼다. 어디선가 엄마가 나를 부르는 목소리가 들렸다. 닻별아, 닻별아, 닻별아… 물기 어린 목소리. 다시는 엄마의 목소리에서 물기가 묻어나지 않았으면 좋겠다, 라고 기도를 했다.

눈을 떴을 때 나는 응급실에 누워 있었다. 실패했다는 것을 믿을 수가 없었다. 나는 어떤 일에도 실패하는 법이 없었다. 실패했다는 사실에 적응하기도 전에 갑자기 커튼이 젖혀지며 엄마가 뛰어들었다.

기뻤다. 좋았다. 실패했다는 게. 엄마의 얼굴을 다시 한 번 볼 수 있다는 게.

엄마는 울지 않았다. 그저 충격에서 벗어나지 못해 멍한 표정이었다. 나도 멍했다. 위세척으로도 씻겨 내려가지 못한 수면제와 응급으로 투여된 약물 때문에 정신이 희미했다. 머릿속이 뿌연 비닐봉지로 감싼 듯 깔끔하지 못했다. 간신히 한마디밖에 할 수 없었다.

"난 엄마한테 엄마라고 부를 자격조차 없는 딸이야."

순간 엄마의 표정이 굳었다. 엄마는 다다다 속사포처럼 말을 쏟아냈다. 엄마의 말은 드문드문 내 머릿속으로 들어왔다. 나는 그것을 놓치지 않으려고 내 생애 처음으로 최선을 다해 최고로 집중을 했다.

"나도 그렇게 생각한 적 있었어. 지은 죄가 너무 많아서, 그저 나란 존재가 태어난 것만으로도 죄스러워서 엄마라고 부를 수가 없었어. 그런데 아니더라."

내가 해야 할 말이 엄마의 입을 통해 나오고 있었다.

"나라는 인간이 태어나지 않았으면 엄마가 달라졌을까, 나라는 인간이 없었다면 엄마의 인생이 더 편했을까……."

엄마의 눈물이 반짝 빛을 발했다.

"아니, 아니야. 엄마의 인생이 더 편했을 거라고는 아무도 확신할 수 없을 거야. 아무도 알 수 없는 거잖아. 지금 이 순간 나라는 존재가 없어진다고 해도, 원래 존재하지 않았던 게 되는 건 아니잖아. 자격이 없는 딸이라서 엄마라고 부를 수 없었던 건데, 사실 그 사람은 내가 엄마라고 부를 순간을 기다리고 있었던 건 아닐까?"

드문드문 들리는 엄마의 말은 이해하기 어려웠다. 엄마라고 부를 순간? 그게 무슨 뜻이지? 내가 제대로 들은 게 맞나? 너무 졸렸다. 눈꺼풀이 저절로 감겼다. 마지막으로 엄마 얼굴을 한 번 더 보려고 눈을 떴을 때, 이모와 엄마가 손을 꼭 잡고 있는 게 보였다. 둘 다 내가 살아 있어 행복한 얼굴이었다. 그거면 됐다고 생각했다.

아빠는 외국 세미나에 참석 중이라 올 수 없다고 했다. 혹시

나 하는 마음이 있었다. 마지막 순간까지 그 작은 희망을 놓지 못했다. 혹시 이번에도 내 자살소동으로 부모가 화해하는 극적인 일이 또 일어날지 모른다고, 기대했다. 하지만 아빠는 전화도 없었다. 이젠 아빠가 온다 해도 내가 반갑지 않았다. 와봤자 모두 엄마 탓이라며 난동이나 부릴 게 뻔했다. 엄마는 며칠째 같은 옷이다. 아마도 보호자대기실에서 밤을 지새우는 모양이다.

"제발 집에 가서 씻고 옷 좀 갈아입고 와라. 남들 보기 창피하지도 않냐?"

나는 중환자실에서 나오자마자 엄마를 닦달했다. 내가 주특기인 짜증을 부리고 나서야 엄마는 병실을 나섰다. 하지만 이모를 내 곁에 붙여둔 뒤였다.

"왜 아무것도 묻지 않아?"

이모만은 뭐라도 물을 줄 알았다. 순수하다는 건 때로는 순진하게도 타인에게 상처를 입히는 법이니까.

"화나지 않아?"

"화나."

"어떤 게?"

이모가 말했다.

"날 두고 네가 가버리려고 했다는 게, 네가 나한테 아프다는 말조차 하지 않았다는 게, 네가 아픈데 내가 아무 도움이 되지 못했다는 게, 그게 모두 내가 바보여서 그렇다는 게, 그 모든 게 화가 나."

"이, 이모."

"다 내가 나빠서 그런 거야. 그렇지?"

아니라고 말해줘야 하는데 갑자기 머리가 띵했다. 뭔가가 스치듯 지나간 것 같은데 그게 무엇인지 잡을 수 없었다. 한 번도 이런 적이 없었는데 아무래도 수면제 과용으로 인한 부작용 같았다.

"아냐, 이모. 이모가 나쁜 게 아냐."

간신히 그 말을 하고는 다시 눈을 감았다. 벌써 닷새째, 아무리 잠을 자도 계속 잠이 왔다.

제 5 장

냉장고 속의 악몽

1

새로운 내 인생의 첫걸음은 엄마와 이모였다. 내가 사랑하는 사람들의 행복이 내 인생의 새로운 목표였다. 우선 쉬운 일부터 시작하기로 했다. 이모의 불면증을 치료하는 건 그리 어렵지 않아 보였다. 내가 오랫동안 겪었고 지금도 겪고 있는 병이니까.

민원장에게 상담을 부탁할까 생각도 해봤지만 금세 맘을 바꿨다. 오랫동안 병원에서 치료를 해도 낫지 않았다면 민원장이 다시 시도한다 해도 마찬가지일 터였다.

이모가 잠들지 못하는 것은 악몽이 두려워서였다. 차라리 잠을 깨지 않고도 꿈에서 깰 수 있는 방법을 가르치는 게 나을 것 같았다. 자각몽(lucid dreaming)은 꿈을 꾸는 동안 꿈을 꾸고 있다는 사실을 인식하기 때문에 여러 훈련을 거치면 꿈을 통제할 수 있다. 이모의 악몽을 알아내면 자각몽 훈련에도 도움이 될 것 같았다. 하지만 이모는 악몽에 대해 절대 입을 열지 않았다. 내가 악몽에 대해 물을 때마다 이모의 반응은 한결같았다. 마치 악몽이 튀어나와 목덜미를 움켜쥐기라도 하듯 목을 한껏 움츠리고 초점 없는 눈으로 한참을 멍하니 있었다.

새벽 3시. 모두가 잠든 밤, 나는 냉장고의 냉동실문을 열었다. 이모의 일기장을 꺼내며 약간 죄책감이 들었다. 나는 내 사생활을 존중받고 싶어 하는 만큼 타인의 사생활도 존중할 줄 아는 사람이다. 아무리 이모를 위한 일이라 해도 이모가 숨기고 싶어 하는 비밀을 내 맘대로 들춰내는 것이 정당한가에 대해 고민했지만 그것도 잠시였다. 나는 일기장을 방으로 가져왔다. 채워져 있는 작은 자물쇠는 클립으로 몇 번 쑤시자 쉽게 열렸다.

2

어둠 속에서 남자의 발걸음소리가 울렸다. 나는 쫓아오는 남자를 피해 복숭아나무 밑에 숨었다. 시들어 바싹 마른 나뭇잎을 밟는 소리에 맞춰 침을 삼켰다. 바삭바삭, 남자의 발걸음이 점점 가까워졌다. 숨을 참으려고 손으로 입을 막은 채 바들바들 떨리는 몸을 최대한 웅크렸다.

남자가 금방이라도 날 찾아낼까봐 두려워 온몸에 소름이
돋았다.

바삭바삭, 후우후우… 남자가 거친 숨소리를 내뱉었다.
헉헉, 남자가 내뿜는 입김이 머리카락을 흔드는 것만 같
았다.

'제발, 제발…….'

나는 무엇을 기도하는지도 모른 채 기도했다. 엄마 말을
들을 걸 그랬다. 엄마가 밤에는 절대 돌아다니지 말라고
했다. 하지만 동네아이들의 놀림 없이 멱을 감을 수 있는
시간은 한밤중밖에 없었다.

바삭바삭, 멀어져가던 남자의 발걸음소리가 더 이상 들리
지 않았다. 나는 살그머니 고개를 내밀고 주위를 둘러보
았다. 남자의 모습이 더 이상 보이지 않았다. 후유, 안도
의 한숨을 내쉬며 일어서려는데 억센 손길이 내 머리채를
휘어잡았다.

악! 비명을 지를 틈도 없이 남자의 손에 의해 입이 막혀버
렸다. 온몸을 뒤틀며 저항했지만 남자는 간단히 나를 땅
에 눕혀버렸다. 남자의 몸 아래 깔린 채 나는 온몸을 비틀
었다. 내가 반항하면 할수록 남자의 숨소리는 더 거칠어
졌다.

"가만있어."

남자가 내 팔을 비틀어 한 손으로 움켜쥐며 머리 위로 올

렸다. 두드득, 팔꿈치가 타들어갈 듯이 아파왔다. 오른팔에 힘이 주어지지 않았다. 남자의 다른 한 손이 내 입을 막았다. 입을 벌려 남자의 손을 물자, 남자의 주먹이 얼굴을 강타했다. 입안에서 비릿한 피맛이 느껴졌다. 나는 눈을 질끈 감았다. 그 뒤로는 기억이 나지 않았다.

바스락바스락, 마른 잎을 밟으며 나를 뒤쫓는 소리는 언제나 어디를 가나 나를 쫓아다녔다. 노란 개나리가 피는 봄날에도, 초록빛 가득한 여름날에도, 붉게 물든 단풍으로 뒤덮인 가을날도, 마른 나뭇잎 하나 남아 있지 않은 겨울날에도 어디선가 바스락 소리만 나면 나는 그날 밤의 악몽 속으로 빨려들어간다.

남자의 손이 치마 속으로 들어왔다. 늦여름 더위가 한창인데도 소름이 끼쳤다. 나는 죽을힘을 다해 온몸을 비틀었다. 거친 땅바닥에 맨다리가 쓸렸다. 뾰족한 자갈에 긁힌 허벅지가 쓰라렸다. 하지만 내 반항은 아무 소용이 없었다. 남자의 손이 속옷을 찢는 소리가 들렸다.
비릿한 냄새에 구역질이 더 심해졌다. 한참 뒤에야 그것이 내 피냄새라는 것을 깨달았다.
달은 구름에 가려져 있었다. 너무 어두워 남자의 얼굴이 보이지 않았다. 나는 시커먼 하늘만 바라보았다. 구름이 천천히 움직이고 있었다. 희미한 달이 모습을 드러냈다. 남자의 얼굴을 보기 위해 고개를 돌리는 순간, 잠에서 깼다.

나는 아주 쉽게 잊어버린다. 그런데 왜 그날 밤의 일은 잊어버리지 못하는 걸까? 아무리 숨차게 도망쳐도 그날 밤은 나보다 앞서가 나를 기다리고 있다.

악몽은 점점 더 선명해진다. 기억은 내가 잊고 있던 사실을 자꾸 되살렸다. 며칠 더 지나면 남자의 얼굴도 기억날 것 같았다. 꿈속에서 남자의 얼굴을 보게 될까봐 두려웠다. 남자의 얼굴을 보면 그 얼굴이 매일 내 곁을 따라다닐 것만 같았다. 점점 더 잠들기가 무서웠다.

헉헉, 남자의 거친 숨소리가 귓가에 들렸다. 남자의 무릎이 내 허벅지 사이로 파고들었다. 남자가 무엇을 하려는지 몰랐지만 나는 다리를 오므리려고 안간힘을 썼다. 하지만 죽을힘을 다해도 남자를 당해낼 수는 없었다. 내 허벅지를 벌린 순간, 남자는 만족감에 킥킥거렸다.

무서웠다. 엄마가 보고 싶었다. 엄마가 이 일을 알게 된다면 이 남자를 혼내주기 위해 무슨 일이든 할 것이다. 엄마는 항상 말했다. 나를 놀리거나 괴롭히는 사람이 있으면 반드시 얼굴을 잘 봐두라고, 엄마가 대신 혼내주겠다고.

남자의 얼굴을 봐야 했다. 아무리 겁이 나더라도. 나는 용감하게 눈을 떴다. 눈물이 흘러 앞을 제대로 볼 수 없었다. 게다가 구름이 달을 가리고 있어 너무 어두웠다. 나는 시커먼 하늘을 바라보며 기다렸다. 달을 가리고 있던 구름이 서서히 움직였다. 마침내 달빛에 남자의 얼굴이 드러났다.

현민이었다.

나는 비명을 지르며 잠에서 깨어났다.

3

나는 일기장을 덮고 눈을 감았다. 그리고 아주 오랫동안 미동도 없이 가만히 앉아 있었다. 구역질이 나서 견딜 수가 없었다. 조금이라도 움직였다간 내 속에 있는 것을 모두 토해낼 것만 같았다. 한밤중에 엄마와 이모를 깨우고 싶지는 않았다. 구역질을 참느라 식은땀이 흘러 옷이 젖었다.

구역질이 잦아들면서 두뇌가 조금씩 깨어나기 시작했다. 이모의 일기를 무조건 사실로 받아들일 수는 없었다. 만일 사실이라면 이모가 현민을 그처럼 편하게 대할 수 없었을 것이다. 아무리 기억나지 않았다고 해도. 하지만 요즘 들어 현민을 대하는 이모의 태도가 어색해진 것도 사실이다. 이모가 현실과 환각을 구분하지 못하는 것일 수도 있었다. 그렇다고 이모의 악몽을 단순한 환각으로 받아들이기에는 내용이 너무 세밀하고 반복적이었다. 내가 이모에게 일기장을 사준 지 한 달이 넘었는데, 그 기간 동안 이모의 일기는 계속 강간을 당한 순간에만 머물러 있었다.

나는 이제껏 세상이 내게 알려주는 사실을 그대로 받아들인 적이 한 번도 없었다. 항상 모든 사실을 의심하고 증거를 검토하고 판단했다. 이모의 악몽에 대해서도 마찬가지였다.

일단 이모가 성폭행을 당한 것은 사실로 추정되었다. 하지만 현민이 가해자라고 단정할 수는 없었다. 어떤 성폭행 가해자가 피해자 가족들과 스스럼없이 어울리겠는가? 아니다. 성폭행은 서로 아는 관계에서 발생할 확률이 더 높다. 특히 지적장애인에 대한 성폭행은 지인에 의해 장기간 계속되는 일이 많다. 현민을 가해자로 단정할 수는 없지만, 어떤 방식으로든 현민이 그 사건과 연관된 것은 분명해 보였다. 이모의 일기장에서 현민은 여섯 번이나 언급되었다. 모두 성폭행을 당한 뒤 본 얼굴에 대해 설명할 때였다.

진실을 알아내는 방법은 한 가지, 현민과 부딪치는 것뿐이었다.

4

우리 가족여행에 함께 가자는 내 부탁에 현민이 처음부터 흔쾌히 동의했던 것은 아니다. 마치 현민이 우리와 함께 가고 싶어 안달이 난 것처럼 엄마를 속이긴 했지만. 현민은 내 부탁에 계속 애매모호만 대답만 늘어놓았고, 결국 나는 이모를 볼모로 삼았다. 이유가 무엇이든 현민이 이모에게 약하다는 것은 분명했기 때문이다.

"갑자기 지능지수가 높아지는 사례도 있나요?"

현민은 내 질문에 의외라는 듯 눈을 빛냈다. 아마 여행을 같이 가자고 설득하러 온 것으로 짐작하고 있었을 것이다.

"그런 일도 종종 있지. 왜? 네 지능지수가 갑자기 높아졌니?"

"그냥 제가 아는 사람이요."

나는 어떤 사실을 감추거나 얼버무리는 데는 영 소질이 없다는 듯 헛웃음을 지으며 말을 이었다.

"사실은, 우리 이모예요. 지능지수가 낮다고 들었는데 그렇지 않은 것 같아서요."

거짓말은 아니었다. 이모는 배우는 속도가 점점 빨라졌다. 처음 집에 왔을 때는 구구단을 배우는 데 몇 시간쯤 걸렸는데, 얼마 전에는 세 자릿수 곱셈을 암산했다. 정규교육을 제대로 받지 못해 이모가 바보라는 누명을 썼다는 내 추측은 완벽히 빗나갔다. 이모는 바보라기보다는 천재에 가까웠다. 처음에는 자폐, 정신지체, 정신분열 등 뇌기능장애를 가진 사람이 천재성을 발휘하는 서번트증후군이라고 의심했다. 하지만 서번트증후군이 숫자, 달력, 음악 등 특정 분야에 한정돼 나타나는 것과는 달리 이모의 지적 능력은 다양한 범위에서 향상되었다.

"그, 그래? 네 이모가 지능지수가 그렇게 낮은 편은 아니었어. 제대로 교육을 받지 못해서 그렇지. 옛날에는 가난하면 딸은 교육을 잘 시키지 않았거든."

현민의 말에 조금 안심이 되었다.

"그래도 선생님이 옆에서 자세히 관찰 좀 해보셨으면 해요. 1박 2일 동안 같이 있으면서 혹시 이상이 있나 봐주시면 안 될까요? 사실 저희 집은 차가 없어서 여행지까지 어떻게 가야 할지도 고민이거든요. 차를 렌트하려고 해도 엄마는 장롱면허라 운전도 못하고요."

결국 현민은 내 끈질긴 설득에 넘어왔다. 게다가 휴양림 예약에서부터 식사준비까지 모든 것을 완벽히 준비하기까지 했다. 여행준비를 하면서 여러 번 전화통화를 하고 두 번쯤 만났지만, 현민은 사생활에 대한 질문만은 교묘히 피해갔다. 차라리 혜란에게서 더 많은 이야기를 들을 수 있었다. 가장 반가웠던 것은 현민의 여자관계에 대한 정보였다.

혜란은 현민이 여자에 별로 관심이 없다고 말했다.

"대학 때도 인기가 진짜 많았는데, 단 한 명도 사귀지 않았어. 솔직히 동성연애자라는 소문도 끊임없이 있었는데, 그것도 아닌 거 같고. 언젠가 같이 술을 마시다 왜 결혼을 안 하느냐고 물은 적이 있었는데, 하지 않을 거라고 하더라. 못한다고. 그 이유를 물었더니 끝까지 대답을 안 했어. 그런데 이상한 건 마치 누군가가 결혼을 못하게 막고 있다는 투였다는 거야. 그게 끝이었어."

혜란은 현민에 대한 이야기를 쏟아놓는 중간에도 계속 물었다.

"그런데 도대체 왜 현민이한테 관심이 생긴 건데?"

"갑자기 김현민 선생님이 내 인생에 끼어들었으니까."

무심결에 답했지만 곱씹을수록 맞는 말이었다. 내가 그 병원에 다닌 지 3년쯤 되었지만, 현민과는 그저 가끔 마주치는 정도였다. 그때마다 조금 과한 관심과 친절에 불편하긴 했어도 서로의 생활이 얽혀들지는 않았다. 현민은 내가 주위에 쳐놓은 벽을 함부로 넘어오는 일이 없었다. 하지만 이모가 우리 집에 오면서부터 태도가 변하기 시작했다.

그런 현민의 변화가 이모의 악몽과 연관된 것은 아닐까?

만일 현민이 이모의 악몽과 정말 관련이 있다면 어떻게 해야 할까?

나의 염려와는 달리 이모는 현민과 함께 가는 여행을 그리 꺼리지 않았다. 이모에게는 엄마와 함께라는 사실만 중요한 듯했다. 현민과 시장을 보러 나간 날에도 이모는 현민을 바라본다거나 신체접촉을 하는 것에 아무 거리낌이 없었다. 그나마 안심이 되었다.

"김현민 선생님이랑 친했었나봐?"

현민이 카트를 밀고 앞서갈 때 내가 무심하게 말했다. 이모는 물끄러미 현민의 뒷모습을 바라보았다.

"꼭 그런 건 아냐. 그저 내가 도움을 많이 받았잖아. 나 처음에⋯ 외국에 갔을 때, 며칠 뒤에 현민이가 왔거든."

"그러면 그동안 김현민 선생님이랑 계속 보고 지냈다는 거야?"

새로운 사실에 당황해 내 목소리가 커졌다.

"응. 아는 사람 하나 없는 곳에 혼자 떨어진 느낌이었는데, 현민이가 와서 좋았어."

"좋았다고? 왜?"

일기와는 상반되는 이모의 말에 당혹감이 커졌다.

"현민이를 보고 있으면 영주랑 조금이라도 가까이 있는 것 같아서."

"엄마랑?"

"응. 현민이가 우리 영주랑 많이 닮았잖아. 그래서 현민이를 보고 있으면 영주랑 있는 것 같았어."

이모의 말에 나는 현민의 얼굴을 자세히 뜯어보았다. 그러고보니 조금 닮은 것 같기도 했다. 생김새보다는 얼굴형이 비슷했다. 약간 각진 턱, 볼록한 이마와 높은 광대뼈는 얼핏 보면 가족이라 생각될 만큼 닮아 있었다. 그 생각을 부정하기 위해 나는 고개를 저었다. 사실이 아닌 주관적 판단은 사양하고 싶었다. 이미 지금의 상황만으로도 내 머릿속은 충분히 복잡했다.

나는 여행 내내 이모와 현민을 떼어놓으려 애썼다. 그 덕분에 엄마와 현민이 붙어 있게 되었지만 상관없었다. 현민은 엄마에게 전혀 관심이 없었다. 엄마와 재혼하라고 권했을 때 현민이 보인 반응은 황당함 그 자체였다.

"네 엄마와 재혼을 하라고?"

"우리 엄마 좋아하는 거 아니었어요? 솔직히 우리 엄마 나라는 혹 딸린 것만 빼면 정말 괜찮은 여자예요. 가꾸지 않아서 그렇지 제대로 멋을 내면 미스코리아 저리 가라 할 정도로 예쁘고, 생활력 강하고, 알뜰하고, 착하고… 제가 정 걸리면 완전히 엄마 인생에서 사라져드릴 수도 있어요. 제가 아직 꼬마로 보여도 혼자 살 능력은 충분하거든요. 제가 미국에서 생활비까지 지원받는 조건으로 대학입학 허가를 받은 건 아시죠?"

"난 네 엄마를 그냥 친여동생처럼 생각해."

현민은 딱 잘라 말했다.

"그럼 이모는요? 혹시 우리 이모를 좋아하는 건가요?"

나는 마침내 숨겨두었던 질문을 꺼냈다.

"네 이모는, 나한테 엄마 같은 사람이야. 할아버지 때문에 시골 내려갔을 때 많이 외로웠어. 시골동네라 모두 어릴 때부터 알고 지낸 사이여서 내가 끼어들기도 힘들었고, 아이들은 서울말 쓰는 나를 놀림감 정도로밖에 생각지 않았거든. 우리 어머니는 임신 중인 데다 할아버지 병간호하랴, 새로운 생활에 적응하랴 힘들어서 나한테까지 신경 쓸 여유가 없었어. 그때 나한테 손 내밀어준 사람이 네 이모였어. 정말 천사처럼 보살펴줬지."

현민의 말에서 거짓의 기미는 느껴지지 않았다. 그저 아련한 추억에 대한 그리움이 묻어났다. 순간 이모의 악몽에 더 강한 의문이 고개를 들었다.

여행 내내 머릿속이 복잡했다. 시골이라 시정이 좋아서 별이 잘 보였는데도 집중이 되지 않았다. 이모는 피곤하다며 먼저 자러 들어가고, 엄마와 현민은 모닥불 옆에서 이야기를 나누고 있었다. 나와는 꽤 멀리 있어서 대화는 잘 들리지 않았다.

엄마는 현민과의 여행에 살짝 들뜬 눈치였다. 물론 겉으로는 못마땅한 척했지만. 이제는 엄마가 나 아닌 다른 가족을 만드는 상황에도 대비해야 했다. 그 새로운 가족이 현민이 될 가능성도 고려해야 했다. 그러려면 일단 이모의 과거를 확인할 필요가 있었다.

5

"아빠한테 가서 지내."

여행에서 돌아오자마자 엄마는 내 짐을 쌌다. 순간 욱했지만 참았다. 말 잘 듣는 착한 딸이 되기로 한 결심을 떠올렸다. 나는 치밀어오르는 화를 참으며 고개를 끄덕였다.

"하긴 미국 가기 전에 아빠랑 좀 지내보는 것도 나쁘지 않지. 어차피 우리 미국 가면 아빠를 보기 힘들 테니까."

내 말에 엄마가 천천히 고개를 저었다.

"무슨 뜻이야?"

"엄마는 돈 벌어서 너를 뒷바라지해야지."

"말도 안 되는 소리 하지 마. 나 장학금에 생활비도 받을 수 있어. 그 정도면 좀 빠듯하긴 해도……."

"말도 안 통하는 데서 난 뭘 하고 살라고?"

"엄마 우리나라에서 제일 좋은 대학 나온 사람이야. 그깟 영어를 못한다는 게 말이 돼?"

하지만 엄마의 결정에 당황한 마음을 숨기기는 힘들었다. 유학을 결정하면서 나는 엄마의 인생을 전혀 고려하지 않았다. 그저 내가 유학을 가면 엄마는 당연히 따라올 거라고 생각했을 뿐이다. 그곳에서 엄마가 살아야 될 인생에 대해서는 미처 생각지 못했다. 내 이기심이 드러난 게 화가 나서 더욱더 아빠 집에 가기 싫다고 짜증을 부렸다. 엄마는 내가 성질을 부리는 대로 내버려뒀다. 발을 구르며 화를 내고 엄마가 싼 가방을 풀어헤쳤다. 하지만 엄마는 언제나 그랬듯이 자신의 뜻을 굽히지는 않을 모양이었다.

제6장

가족의 정의

1

내 대학입학 소식을 들은 할머니의 첫 반응은 가관이었다.

"가스나가 뭐 대단한 공부를 하겠다고 어린 나이에 외국에 나가서 돈을 써?"

그래도 축하는 해주리라 생각했는데⋯⋯. 할머니는 아빠가 이혼하면 며느리의 딸인 나와도 연을 끊을 작정인 듯했다. 하지만 장학금에 일정액의 생활비까지 포함된다는 이야기를 듣자 할머니의 반응은 급선회했다

"환율도 높으니까 간간이 아르바이트도 해서 저축도 하고 그래라. 이 할머니한테 선물도 좀 보내고."

나는 슬며시 웃기만 했다. '사회'라는 단어 앞에는 수많은 수식어가 붙는다. 민주주의, 공산주의, 자유주의⋯⋯. 하지만 할머니에게는 하나의 단어만 정답이다. 자본주의!

할머니의 화끈한 반응 덕분에 나는 아무 죄책감 없이 머릿속의 계획을 실행에 옮길 수 있었다. 할머니의 돈을 빼돌리는 것, 그게 내 계획이었다. 사실 빼돌린다거나 훔친다는 말은 별로 쓰고 싶지 않았다. 어차피 할머니 재산 중 일부는 아빠가 상속할 테고, 그 재산은 다시 내게 올 테니 유산을 미리 당겨서 받는다고 하는 게 맞았다.

엄마를 설득하려면 일단 돈이 필요하고, 돈은 많으면 많을수록 좋았다. 확실히 유전자를 무시할 수는 없는 모양이다. 내가 그렇게 싫어하던 할머니의 물질만능주의적 사고방식이 내 안에 자리잡고 있다는 것에 나도 놀랐다.

엄마의 말을 듣고 엄마가 미국에서 어떻게 살아갈지에 대해 이리저리 생각해보았다. 일단 엄마는 학원강사라는 직업에 미련이 없으니 직장을 그만두는 건 문제가 되지 않았다. 친구라고는 가끔 우리 집에 놀러오는 현주밖에 없고, 가족도 이모뿐이었다. 엄마가 한국에 남고 싶어 하는 가장 큰 이유는 이모가 분명했다. 엄마와 이모가 외국에서 생활할 수 있을 정도의 돈이 필요했다. 외국까지 가서 허드렛일을 하게 할 수는 없었다. 그러려면 돈이 필요했다. 물론 엄마가 준 돈도 있었지만 그 돈을 쓰고 싶지는 않았다.

나는 엄마가 준 통장을 펼쳐보았다. 어디서 이런 큰돈이 났을까? 아빠나 할머니가 위자료를 줬을 리는 없다. 아마도 아파트를 팔았을 것이다. 한국에서 계속 살 생각이면서도 나를 위해 그런 결정을 했다는 게 신경에 거슬렸다. 내 인생이 누군가의 끊임없는 희생 위에 세워지는 것은 싫었다. 엄마가 나를 따라 미국에 가지 않고 한국에 남는다고 해도 돈은 필요했다.

할머니는 폰뱅킹을 자주 이용하는 편이다. 전자식 전화기는 DTMF(Dual Tone Multi Frequency)로 버튼의 신호를 생성하고 검출한다. 간단히 말해 전화기의 각 숫자는 특정한 음계의 소리를 내게 되어 있다. 그래서 어느 정도의 음감만 있으면 비밀번호를 알아내는 건 어렵지 않다.

게다가 할머니는 통화목록에서 폰뱅킹 이용흔적을 지우지도 않는다. 나는 집전화기의 통화목록과 할머니가 폰뱅킹을 할 때 누르던 버튼의 음을 조합해 단번에 비밀번호를 알아냈다. 할머니는 세금 내는 걸 몹시 싫어해서 주식투자에 치중했다. 모든 통장은 주식거래를 위한 증권사의 계좌와 연결되어 있었다. 나는 계좌 몇 개를 더 개설해 돈을 인출했을 때 마치 주식투자를 한 것처럼 보이게 만들었다. 계좌 간의 연결고리는 꽤나 복잡해서 완성하는 데 사흘이나 걸렸고, 할머니의 계좌는 모두 이체금액한도가 정해져 있어 매일 인출해야 했지만 그 정도는 감수할 만했다.

최악의 경우 할머니가 경찰에 신고를 할 수도 있지만 상관없었다. 어차피 전화는 집전화만 사용했고, 마지막으로 돈이 모이는 통장이 내 명의로 되어 있지만 잡아떼면 그만이었다.

할머니는 지금도 세금을 피하기 위해 내 명의의 통장을 몇 개씩이나 사용하고 있을 테니까. 그저 유학을 떠나기 전에 들키지 않기만을 바랐다.

2

할머니 집에서의 생활은 그리 나쁘지 않았다. 오전에는 영어학원에서 공부를 하고, 오후에는 병원에 들러 민원장이나 혜란과 이야기를 나눴다. 저녁에는 엄마나 이모와 통화를 했다.

내가 그렇게 부탁할 때는 어쩌다 한 번 서울에 올라오는 것도 힘들다며 앓는 소리를 하던 아빠는 할머니 집에서 대전까지 출퇴근을 했다. 연경이 절대 지방에서는 살 수 없다고 우긴 모양이었다. 결혼식도 하기 전에 아빠와 동거하는 건 꺼리지 않으면서 지방에서 사는 건 싫다는 연경을 이해하기 힘들었다. 하지만 어차피 이해해야 할 만큼 가까워질 관계도 아니니 상관없었다.

부족한 건 없었다. 도우미아줌마는 내가 원하면 항상 맛있는 음식을 만들어주었고, 커다란 내 방에는 내 키보다 훨씬 큰 욕조가 딸린 욕실도 있었다. 삶의 질은 오히려 예전보다 훨씬 높아졌다. 아빠는 재혼에 대한 죄책감 때문인지 내게 더 살갑게 굴었고, 연경은 내 심기를 거스르고 싶지 않다는 듯 눈치를 보기 바빴다.

그런데 뭔가가 아쉽고 허전했다. 도우미아줌마는 내가 벨을 누르면 왜 귀찮게 벨을 누르냐며 디지코드를 해제하고 알아서 들어오라고 말했다. 이모는 내가 혼자 현관문을 열고 들어오는 것을 싫어했는데.

"내가 널 얼마나 기다렸는데! 나는 네가 벨을 누르는 순간 행복해져라, 하는 단추를 누른 것처럼 막 행복해진다."

이모는 내가 벨을 누르면 쪼르르 달려와 문을 열어주었다. 한번은 머리를 감다가 샴푸 거품투성이 손으로 문을 열어준 적도 있었다.

방음이 잘된 벽은 식구들이 있을 때도 항상 내 방을 도서관처럼 고요하게 만들어주었다. 다른 방, 심지어 다른 집에 사는 사람들이 내는 소리까지 들리던 우리 집과는 달랐다. 혼자 책을 읽고 있을 때 모르는 게 생겼다며 설명해달라고 조르는 이모도 없었고, 굳이 대화를 하자며 방문을 벌컥 열어젖히는 엄마도 없었다. 병원냄새를 너무 싫어하면서도 내가 병원에 갈 때면 굳이 따라나서려고 허둥대는 이모도 없었고, 병원에 오지 말라고 아무리 짜증을 내도 나 몰래 민원장을 만나러 오는 엄마도 없었다.

할머니 집에서의 생활은 내가 예전에 꿈꾸던 그대로였다. 물질적으로 풍족하고 여유로웠으며, 내 생활을 간섭하거나 잔소리를 하는 사람도 없어 완벽한 자유가 존재했다. 그리고 할머니 집에는 내 가족이 아무도 없었다.

나는 영어학원의 오전수업만 마치고 혜란의 집으로 향했다. 사실 영어학원에서 배울 것은 별로 없었다. 발음상의 문제가 약간 있을 뿐 문법이나 어휘에서 내 영어는 완벽했다. 한국어와 거의 동시에 익힌 언어가 영어였으니까.

어젯밤 늦게 혜란은 다음 학기부터 교환교수로 미국 대학에 가게 되었다고 전화를 했다. 집 안은 어수선했다. 물건을 담은 상자들이 포장도 안 된 채 여기저기 널려 있었다. 혜란은 짐을 싸느라 바빠 내가 디지코드를 누르고 들어온 줄도 몰랐다.

"갑자기 교환교수라니, 무슨 일이야?"

혜란은 놀라서 들고 있던 옷을 떨어뜨리며 비명을 질렀다.

"깜짝이야! 인기척 좀 내고 다녀!"

"왜 갑자기 교환교수 발령을 받았냐고?"

"그냥 가고 싶었어."

나는 속지 않았다. 내가 미국 대학에 진학하게 됐다는 소식을 전했을 때 혜란은 못마땅하다는 듯 코를 찡긋했다.

"나는 죽어도 다른 나라에서는 못 살아. 다른 사람들 신경쓰느라 김치도 제대로 못 먹고, 배달음식점도 별로 없고, 말이 안 통해서 내가 바보처럼 느껴지는 것도 싫어. 포스트닥터로 미국 대학교에 가 있을 때 짜증나서 죽는 줄 알았다니까. 그런데 너 미국 가면 나는 이제 누구랑 노나?"

혜란은 지난주까지만 해도 내게 유학생활에 대해 조언을 해주면서 틈틈이 미국생활에 대한 불만을 늘어놓았다. 단순히 며칠 만에 그런 생각이 바뀌기도 어렵지만, 조급한 결정도 의외였다.

"거짓말! 가고 싶었다면 나한테 얘기했겠지. 정말 무슨 일이야?"

혜란은 아무 말 없이 옷을 집어 상자에 던졌다. 그리고 부엌으로 가 진열장에 있는 와인을 꺼냈다.

"대답 안 해줄 거야? 이럴 거면 왜 오라고 했어?"

"일단 이거 한 잔 마시고. 나도 아직 머릿속이 정리 안 됐으니까."

나는 거실로 가서 조용히 기다렸다. 혜란이 와인잔을 들고 다가왔다.

"얼마 전 인공유산 수술을 했는데, 남편 동의를 받지 않았나봐. 남편이랑 시부모랑 매일 병원으로 찾아와. 남편이 3대 독자였더라고. 아무래도 해결될 때까지 피해 있는 게 좋을 것 같아서 급하게 이혜주 선생이랑 바꿨어."

"도대체 왜 모두 말리는 수술을 하는 거야? 혜란샘도 엄청나게 소름끼쳐 하잖아. 수술한 뒤에는 며칠이나 우울해하고. 아기들 화장비용도 혜란샘이 내는 거라며? 도대체 그런 짓을 왜 하는 거야? 마조히스트야?"

나는 오랫동안 참아온 질문을 던졌다. 누구에게나 트라우마는 있다. 혜란이 자진해서 밝히지 않는 한 모른 척해주고 싶었다. 하지만 그 트라우마가 혜란의 인생까지 망치는 것을 두고 볼 수는 없었다.

"그냥 불행한 아이를 만들고 싶지 않을 뿐이야. 부모가 원치 않는 아이는 태어나봤자 불행한 인생을 예약한 거나 마찬가지니까."

할 말이 없었다. 내가 불행을 예약한 아이 중 하나니까.

"그건 그냥 예상일 뿐이잖아. 실제로 그 아이가 어떤 삶을 살지는 아무도 알 수 없는 거야."

그렇게 믿고 싶었다. 시작이 불행했다고 해서 끝도 불행하리라는 법은 없다고.

"아니, 그 아이의 무의식 속에는 각인돼 있을 거야. 나는 아무도 원치 않았던 아이라고. 태어난 것도 그 아이의 선택은 아니었으니까. 어쩔 수 없이 태어나야 했다는 무의식이 그 아이의 인생을 지배하겠지. 결국 불행해질 거야. 너처럼……."

혜란이 내 눈을 똑바로 바라보고 말을 이었다.

"그리고 나처럼……."

"난 그렇다 치고 혜란샘은 왜?"

"네가 전에 물었지? 나를 휘감고 있는 그림자에 대해? 우리 엄마는 내가 중학교 2학년 때 자살했어. 민원장한테 미안하다는 유서만 남기고. 처음에는 우울증으로 인한 자살이라 생각했어. 내가 오랫동안 백혈병을 앓았거든. 오랜 간병으로 우울

중에 걸리는 간병인들이 많으니까 엄마도 그런 케이스라고 생각했지. 그리고 화가 났어. 나를 위해 네 번이나 골수를 뽑히고 무균실에서 나오기도 전에 내 간병을 신경쓸 만큼 모든 것을 희생했던 민원장은 멀쩡히 살아 있는데, 왜 엄마는 그런 선택을 했을까? 내 병이 완치되고 몇 년이나 지난 뒤였어. 그런데도 내가 엄마의 우울증 발병원인이라는 건 부정할 수 없었지. 화가 나다가도 죄책감이 들고, 억울하다가도 화가 났어. 그래도 민원장 때문에 살아야 했어. 내 뒷바라지를 위해 주위에서 아무리 재혼을 권해도 꿈쩍 않는 민원장 때문에 살아남으려고 발버둥쳤어.

그런데 성인이 되고 나서야 알았어. 엄마가 우울증에 걸렸던 건 죄책감 때문이라는 걸. 내가 민원장 친딸이 아니었던 거야. 병원 상속문제로 법정다툼이 일고 나서야 알게 됐지. 외할아버지가 설립한 병원이라 외갓집 쪽에서 소송을 걸었거든. 엄마의 외도로 내가 생긴 걸 알았을 때, 엄마도 민원장도 나를 원치 않았어. 하지만 이 바닥에서 유명인사였던 외할아버지는 기어이 나를 낳게 만들었고, 그게 모든 불행의 시작이었지. 구질구질한 중간과정은 생략할게.

어쨌든 그때 깨달았어. 부모가 원치 않았던 아이들이 왜 불행해지는지. 그 아이들은 부모를 불행하게 만들면서 태어난 존재니까. 불행은 자석 같은 거라서 계속 다른 불행을 끌어당기지. 그렇게 뭉쳐버린 불행은 힘이 세서 아무리 떼어내려고 해도 떨어지지 않아."

나는 고개를 저었다.

"아니, 난 더 이상 불행하지 않을 거야. 내가 어떻게 태어났든 아무도 내가 태어나길 원치 않았든 상관없어."

"때로는 의지만으로 안 되는 일도 있어. 그래도 넌 다르길 바란다."

혜란은 한숨을 내쉬며 와인잔을 들어 건배하는 시늉을 했다.

4

혜란이 출국한 뒤 내 기분은 급격히 하락했다. 내가 계속 기죽어 지내는 게 안됐는지 할머니가 간만에 인심을 썼다.

"내가 카드 줄 테니까 닻별이 미국 가서 입을 옷이나 물건들 좀 사줘라. 새아기 네가 물건 보는 눈이 좀 있잖니."

그 인심에 연경이라는 조건이 딸려 있는 게 흠이었다.

처음에는 주위에 누가 있든 없든 내 눈치를 살피던 연경은 요즘 들어 페이스 조절에 실패하고 있었다. 평소에는 나만 보면 피해 다니다가 할머니가 볼 때만 나를 위하는 척 간식을 챙기거나 옷매무새를 가다듬어주는 게 우스웠다. 특별히 연경에게 악감정이나 편견 같은 것은 없었다. 엄마 아빠가 이혼하게 된 것을 연경 탓으로 돌리는 어리석은 생각도 하지 않았다.

하지만 눈에 빤히 보이는 연경의 이중적 태도는 나를 서글프게 했다. 타인의 시선이라는 감시만 없다면 맘껏 무시하고 구박해도 좋은 전처소생이라는 내 처지가 실감났기 때문이다.

나는 반강제로 백화점으로 끌려 나갔다. 할머니에게 카드를 얻어낸 연경은 자기 물건을 사느라 바빴다.

"어머, 연경씨. 왜 이렇게 오랜만에 나오셨어요?"

백화점 명품숍의 매니저가 호들갑을 떨며 연경을 맞았다. 이름까지 아는 걸 보니 단골인 모양이었다. 엄마는 이런 명품은커녕 백화점에서 양말 한 켤레 산 적도 없었다. 밥을 굶는 한이 있어도 명품으로 치장해야 하는 아빠와는 정반대였다.

"겉포장보다는 속에 들어 있는 물건이 좋아야 하는 거야."

아빠가 엄마의 옷이나 핸드백을 구질구질하다고 비웃으면 엄마는 그렇게 쏘아붙였다.

"쓰레기통에 있는 꽃은 그냥 쓰레기야. 겉포장도 중요한 거라고!"

아빠가 지지 않고 맞서면, 둘의 싸움은 또다시 도돌이표만 가득한 악보로 변했다. 끝나지 않을 것 같은 싸움을 끝내기 위해 아빠가 내 의견을 물을 때도 있었지만, 난 언제나 그 투표에서 기권을 했다. 다수결이 민주주의를 실현하는 가장 좋은 방법이라고 믿지 않을뿐더러 어떤 선택이든 극단적인 성격을 띠는 선택은 항상 꺼려졌다.

엄마가 아빠처럼 명품을 좋아하고 연경처럼 명품으로 치장했다면 아빠와 헤어지지 않았을까? 그럴 수도 있다. 인생이란 순간의 사소한 선택으로 흔들리고 변하는 거니까. 엄마는 정말 명품이 싫었던 걸까? 높은 곳에 매달린 포도를 따먹으려다 실패한 여우처럼 그저 신포도라고 포기하며 돌아섰던 건 아닐까? 어쩌면 엄마는 인생에서 단 한 번도 달콤한 포도를 마주한 적이 없을지도 모른다. 자신이 가진 것을 빼앗기지 않고 지키는 일만으로도 버거웠을 테니까.

문득 심술이 났다. 연경을 '엄마'로 부르려고 노력하라던 엄마의 부탁이 떠올랐다. 그 노력을 지금 시작해야 했다.

"엄마."

나는 큰 소리로 연경을 불렀다. 한 번도 들어보지 못한 호칭이 낯설어 연경은 당연히 뒤를 돌아보지 않았다. 나는 연경의 바로 뒤로 다가갔다.

"엄마!"

그제야 연경이 눈이 휘둥그레져 날 향해 고개를 돌렸다. 나는 눈동자를 굴리며 다시 한 번 불렀다.

"엄마."

"그러지 마."

연경이 이를 악물고 내뱉었다.

"그러지 말라고요? 뭘를요?"

백화점 매니저와 점원들이 당황한 듯 서로 눈짓을 주고받았다. 연경 옆에 서 있던 매니저는 우리의 대화에 신경을 곤두세우느라 귀가 쫑긋거릴 지경이었다. 나는 웃으며 말했다.

"아무리 나보다 몇 살밖에 안 많아도 엄마 맞잖아. 새엄마라고 불러야 하나?"

결국 연경은 우격다짐으로 나를 끌고 나와 평일이라 한산한 백화점 구석으로 갔다.

"너 정말 못됐구나. 일부러 그러는 거지?"

"아니, 진심이야. 그쪽이 내 친엄마 같아. 우리 엄마는 착하거든. 그러니 나랑 더 많이 닮은 그쪽을 엄마라 생각하기로 했어. 나처럼 못된 인간 드물거든."

연경은 화가 나서 발까지 굴렀다.

"너 정말! 쪼끄만 게……."

연경은 이제 말까지 더듬었다.

"쪼끄만 건 사실이지만."

나는 내 머리를 툭툭 쳤다.

"여기는 당신보다 클걸? 그러니까 앞으로는 사람들 앞에서 가식 떨지 마. 그런 가식 부려봤자 그 노친네한테서 빼낼 건 더 없을 테니까."

연경이 움찔하며 뒤로 물러섰다. 나는 씩 웃으며 윙크했다.

"당신 속마음 완전히 꿰뚫어보는 거 같아서 무섭지?"

제 7 장

비밀과 거짓말

1

이모와 떨어져 살게 되었다고 해서 이모의 악몽을 내버려 둘 수는 없었다. 나는 현민에 관한 자료를 계속 수집했다. 쉬울 것 같았던 자료조사는 금세 난관에 부딪혔다. 기혜와 영주는 어색한 변명만 늘어놓으며 나와 만나기를 꺼렸다. 아마도 현민에게 나와 만나지 말라는 언질을 받은 것 같았다. 간호사들과 의사들에게서 알아내는 정보에는 한계가 있었다. 현민은 나에게뿐만 아니라 직장동료에게도 사생활에 대해서는 철저히 말을 아끼는 편이었다.

그런데 의외의 곳에서 현민과 연관된 사람이 나타났다. 영주와 연경이 같은 대학교 선후배 사이였던 것이다. 게다가 연경은 타인에 대해 이야기하는 걸 좋아하는 성격이었다.

"사실 영주언니랑 같이 학교를 다닌 적은 없어. 전설처럼 전해져오는 얘기를 많이 들었고, 동문회에서 몇 번 마주친 게 전부야. 공주처럼 사는 사람이었지. 준재벌 집안에 아버지가 국회의원에다 오빠는 의사니 겁날 게 뭐가 있겠어? 학교 다닐 때도 기사가 자가용으로 모시고 다녔다니 말 다했지. 결혼도 얼마나 으리으리한 집이랑 했는데. 정말 어떻게 인생에 고비 한 번 없는지 모두 배 아파했지. 그러면서도 어떻게 하면 영주언니랑 친하게 지낼까 고민했고. 나 같은 건 상대도 안 해줬다니까."

나는 혜란의 집 거실 소파에 누워 연경이 알려준 정보를 정리했다. 이름이 같은 엄마와 영주의 삶은 완벽하게 대조되었다. 출생에서부터 벌어진 간격은 살아가면서 점점 더 넓어졌다. 삶에 대한 엄마의 치열한 노력은 그 간격을 더 비참하게 만들었다. 그 사실에 기분이 더 가라앉았다.

나는 현민에 대해 정리한 노트를 소파 옆 서랍장에 넣어두고 마음을 가라앉혔다. 요즘 들어 감정이 들쑥날쑥하며 나를 지배하려드는 게 마음에 들지 않았다. 이럴 때는 객관적이고 이성적인 뭔가로 두뇌를 다스려야 한다. 나는 어제 읽다 만 혜란의 의학책을 들춰보다 디지코드를 누르는 소리에 놀라 벌떡 일어났다. 손에 잡히는 대로 아무것이나 집어들었다. 하지만 눈앞에 나타난 사람은 나보다 더 놀라서 비명을 질렀다. 혜란이었다. 손에는 신발장에 있던 우산이 들려 있었다.

혜란이 나를 발견하고는 안도하며 현관 바닥에 주저앉았다.

"깜짝 놀랐잖아. 왜 여기 있는 거야?"

"이모 없을 때 여기 써도 된다고 했잖아. 그런데 여긴 웬일이야? 아직 학기 중 아닌가?"

"너야말로 웬일이야? 아까 결혼식장에서 안 보여서 이상하다 했더니, 설마 몰랐던 거니?"

나는 무슨 영문인지 알 수 없어 고개를 갸웃했다. 혜란이 피식 웃었다.

"네 이모 오늘 결혼했잖아."

놀라서 굳어버린 내게 혜란이 비웃듯이 덧붙였다.

"우리 아버지랑."

"거짓말!"

"거짓말 아냐. 하긴 나도 내 눈으로 보지 않았다면 못 믿었을 거야. 그래서 없는 시간을 쪼개 귀국한 거고. 어차피 결혼식에는 오래 있지도 못할 걸 알면서도 말이지. 그런데 네 이모 좀 너무하더라. 민원장이랑 결혼하기 전에는 만나면 인사도 열심히 하고, 반찬까지 보내주고 하더니 결혼식장에서는 나를 모르는 척하더라."

혜란이 털어놓는 이야기에 정신이 어질어질했다. 혜란이 이모와 민원장 사이를 못마땅해한다는 것은 이미 알고 있었다. 혜란의 입장에서는 당연한 일이었다. 그래서 우리는 이모와 민원장이라는 주제는 의도적으로 피했다.

"그런데 도대체 왜 너한테는 결혼식을 비밀로 한 거지?"

혜란의 질문에 나는 어색한 웃음만 지었다. 나도 알 수 없었다. 도대체 왜 엄마는 이모와 민원장의 결혼식을 비밀로 했을까? 나에게 숨길 만한 이유가 무엇인지 도무지 알 수 없었다. 내가 둘의 연애사실을 몰랐던 것도 아니고 내 덕분에 결혼한 거나 마찬가지인데 왜 내게 결혼을 숨겼을까? 왜 이모까지 아무 말 하지 않았을까? 어제 저녁에도 통화를 했는데, 아무도 내게 말해주지 않았다.

비밀과 거짓말은 쌍둥이다. 비밀은 거짓말을 만들어내고 거짓말은 비밀을 만들어낸다. 이모와 민원장의 결혼이라는 엄청난 소식에 뭔가를 놓쳐버린 듯한 기분이 들었다. 하지만 나는 엄마가, 그리고 이모가 내게 비밀로 한 무엇을 찾아가느라 그 뭔가에 대해서는 생각지 않았다.

당장 전화를 걸어 무슨 일인지 캐묻고 싶었다. 하지만 그전에 엄마가 무엇을 숨기는지 알아내야 했다.

2

나는 한 번도 엄마의 직장에 가본 적이 없다. 솔직히 실패한 사람들이 싫었다. 재수학원 학생들은 실패한 사람들이었다. 실패한 사람들은 대부분 실패이유를 남 탓으로 돌린다. 그리고 그런 사람들은 다시 실패하기 마련이다. 감정에 휘둘려 객관적이지 못한 인간들의 특징이다. 나는 그런 인간들에게 물들고 싶지 않았다.

나이가 어린 게 이럴 때는 좋다. 경비원도, 교무실 강사들도 나를 제지하지 않는다. 교무실 안내판에 붙어 있는 강사 중에 엄마의 이름은 없었다. 나는 교무실로 들어서는 한 강사에게 물었다.

"김영주 선생님은 수업 들어가셨나요?"

"그런 선생님 없는데?"

워낙 강사가 자주 바뀌는 곳이니 모를 수도 있다. 그때까지는 그렇게 생각했다. 뒤따라 들어오던 강사가 이렇게 덧붙이기 전까지는.

"지난달에 관둔 선생님이 김영주 아니었나?"

그 학원에서 엄마보다 더 오래 일했다는 강사에게 확인을 하고도 믿을 수가 없었다. 엄마가 직장을 그만뒀다고? 엄마의 비밀이 또 하나 드러났다. 그렇다면 엄마는 지금 어디에 있는 걸까?

엄마는 집에 있었다. 문을 열어준 현주와 마찬가지로 엄마도 예상치 못한 내 방문에 당황한 빛을 감추지 못했다. 밥을 먹으려던 참인지 식탁 앞에 앉은 채였다.

"왜 연락도 없이 와? 그러다 엄마 없으면 어쩌려고?"

"급하게 필요한 게 있어서."

"급하면 엄마한테 전화하지. 그럼 가져다줄 텐데."

"엄마는 학원에 있을 시간이잖아."

"아, 그렇지. 오늘 휴가인데 말 안 해줬으니까 몰랐겠구나."

어설픈 변명을 듣고 그냥 모른 척했다. 현주 앞에서 엄마의 거짓말을 파고들 수는 없었다. 나는 엄마의 권유대로 식탁에 앉았다. 식탁 풍경이 생소했다. 평소에 볼 수 없던 반찬들은 현주가 집에서 해온 것이라고 했다. 나는 괜스레 흠을 잡았다.

"그런데 아줌마는 무슨 반찬을 이렇게 많이 해왔어요? 맛도 하나도 없구만. 너무 맛없어서 우리 집에다 갖다 버리는 거 아니에요?"

"누가 너 먹으래? 맛없으면 안 먹으면 될 거 아냐!"

현주가 신경질을 내며 반찬통을 덮었다.

"난 맛있기만 한데. 네가 너무 짜게 먹어버릇해서 그래. 그렇게 짜게 먹는 거 몸에 안 좋아."

엄마는 참말인지 거짓말인지 알 수 없을 만큼 열심히 먹었다. 그러고보니 엄마는 조금 살이 찐 것 같았다.

"그런데 이모는 어디 갔어?"

내 질문에 엄마가 더듬거렸다.

"이, 이모는 외국에서 떠도는 게 버릇이잖니? 겨우 몇 달 있었는데, 또 못 견디고 여행 갔어."

"그래? 휴대폰은? 로밍해 갔어?"

"아니, 그 나라에서 얼마나 있게 될지 모른다고 아예 해지했어."

간단히 안부만 묻는 짧은 통화였지만 분명 어제까지만 해도 이모와 통화를 했다. 나는 급한 일이 생각났다고 핑계를 대며 자리에서 일어났다.

"그냥 가는 거야?"

엄마가 물었다. 나는 빨리 나가서 이모에게 전화를 해봐야겠다는 생각에 멍한 상태였다.

"응? 왜?"

"뭐 잊은 게 있다면서?"

그제야 얼른 냉동실문을 열고 비닐봉지에 싸여 있는 일기장을 꺼냈다.

"뭐야? 냉동실에 그런 것도 있었어?"

신기해하는 현주의 음성을 뒤로한 채 나는 급히 집을 나섰다. 아파트 입구를 나서자마자 이모에게 전화를 걸었다. 계속 통화중 신호음이 뜨던 휴대전화는 어느 순간부터 전원이 꺼져 있었다.

3

나는 휘적거리며 혜란의 집으로 향했다. 상황을 정리할 시간이 필요했다. 혹시 엄마가 나를 떠날 준비를 하고 있는 걸까? 그것 말고는 이모의 결혼식을 숨겨야 할 이유가 떠오르지 않았다. 혹시 현민과 함께? 머리가 복잡했다. 엄마에게 현민과 이모가 어떤 관계인지 알려야 할까? 아니, 나도 두 사람이 무슨 관계인지 정확히 모르니 알려줄 것도 없었다. 도대체 엄마는 무슨 계획을 하고 있는 걸까……. 의문이 끝없이 이어졌다.

혜란의 집에는 떠난 줄 알았던 혜란이 떡하니 버티고 있었다.

"미국으로 돌아간 거 아니었어?"

나는 거실로 들어서며 대수롭지 않게 물었다.

"돌아가려고 했지. 그런데 이게 마음에 걸려서 그럴 수가 없더라고."

혜란이 내가 정리해놓은 현민의 자료를 흔들었다.

툭, 현민과 관련된 기사들이 쏟아졌다. 혜란은 내가 그려놓은 가계도를 읽어내려갔다.

"도대체 이게 뭐야? 부 김재호, 법무법인 K&J 대표 및 국회의원. 모 이명숙, 전업주부. 여동생 김영주, 전업주부. 매제 박희준, 서울고등법원 검사. 이게 무슨 의미인지 얘기해줄래?"

"단순한 취미활동이야."

"현민이한테도 그렇게 얘기할래?"

순간 굳어버렸다. 뭐라고 변명해야 하는데 도저히 변명거리가 생각나지 않았다. 그래서 나는 그대로 도망쳐버렸다.

"좀 일찍 다녀. 걱정했잖아."

연경의 가식적인 인사를 받고서야 내가 어디에 있는지 알아차렸다. 정신없이 혜란의 집을 뛰쳐나온 뒤로는 기억이 가물가물했다. 시계를 보니 벌써 자정이 가까웠다. 연경에게 한마디 쏘아붙일 힘조차 남아 있지 않았다. 그냥 2층으로 올라가려는데 거실에 있던 할머니가 내 앞을 가로막고 섰다.

"엄마가 말하는데 대답 안 하는 버릇은 어디서 배웠어? 게다가 지금이 몇 시야? 네 엄마 밑에서 가정교육을 제대로 받았을 거라고는 기대 안 하지만……."

엄마 같은 소리 하고 있네! 아빠와 연경은 아직 결혼식도 올리지 않았다. 반항심에 욕이 절로 나왔지만 꾹 참았다. 할머니의 신경을 더 긁을 필요는 없었다. 할머니는 고모들과 아빠의 등쌀에 떠밀려 지난주에 재산 중 가장 비싼 건물을 팔아야만 했다. 엄마에겐 인색하기 짝이 없는 시어머니였지만 할머니도 결국 자식들에게는 한없이 약한 어머니일 뿐이었다. 나는 말대꾸하지 않고 꾸벅 인사를 한 뒤 방으로 들어왔다.

정말 엄마가 새로운 인생을 살기로 결심하고 나를 속인 걸까? 이모는 결혼에 대해 내게 아무 말도 하지 않았다. 엄마가 시키지 않았다면 마트에서 있었던 소소한 일까지 털어놓는 이모가 그 사실을 숨길 리 없었다. 이모는 엄마가 어떤 계획을 하고 있는지 아는 걸까? 만약 엄마의 계획이 현민과 관련된 것이라면 나는 어떻게 해야 할까? 밤새 고민하고 또 고민했다.

결론은 하나였다. 엄마에게 내가 겪은 일을 겪게 하고 싶지는 않았다. 선의가 악의였다는 것을 깨닫는, 좋아했던 사람을 의심해야 하는 상황을 만들어주고 싶지 않았다. 그렇다면 방법은 한 가지뿐이었다. 나는 현민을 만나러 병원으로 향했다.

그곳에서 현주를 보게 되리라고는 예상하지 못했다. 현주를 보는 순간, 나는 숨을 곳을 찾았다. 탁 트인 병원로비는 숨기에 불리한 공간이지만 내게 익숙한 공간이기도 했다. 나는 몰래 현주의 뒤를 밟았다. 엄마가 병원에 왔다면 의심 따위는 추호도 하지 않았을 것이다. 엄마가 현민과 미래를 생각하고 있으리라는 내 예상이 맞아떨어졌다는 생각에 두통이 심해질 수는 있었겠지만.

현주는 진료실이 있는 본관이 아니라 별관으로 향했다. 별관에는 민원장의 진료실과 뇌의학 분야와 관련된 연구실밖에 없었다. 아직 이른 시간이어서 엘리베이터에 탄 사람은 현주뿐이었다. 나는 엘리베이터의 숫자가 올라가는 것을 지켜보았다. 꼭대기층, 민원장의 진료실밖에 없는 곳이다.

엄마가 민원장을 보러 왔다면 이상할 게 하나도 없었다.

민원장과 이모가 결혼한 지금은 더 자연스러웠다. 하지만 현주와 민원장은 전혀 연결지점을 찾을 수가 없었다. 나는 본관 로비에 앉아 현주가 돌아오기를 기다렸다. 본관을 통해 별관으로 간 걸 보면 분명 본관 지하주차장에 주차했을 테니까.

예상대로 현주는 본관으로 돌아왔다. 커다란 비닐봉지를 든 채였다. 병원에서 다량의 약을 조제할 때 약봉지를 담아주는 비닐봉지였다. 조제실에서 민원장이 미리 받아둔 모양이었다. 순간, 민원장이 출근했다는 사실에 흠칫 놀랐다. 민원장과 이모가 결혼한 게 그저께인데 벌써 출근을 했다니? 게다가 도대체 저 많은 약은 누구의 것일까? 현주의 것일까? 그러고보니 현주도 좀 초췌해 보였다. 저렇게 약을 많이 먹어야 할 만큼 아픈 사람이 친구 집에 밑반찬을 해다 나를 수도 있는 걸까?

갑자기 머릿속이 온갖 질문들로 복잡해졌다. 나는 병원 앞 공원에 앉아 나를 둘러싸고 벌어지는 일들을 논리적으로 설명할 방법을 찾아보았다.

4

별관건물은 모두가 퇴근하고 나면 경비시스템이 자동으로 작동하게 돼 있었다. 경비시스템을 해킹하는 일은 시간이 오래 걸리는 데다 잘못될 경우 문제가 복잡해질 수도 있었다. 하지만 본관은 입원실 등이 있어 경비시스템이 허술한 편이었다. 전자카르테*는 인트라넷상에서는 어디나 열람이 가능했다. 하지만 본관도 진료실은 모두 디지털키로 관리되고 있었다. 일단 쉬운 방법부터 시도해보기로 했다. 혜란의 진료실 컴퓨터만 쓸 수 있다면 복잡하고 번거로운 사전작업은 필요 없었다.

새로 부임한 산부인과 진료과장의 업무보조는 여전히 피오나였다. 다행히 피오나는 나를 보자 반색을 했다. 진료과장이 점심식사를 하러 나갔는지 피오나 혼자 있었다. 상황이 내게 유리했다.

"닻별이 정말 오랜만이다. 민선생님 안 계신다고 발길을 딱 끊다니 너무하네. 그거 나 주려고 가져온 거 맞지?"

피오나는 내가 사간 쿠키를 먹어치우며 혼자 떠들었다.

"나는 우리 사이가 꽤 가깝다고 생각했는데 조금 섭섭했어. 어쩌면 하루가 멀다 하고 놀러오다가 코빼기도 안 보이니?"

"죄송해요. 집에 일이 좀 있어서요. 마음 넓으신 박간호사님, 이해해주실 거죠?"

혀 짧은 아기말투까지 쓰며 애교를 부리자 피오나의 입이

---

* 컴퓨터에 입력하는 진료차트.

저절로 벌어졌다. 정말 삶이란 다양한 방식을 써야만 살아남을 수 있다. 내가 피오나에게 애교를 부릴 날이 오다니, 상상도 못했던 일이다.

"그래, 내 마음이 좀 넓긴 하지. 봐줬다!"

인심 쓰듯 말하며 내 팔을 툭 치더니 피오나가 허리를 숙이며 얼굴을 가까이 댔다. 그러잖아도 큰 얼굴이 3D로 다가오자 뒤로 물러나고 싶었지만 꾹 참았다.

"그런데 무슨 집안일? 나쁜 일은 아니지? 혹시 누가 결혼이라도 했어?"

속삭이는 듯한 황당한 질문에 눈살을 찌푸리다 내가 민원장의 딸이라는 소문이 돌았다는 게 떠올랐다.

"글쎄요."

나는 애매하게 대답을 흐렸다.

"참, 혜란샘이 부탁한 자료가 있는데 혜란샘이 쓰던 컴퓨터좀 쓸 수 있을까요?"

"무슨 자료?"

피오나의 태도가 약간 거만해졌다.

"몰라요. 파일이름만 알려줬거든요. 이메일로 보내달라던데요."

"민과장님이 쓰시던 거 지금 과장님이 그대로 쓰고 계시긴한데, 아마 포맷해서 예전자료는 없을걸?"

"하드를 따로 분리해서 관리했다고 하더라고요. 그건 포맷

하지 말라고 했다던데. 사실 혜란샘은 잠깐 자리를 비우는 거 잖아요. 아무리 골치 아픈 일이 있었다 해도 혜란샘 병원이나 마찬가지인데……."

사소한 권력을 휘두르는 자에게는 더 큰 권력으로 압박해야 일이 쉬워지는 법이다.

"그래? 그래도……."

하지만 피오나는 끝까지 망설였다. 그렇다면 자존심을 공격하는 수밖에 없었다.

"하긴 지금 과장님한테 여쭤보지 않으면 박간호사님 혼나겠죠?"

"혼나다니? 아무리 의사와 간호사라지만 같이 일하는 동료인데. 그냥 써."

운은 거기까지였다. 새로 부임한 과장은 꼼꼼한 성격인지 인트라넷에서 로그아웃을 해둔 상태였다. 혜란의 인터넷 아이디를 그대로 쳐넣고 로그인 버튼을 눌렀다. 인증서 선택창이 떴다. C 디스크에는 인증서가 없었다. D 디스크를 검색하니 혜란의 이름으로 된 인증서가 3개나 떴다. 위쪽 2개는 구분이 은행/신용으로 돼 있었다. 마지막 인증서를 선택하고 혜란의 집 비밀번호를 누르는데 손이 덜덜 떨렸다.

가슴을 졸인 게 민망스러울 정도로 인트라넷 화면이 금세 로그인 상태로 바뀌었다. 나는 재빨리 환자명에 김현주를 치고 검색버튼을 눌렀다. 현주가 들고 가던 약봉지 정도라면 분명 진료기록이 있을 터였다. 피오나는 혹시 진료과장이 돌아오기라도 할까봐 자신의 책상에 앉아 문밖 소리에 신경을 곤두세우고 있었다. 피오나의 책상은 내가 앉아 있는 책상과 직각으로 있어서 피오나에게는 모니터 뒷면만 보이지만, 나는 피오나의 움직임에도 계속 신경을 썼다.

"아직 못 찾았어?"

피오나가 초조한 듯 내 쪽을 돌아보며 물었다. 순간, 창에 128명의 김현주가 떴다. 그중 엄마와 동갑인 여자는 한 명으로 진료기록은 3년 전, 갑상선 치료가 전부였다. 그렇다면 현주가 들고 가던 약봉지의 주인은 도대체 누구인 걸까?

"아뇨, 찾았어요. 그런데 파일 용량이 커서인지 첨부해서 보내는 데 시간이 좀 걸리네요."

나는 컴퓨터 화면을 노려보며 어떻게 해야 할지 망설였다. 혜란은 이사진이니 분명 다른 이의 처방을 볼 수 있는 권한도 있을 터였다. 나는 민원장의 이름을 검색창에 쳐보았다. 민원장의 이름과 함께 진료기록이 쭉 떴다.

"얼마나 남았는데?"

피오나가 자리에서 일어나 다가왔다. 나는 재빨리 민원장의 진료기록을 통째로 다운받아 내 웹하드에 저장했다. 다행히 피오나가 모니터를 들여다보기 전에 저장이 완료되었다.

집으로 돌아오자마자 노트북을 켜고 웹하드에 접속했다. 진료기록 파일을 열 수 있는 프로그램을 찾아서 다운받으니

마침내 파일이 눈앞에 펼쳐졌다. 그 파일을 손에 넣기 위해 하루를 다 보내면서 단 한 순간도 그 안에 엄마의 이름이 있으리라고는 생각해보지 않았다.

'김영주'라는 이름 밑에 나열된 의학용어를 번역 프로그램에 복사해서 넣고 버튼을 눌렀다. 자동번역기는 드문드문 한글로 번역된 의학용어들을 뱉어냈다.

심부전증, 간 비대, 천식, 호흡곤란, 폐렴, 심장이식, 강심제, 이뇨제, 모르핀, 스테로이드, 산소흡입……

갑자기 소원이 이루어진 모양이었다. 이해가 되지 않았다. 나도 평범한 아이들처럼 이해할 수 없는 것이 생긴 듯했다. 그 단순하고 분명한 용어들이 무슨 뜻인지 알 수 없었다. 어떤 것도 쉽게 이해하는 내 두뇌로도 이해되지 않았다. 이해할 수 없었다.

확인할 방법은 한 가지밖에 없었다. 나는 왜 현민의 뒷조사를 했는지 추궁하는 혜란의 전화를 피하느라 꺼두었던 휴대전화의 전원을 켰다. 신호음이 몇 번 가기도 전에 혜란이 전화를 받았다.

"닻별아, 나랑 얘기 좀 해. 내일 우리 집으로 올래, 아니면 내가 갈까?"

"일단 내 용건 먼저. 급한 일이야."

"도대체 이 상황에 더 급한 일이 뭔데?"

나는 무작정 엄마의 진료기록을 읽었다. 혜란은 내가 처방

전까지 읊고 나서야 물었다.

"누구 거야?"

"이게 무슨 뜻인지 이해할 수가 없어. 이해 좀 시켜줘."

"들어보니까 진단서는 아닌 것 같은데… 너, 그거 어디서 들은 거야? 아니면……."

"NYHA(New York Heart Association)에 의한 심부전증 분류 4단계 맞아?"

혜란은 아무 말이 없었다. 무응답은 긍정도 부정도 아니었다. 그렇게 믿고 싶었다. 게다가 혜란의 전공도 아니었다.

"전문의 소견을 듣고 싶어. 아는 의사 많지? 한 명쯤 소개해주는 거 어렵지 않지?"

"그래. 아는 전문의 소개해줄 테니까 내일 만나자. 몇 시가 좋을까? 어디에서 볼까?"

약속을 정하고 전화를 끊은 뒤에도 오랫동안 모니터를 바라보았다. 계속 바라보면 모니터에 있는 내용이 변할지 모른다는 희망을 접고 나는 잠을 자기로 했다. 어쩌면 이 부산하고 어수선한 하루가 꿈일지도 모른다는 또 다른 희망을 가지기로 했다.

침대에 누웠는데 바스락거리는 소리가 들렸다. 일어나보니 어둠 속에서 내 일기장이 보였다. 어젯밤에 돌아와 가방에서 꺼내두었던 일기장이 비닐봉지에 싸인 채 발치에 놓여 있었다. 몇 달 전까지만 해도 그 일기장에 두려움을 적었다. 그 두려움이 꽁꽁 얼어서 나오지 못하게 가둬두고 싶었다. 하지만 이제는 그 두려움이 사소한 것이 되어버렸다.

부모의 이혼이 싫었던 이유는 간단했다. 엄마와 살거나 아빠와 살아야만 하니까. 내 인생에서 평범하지 않은 것은 나라는 존재만으로 충분했다. 더 이상 평범하지 않은 뭔가가 끼어드는 게 싫었다. 그리고 두 사람 중 한 사람을 보는 게 힘들어지는 상황도 꺼려졌다. 매일 볼 수 없는 게 아니라 다시는 보지 못하게 되는 것은 상상도 해본 적 없었다.

부모의 이혼이 두려웠던 아이로 돌아가고 싶었다. 나는 돌아누워 일기장을 꺼냈다. 열쇠를 넣고 돌렸는데 자물쇠가 열리지 않았다. 자세히 살펴보니 하드커버의 상처나 마모 정도가 내 것과 달랐다. 급하게 꺼내다보니 이모의 일기장을 잘못 가져온 것이다.

이모 곁을 떠난 지 한 달. 이모는 그동안 결혼준비를 하느라 바빠서 일기를 쓸 시간도 없었을 것 같았다. 아니, 어쩌면 결혼준비에 들떠서 두려움 따위는 날려버렸을 것이다. 이모에게는 이제 이 일기장이 필요 없었다. 나는 침대 옆 탁자에 일기장을 내려놓고 눈을 감았다.

머릿속이 멍했다. 잠을 자야만 했다. 잠을 자야 뭔가를 생각할 수 있었다. 일어나서 수면제를 찾아 입안에 넣고 씹었다. 꽤 썼다. 아직 감각이 살아 있는 모양이었다.

어느새 동이 트고 있는지 전등을 껐는데도 방 안이 꽤 밝았다. 잠을 자야만 했다. 컴퓨터 화면을 너무 오래 보았던 모양이다. 수면제 효과가 더뎠다. 이모의 일기장을 다시 집어들었다. 책을 읽으면 숙면에 도움이 된다는 연구결과가 많은데, 나는 한 번도 도움을 받아본 적이 없었다. 하지만 다시 시도해보는 것도 나쁘지 않겠다 싶었다. 적어도 일기를 읽는 동안에는 엄마에 대한 생각을 멈출 수 있을 테니까.

나는 이모의 일기장을 다시 펼쳤다.

제 8 장

그녀의 이야기

1

나는 영주의 비명에 미친 듯이 광으로 달려갔다. 영주는 신 냄새가 나는 토사물 위에 기절한 채 누워 있었다. 작은 어머니들이 나를 보더니 움찔했다. 나는 영주를 바닥에서 일으켜 끌어안았다. 영주의 옷에 붙어 있던 덩어리진 토사물이 내 손에 엉겨붙었다. 내가 영주를 안아 올리자 작은어머니들은 토사물이라도 튈까봐 옆으로 재빨리 비켜섰다.

사랑채로 옮기고 나서도 영주는 쉬이 정신을 차리지 못했다. 덕지덕지 붙어 있던 토사물을 닦아주면서도 나는 어찌할 바를 몰랐다. 사랑채 밖에서 작은어머니들이 말하는 소리가 들렸다.

"아이고마, 가스나. 독하데이."

"하필이면 거기 있을 게 뭐람. 있으면 있는 기척이라도 하던가."

"그라끼네. 와 도둑괭이처럼 숨어가 있나 말이고. 괜히 내가 뭐 잘못한 거 같네."

그렇게 말하는 작은어머니의 목소리가 점점 줄어들었다. 하지만 또 다른 작은어머니는 오히려 목소리를 높였다.

"잘못하긴 뭘 잘못해? 어차피 알게 될 일을. 입양한 사실도 일찍 알려주는 게 좋다고 그러더라."

"하기사 나도 그거 테레비에서 봤다. 자아도 누가 지를 낳았는지, 즈그 어무이가 누군지 알 권리가 있는 거 아이가?"

그제야 영주가 왜 기절했는지 알 수 있었다. 내 인생에 누가 말해주지 않아도 알 수 있는 순간은 드물었는데, 그 순간이 바로 그랬다. 하지만 내가 영주가 기절한 이유를 안다고 해서 달라지는 것은 없었다. 여전히 나는 바보였으니까. 어떻게 영주를 위로해야 할지도 모르는.

열 살, 영주의 나이 열 살 때였다. 그 순간이 조금 늦었다면 영주의 상처가 덜 아플 수 있었을까? 모르겠다. 모든 의사들이 내 지능지수가 높아졌다고 하는데도 나는 아직 모르는 것투성이다. 매일 똑똑해졌으면 좋겠다고 생각했다. 나는 글을 잘 읽거나 계산을 빨리하는 걸 바란 게 아니었다. 그저 똑똑해져서 영주를 위해 무언가를 해줄 수 있기만을 바랐다. 하지만 나는 아직도 영주에게 해줄 수 있는 게 없다. 그게 제일 서럽다.

병원에 있을 때 환자들이 말했다.
"제정신이 돌아오는 게 더 두려워. 제정신이 돌아오면 내가 정신을 잃었을 때 했던 일들이 기억나거든. 그 끔찍했던 기억이 나를 더 괴롭혀. 차라리 제정신이 돌아오지 않았으면 좋겠어."
몰랐다, 기억이 돌아오는 게 더 좋은지 아닌지. 나는 항상 기억의 조각조차 가지지 못했으니까. 하지만 이젠 아니다. 내가 당했던 고통을 기억하는 건 그나마 견딜 만하다. 하지만 내가 영주에게 주었던 상처를 기억하는 건 참기 힘들다.

언젠가 닻별이가 물었다.
"모르고 죄를 저지르는 게 나쁜 걸까? 알고도 죄를 저지르는 게 더 나쁜 걸까? 살인이 죄라는 걸 몰랐던 살인자와 살인이 죄라는 걸 알고 있었던 살인자, 둘 중 누가 더 악인일까?"
그때 나는 모르겠다고 대답했다. 닻별이는 혼자 답을 찾기 시작했다. 그리고 성경, 부처님, 공자, 현행법 등을 언급하며 차분히 정리하고 판단했다. 닻별이가 어떤 결론을 냈는지는 기억나지 않는다. 그저 두 사람 모두 죄인이 아닐까, 라는 내 어리석은 질문에 큰 소리로 웃던 게 아직 생생하다.

나는 정말 아무것도 몰랐다. 원래 동생은 언니가 낳는 거라고 생각했다. 엄마가 그렇게 말했다.
"이 아아는 니 동생이다."
그래서 영주가 동생인 줄로만 알았다. 그게 틀렸다는 걸 몰랐다. 다른 여자들도 모두 배가 불러서 아이를 낳으면 그 아이를 동생이라 부르는 줄 알았다.
나는 정말 아무것도 몰랐다. 하지만 그렇다고 해서 내가 지은 죄가 사라지지는 않는다. 닻별이는 내 질문에 웃으며 대답했다.
"그래, 이모 말이 맞네. 모르고 저질렀든 알고 저질렀든 죄를 저질렀으면 모두 죄인인 거겠지."
닻별이는 모든 걸 아는 아이였다. 그렇다. 나는 죄인이었다.

2

발작을 일으켰다가 제정신으로 돌아온 환자들은 심각한 우울증에 시달리는 경우가 많다. 자신이 발작을 일으킬 때 했던 이해할 수 없는 행동과 용납되지 않는 말들이 기억나 견딜 수 없다고 한다. 하지만 나는 바보라서 그런지 발작 중에 했던 일들이 잘 기억나지 않았다. 그래서 '미쳐버렸다'는 사실이 그렇게 끔찍하지 않았는지도 모른다. '미쳐버리면' 그 기억에서 도망칠 수 있었으니까.

그런데 이제 그 모든 기억들이 몰려온다. 머리가 지끈거리고 둥둥 울리는 고통이 사라짐과 동시에 잃었던 기억도 되살아난다. 악몽은 점점 더 선명해졌다. 묻어두었던 기억들은 점점 더 상세하게 되살아났다. 그 남자의 냄새, 그 남자의 숨소리, 그 남자의 목소리……. 악몽을 꾸는 날이면 언제나 그랬듯 다시 잠들지 못한 채 밤을 지새웠다.

영주 곁에 있으면 꿈을 꾸지 않을 것으로 기대했다. 하지만 항상 그랬듯 삶은 나를 배반한다. 바보가 아니기를 꿈꿨다. 꿈이 실현된 순간, 악몽이 되살아났다. 그나마 그 악몽의 순간은 깨고 나면 견딜 수 있었다. 영주가 곁에 있었으니까. 깨어나서도 참을 수 없는 악몽은 항상 영주에게 상처를 입히던 내 모습이었다.

발작이 일어나면 나도 모르게 헛소리를 하며 물건을 집어던지는 일이 많았다. 그럴 때면 모두 내가 던지는 물건을 피해 숨거나 도망치기 일쑤였다. 오빠들이 나를 말리려고 달려들기도 했지만, 정신을 잃는 대신 육체적 힘이 샘솟

는지 남자 힘으로도 날 어쩌지 못했다. 그래서 모두 슬금
슬금 자리를 피했다. 하지만 영주는 아니었다. 내가 아무
리 물건을 집어던져도, 해괴망측한 소리를 내뱉으며 발악
해도 영주는 가만히 날 들여다보고만 있었다. 내가 던진
물건에 맞아 시퍼렇게 멍이 들어도, 아무 이유 없이 얻어
맞고 머리카락을 뽑혀도 영주는 가만있었다.
"도대체 누가 이랬어?"
제정신을 차리고 나면 엉망진창이 된 영주의 모습에 화들
짝 놀라곤 했다. 영주는 내 추궁에 아무 대답도 하지 못했
다. 그리고 언젠가 어느 순간 알게 됐다. 영주의 상처는
반드시 내가 정신을 잃고 난 뒤에 따라온다는 걸.
"다음부터는 도망가."
시퍼렇게 멍든 영주의 등짝에 된장을 붙이며 미안하다는
말조차 하지 못했다.
"많이 아파?"
눈물이 글썽글썽해서 물으면 영주는 힘없이 웃었다.
"괜찮아."
내가 할퀸 흉터에 딱지가 앉기도 전에 또, 발작이 시작됐
다. 정신을 완전히 잃기 전 나는 영주에게 소리를 질렀다.
"도망가! 가버려! 제발!"
그렇게 고함을 지르면서도 나도 모르게 손에 잡히는 대로
집어던졌다. 쨍그랑, 깨지는 소리에도 나는 점점 나 자신

을 통제할 수 없었다.

"도망가!"

"아니, 나는 도망 못 가. 나까지 도망가버리면 혼자 남잖아. 그래서 나는 도망 못 가. 괜찮아. 이렇게 맞기라도 해야지. 내 아버지라는 놈이 지은 죄니까 나라도 대신 맞아야지."

영주는 상처 입고 피를 흘리면서도 내 곁을 지켰다.

나는 이해하지 못했다. 부모님의 대화를 이해하기에는 너무 멍청했다. 그저 엄마의 당부만 기억났다. 엄마는 항상 말했다.

"함부로 정 주지 마라. 자아는 웬수딸인 기라."

나는 '웬수'가 뭔지도 모르면서 고개를 끄덕였다. 내가 고개를 끄덕여야 엄마가 영주를 어디로 보내겠다는 말을 하지 않으니까.

그저 엄마가 영주를 증오한다는 것은 알았다.

"자아는 네 딸 아인 기라. 자아는 웬수딸인 기라. 그라끼네 자아도 웬수인 기라. 알겠제? 자아는 웬수다, 철천지 웬수."

그래서 엄마는 영주의 이름을 부르지 않았다.

"웬수야!"

그게 영주의 이름이었다. 부모님은 내가 듣든 말든 상관없이 영주에 대한 이야기를 나누곤 했다.

"가스나, 차라리 병이라도 들어뿌가 팍 죽어뿌면 맘이라 도 편하겠구만도."

엄마는 내가 울상을 짓든 말든 매번 그렇게 투덜거렸다.

"내는 도저히 자아 얼굴 보고 몬 살겠습니더. 자아가 커서 선영이 보살펴준다꼬 우째 그래 철석같이 믿는교?"

"지 때문에 딸년 신세 망치고도, 딸년 미친 꼴을 보고도 쥐이기는커녕 먹이고 입히고 재워줬다. 지도 인간이면 즈 그 에미 거두겠지."

"씨도둑은 몬한다 캤습니더. 그 웬수놈 닮아가아 그런 양 심은 읎을 기라예."

"우짜됐든 갖다 버린다 카면 선영이는 가만히 있꼬?"

가끔 엄마는 영주와 내 얼굴을 번갈아 보며 뭔가를 찾기 도 했다.

"절대 외지인은 아닌 기라. 분명 나타날 기라. 지 새끼 이래 구박받고 자라고 있는 거 보는 것도 죗값 치르는 거고."

엄마가 영주를 살필 때면 눈자위가 희번덕거렸다. 세상에 서 나를 가장 사랑하는 엄마는 내가 세상에서 가장 사랑 하는 영주를 세상에서 가장 증오했다.

나는 바보였고, 그 끔찍한 밤을 겪어야만 했고, 미쳤고, 미혼모였다. 세상의 모든 불행이 나를 향해 달려들어 나를 찢어발기던 순간에도 내겐 가족이 있었다. 하지만 영주는 항상 혼자여야만 했다. 바보인 데다 가끔 미쳐서 날뛰는 나라는 존재는 영주에게 가족이 아니라 짐이었다.

3

영주는 밤새 울었다. 손가락 하나 발가락 하나 꼼짝하지 않은 채 숨소리조차 내지 않고 밤새 울었다. 그래서 나는 영주에게 웃어주었다. 버스와 기차를 몇 번이나 갈아타고 나서야 병원에 도착할 수 있었다. 다행히 영주 등에 업힌 닻별이는 순하게 투정 한 번 부리지 않았다.
너무 무서워 목소리조차 잘 나오지 않았다. 그래서 아무 말도 못했다. 나는 괜찮다고, 그러니 나 따위는 잊어버리고 웃으면서 살라고 안심시켰어야 하는데 그렇게 하지 못했다. 입을 열면 나를 혼자 남겨두지 말라고, 너와 함께 있고 싶다고 말할 것만 같아 두려웠다. 그래서 나는 있는 힘을 다해 입을 꼭 다물고 있었다. 그리고 그저 영주 등에서 잠든 닻별이에게 외투를 덮어 꽁꽁 싸매주기만 했다. 나는 언제나 그 모양이었다. 바보, 바보, 아무것도 해줄 수 없는 바보… 그게 나였다.
하필이면 영주가 병원을 나서는데 눈이 내리기 시작했다. 저 눈을 헤치고 어떻게 가나 걱정이 되어 밤새도록 쉬이 잠들지 못했다.

그리고 다음 날 주치의가 와서 하는 질문에 대답을 할 수 없었다.

"김선영씨, 기분은 괜찮아요?"

우리 영주는 괜찮은 걸까요? 그렇게 되묻고 싶었는데 말을 할 수가 없었다. 꺼억꺼억, 입은 벌렸는데 아무 말도 나오지 않았다. 이것저것 검사를 해도 모두 이유를 알 수 없다고 했다. 나는 고개를 젓거나 끄덕이는 걸로 의사소통을 대신해야만 했다. 나는 숫자를 셀 수도 글을 쓸 수도 없는 바보니까.

그 암담하고 까마득한 상황은 영주의 전화로 모두 끝났다.

영주가 물었다.

"잘 지내지?"

순간 일 년 동안 갇혀 있던 내 목 안의 근육이 움직였다.

"나는 잘 지내. 넌 밥은 먹었니?"

항상 그랬다. 영주만 있다면 내 인생은 아무것도 어려울 게 없었다.

4

영주의 남편은 첫인상부터 좋지 않았다. 어디서 본 듯한 하얀 손가락이 거슬렸다. 그제야 하얀 손가락이 그 끔찍한 밤의 기억이라는 것을 깨달았다. 그 끔찍한 일을 벌인 놈처럼 영주의 남편도 하얗고 부드러운 피부의 기다란 손가락을 가지고 있었다. 그게 항상 마음에 걸렸다. 그놈처럼 영주의 남편도 영주에게 끔찍하고 끝나지 않을 악몽을 남길 것만 같았다.

남편이라는 놈과 이혼 이야기를 나누고 온 날, 영주는 많이도 울었다. 다음 날 영주는 퉁퉁 부은 눈으로 친구 현주와 통화를 했다.
"항상 행복한 가정을 이루는 꿈을 꿨어. 단란하고 행복한 가정. 무슨 일이 있어도 서로의 편이 돼줄 수 있는 가족을 가지고 싶었어. 네 말이 맞았어. 그 꿈에 내가 너무 집착했었나봐. 이룰 수 없는 꿈은 악몽일 뿐인데. 그 꿈이 이렇게 나를 옥죌 줄은 상상도 못했어."
영주에게 가족이 돼주고 싶었다. 그게 내 유일한 꿈이었다. 하지만 영주의 말대로 이룰 수 없는 꿈은 악몽일 뿐이다. 더 이상 영주에게 상처를 줄 수는 없었다. 그래서…, 나도…, 영주의 가족이 될 수 없었다.

제 9 장

진실

1

나는 바들바들 떨며 일기를 읽어나갔다. 이게 단순히 정신분열증 환자의 악몽이기를, 분열증의 증상 중 하나인 환각이기를 바랐다. 믿고 싶지 않았다. 믿고 싶지 않은 진실이 내 앞에 펼쳐졌다.

세상의 모든 감정이 나를 향해 미친 듯이 달려들었다. 분노, 증오, 연민… 내 안에서 휘몰아치는 감정들 때문에 몸이 아파왔다. 생각을 해야 했다. 감정을 배제한 논리와 이성만 남겨야 했다. 사실이 아니었다. 이런 끔찍한 과거가 진실일 리 없었다. 나는 일기장의 마지막 면에 사실만을 썼다.

이모는 바보였다.
이모는 어린 시절에 강간을 당했다.

이모는 강간을 당하고 미쳐버렸다.

이모는 엄마보다 열다섯 살 많다.

외갓집과 인연을 끊고 살면서도 엄마는 이모의 병원비를 댔다.

이모가 완치된 뒤 엄마는 이모를 데리고 집으로 왔다.

엄마는 단 한 번도 이모에게 '언니'라는 말을 한 적이 없다. 내게 '이모'라는 말을 할 때도 항상 더듬었다.

이모는 비정상적일 정도로 엄마에게 집착한다.

진실은 너무 확연해 내가 이제껏 눈치채지 못한 게 이상할 정도였다. 더 이상의 부정은 무의미했다. 그 일기장에 담긴 상처들 때문에, 그 일기장에 담긴 고통 때문에, 그 일기장에 담을 수 없는 인생 때문에 화가 났다.

한 번도 엄마의 인생을 생각해본 적 없었다. 엄마는 엄마일 뿐이었다. 내 인생의 주인공은 나였다. 누가 조연의 인생을 자세히 알고 싶어 하겠는가? 모두 주인공의 인생만 궁금해할 뿐이다. 그래서 나는 엄마의 인생에 무관심했다.

어떻게 살 수 있었을까?

어떻게 살아남을 수 있을까?

그 고통과 상처를 짊어지고 얼마나 버둥거렸을까?

그 가여운 인생을, 이미 너덜너덜해진 심장을 갈기갈기 찢어버린 사람이 바로 나였다. 당장이라도 나가서 모두 죽여버리고 싶었다. 누구라도 상관없었다. 나쁜 짓 한 번 안 하고 착하게 살았던 사람이라도 아무 죄책감 없이 죽여버릴 수 있었다. 엄마도 그랬으니까. 아무 잘못 없이도 다른 사람이 지은 죄 때문에 평생을 고통받아야만 했으니까.

이해할 수 없었다. 처벌은 죄를 지은 사람이 받아야 한다. 사회가 가해자를 처벌하는 게 아니라 피해자를 처벌한다면 그 사회가 정한 규칙 따위는 지킬 필요가 없다. 사회가 나서지 않는다면 나라도 나서야 했다. 이모를 강간한 그 나쁜 놈을 찾아 복수를 해야 했다. 그러려면 먼저 내 안에 있는 감정을 식혀야 했다. 어떤 감정이든 강렬한 감정은 이성과 논리를 마비시켜 판단력을 떨어뜨리고 일을 망칠 수 있다. 나는 감정을 통제하기 위해 여느 때처럼 숫자에 집중했다.

한국의 강간범죄 통계는 아주 끔찍하다. 신고된 범죄만 따져도 하루 44.3명, 한 시간에 1.8명꼴이다. 게다가 그중 6.3%는 13세 미만의 여아다. 평균 일 년에 1만 6천여 건, 신고율은 5%도 안 되는 것으로 추측된다. 실제로 발생했지만 통계에 드러나지 않는 미신고 범죄인 범죄암수를 열 배쯤으로 가정하면 16만 건 정도다. 우리나라 인구가 5천만 명, 그중 여성이 절반이라고 치면 16만 나누기 2,500만, 0.64%의 확률이다.

임신을 할 수 있는 가임기간은 난자의 수명 1일, 정자의 수명을 3일 정도로 계산할 때 보통 배란일 전후 5일 정도다. 아무리 넉넉히 잡아 계산해도 임신을 할 확률은 일주일 정도,

25%의 확률밖에 안 된다. 성폭행으로 임신할 확률은 최대 0.16%가 된다. 하지만 여성이 성적으로 흥분하지 않은 상태에서는 임신확률이 현저히 떨어진다. 또 여성에게 스트레스 요인이 있을 때는 자궁경련이나 배란장애가 발생해 임신확률이 더 떨어진다.

각각의 경우에 임신확률이 10%로 줄어든다고 계산할 때 임신확률은 0.0016%가 된다. 7쌍 중 1쌍이 불임이라는 통계까지 고려하면 확률은 더욱더 낮아진다. 그렇게 불가능해 보이는 임신을 했다 해도 성폭행으로 가진 아이를 낳겠다고 결정할 여자는 없다. 결국 성폭행으로 임신된 아이가 세상에 태어날 확률은 거의 제로에 가깝다.

나는 항상 나 자신을 통계에 포함될 수 없는 특별한 인간이라 믿었다. 그 믿음은 어긋나지 않았다. 나는 통계적으로 불가능에 가까운 존재였다. 제로의 확률로 태어난 아이가 낳은 제로의 아이.

나는 0이라는 숫자를 좋아하지 않았다. 0이라는 숫자는 모든 것을 무력하게 만들어버린다. 아무리 애써서 수없이 더하거나 빼도 소용이 없고, 단 한 번 곱하는 것만으로도 그전 계산결과를 0으로 만들며, 나누는 것도 불가능하다.

하지만 이제는 내가 그 제로의 확률에 매달릴 차례였다. 수십 년 전에 성폭행한 가해자를 찾을 확률은 마이너스였다. 괜찮다. 나는 언제나 통계에 포함될 수 없는 인생을 살아온 아이니까. 가해자를 찾아 반드시 복수를 해야 했다. 지금 내가 당하는 이 모든 고통이 그놈 때문에 생겼으니까.

언제나 내 우울한 정신상태의 원인을 찾아 헤맸다. 원인이라도 찾으면 견딜 수 있을 것 같았다. 부족한 게 아무것도 없는 내가 왜 이렇게 우울하고 고통스러워야 하는지 알 수 없는 무기력한 상황이 싫었다. 이제 그 원인을 찾았으니 원인을 제거하는 일만 남았다. 원인은 '그놈'이었다.

인간의 모든 기억은 세포 속의 유전자에 각인돼 전달된다. 그 인간이 지녔던 정보와 경험뿐만 아니라 그 인간이 가졌던 감정까지 DNA에 새겨진다. 인류가 인간으로 진화하기 전부터 전해 내려온 그 이중나선은 본능이라는 이름으로 우리에게 조상의 감정을 되살려준다. 벌에 물려 죽는 사람보다 자동차사고로 죽는 사람이 훨씬 많은 세상인데도 우리는 자동차는 무심히 보면서 벌을 보면 비명을 지르며 두려워한다. 벌에 물려죽은 누군가를 보았던 조상들의 공포는 그들의 유전자 속에 각인돼 우리에게까지 전해졌다.

이모가 당했던 범죄의 고통과 상처는 엄마에게 전해져 심장을 망가뜨렸다. 그리고 나까지 파괴하고 있다. 폭력이 난무하는 세상에서 비폭력을 고집하는 일은 비이성적이다. 편법이 판치는 세상에서 합법은 조롱과 멸시를 받을 뿐이다. 복수를 위해서는 대상을 찾는 게 우선이다.

일단 현민은 제외되었다. 엄마가 태어났을 때 현민은 고작

일곱 살이었으니 당연히 강간범일 확률은 0%다. 하지만 현민과 이모의 끊임없는 인연은 어떻게 생각해야 할까? 그저 우연이라 보기에는 무리가 있었다. 물론 인생의 황당한 부분은 간혹 우연에서 비롯되기도 한다. 하지만 단순히 우연으로 치부하고 묻어두는 사고방식은 나와 맞지 않는다. 인연이란 만들어지는 것이다. 어느 한쪽의 노력 없이는 결코 이어지지 않는다. 게다가 이모는 분명 일기에 현민의 얼굴을 보았다고 적었다.

순간, 목격자가 떠올랐다.

2

하늘빛이 점점 옅어지고 있었다. 날이 밝기 전에 잠을 자둬야만 했다. 두뇌를 쉬어야 또다시 두뇌를 쓸 수 있다. 하지만 도저히 잠이 오지 않았다. 30분마다 수면제를 갈아 삼켰다. 몇 알째인지 세지도 않고 또다시 수면제를 삼켰을 때 신물이 넘어왔다. 욕실로 뛰어가기도 전에 반투명한 액체가 발을 적셨다. 온몸이 떨렸다. 위장이 콕콕 쑤셨다. 수면제를 너무 많이 복용한 모양이었다.

나는 호흡이 안정될 때까지 한참을 기다렸다가 다시 침대로 돌아와 누웠다. 하지만 잠을 이룰 수 없었다. 머릿속은 온통 이모가 받았던 고통과 엄마가 받았던 상처들로 가득 차 있었다. 나는 의식과 무의식의 경계 속에서 날이 밝을 때까지 침대에 누워 있었다.

3

혜란은 디지코드를 다 누르기도 전에 현관문을 열었다.

"전문의 어디 있어?"

"닻별아, 일단……."

"일단 뭐? 내가 뭘 먼저 해야 하는데?"

혜란은 한숨을 내쉬며 내 손을 잡아끌고 가 소파에 앉혔다.

"잠은 좀 잤니?"

나는 피식 웃었다. 그렇게 묻는 걸 보니 이미 사정을 알아본 모양이었다. 정보제공자는 민원장일 게 뻔했다. 혜란의 평소 성격대로라면 정말 불가능에 가까운 일이었다. 혜란은 자신과 직접 연관되지 않은 일에 관련되는 것을 꺼리는 사람이었다. 게다가 민원장과 관련된 일이라면 더더욱 질색했다.

"잠을 자야 하는 거야?"

"닻별아."

달래듯 부르는 어조에서 모든 상황이 느껴졌다.

"얼마나 심각한 건데?"

혜란은 아무 말이 없었다.

"도대체 언제 발견됐는데?"

이번에도 침묵이었다.

"다 알아봤을 거 아냐! 민원장이랑 통화했을 거 아냐!"

갑자기 눈물이 북받쳤다. 나는 감정에 휘둘리는 사람이 아니었다. 타인 앞에서 눈물을 보이는 일도 없었다. 눈물을 흘리면 나약해 보이기 때문이다. 눈물을 흘릴 때 위로와 격려를 쏟아냈던 사람이 다음번에는 내 나약함을 무기로 나를 공격할 수 있다. 나는 고개를 숙이고 눈물을 꾹 삼켰다.

"네가 예상한 대로야. 심장이식 외에는 방법이 없어."

나는 눈가를 거세게 문질렀다. 이 상황에서 감정은 아무 도움이 되지 않는다.

"알았어. 고마워."

혜란은 어떻게 해야 할지 모르겠다는 듯 내 옆을 서성거렸다. 나는 가만히 소파에 앉아 베란다 밖의 도심을 바라보았다.

얼마나 그렇게 앉아 있었을까. 삑삑거리는 기계음에 고개를 돌리니 혜란이 유명한 죽 체인점 로고가 새겨진 봉투를 들고 들어왔다. 나는 혜란이 나가는 것도 모르고 있었다.

"아무것도 못 먹었을 것 같아서."

고소한 참기름 냄새가 거실에 퍼졌다. 울컥, 또 신물이 넘어왔다. 혜란은 재빨리 죽그릇을 부엌으로 가져갔다.

"아무래도 안 되겠어. 링거액이라도 맞아야 할 것 같아. 일어설 수 있겠어?"

어느새 혜란이 내 앞에 쪼그리고 앉아 맥박을 재고 있었다.

혜란이 바로 앞에 올 때까지도 나는 알아채지 못했다. 너무 오래 잠을 못 자서 감각이 둔해진 모양이었다.

"내가 병원 가서 링거액 가져올게. 일단 누워 있어."

혜란은 나를 붙잡아 소파 위에 뉘었다. 성인의 평균신장을 기준으로 만들어진 카우치소파는 내가 팔다리를 모두 뻗어도 될 만큼 넓었다. 내 키는 아직 어른키의 반에도 못 미쳤다.

"수면제도 부탁해."

고개를 끄덕이는 혜란을 보며 나는 눈을 감았다.

혜란은 30분도 안 지나서 돌아왔다. 그러고는 기어이 나를 안아 침대로 옮기고 링거액을 주사했다.

"내가 같이 있을게. 걱정하지 마."

혜란이 내 머리카락을 쓸어주며 말했다. 순간, 내가 잠들 때까지 살살 귓불을 만져주던 엄마의 손길이 그리웠다. 앞으로 다시는 그 손길을 느끼지 못할 것이다. 나는 고개를 저었다. 일어나지 않은 일 따위를 걱정하는 건 우스웠다. 분명 심장을 구할 수 있을 것이다. 그 생각에 나는 피식 웃었다. 혜란이 수면제라며 놓은 주사에 진정제와 함께 다른 성분도 들어간 모양이었다. 갑자기 이렇게 긍정적으로 바뀌다니.

"오늘 저녁 비행기라고 하지 않았어?"

수면제 효과가 나타나 말투가 어눌해졌다.

"어떻게 너를 이대로 두고 가냐?"

"괜찮아. 가."

잠결에 여러 번 그렇게 말한 것 같다. 하지만 잠에서 깨어나 혜란이 없다는 것을 깨닫자 이상하게 섭섭했다. 엄마나 이모였다면 내가 아무리 가라고 했어도 가지 않았을 것이다.

4

나는 혜란이 일러준 주소로 찾아가 한참 망설였다. 민원장의 집은 고급주택가에서도 단연 돋보였다. 미술을 전공한 혜란의 어머니가 디자인했다는 그 집은 무데하르 양식으로 가우디의 건축양식을 여기저기 모방한 흔적이 엿보였다. 담장 너머로 집구경을 하면서 나는 계속 손톱만 물어뜯었다.

이모에게 사실을 확인할 경우 상처를 헤집고 들쑤시게 될 것이다. 하지만 내게는 이모의 상처까지 배려할 만한 이성이 없었다. 내 머릿속은 온통 엄마의 상처와 고통이 엄마를 죽이고 있다는 생각으로 꽉 차 있었다. 그 상처와 고통에는 내 몫도 있다는 사실이 나를 벼랑으로 몰아갔다. 그저 복수를 하겠다는 생각 외에는 다른 무엇도 생각할 여유가 없었다.

현민에게 가해자를 물어볼 수도 있지만 현민도 믿을 수 없었다. 현민이 목격자라면 이제껏 입을 다물고 있는 데는 분명 이유가 있을 테니까. 이모에게 확인하는 방법이 가장 정확했다.

민원장이 출근하는 것을 확인하고 나서도 손끝만 물어뜯으며 담벼락에 주저앉아 있었다. 고급주택가라 경찰이 한 시간에 한 번꼴로 순찰을 돌았다. 세 번째 순찰을 돌던 경찰이 마침내 나를 향해 다가왔다.

"길을 잃었니?"

"아뇨, 여기가 집이에요."

나는 재빨리 현관으로 다가가 벨을 눌렀다. 도어폰으로 내 모습을 확인한 이모가 놀라서 문을 열어주었다. 문을 열고 들어서면서 멀어져가는 경찰제복 남자를 보는데 순간 짜증이 났다. 저 사람들은 그 끔찍한 일이 벌어질 때 무엇을 했던 걸까? 그저 모든 것에 화가 났다. 신발도 제대로 신지 못하고 넓은 앞마당 잔디 위를 뛰어오는 이모를 봤을 때도 마찬가지였다.

"닻별아! 정말 닻별이 맞는 거지? 와, 우리 닻별이."

나를 껴안는 이모는 예전 그대로였다. 어떤 감정이든 숨김 없이 쏟아내는 어른의 껍질 안에 들어 있는 어린아이. 그 순수함에 화가 치밀었다. 나와 엄마를 추악하고 끔찍한 고통의 구렁텅이에 뒹굴게 해놓고는 그렇게 웃을 수 있다는 게 화났다.

그제야 이제 더 이상 이모를 이모라고 부를 수 없다는 생각이 들었다. 그렇다고 할머니라는 말도 입에서 나오지 않았다. 아무리 봐도 엄마 또래로밖에 안 보이는 사람에게 할머니라는 호칭은 어울리지 않았다. 그래서 이모는 그 순간부터 '그녀'라는 3인칭이 돼버렸다.

인테리어 잡지에나 나올 법한 집 안으로 들어서면서도 나는 입을 떼지 않았다. 얼핏 봐도 다 새로 들여놓은 가구인데 새 가구 특유의 냄새가 전혀 나지 않았다. 모두 고급가구여서인지 기분 좋은 나무냄새만 희미하게 느껴졌다. 갑자기 또 화가 치밀었다. 그녀는 도대체 엄마에게 무슨 일이 일어났는지 알고나 있는 걸까? 아니면 민원장과 엄마가 짜고 그녀를 속인 걸까? 엄마라면 충분히 그럴 수 있다. 내게 그랬듯이 그녀가 상처받지 않도록 거짓말을 하고 민원장과 결혼시켰을 것이다. 그 모든 고통과 상처를 혼자 짊어지고.

그래도 화가 났다. 어리석은 것도 때로는 죄가 되는 법이다. 어떻게 엄마의 병을 눈치채지 못할 수가 있을까.

"미국에 간 거 아니었어? 혹시 비행기가 출발 안 했어? 내가 밤새 기도했는데, 비행기 뜨지 않게 해달라고. 영주는? 영주는 어디 있어?"

내 예상이 맞았다. 엄마는 나와 함께 미국에 간다고 거짓말을 한 모양이었다.

"미국? 엄마가 미국에 간다고 했어? 결혼식날?"

"응? 응."

그녀는 서슬 퍼런 내 물음에 움찔하며 기가 죽어 대답했다.

"아니었어?"

나는 대답 없이 고개만 저었다.

"그, 그런데 왜 나한테는 그렇게 말했지?"

그녀는 당황해서 어쩔 줄 몰랐다.

"그러게. 나도 왜 그랬는지 궁금하네. 내가 결혼식에 못 가는 이유는 뭐라고 했어?"

"어, 어 그게……."

그녀는 우물쭈물하며 일어섰다. 뭔가 이상하다는 것을 느낀 모양이었다.

"내가 간식 줄까? 맛있는 거 많은데. 처음 보는 과일도 진짜 많아."

나는 부엌으로 가려는 그녀의 팔을 잡아 소파에 앉혔다.

"엄마가 뭐라고 했냐고? 내가 결혼식에 뭐 때문에 못 간다고 했어?"

"그, 그날 저녁 비행기 타야 해서… 너는 준비도 바쁘고, 아빠랑 함께 공항으로 오기로 했다고."

"내가 마지막 인사조차 없이 떠나는 게 이상하다고 생각 안 했어?"

"이상했어. 섭섭하기도 했고. 그런데 영주가 그런 말 하지 말라고 했어."

"결혼식 얘기도 하지 말라고 하고?"

그녀는 이제는 포기한 듯 고개를 끄덕였다. 그래도 불안한지 겁에 질려 나를 달랬다.

"영주가 왜 그랬을까? 왜 그랬는지는 모르지만 분명 이유가 있을 거야."

그 말에 또 화가 났다. 어떻게 눈치채지 못했을까? 그녀는 절대 엄마의 흠을 잡는 법이 없었다. 부모가 자식을 대할 때는 연애를 할 때와 비슷하다. 이마엽 기능이 저하되고 안쪽 뇌섬엽, 앞 띠이랑, 해마, 의지핵을 포함한 줄무늬체 배쪽뒤판구역인 VTA가 활성화돼 핑크렌즈 효과를 나타낸다. 그러면 허물은 전혀 보이지 않고 사소한 장점조차 거대하게 다가온다. 바로 그녀가 엄마를 대할 때 그랬다. 엄마의 어이없는 짜증과 트집에도 혼자 변명해주고, 엄마의 사소한 호의나 칭찬에도 호들갑을 떨었다. 그런데도 나는 그녀가 순수하고 어질어서 그렇다고만 생각했다.

"그래, 이유가 있었어."

내 말에 그녀가 눈을 반짝였다.

"왜? 왜 그랬는데?"

나는 입을 다물었다. 그녀는 충분히 상처받았다. 그리고 내가 할 질문에 또다시 상처받을 것이다. 그래서 더 이상 말을 하지 못했다.

"아까 간식 준다고 하지 않았어?"

내 말에 그녀는 부엌으로 달려가 간식거리란 간식거리는 모조리 꺼내기 시작했다. 부엌에서 이미 간식거리를 준비하고 있던 도우미아줌마가 아무리 말려도 직접 하겠다고 우겼다. 잠시 뒤 그녀와 도우미 아줌마가 들고 온 접시가 소파 앞 테이블을 가득 채웠다. 파파야, 카눈, 리치, 람부탄 등 열대과

일과 우리나라의 계절과일, 호두, 잣, 땅콩 등의 견과류와 오징어, 쥐포, 마카롱쇼콜라, 까망베르치즈쿠키와 티라미수, 블루베리치즈케이크……

그녀는 집 안에 있는 먹을거리를 모두 꺼내왔다. 그녀가 접시를 들고 올 때마다 마음이 약해졌다. 굳이 그녀의 새로운 삶을 헤집어야만 하는 걸까? 내가 하려는 일이 정당한 걸까? 의문이 들었지만 대답해줄 사람도 판단해줄 사람도 없었다.

달콤하고 새콤한 향기가 거실 안에 가득했다. 그녀는 이것도 먹어봐라, 저것도 먹어봐라 하면서 권하느라 바빴다. 하지만 나는 긴장한 나머지 주스 한 모금만 간신히 마실 수 있었다.

"미안해. 배가 불러서 못 먹겠네."

내 변명에 그녀는 풀이 죽은 모습이었다.

"나도 줄 거 있는데. 이리 와서 이것 좀 먹을래?"

나는 아침 일찍 약국에서 산 우황청심환을 꺼냈다.

"초콜릿이야?"

"아니. 초콜릿은 아닌데, 몸에 좋은 약이래."

"난 건강한데 몸에 좋은 거면 네가 먹어야지. 아니면 영주 주거나."

"엄마도 나도 많이 먹었어. 그러니까 이건……"

'이모'라는 말이 목구멍까지 나왔다가 들어갔다. 엄마도 이랬을까? 30년이 넘는 그 오랜 기간 동안? 나는 이 순간을 참는 것도 힘든데, 엄마는 그 오랜 세월을 어떻게 견뎌냈을까?
엄마의 심장이 과부하에 걸린 게 당연하게 느껴졌다. 나는 억
지로 침을 삼키고 다시 우황청심환을 내밀었다.

"엄마가 가져다주라고 했어. 먹는 거 꼭 보고 오래."

그제야 그녀는 우황청심환을 꼭꼭 씹어 삼켰다. 나는 시계
를 보고 시간을 기억해두었다. 약효과가 나타나기까지 한 시
간. 그 정도는 더 기다릴 수 있었다. 그녀는 그동안 있었던 일
들을 얘기하느라 바빴지만 나는 시곗바늘만 바라보고 있었
다. 조금 더 빨리 시간이 갔으면 하다가, 차라리 시계가 멎어
버렸으면 하다가… 나도 내 맘을 정확히 알 수 없었다.

마침내 한 시간이 흘렀다. 나는 한 손으로 그녀의 손을 붙잡
고 다른 한 손으로 일기장을 꺼냈다. 일기장을 본 순간 그녀의
눈이 휘둥그레졌다. 그녀는 나에게 붙잡힌 손을 빼서 일기장
을 잡았다.

"네가 왜 이걸 가지고 있어?"

"그 남자가 누구야?"

나는 오랫동안 참아온 질문을 던졌다.

"왜? 왜 남의 일기를 읽어?"

"그 남자가 누구야?"

"무슨 소린지 모르겠어."

그녀는 고개를 세차게 저으며 일기장을 등 뒤로 숨겼다.

"그 남자가 누구야?"

나는 같은 질문만 반복했다. 그녀는 어떻게 해야 할지 모르겠다는 듯 나를 바라보며 고개만 저었다.

"그 남자가 누구야?"

"왜 묻는데?"

마침내 그녀가 입을 열었다. 그 순간 또 화가 치밀었다. 그녀는 왜 거짓말조차 할 수 없는 걸까? 사실이 아니라고, 그냥 악몽을 쓴 거라고, 아니면 꾸며낸 이야기라고… 왜 그녀는 거짓말조차 하지 못할까?

"그냥 궁금해서."

"기억 안 나."

거짓말이었다. 그녀는 내 눈빛을 피했다. 그제야 거짓말을 해야겠다는 생각이 든 모양이었다.

"기억나잖아! 분명 얼굴을 봤다고 돼 있잖아. 김현민 선생님은 아닐 테고. 그럼 누구야?"

그녀는 두 손으로 입을 막은 채 눈물 글썽한 눈으로 고개만 저었다.

"대답 안 해주면 김현민 선생님한테 가서 물어볼 거야. 그래도 돼?"

"도대체 왜 그러는 건데? 오래전 일이잖아. 기억하고 싶지 않아."

"복수할 거야. 복수하고 싶지 않아? 아직도 그 끔찍한 악몽에 시달리고 있잖아. 내가 대신 복수해줄게. 그러니까 누군지 말해."

"싫어! 그러기 싫어!"

"그 오랜 세월을 고통당하고도 복수하기 싫다고?"

"네가 그랬잖아, 복수란 나쁜 거라고. 전에 텔레비전 보면서 그랬잖아."

사형제도에 관한 다큐멘터리를 보면서 나눈 이야기였다. 일가족을 처참하게 몰살한 연쇄살인범의 사형을 반대하며 재판부에 편지를 보낸 유족의 일화가 소개되었다. 가족 중 살아남은 사람은 아버지와 딸뿐이었다. 딸은 가족을 죽인 연쇄살인범의 사형을 반대하는 아버지를 이해할 수 없어 아버지와 의절했다. 그 남자는 그렇게 남은 가족을 잃으면서까지 사형제도를 반대했다.

그녀는 패널들의 토론을 들으며 혼란스러워했다.

"사형제도가 나쁜 거야, 좋은 거야? 왜 사람마다 말하는 게 달라?"

"각자 생각이 다를 수 있는 거니까. 어쨌든 공적으로 용인된 살인도 살인이니까 문제가 되는 거야."

"사형이 살인이야?"

"인간을 죽이는 거잖아. 국가가 죽인다고 해서 살인이 살인이 아닌 게 되지는 않으니까. 솔직히 사형은 처벌이라기보다는 국가가 대신 나서서 해주는 복수에 가깝지."

그녀는 다큐멘터리가 다 끝나도록 아무 말 없었다. 정신이 딴 데 가 있는 사람처럼 뭔가에 골몰해 있다가 그날 저녁에야 물었다.

"복수가 나쁜 거야?"

"왜? 복수하고 싶은 사람이라도 있어?"

나는 가볍게 물었지만 그녀의 표정은 심각했다.

"아니, 꼭 그런 건 아냐. 그런데 가끔 그런 마음이 들 때가 있거든. 어떤 사람을 죽도록 괴롭혀주고 싶어. 그 사람도 나를 괴롭혔거든. 똑같이 갚아주고 싶어. 그래서 가끔 내가 그 사람을 괴롭혀주는 상상을 해. 그게 나쁜 걸까?"

나는 그녀의 순수함에 슬며시 웃음이 나왔다.

"그런 상상을 하는 게 뭐가 나빠. 다들 그러고 사는 거지. 아마 이모가 다니는 성당 신부님이나 수녀님도 머릿속에서는 수없이 복수를 해봤을걸?"

"그러면 진짜 복수를 하는 건? 그건 나빠?"

"왜? 내가 복수를 하지 말라고 하면 안 할 거야?"

그녀가 생각하는 복수라고 해봤자 그녀를 무시하는 마트직원을 골탕 먹이거나 그녀를 속이는 시장상인을 골려주는 일 정도일 거라고 생각했다.

"그럼. 닻별이 네가 하지 말라고 하면 안 할 거야. 너는 뭐든지 다 잘 아는 아이잖아."

"일단 어느 정도의 복수냐에 따라 다르겠지. 영화나 드라마처럼 서로 죽이는 복수라면 당연히 나쁜 거 아닐까? 어쨌든 그것도 범죄니까. 게다가 끝없이 무기력한 복수의 사슬만 만들어낼 뿐이지. 예를 들어 한 남자가 아내를 죽인 살인자를 복수라는 이름으로 죽였다고 치자. 그럼 그 살인자의 가족은 그 남자가 저지른 살인을 복수라는 이름으로 이해할까? 아니. 결국 그 남자가 받은 고통과 상처를 살인자의 가족도 똑같이 받게 되겠지. 그럼 그 가족도 복수를 원하게 될 테고. 그렇게 끝없이 반복되는 거야. 복수라는 건 결국 자신이 겪고 있는 절망과 고통을 죄 없는 또 다른 사람에게 전해주는 어리석은 짓밖에 안 돼. 거기에 복수의 딜레마가 있지. 복수는 선과 악의 경계를 모호하게 만들거든. 피해자는 가해자가 되고 가해자는 피해자가 되지. 누군가가 멈추지 않으면 그 고리는 끝없이 계속되는 거야."

나도 그 긴 대화가 기억났다. 그리고 그녀가 잠들 때까지 되뇌던 말도 떠올랐다.

"알았어. 복수는 나쁜 거구나. 복수는 나쁜 거다. 복수는 나쁜 거다……."

그녀는 그렇게 여러 번 되뇌며 살짝 인상을 찌푸렸다. 그녀는 분명 윤리시간의 모범답안 같은 그 결론을 마음에 들어 하지 않았다.

"맞아. 내가 그때 복수는 나쁜 거라고 얘기했어. 그런데 내가 그때 제대로 설명을 못한 것 같아. 어떤 상황이냐에 따라 꼭 복수를 해야 할 수도 있거든."

하지만 그녀는 내 설득에 쉽게 넘어오지 않았다.

"아니, 싫어. 복수 따위는 잊어버려. 그만둬."

"싫어. 꼭 복수하고 말 거야. 그 남자가 도대체 누구야?"

"내가 받은 상처잖아. 내가 그만두라고 하잖아."

똑같은 실랑이가 되풀이되자 짜증이 났다.

"왜? 이제 병원장이랑 결혼해서 행복하게 살 수 있는데 혹시 내가 망쳐버릴까봐? 그 끔찍한 과거가 드러나서 행복한 결혼이 깨지기라도 할까봐?"

"닻별아."

그녀가 나를 달래려 손을 뻗었지만 나는 그 손을 내쳤다.

"그렇게 순진한 얼굴로, 그렇게 평화로운 얼굴로 달래려고 하지 마."

"널 위해서야."

"날 위해서? 웃기지 마."

"복수를 한다고 달라지는 게 뭐가 있는데?"

"하지 않는다고 달라지는 건 있어? 복수라도 하지 않으면 견딜 수 없을 것 같아. 미쳐버릴 것 같다고!"

순간, 그녀는 날 끌어안고 있던 손을 툭 떨어뜨렸다. 그 말만은 꺼내지 말았어야 했다. 하지만 나는 이미 이성을 잃고 있었다.

"이모가 괜찮다고 해도 내가 괜찮지 않아. 아니, 이젠 이모라고 부를 수도 없네. 그럼 할머니라고 불러야 하는 건가? 그것도 정말 우습네. 이런 사소한 것조차 어떻게 해야 할지 몰라 미칠 것 같아. 세상 모두에게 화가 나. 속에서 마구마구 분노가 끓어올라. 억울하고 원통해. 세상의 모든 감정이 나를 향해 달려든다고. 그 수많은 감정이 나를 꿀꺽 삼켜버릴 것만 같아. 복수라도 해야만 괜찮아질 것 같단 말이야."

그녀는 아주 오랫동안 침묵했다. 하지만 침묵 끝에 나온 대답은 내가 바라던 답이 아니었다.

"조금만 참아. 조금만 참으면 괜찮아질 거야."

차분하고 조용한 그녀를 보며 내 안의 악이 솟구쳐올랐다. 그녀에게는 존재하지 않는 악이 그녀 대신 내 안에 자리를 잡았다.

"참으라고? 그래서 나도 엄마처럼 평생 꾹꾹 참다가 심장병에 걸려 죽으라고?"

그 순간, 그녀의 얼굴이 하얗게 질렸다. 실수였다. 엄마의 병은 비밀로 하려고 했는데……. 하지만 이미 엎지른 물이었다. 이왕 이렇게 된 바에야 끝까지 잔인한 게 나았다.

"무, 무슨 소리야?"

"왜? 이젠 조금 놀랐니? 이제는 알려줘야겠다는 생각이 들어?"

그녀의 멍한 표정이 불쌍해 보였다. 그녀는 피해자였다. 그런데도 그녀를 닦달하고 있는 나 자신에게 경멸감을 느꼈다.
그래도 해야 했다. 그래야 엄마를 살릴 수 있었다.

"영주가 아, 아프다니? 심장이 아프다고? 그래서?"

"심장을 이식하지 않으면 앞으로 몇 개월도 장담할 수 없대."

"하, 하지만……."

그녀는 할 말을 잃은 채 한참을 머뭇거렸다.

"말해. 그 남자가 누군지 말해. 그러면 엄마가 살 수도 있어."

그녀가 고개를 확 쳐들었다.

"어, 어떻게?"

"심장이식만 받으면 살 수 있어. 분명 가족 중 누군가는 엄
마와 맞는 심장을 갖고 있을 거야. 그 심장을 빼앗아 올 거야."

"하지만 심장을 주면 그 사람이 죽잖아."

"왜? 그러면 안 돼?"

그녀는 대답 대신 되물었다.

"내 심장을 주면 안 될까? 난 죽어도 상관없어. 내 걸 줄게.
내 심장 줄게."

그녀는 단숨에 말했다. 그 순수한 열망에 나도 모르게 움츠
러들었다.

"그렇게 간단한 일이 아냐. 살아 있는 사람의 심장을 이식
할 수는 없어. 물론 이미 죽은 사람의 심장도 안 되고."

"그러면 어떻게 하면 되는데? 어떻게 하면 영주한테 심장을
줄 수 있는데?"

나는 손가락으로 머리를 가리켰다.

"여기가 먼저 죽어야 해. 뇌사라고 하지. 그건 마음대로 되는 일이 아냐."

"그런데 넌 그렇게 만들 수 있다는 거야?"

"사람을 뇌사시킬 수 있는 방법은 많아. 예를 들어 경동맥을 오래 누르면 뇌로 가는 혈액이 끊겨 뇌사가 되기도 해."

나는 오른손으로 턱 밑의 경동맥을 눌러 시범을 보이며 말을 이었다.

"엄마가 왜 심장병에 걸렸는지 알아? 참기만 해서 그런 거야. 화가, 분노가 쌓이면 심장질환에 걸릴 확률이 높거든. 엄마가 왜 그렇게 참기만 했다고 생각해? 엄마가 어린 시절 받은 상처가 얼마나 끔찍했을지 생각해봤어? 그 상처가 지금의 우리를 만들었어. 끔찍한 상처를 입고도 가족에 집착해서 그걸 지키려는 엄마를, 그 덕분에 우울증에 시달리는 나를 만들었다고. 이제 생각이 좀 달라졌어? 나한테 그 사람이 누군지 말해줄 수 있냐고!"

그녀는 힘없이 고개를 저었다.

"겨우 그것밖에 안 되는 거였구나, 어머니의 사랑이라는 거. 그러니까 지금의 삶을 망치고 싶지 않다는 거지? 병원장과 결혼해서 부유한 집 마나님으로 행복하게 살 수 있는 기회를 망칠까봐 두려운 거 아니냐고!"

"만일 내가 그렇다고 하면 그만둘래? 나를 위해서?"

"겨우 그거밖에 안 돼? 우리 엄마가 죽어가고 있는데, 자기 딸이 죽어가고 있는데 겨우 그거밖에 안 돼?"

"난 모자란 사람이잖아. 나밖에 생각지 못하는 사람이잖아. 미안해, 닻별아. 그래도 걱정하지 마. 영주는 오래오래 살 거야. 내가 반드시 살려줄게. 꼭!"

"어떻게?"

그녀는 대답하지 못했다. 나는 덜덜 떨며 자리를 박차고 일어섰다. 더 이상의 설득은 시간낭비일 뿐이었다.

5

남은 선택은 현민밖에 없었다. 하지만 현민이 쉽게 말해줄 리 없었다. 나는 영어학원에 가서 수강취소를 한 뒤 환불받은 돈으로 헌책을 잔뜩 사서 혜란의 집으로 향했다. 혜란은 언제라도 그 집을 사용하라고 말했고, 작업을 하기에는 그곳이 할머니 집보다 편했다.

나는 머리를 묶어 수건으로 꽁꽁 싸고, 혜란이 음식물쓰레기를 버릴 때 쓴다는 수술용 장갑을 낀 다음 작업준비를 시작했다. 레이저프린터를 사용할 수도 있지만, 레이저프린터도 크로마토그래피 등 여러 방법을 통해 꼬리가 잡힐 수 있었다. 그래서 헌책방에서 사온 책을 샅샅이 뒤져 한 글자씩 오려 한 문장을 완성하는 데만 세 시간이 걸렸다. 결국 나는 방법을 바꾸었다. 한 글자씩 오리지 않고 모음과 자음으로 나눠 오려 붙이니 일이 빨라졌다. 나는 완성된 문장을 보며 회심의 미소를 지었다.

당신이 30년 전에 목격한 끔찍한 밤을 기억하는가? 그 처절한 악몽 때문에 미쳐버린 소녀를 모른 척했던 대가를 치를 때가 다가왔다.

조금 유치하긴 했지만, 문학상을 수상할 것도 아니니 상관없었다. 나는 딱풀이 마르기를 기다렸다가 종이를 접어 편지봉투에 넣었다.
이제 시작이었다.

제 10 장

복수

1

며칠 동안 그랬던 것처럼 학원시간에 맞춰 나갈 준비를
했다.

"아침은?"

거실에서 텔레비전을 보고 있던 연경이 내게 다가오며 물
었다. 같이 드라마를 보던 할머니를 의식한 말이었다.

"아침 안 먹고 다니면 두뇌활동에 안 좋다는데, 먹고 나가."

실랑이를 벌이고 싶지 않았고, 밥을 먹은 지도 꽤 오래전인
것 같아 식탁에 앉았다. 도우미아줌마가 다가와 반찬을 내놓
기 시작했고 연경은 다시 할머니 옆으로 돌아갔다. 50인치의
커다란 텔레비전은 식탁에서도 보였다. 아침드라마가 한창이
었다. 주요 등장인물에 대해 할머니와 연경이 나누는 말을 들
어보니 뻔한 막장 드라마였다.

언젠가부터 세상은 막장 드라마로 넘쳐나고 있다. 사람들은 평범한 이야기는 지겨워서 싫다고 하고, 극단적인 이야기는 있을 수 없는 막장이라 싫다고 한다. 삶이 논리적이고 과학적이며 이성적이기를 바라는 나도 막장은 싫다. 하지만 지금 내 삶에는 어이없는 우연과 황당한 상황이 난무하고 있었다. 우습게도 세상에는 사람들이 평범하다고 착각할 수 있는 일보다 막장이 넘쳐난다.

어쩌면 막장 드라마를 보며 욕하고 짜증내고 분노를 표출하는 사람들도 그걸 알고 있는 게 아닐까? 그들은 그저 자신들이 모르는 채 살고 싶은, 잊고 살고 싶은 현실을 직시해주는 게 싫어서 그 드라마 속 상황을 막장이라고 비난하는 게 아니었을까? 아마 그랬을 것이다. 그러니 막장 드라마라고 욕을 먹을수록 시청률이 올라가는 거겠지.

결국 밥을 몇 숟가락 넘기지 못하고 식탁에서 일어섰다. 바로 내 옆에서 최고의 막장 신파극이 펼쳐지고 있는데 텔레비전의 막장 드라마 정도는 시시했다.

나는 혜란의 집으로 향했다. 디지코드를 누르는데 혜란이 문을 벌컥 여는 바람에 놀라서 뒤로 넘어질 뻔했다.

"왜 여기 있어?"

"일단 들어와."

혜란의 기분이 안 좋아 보여 나는 반항하지 않고 따라 들어갔다.

"무슨 일이야?"

혜란이 떠난 지 겨우 일주일밖에 안 되었다. 열 시간이 넘는 비행시간을 감수하고 돌아올 만큼 중요한 일이 무엇일까? 적어도 병원은 평온했다. 나는 현민의 동향을 체크하기 위해 매일 병원에 들르고 있었다.

"이게 뭔지 설명해줄래?"

혜란이 아직 부치지 못한 편지를 흔들었다. 나는 일단 모른 척했다.

"그게 뭔데?"

혜란이 읽어주지 않아도 편지내용은 잘 알고 있었다. 하지만 혜란은 낮은 목소리로 편지를 읽었다.

"당신은 참 행복한 인생을 살고 있더군요. 당신이 30년 전에 모른 척했던 소녀도 그럴까요? 그 소녀를 보면서도 계속 행복한 인생을 살 수 있다니 존경스럽네요."

"무슨 협박편지 같은데? 그거 어디서 났어?"

하지만 모른 척한다고 믿을 혜란이 아니었다.

"그래? 정말 몰라? 경찰 부를까?"

나는 혜란의 손에서 편지를 낚아챘다.

"냉동실 깊숙이 숨겨놨는데 어떻게 찾았어?"

"그러게. 나는 냉장고를 잘 쓰지도 않는데, 네가 운이 나빴지. 내가 온다는 소식에 네 이모가 밑반찬을 잔뜩 해왔더라고. 네 이모가 찾아냈어."

"이모가 이걸 봤어?"

"아니, 봉투에 들어 있으니 중요한 서류라고 생각했는지 곧바로 나한테 가져왔더라. 냉장고에 둘 자리가 없으니 다른 데 넣어두라면서."

혜란은 그 말을 하다 털썩 주저앉았다.

"그러니까 네가 만든 게 맞구나."

나는 대답하지 않았다.

"거짓말도 못하니? 도대체 현민이한테 왜 이러는 거야? 저번에 현민이에 대해 조사할 때도 뭔가 이상하다고 생각했지만, 네 엄마 일로 정신이 없어서 그냥 넘어갔어. 그런데 이건 그냥 지나칠 수가 없잖아. 자, 내가 이해할 수 있게 설명해줄래?"

"아니."

"뭐?"

"설명하지 않을 거라고. 소용없는 짓은 하지 않는다! 그게 내 신조니까."

"그럼 이건 어떤 소용이 있는 건데?"

"김현민 선생님한테 얘기한 건 아니지?"

대답 대신 나는 질문을 던졌다.

"김현민 선생님한테 얘기했냐고 물었어!"

내 서슬에 놀라 혜란이 한숨을 내쉬었다.

"아직은."

"계속 모른 척해달라는 부탁은 무리겠지?"

"이닻별! 도대체 무슨 일이야?"

"어떤 얘기를 하든 내 편을 들어주지 않을 거잖아."

"이닻별! 지금 팩트는 딱 한 가지야. 네가 현민이를 협박하고 있다는 거! 어떤 이유로든 협박은 범죄야."

"내가 이유 없이 일을 벌일 사람이 아니라는 건 혜란샘이 더 잘 알잖아."

"그러니까 나를 이해시켜봐."

"다른 사람이 이해할 수 있는 일이 아냐. 동정심을 불러일으킬 수는 있겠지만."

"그래? 그럼 동정심이라도 불러일으켜봐. 아니면 당장 경찰을 부를 테니까."

나는 눈을 감았다. 혜란이 경찰을 부를 것 같지는 않았다. 경찰을 불러도 별 상관이 없었다. 그래도 나는 입을 열었다. 누구에게라도 말하지 않으면 미쳐버릴 것 같았다. 지금 내 곁에서 그 끔찍한 얘기를 들어줄 사람은 혜란밖에 없었다.

혜란은 내 이야기를 모두 듣고 나서 아무 말 없이 냉장고로 가서 양주병을 땄다. 독한 양주냄새가 내가 있는 곳까지 전해져 왔다. 양주병의 절반을 비우고 나서야 혜란은 입을 열었다.

"그래서? 복수를 하겠다고? 다른 사람들의 인생이 어떻게 되든 상관없이?"

"왜 안 되는데? 복수는 무조건 나쁜 것이라는 근거가 뭐야? 우린 법률이라는 잣대를 사용해 합법적으로 복수를 하기도 하잖아. 그 멍청한 법률이라는 잣대가 맘대로 규정한 공소시효 소멸기한이 있다고 해서 내가 그걸 따를 이유는 없다고. 시간이 지나면 용서받을 수 있다니, 멍청한 법률이지. 피해자는 절대 잊고 살 수 없는데 말이야. 사회정의를 실현하기 위해서라도 복수를 해야 해. 용서를 해야만 한다는 강박관념 때문에 내가 더 괴로울 거라는 생각은 하지 않아?"

복수란 인간의 삶이다. 그리고 용서란 인간이 아닌 성인군자의 삶일 뿐이다.

용서하고 잊어버리는 것은 인간이 할 수 있는 일이 아니다. 그러니 용서하고 잊어버리려 애쓰지 않을 것이다. 불가능한 일에 매달리는 건 어리석은 일이니까. 범죄로 고통을 받는 것도 억울한데 용서해야 한다는 강박관념에까지 시달릴 수는 없었다. 종교나 윤리가 무엇을 강요하든 내가 그것을 따라야 할 의무는 없었다.

"제발 좀 이성적으로 생각해. 네가 언제나 말했지. 감정만 앞세워서 판단하고 행동하는 사람들 우습다고. 그런데 지금 네가 그러고 있는 거 알아?"

"왜? 복수를 하겠대서? 그 이유만으로 내가 감정적이 되어 실수하는 거라고 말하는 거야? 아니, 나는 충분히 생각하고 결정했어."

그것만은 자신 있게 말할 수 있었다. 나는 순간의 감정 따위에 휘둘려 어떤 일을 결정하는 사람이 아니었다. 결정적인 증거로 나는 그 참담한 진실을 알고 나서 단 한 방울의 눈물도 흘리지 않았다. 살짝 울컥한 순간은 있지만 나를 뒤흔드는 감정에 휩쓸리지 않았다. 평범한 인간이라면 감당할 수 없는 진실에 절망하고 어떻게 해야 할지 몰라 좌절했겠지만, 나는 아니었다.

"복수라… 그래, 지금 당장은 복수하고 싶을 거야. 그런데 그 대상이 누군지 알아? 넌 지금 할아버지한테 복수하겠다는 거야."

"그 단어 취소해!"

"닻별아!"

"그놈을 그딴 명칭으로 부르지 마. 그놈은 이 모든 불행을 만든 놈일 뿐이야."

적어도 내겐 그랬다. 다른 기준은 없었다.

"현민이를 생각해봤어? 널 얼마나 예뻐했는지 알잖아? 네 말대로 현민이가 목격자라면 현민이는 무슨 죄야? 현민이는 그때 일곱 살이었어. 그 어린아이가 무슨 일을 할 수 있었겠니?"

"그럼 우리 엄마는 무슨 일을 할 수 있었을까? 내 나이 때였어. 열 살, 겨우 열 살! 엄마가 그 끔찍한 사실들을 알게 된

게 내 나이였어. 나처럼 보통인간보다 뛰어난 두뇌를 가진 사람도 이해하기 힘든 사실을 엄마는 온몸으로 받아내야 했어. 뭘 할 수 있었을까, 엄마가? 그 자리에 있었다는 게 김현민 선생님의 원죄겠지. 김현민 선생님의 인생을 부서뜨리고 싶지는 않지만, 그렇게 해서 엄마를 구할 수 있다면, 내 화가 풀릴 수 있다면 김현민 선생님의 인생도 부술 수 있어. 김현민 선생님을 괴롭히기 위해서라면 그 주변 사람들 모두의 인생까지도 망가뜨릴 수 있어. 콜래트럴 데미지(collateral damage) 몰라? 전쟁에서는 부수적인 희생 따위는 감수해야 하는 법이야."

"넌 정말 동정심 같은 건 없구나."

"동정? 지금 동정이라고 했어? 지금 내 처지가 누구를 동정할 수 있는 처지라고 생각해본 적 없어. 오히려 지금 내 처지는 모든 사람들의 동정을 받을 만한 처지 아닌가? 이것보다 더 불행해질 수는 없을 거라고 생각했어. 천재라는 이유만으로 언제나 사회에서 따돌림당하는 느낌으로 살았어. 내 편이 돼주어야 될 부모는 하루가 멀다 하고 싸우는데, 그런 부모마저 없으면 정말 혼자가 돼버리니까 그게 싫어서 뭐든지 했어. 그렇게 모든 방법을 써서 지켜낸 가족 중에서 행복한 사람은 아무도 없는데도. 이것보다 끔찍할 수는 없다고 생각하면서 살았어. 이제 겨우 열 살인데, 이제 겨우 열 살인데 인생이 끔찍해서 견딜 수가 없다고! 사는 게 힘겹고 버겁다고! 누구보다 아는 게 많을지 몰라도 난 아직 어린아이인데, 난 아직 세상이 신나야 할 나이인데 누가 내 어깨 위에 이렇게 많은 짐을 올려놓은 거지?"

나도 모르게 눈물이 차올랐다. 나는, 나는 고작 열 살이었다. 갑자기 그 나이가 다가왔다. 세상의 모든 걸 알고 있다고 생각했는데, 세상의 모든 걸 판단할 수 있을 거라 생각했는데 모든 것이 버거웠다. 세상의 그 모든 것을 감당하기에 나는 아직 어렸다.

혜란이 다가와 내 어깨를 감싸 안았다.

"닻별아."

나는 혜란의 손길을 뿌리쳤다. 나는 눈물을 훔쳤다. 다행히 눈물은 흐르지 않았다.

"어림없어! 난 동정받지 않을 거야."

2

현민의 진료실은 이틀 전 그대로였다. 이젠 익숙해질 만도 한데 수술용 장갑을 끼고 편지봉투를 꺼내는 손이 덜덜 떨렸다. 컴퓨터 키보드 위에 편지봉투를 올려놓고 장갑을 벗는데, 손이 떨려서인지 벗겨진 장갑이 튀어올라 창문에 부딪히더니 바닥으로 떨어졌다. 째깍째깍 벽시계의 시곗바늘 소리와 경쟁하듯 심장이 쿵쾅거렸다. 장갑을 주워 일어서는데 유리창에 뭔가가 얼핏 스쳤다. 순간, 차가운 손이 내 목덜미를 움켜쥐었다. 그 손이 천천히 나를 돌려세웠다.

"정말 너였구나!"

중저음의 목소리는 가라앉아 있었다.

"혹시나 했지만, 그래도 네가 아니길 바랐는데."

현민은 내 터틀넥 스웨터의 목부분을 움켜쥐었던 손을 놓으며 의자에 주저앉았다. 나는 기침을 하며 시간을 벌었다.

"무슨 소리예요?"

나는 영문을 모르겠다는 듯 현민을 바라보았다. 최대한 순진한 표정을 지었지만 현민은 속지 않았다.

"누가 시켰어? 혹시 영주가 시킨 거야?"

"네?"

"누가 시켰냐고!"

"김현민 선생님, 무섭게 왜 그러세요? 전 그냥 진료실 구경한 거예요. 아시잖아요, 저 병원 여기저기 쏘다니는 거 좋아하는 거. 몰래 들어온 건 죄송하지만……."

"단순히 구경을 하려고 잠긴 방문을 몰래 열고, 수술용 장갑을 끼는 법도 있니?"

나는 대답하지 않았다. 나를 뚫어지게 바라보던 현민의 눈이 혹시나 하는 의문에서 설마 하는 의혹으로 변했다. 자신이 내린 결론을 믿을 수 없다는 듯 현민의 눈이 커진 순간, 나는 진료실 소파에 앉았다. 어차피 달아날 길은 없었다.

"설마 너 혼자 한 일이라고?"

나는 천천히 고개를 끄덕였다. 시간을 벌 필요가 있었다.

"어떻게 알았어? 선영누나가 말해줬어?"

그 입에서 그녀의 이름이 나오는 순간 욕지기가 치밀어올랐다. 행복한 추억을 곱씹기라도 하듯 아무렇지도 않게 내뱉는 단어가 너무 친숙해 보여 구역질이 났다.

"그게 중요한가요?"

"선영누나가 말해준 건 아니라는 거네. 진짜 범인이 누군지도 모르는 것 같고."

현민의 말에 가득한 안도감 때문에 화가 더 치솟았다.

"과연 그럴까요?"

내 도발에 속을 만큼 현민은 어리석지 않았다.

"넌 몰라. 만약 범인이 누군지 알았다면 내가 아니라 그 사람한테 이 편지를 보냈겠지."

현민이 편지를 흔들며 말했다.

"보냈을지도 모르죠."

내 말에 현민의 눈이 커졌다. 그리고 나는 그 순간을 놓치지 않았다.

"지금 확인해볼래요?"

나는 수화기를 들어 현민에게 내밀었다.

"자, 전화해서 물어봐요. 혹시 지난 며칠 동안 협박편지를 받지 않았는지."

"무, 무슨 소리야! 네 말대로 내가 목격자라고 치자. 그렇다고 해도 내가 피해자와 가해자 모두와 연락하고 지냈다는 건 말도 안 되잖아."

"맞아요. 말도 안 되죠. 그런데 내 주변에서 며칠간 일어난 일이 모두 다 믿을 수 없는 황당한 것들뿐이라, 그 정도는 쉽게 받아들여지더라고요."

"도대체 왜 그런 황당한 생각을 하게 된 거지?"

"지난 며칠 동안 내가 뭘 했는지 알아요? 범인이 누굴까, 계속 그 생각만 했어요. 책 한 줄 못 읽고, 텔레비전도 못 봤고, 누구랑 대화조차 못했어요. 그리고 계속 생각했죠. 왜 김현민 선생님은 모른 척했을까? 당시에는 어리고, 당황하고, 무서워서 도망쳤을 수 있지만 왜 계속 모른 척해야만 했을까? 그 오랜 시간 그녀를 보살폈다는 건 당시에 모른 척했다는 죄책감이 크다는 뜻이겠죠. 그렇게 죄책감을 느끼면서도 왜 아무것도 모르는 척해야만 했을까? 그러다 문득 이런 생각이 들더라고요. 혹시 범인이 김현민 선생님과 연관 있는 사람은 아닐까? 그 사람을 보호하기 위해서 끝까지 모른 척한 게 아니었을까? 친구? 아니죠. 김현민 선생님은 그때 겨우 일곱 살이었으니까요. 그렇다면 친척?"

내 말에 현민의 표정이 새파랗게 질렸다.

"그래요. 그게 가장 논리적인 결론이었어요. 친척 또는 가족. 피가 섞인 집단이야말로 범죄를 묵인해야 할 이유더라고요. 나라도 마찬가지였을 테니까요."

매일, 매순간 그녀의 일기를 머릿속에서 되풀이했다. 분명 그녀의 일기에서 현민은 가해자의 모습으로 묘사돼 있었다. 그렇다면 가해자가 지금의 현민과 비슷한 모습이 아니었을까? 그게 내 결론이었다. 서른일곱 살 현민의 모습과 가장 닮은 사람은 뻔했다.

"그래서? 내 친척을 모두 불러모아 유전자검사라도 하겠다는 거야? 도대체 네가 원하는 게 뭐야?"

현민은 내 추리를 부정하지 않았다. 그러면서도 아주 빨리 냉정을 되찾았다. 나도 냉정해져야 했다. 그래야 이 싸움에서 이길 수 있었다.

나는 웃으며 대답했다.

"심장."

"뭐?"

"엄마가 아파요. 심장이식밖에 방법이 없대요."

"영주가 아프다고?"

"양심에 좀 찔리지 않아요? 우리 엄마가 왜 심장병에 걸렸을까요? 그 오랜 세월 상처를 껴안고 고통스러워하다 그렇게 된 거잖아요. 그런데 김현민 선생님 가족은 참 행복해 보이더군요. 지난번에 기혜 다쳤을 때 병원에 우르르 몰려왔었잖아요. 친척들도 많이 오고. 모두들 아주 행복해서 웃음이 넘치더라고요. 불행이란 불행은 다 엄마한테 줘버리고

서, 엄마는 심장이 아파 죽어가는데 당신들은 참 행복해 보이더라고요."

"그래서 나보고 네 엄마한테 이식할 심장을 구해달라는 거야?"

"뇌출혈, 뇌경색, 뇌종양, 각종 뇌질환 환자가 모인 데가 뇌의학센터 아니었어요? 그중 하나쯤 뇌사한다고 해도 아무도 모를걸요? 방법이야 나보다 김현민 선생님이 훨씬 더 잘 알거고."

"너 지금 네가 무슨 말을 하는지 알아? 나보고 사람을 죽이라고 협박하고 있는 거야. 그 협박이 통할 거라고 생각하니?"

현민은 키보드 위에 놓여 있던 편지봉투를 내게 던졌다.

"이 따위 유치한 협박으로 내가 겁이라도 먹길 바랐다면 오산이야. 이미 공소시효도 지난 사건이야. 법적으로 나를 처벌할 방법은 없어. 그 가해자도 마찬가지고."

"감옥에 가두는 것 말고도 벌은 많아요. 가진 게 많은 사람일수록 빼앗길 게 많은 법이니까. 김현민 선생님을 공격할 생각은 전혀 없어요. 김현민 선생님이 그녀가, 엄마가 짓밟히는 것을 보고도 모른 척했던 이유를 부숴버릴 거예요. 아버지가 인권변호사로 유명하시더군요. 그 덕에 국회의원도 되셨고. 여동생 신랑도 아버지가 골라준 모양이에요. 고등법원 검사시더라고요. 정말 스펙이 완벽한 집이네요. 부, 권력, 명예… 가진 게 너무 많아서 무엇부터 빼앗아야 할지 모를 정도예요.

그런데 진실이 밝혀지고 나서도 모든 게 그대로 있을까요?"

내 말을 듣던 현민의 표정이 하얗게 질렸다가 점점 싸늘해졌다.

"그래서? 네가 가진 증거가 뭔데? 아무것도 없잖아. 인터넷 따위에 퍼뜨린다고 해도 누가 믿어줄까? 선영누나가 증언한다고 해도 정신분열증까지 앓았던 사람의 말을 사람들이 믿어줄 것 같진 않은데? 날 협박해서 뭔가 얻어낼 생각이라면 접는 게 좋을 거야. 가진 게 없다면 그나마 가지고 있는 거라도 잘 지켜야지."

현민이 내게 용서를 구했다면 달라졌을까? 아니다. 오히려 용서를 구하는 게 더 모욕적이었을 것이다. 하지만 그 순간 가장 비참하고 모욕적이었던 건 그 인간과 비슷한 유전자가 내 몸에 흐르고 있다는 사실이었다.

나는 호주머니 안의 주사기를 꺼냈다.

"내가 언제 인터넷에 퍼뜨린다고 했어요? 복수의 방법은 무리수예요. 숫자들이 불규칙하게 끝도 없이 이어져요. 이게 뭔지 알아요? 니코틴이에요. 치사량이 50mg밖에 안 되죠. 꼭 혈관주사로 놓을 필요도 없어요. 피부로도 흡수되니까. 먹여도 되고요. 구하기도 쉬웠어요. 순수니코틴은 독극물로 취급되기 때문에 화공약품점에서는 신상정보를 요구하더라고요. 하지만 인터넷에서는 니코틴을 섞은 액상을 전자담배용으로 팔고 있죠. 휘발성이니 농축하기도 어렵지 않았어요.

게다가 이걸로 살인을 한다 해도 알아내기가 어렵죠. 니코틴은 배설에 걸리는 시간이 짧은 편이니까. 부검을 할 때쯤엔 이미 대부분의 니코틴이 코티닌으로 분해돼 배설되고 난 뒤일걸요? 코티닌 수치가 높게 나온다 해도 그리 거리낄 건 없어요. 그 집안 남자들은 다 흡연자들이니까. 비흡연자들도 간접흡연을 하면 코티닌이 검출되니까. 정말 좋은 독극물 아닌가요? 완전범죄를 만들어줄 수 있는. 지금 결정해야 할 건 딱 하나뿐이에요. 내가 이걸 누구한테 맨 먼저 사용해야 할까?"

　"정말 그런 짓을 하면 내가 가만있을 거 같아? 지금 이 순간부터 내 주위 사람이 하나라도 쓰러지면 니코틴 해독부터 시작할 거야. 만약 죽으면 당장 경찰에 너를 신고할 거고."

　"내가 그렇게 바보 같아요? 그렇게 자세히 방법을 설명해주고 살인을 할 만큼? 그럼 왜 그렇게 자세히 설명했냐고요?"

　나는 일부러 잠시 말을 쉬었다. 그리고 들고 있던 주사기의 피스톤을 눌러 니코틴을 공기 중에 날려보냈다. 투명한 액체가 시멘트 바닥에 웅덩이를 만들었다. 나는 그 웅덩이를 발로 짓이겼다.

　"그저 알려주고 싶었어요. 내가 정말 살인을 할 수도 있다는 걸 김현민 선생님이 믿지 않을 것 같았거든요. 걱정 마세요. 복수방법처럼 살인방법도 무리수니까요. 그 끝없는 방법 중 하나를 알려준 것뿐이니까, 아직 방법은 많아요. 그러니까 내 말대로 심장 구해와요. 그렇게 어려운 일도 아니잖아요?"

"내가 그렇게 하면 나만 살인죄를 짓는 건 줄 알아? 너도 살인교사죄라고. 만약 잘못돼서 들키기라도 하면 그때는 너도 무사하지 못할 거라고."

현민의 마지막 반항에 나는 씩 웃었다.

"맞아, 살인교사죄라는 게 있었지? 그런데 어떡하죠? 아까 김현민 선생님이 말했죠? 공소시효가 지나서 처벌이 불가능하다고? 내가 그 사실을 알고 얼마나 화가 났는지 알아요? 어떻게 시간이 지났다고 죄에 대한 대가를 치르게 하지 않을 수 있는지, 시간이 죄의 심판에 대한 또 다른 기준이 된다는 게 황당하더라고요. 그런데 시간이 죄의 심판에 대한 기준이 되는 게 또 있어요. 난 지금 열 살밖에 안됐거든요. 만 12세 미만의 경우 형법은커녕 소년법도 적용할 수 없는 대상이에요. 14세가 안되었다는 이유만으로 너무 친절하게도 나는 통찰능력과 조종능력이 없는 책임무능력자가 돼 형법상 처벌을 받지 못하고, 만 12세 이상부터 적용되는 소년법 처분도 적용할 수 없어요.

김현민 선생님이 실패할 경우? 그 최악의 경우에도 나는 괜찮아요. 기껏해야 민사소송을 당할 테고, 우리 할머니가 나 대신 돈을 물어내겠죠. 오히려 반가운 일이에요. 이 일이 끝나면 할머니를 괴롭힐 방법을 연구할 예정이거든요. 우리 할머니도 엄마 심장을 고장내는 데 일조했으니까. 그런데 김현민 선생님이 대신 해준다면 거절할 이유가 없죠."

현민은 이제 완전히 질린 표정이었다.

"참 무서운 어린애죠? 나도 그렇게 생각해요. 그러니까 시키는 대로 해요. 정 자기 손을 더럽히기 싫다면 김현민 선생님도 범인을 협박하든지."

내가 진료실문을 닫을 때까지도 현민은 멍한 상태였다.

3

혜란의 전화를 계속 무시할 수는 없었다. 나는 병원을 나와 혜란의 집으로 향했다. 하지만 그곳에서 기다리고 있던 사람은 혜란이 아닌 이모, 아니 그녀였다. 나는 그녀를 보자마자 뒤돌아서 현관문을 다시 열었다.

"나랑 얘기 좀 하자."

"무슨 얘기? 복수하지 말라는 얘기? 그 얘기라면 이미 끝났잖아."

"닻별아."

부드럽게 달래는 목소리에 화가 치밀어올랐다.

"이모, 아니 이제는 이모라고 부를 수도 없네. 할머니라고 부르는 것도 우습고. 뭐라고 불러줄까?"

그녀의 커다란 눈동자에 물기가 차올랐다.

"현민이한테 그러지 마. 현민이도 충분히 괴로워했어. 나를 위해서 할 수 있는 건 다 해주려고 노력했고."

"무슨 노력을 얼마나, 어떻게 했는데?"

"나 병원에 있을 때 매주 찾아와서 영주 얘기도 해주고, 가끔은 사진도 찍어다주고 그랬어. 저번에는 내가 돈 벌 방법이 없냐고 하니까 땅문서도 줬어. 영주가 그러는데, 그거 엄청나게 비싼 거래."

"그래서? 겨우 그것 때문에 수십 년의 고통을, 엄마의 상처를, 내가 받은 모욕을 용서할 수 있었어?"

"아니, 그전에 난 이미 용서했어."

"억울하지도 않아? 나는 억울해서 미칠 지경인데 다 용서했다고? 어떻게 그 사람을 용서할 수 있어! 할머니의 인생을, 엄마의 인생을, 내 인생을 이렇게 엉망진창으로 만들어버린 사람이 누군데?"

"그게 누군데?"

그녀는 전혀 모르겠다는 듯 물었다.

"뭐? 도대체 무슨 소리를 하는 거야?"

어리둥절한 얼굴로 되묻기만 했다.

"그렇게 따져서 끝까지 들어가면 결국 잘못한 건 나 아니니?"

"뭐?"

"엄마가 밤에는 밖에 나가지 말라고 했어. 아무리 가까운 곳이라도, 길 하나를 사이에 둔 냇가라고 해도, 한여름이라 더위에 지친 사람들이 냇가에 많다고 해도, 그래도 가지 말라고 했어. 여자한테는 위험하다고. 그런데 난 그 말을 어긴 거야."

성폭행 피해자들이 가장 흔히 듣는 비난이다. 그 비난이 비논리적이라는 것을 잘 알면서도 누구나 마음속으로는 그렇게 퍼붓는다. 저렇게 짧은 치마를 입고 다니니 성폭행을 당해도 싸지, 저렇게 늦은 시간에 혼자 다니니 성폭행을 당해도 싸지……. 자신에게조차 그런 비난을 가하는 것은 불공평하다.

"멍청한 소리 하지 마. 정말 바보니?"

"그래, 바보야."

그녀는 한참을 침묵하다 다시 입을 열었다.

"내가 그 사람을 용서했다고? 아니, 난 그 사람을 용서한 적 없어. 난 그 사람을 용서한 게 아니라 나 자신을 용서한 거야. 그렇게 늦은 시간에 무방비로 돌아다녔던 철없고 순진했던 나를, 그 사람한테 당하면서도 도망치지 못했던 무기력했던 나를, 그 끔찍한 순간에서 헤어나오지 못하고 수십 년이나 정신을 놓고 아파했던 나를, 그 아픔을 혼자 견디지 못하고 영주에게까지 끔찍한 상처를 물려줬던 나를, 괴로워하는 영주를 한 번도 위로해주지 못했던 나를… 그런 나를 용서하는 거야. 그러니까 너도 나를 용서해줄래?"

나는 입술만 달싹였다.

"모든 게 나 때문이었어. 그러니까 나를 용서해줘. 그 사람은 잘못한 게 없어. 내가 모두 잘못한 거야. 그 사람은 나쁜 게 아냐. 나쁜 사람은 나야. 그러니까 나를 용서한다면 복수 같은 건 잊어버려. 아니, 다 잊어버려. 그리고 내가 나쁜 사람이라는 것만 기억해. 그것만 빼고 다 잊어버려! 제발!"

순간, 모든 기억이 몰려왔다. 애원하는 그녀의 얼굴 위로 엄마의 얼굴이 겹쳤다. 어디선가 엄마가 울부짖었다.

"엄마가 나쁜 사람이야. 그것만 기억해."

그녀가 울부짖었다.

"내가 나쁜 사람이야. 그것만 기억해. 그리고 다 잊어버려!"

나는 혼란스러워서 머리를 흔들며 비명을 질렀다.

"아니, 난 못해. 도저히 잊을 수가 없어. 또 그런 얘기할 거면 다시는 나 볼 생각 하지 마!"

나는 눈을 감싸며 밖으로 뛰어나왔다. 그리고 그녀가 쫓아오기 전에 재빨리 옥상 계단으로 향했다. 다행히 내 뒤를 따라나온 그녀는 엘리베이터에 탔다.

나는 머리를 감싸쥐고 옥상으로 올라가 옥상문을 잠갔다. 갑자기 공격당한 두뇌가 견디지 못하고 폭발할 것 같았다. 눈앞에 수많은 장면이 스치고 지나갔다.

그녀가 보였다.

행여 눈물이 떨어질까봐 계속 손으로 눈가를 훔치는 그녀의 입술은 거짓웃음을 짓고 있었다. 입술을 달싹이면서도 한마디도 못하고 마른침만 삼키는 그녀의 모습을 지우려 나는 눈살을 찌푸렸다.

엄마가 보였다.

목을 매달고 있는 엄마, 숨통이 조여 숨을 쉬지 못하면서도 날 보며 웃고 있던 엄마가 눈앞에 나타났다.

"다 잊어! 모두 다 잊어버려! 엄마가 나쁜 사람이야!"

작고 어린 나를 안고 울며 애원하는 엄마의 모습을 떨쳐내려고 나는 고개를 흔들었다.

아빠가 보였다.

나를 밖에 남겨두고 젊은 여자와 방으로 들어가 문을 잠그며 아빠가 비웃었다.

"쟨 아무것도 몰라. 아직 말도 못하는 바보거든. 정말 내 핏줄이 맞는지도 의심스럽다니까."

나를 때리려는 듯 손을 들어올리는 아빠의 모습이 마치 현실 같아서 나는 몸을 움츠렸다.

나는 한 번도 뭔가를 잊어버리는 법이 없었다. 포토그래픽 메모리. 사진처럼 모든 걸 기억하는 내 두뇌는 늘 골치 아픈 문제만 일으켰다. 지금 내 머릿속에 떠오르는 것이 정말 과거에 있었던 일일까? 아니면 환각의 초기증상인 걸까? 나도 그녀처럼 미쳐버리는 걸까? 두려움에 온몸이 덜덜 떨렸다.

"닻별아!"

멀리서 희미하게 내 이름을 부르는 그녀의 목소리가 들렸다. 나를 찾아 온 아파트를 뒤지고 다닐 모양이었다.

"닻별아! 어디 있어? 닻별아!"

또박또박 내 이름을 부르는 그녀의 말투에서는 사투리 억양을 찾아보기 힘들었다. 억지로 표준어 억양을 쓰는 어색함이나 부자연스러운 점도 전혀 없었다. 예전에 그게 신기해서 물어본 적이 있다.

"참, 그러고보니 이모는 사투리를 전혀 안 쓰네. 엄마는 아직도 경상도 사투리가 남아서 가끔 통화하는 걸 들으면 꼭 누구랑 싸우는 것처럼 들리기도 하는데. 어떻게 고쳤어?"

"어, 어, 그게……."

또 시작이다, 그놈의 더듬거리는 버릇. 뭔가를 숨기고 싶은데 거짓말을 하기 싫을 때의 엄마와 비슷하다. 단지 그녀는 거짓말을 하고 싶어도 꾸며내는 재주가 없다는 것이 다를 뿐.

"한동안 말을 잃은 적이 있었어."

나는 눈 하나 깜박하지 않았다. 이런 순간에 놀란 모습을 보이면 상대는 움츠러들고 만다.

"한 십 년쯤 전인가, 꼭 하고 싶은 말이 있는데 그 말을 하면 안 되니까 그냥 아무 말 안 하고 참았어. 입만 열면 터져나올 것 같아서. 금방이라도 그 말이 쏟아져나올 것 같아서 참았어. 그랬더니 다음 날부터 말이 나오지 않더라. 말을 하고 싶어도 할 수가 없었어."

"무슨 말이었는데? 좋아하는 남자한테 고백이라도 하려고 했어?"

그녀의 얼굴에 희미한 웃음기가 돌았다.

"비슷해. 내가 진짜진짜 너무너무 좋아하는 사람이 있는데, 그 사람한테 같이 있고 싶다고 말하고 싶었는데, 못했어."

"왜?"

"내가 그 말을 하면 그 사람이 내 말을 들어줄까봐 무서워서. 아니, 아무리 힘들더라도 그 사람은 날 버리지 못할 테니까. 눈이 엄청 많이 오는 날이었는데, 돌아가는 그 사람의 발걸음 무거울까봐 한마디도 못했어."

도무지 이해할 수 없는 상황에 나는 차마 그녀에게 더 묻지 못했다. 비록 힘들어도 같이 있을 수 있다는 사실만으로 두 사람은 행복하지 않았을까? 하지만 이미 지나가버린 일에 가정을 하는 것은 어리석은 짓이다.

"괜찮아. 다시 말을 할 수 있게 된 것도 모두 그 사람 덕분이니까. 일 년 만에 그 사람 목소리를 듣는데 갑자기 목소리가 나오더라. 묻고 싶은 게 너무 많더라고. 그런데 너무 오랜만에 말을 해서인지 겨우 하나밖에 못 물어봤어. 밥은? 바보 같지? 그다음부터 다시 말을 배우기 시작했어. 아기가 배우는 것처럼. 처음에는 더듬거렸는데, 다음에 그 사람이 전화할 때는 제대로 말할 수 있게, 세련되게 말할 수 있게 열심히 배웠어. 그때 말을 가르쳐준 사람이 표준어를 써서 나도 표준어를 쓸 수 있게 된 거야. 신기하지?"

그때는 더 캐묻지 않았다. 그저 그녀의 불행한 연애사라고 생각했다. 하지만 그게 아니었다. 갑자기 돌아온 기억 속에는 그날도 있었다. 엄마와 함께 정신병원에 그녀를 버려두고 오던 날. 하늘이 하얗게 변했던 날. 그날의 기억이 분명했다.

그렇다면 갑자기 떠오른 다른 장면도 환각이 아니라 잃어버린 기억이 분명했다. 그제야 내가 미치지 않았다는 확신에 한숨을 내쉴 수 있었다. 나도 모르게 숨을 쉬는 것도 잊고 있었던 모양이다. 강한 스트레스를 받았을 때는 기억상실을 일으키기도 한다. 엄마의 자살장면은 충분히 강한 스트레스였다. 나는 침을 꿀꺽 삼켰다. 그러니까 내가 해리성 기억상실을 앓았다는 것인가? 세 살 이전에 있었던 일은 잘 기억나지 않는데, 그것에 대해 한 번도 이상하게 여긴 적이 없었다. 나에게는 기억이 있을 뿐 추억 따위는 없었다.

현민과 이름 모를 남자가 저지른 죄목이 하나 더 추가되었다. 트라우마를 경험한 사람의 경우 뇌신경 손상을 치료해주는 뇌유래 신경영양인자(BDNF)의 세포 내 이용에 문제가 생긴다. BDNF는 뇌에서 만들어지는 단백질로 중추신경계와 말초신경계 양쪽의 신경세포에 작용하며 우울증과 밀접한 관련이 있다. 그러니까 원인을 알 수 없는 내 우울증도 결국 그들의 죄였다.

그리고 아빠의 죄였다. 엄마를 괴롭히는 것으로도 모자라 엄마와 내 사이를 이간질하며 감쪽같이 날 기만했던 아빠의 본모습을 도저히 인정할 수 없었다. 하지만 아빠에 대한 판단은 차후로 미뤄야 했다. 무엇보다 현민과 그놈에 대한 복수가 먼저였다.

나는 옥상에 주저앉아 몰려든 기억으로 어지러운 머리를 정리했다. 나는 모든 걸 잊어버렸다. 그리고 다시 찾았다. 잃어버린 기억이 돌아왔지만 반갑지 않았다. 이젠 또 어떤 기억을 잊고 살아야 하는 걸까?

4

아파트 현관을 나오자마자 혜란이 다가왔다. 나는 혜란을 보고도 걸음을 멈추지 않았다. 혜란이 내 옆에 바싹 붙으며 따져 물었다.

"왜 전화 안 받아?"

"내가 왜 혜란샘 전화를 받아야 하는데?"

"그게 무슨 소리야?"

혜란이 당황해서 내 팔을 붙잡았다. 나는 혜란의 눈을 똑바로 보며 말했다.

"김현민 선생님에 대해 알게 되었을 때, 화는 났지만 괜찮았어. 나는 원래 사람을 잘 믿지 않으니까. 인간이라는 건 언제나 자기 이익을 위해 다른 사람을 배반할 수 있는 존재니까.

그런데 혜란샘이 이렇게 내 뒤통수를 칠 줄은 몰랐어."

"뒤통수를 치다니?"

"왜 그 사람한테 연락한 건데?"

"무슨 소리야?"

"내가 이모라고 불렀던 사람. 혜란샘이 연락한 게 아니라면 그녀가 왜 혜란샘 집에서 나를 기다리고 있었을까?"

"밑반찬 가지고 오셨어. 나도 당황스러웠다고. 난 너한테 미리 알려주려고 밖으로 나왔는데 길이 어긋났나봐."

"대답이 너무 빠르네. 좀 더 늦었어야 쉽게 믿지."

나는 혜란의 팔을 뿌리치며 입을 비죽였다. 혜란이 한숨을 내쉬었다.

"그러게. 내가 어떻게 널 속이겠니? 그래도 이거 하나만은 알아줘. 널 위해서였어."

나는 눈을 치켜뜨고 혜란을 노려보았다.

"날 위해서?"

"이게 말이 되는 상황이야? 천재일지는 몰라도 넌 아직 열 살밖에 안된 아이야. 그런데 복수를 하겠다고 사람을 협박하고, 엄마를 살리겠다고 사람을 죽일 계획을 세운다는 게 말이 돼? 그리고 내가 너를 몰라? 넌 항상 감정을 배제한 채 논리적이고 이성적으로 행동한다고 하지. 사실은 누구보다 감정에 예민하게 반응하니까 그런 거잖아. 지금 이 상황이 얼마나 힘들지 알아. 조금만 더 시간을 가지고……."

나는 입술을 비틀며 비웃었다. 혜란이 한숨을 내쉬며 물었다.

"제대로 잠을 잔 게 언제야?"

나도 몰랐다.

"오늘 아침은 먹었니?"

혜란의 목소리에 안쓰러움이 스쳤다.

"가자. 링거액이라도 맞아야겠어."

혜란이 내 팔을 잡아끌었다. 나도 그러고 싶은 마음이 굴뚝 같았지만, 한번 나를 배반한 사람을 다시 믿을 만큼 어리석지는 않았다.

"그분을 부른 건… 모르겠어. 지금도 잘한 일인지 잘못한 일인지 헷갈려. 그저 네가 잘못되는 게 싫어서… 너도 알잖아. 복수라는 건 결코 정당한 변명이나 이유가 될 수 없어. 그것도 범죄라고. 게다가 네 인생을 복수로 낭비하게 만들고 싶지는 않았어. 네 미래가 복수로 가득 차는 건 싫었어."

"콜래트럴 데미지. 내가 말했잖아, 부수적인 희생은 어쩔 수 없다고."

"부수적인 희생? 그건 네 인생이야. 그렇게 모든 걸 걸고 복수를 하면 네가 행복해지니? 네 계획이 성공해서 네 엄마가 살아남을 수 있다고 치자. 하지만 그게 끝일까? 현민이가 과연 네 계획대로 움직여줄까? 너도 상처를 입을 거야. 그렇게 모든 게 끝나면 도대체 뭐가 남겠어? 네 추측대로라면 그 사람들은 네 가족이기도 하잖아."

혜란은 횡설수설하다 포기한 얼굴로 한숨을 내쉬었다.

"그래, 나도 이젠 모르겠다. 정말 나도 잘 몰라. 서른이 되면 모든 게 분명해질 줄 알았어. 서른이 되면 모든 게 결정돼 있을 줄 알았어. 하지만 결정된 건 아무것도 없고, 내 앞에는 아직 밝은지 어두운지조차 모르는 보이지 않는 미래만 놓여 있을 뿐이야. 난 서른일곱 해나 살아왔는데도 아직 운전에 서툴러. 요리는 젬병이고. 텔레비전에 나오는 달인들은 몇 년만 그 일을 해도 신기하리만큼 쓱싹쓱싹 잘해내는데, 난 삼십 년이 넘게 살아오면서도 아직 삶에 서툴러. 가끔 궁금하기도 해. 언젠가는 나도 삶의 달인이 될 수 있을까? 아니, 달인까지는 아니더라도 어느 정도 능숙해지기만 하면 좋겠어. 하지만 난 미숙아처럼 여전히 살아 있는 것만으로도 힘겨워. 아직 올바르게 살아간다는 게 어떤 건지 모르겠고. 아마 앞으로도 그렇겠지. 만일 복수를 해서 네 마음이 좀 더 편해질 수 있다면 그렇게 해. 절대 방해하지 않는다고 약속할게."

나는 혜란을 빤히 바라보았다.

"도대체 나한테 바라는 게 뭐야?"

"내가 왜 일주일도 안 돼 돌아왔다고 생각해? 그냥 너를 혼자 두고 싶지 않았어. 내가 해줄 수 있는 건 그것뿐이야. 너를 혼자 두지 않는 것. 그게 내가 바라는 거야."

나는 혜란이 내민 손을 잡았다.

잠에서 깼을 때는 한밤중이었다. 시계를 보니 네 시간이나 잤다. 아마 지난 일주일 동안 잔 것보다 더 많이 잤을 것이다. 거실에는 혜란밖에 없었다. 혜란이 나를 끌고 집으로 들어왔을 때, 그녀는 기진맥진해 소파에 잠들어 있었다. 나는 그녀를 피해 침실로 들어갔고, 이내 잠이 들었다.

"어디 갔어?"

주어가 생략된 문장이지만 혜란이 이해한 듯 고개를 끄덕였다.

"성당에 가신다고 하기에 모셔다드렸어."

나는 피식 웃었다. 그녀가 처음 성당에 가자고 했을 때 내 머릿속에 떠오른 말은 간단했다.

'인간은 미쳤다. 구더기 한 마리도 만들어내지 못하면서 수십 명의 신을 만들어냈다.'

내가 종교에 대해 느끼는 생각을 미셸 몽테뉴는 정확히 짚어냈다. 그래도 눈물까지 흘리며 기도하는 그녀를 보니 질투가 났다. 한 번도 누군가를 부러워한 적 없는데 그녀가 부러웠다. 그렇게 완전히 신을 믿을 수 있다니. 나도 저렇게 무조건적으로 믿을 수 있었으면 좋겠다. 그런 생각을 했다.

"무슨 기도를 그렇게 열심히 했어?"

"오늘은 우리 닻별이 천 번만 웃게 해주세요, 오늘은 우리 영주 목 쉬지 않게 해주세요."

"유치한 기도네. 효과도 별로 없는 것 같고."

그녀는 금세 풀이 죽었다.

"내가 헌금을 많이 못해서 그런 걸까? 다른 사람들은 헌금 많이 하던데."

구시렁거리던 그녀가 고개를 휘휘 저었다.

"아냐. 내가 기도를 열심히 안 해서 그런가봐."

그녀의 기도는 항상 나와 엄마만을 향했다. 언젠가부터 그녀는 식사 전에도 기도를 했다. 처음에는 어색하고 거슬리던 그 기도를 나도 엄마도 기다리기 시작했다. 그 순진한 기도를 듣고 있으면 나까지 신을 믿을 수 있을 것 같았다. 가끔은 신 대신 그녀의 기도를 들어주기도 했다. 별로 어렵지 않았다. 그녀가 바라는 것은 그저 내가 밥을 맛있게 먹는 것이나 엄마가 웃는 것 따위의 사소한 것들이었으니까. 잠들기 전 어린아이처럼 자신의 기도를 들어준 신에게 감사기도를 올리는 그녀를 보면 가끔은 더한 것도 들어줄 수 있겠다 싶기도 했다.

"아직도 신을 믿는구나. 정말 신기하네."

나도 모르게 그 말을 내뱉었다.

"신이 있다는 증거도 없지만 신이 없다는 증거도 없잖아. 증명이 불가능하다고 해서 존재하지 않는 건 아냐. 너도 알잖아?"

"나도 전에는 그렇게 생각했지. 그런데 아냐. 신이 있다면 세상이 이렇게 불공평할 수 있어? 어떤 사람은 행복이 넘쳐나는데, 어떤 사람은 불행에 짓눌려 죽어가잖아. 만약 신이 있다면 세상이 이렇게 엉망진창일 수 있어?"

"왜 신이 공평해야 하는데?"

혜란의 단순한 질문에 갑자기 말문이 막혔다.

"뭐?"

"신이 왜 공정해야 하냐고? 신이 공정해야만 할 이유가 어디 있어? 신도 불공평할 수 있어. 어쩌면 신이 원하는 게 이렇게 불공평하고 비논리적이고 엉망진창인 세상일 수도 있는 거잖아."

순간 할 말이 없었다.

"네가 왜 그런 생각을 하는지 알아. 너한테만 몰려드는 불행이 버겁고 싫은 거겠지. 그런데 그게 바로 인생이야."

그렇다면 나는 그 인생 따위 거부해버리고 싶었다. 하지만 그 말을 입 밖에 내지는 않았다.

제 11 장

상처 난 심장

1

그녀는 연락이 없었다. 나도 연락하고 싶은 마음이 들지 않았다. 하루하루가 지날수록 초조해졌다. 엄마가 보고 싶었다. 하지만 엄마는 내 방문을 달가워하지 않았다. 내게 병을 끝까지 숨기고 싶은 모양이었다. 나는 엄마의 마지막 소원을 모른 척하고 내 맘대로 할 만큼 이기적인 아이는 아니었다. 그래서 하루 종일 그 남자에게 복수할 방법을 궁리하며 시간을 보냈다. 가장 잔인한 복수란 그 사람을 죽이는 게 아니다. 살려두어야 한다. 가장 큰 고통은 고달픈 생에서 온다. 그 남자의 생을 어떻게 하면 고달프게 할 수 있을까?

눈에는 눈, 이에는 이. 나는 그 말을 믿지 않는다. 복수란 똑같이 되갚아주는 게 아니다. 상처와 모욕을 견뎌온 세월만큼 고통은 제곱근의 형태로 커진다. 더 끔찍하고 처참한 복수를 해야 완벽한 등식을 이룰 수 있다.

　시간이 남으면 살인방법을 연구했다. 인간을 죽이는 방법은 아주 다양하다. 다른 인간들이 생각조차 하지 못할, 그래서 들키지 않을 방법을 강구해야 했다. 알칼리액으로 솜을 축이고 전기선을 갈라서 한쪽씩 양쪽 귀에 꽂고 전기를 통하게 하는 것은 깨끗하고 빠른 살인법이다. 무기물인 클로스트리디움 보툴리늄을 이용하는 것도 괜찮은 방법이다. 클로스트리디움 보툴리늄은 위험은 없지만 노폐물에 독성이 있어서 말초신경계를 공격한다. 폐의 마비를 시작으로 산독증으로 죽게 만들지만 사후증상이 거의 없다. 독을 추출할 수 있는 방법은 수만 가지다. 아주까리 열매에는 리신이 들어 있고, 참제비고깔에는 알칼로이드가 있다.

　나는 복수를 생각하며 하루를 시작하고, 인간의 삶을 파괴할 방법을 연구하며 하루를 끝냈다.

2

　"네 엄마 수술날짜 잡혔어."

　혜란의 전화를 받고 나는 당장 달려갔다.

　"정말? 갑자기 어떻게?"

　"원래 심장이식수술이야 다 급작스럽잖아."

　웬일인지 혜란의 표정이 별로 밝지 않았다. 현민이 내 협박대로 누군가를 죽이기라도 한 걸까?

"어떤 사람인데? 여자야? 젊어?"

심장이식수술은 동성일수록 성공확률이 높고, 젊은 사람일수록 이식 후 생존수명이 길다.

"뭘 그리 자세히 알려고 해?"

"당연히 자세히 알아야지. 우리 엄마를 살려줄 사람인데."

"어쨌든 수술날짜가 잡혔으니까 이젠 잠도 제대로 자고 밥도 좀 먹어."

"알았어. 피자 시켜줄래? 갑자기 막 입맛이 도네."

혜란은 내가 피자 한 판을 거의 다 먹을 때까지 한 조각도 먹지 못했다. 시시콜콜한 내 질문에 대답하기 싫은 듯 먹는 척만 했다. 새삼 미안했다. 혜란은 나 때문에 징계도 각오한 채 교환교수를 때려치우고 한국으로 돌아왔다. 돌아와서도 내어이없는 행동을 지켜봐주었다. 그런데도 나는 고맙다는 말 한마디 안 했다.

"왜 그렇게 기분이 별로야? 혹시 뇌사했다는 환자가 아는 사람이야?"

혜란은 내 질문에 놀라 기침을 했다.

"정말 아는 사람인가보네?"

"가끔은 네 예민함이 너무 놀라워. 공부하지 말고 차라리 무당을 하는 게 어때?"

"민원장처럼?"

혜란은 대답하지 않았다. 나는 기증자에 대해 더 묻고 싶었
지만 혜란을 괴롭히는 것 같아 화제를 돌렸다.

"참, 그녀한테도 알려야겠다. 휴대폰 번호 알지?"

"이미 알고 계셔."

"정말?"

"그래. 기도가 이루어졌다고 좋아하시더라."

혜란은 그 말을 하더니 갑자기 일어나 피자박스를 치우기
시작했다.

3

급하게 잡힌 수술날은 하필 엄마의 생일이었다. 나는 새벽
부터 생일축하 전화를 했다. 엄마는 끝까지 수술을 받지 않겠
다고 고집을 부렸다고 했다. 엄마가 마지막 순간에 마음을 바
꿀까봐 두려웠다.

"미안해. 집에 들르고 싶은데, 할머니가 갑자기 앓아누우셨
어. 엄마는 오늘도 자정이 넘어야 수업이 끝나지?"

엄마는 순진하게도 좋아하는 티를 너무 냈다.

"오긴 뭘 온다고 그래? 생일이 뭐 별거라고."

"내년에는 꼭 엄마 생일날 같이 있어줄게. 그러니까 그때까
지 건강해야 해."

엄마는 당황해서 쉽게 대답을 못하고 버벅거렸다.

"내가 무슨 죽을병에라도 걸린 것처럼 갑자기 왜 그래?"

"할머니가 쓰러지셔서 입원하니까 갑자기 무섭더라고. 그러니까 엄마는 건강하게 오래오래 살아."

엄마는 내 거짓말에 쉽게 넘어갔다.

혜란의 말대로 집에서 수술결과를 기다리려 했지만 도저히 가만있을 수가 없었다. 이제껏 병원에 가지 않았던 것은 엄마와 마주치는 위험을 피하기 위해서였다. 하지만 오늘은 엄마도 나를 볼 수 없을 테니 괜찮을 것 같았다. 게다가 엄마에게 심장을 줄 여자분에게 감사인사도 하고 싶었다.

병원은 로비부터 부산스러웠다. 못 보던 의사, 간호사들도 꽤 눈에 띄었다. 나는 일단 만만한 피오나 간호사를 찾아갔다.

"오늘 무슨 일 있어요? 분위기가 좀 이상하네."

피오나는 의자에 앉아 과다지방으로 불룩한 배를 내밀었다.

"오늘 중요한 수술이 있거든. 뇌사 환자가 나왔는데, 모조리 다 기증하겠다고 했나봐. 이식수술이 여러 건이라 모두 난리도 아냐."

피오나는 고개를 숙이며 목소리를 낮췄다.

"솔직히 조그만 동네 병원도 아니고, 민원장님도 너무하시지."

"뭐가요?"

"허구한 날 자기 친척 아프다고 병원을 다 뒤집어놓는 것 때문에 말들이 많아. 이번에 심장이식을 받는 여자도 친척이라는데, 우리 병원 의사를 못 믿고 다른 병원에서 데려오고 난리를 피우니 불만이 왜 안 생기겠어? 그 여자 수술하는 데 방해된다고 다른 수술을 다 미루는 바람에 스케줄이 꼬여서 난리도 아냐. 지난달에 VVIP 병동에 여동생인지 누군지 입원했을 때는 간단한 주사까지 의사들한테 놓으라고 해서 말이 얼마나 많았는데."

"여동생이요?"

민원장은 여동생이 없었다.

"정확히 누군지는 모르겠고, 어쨌든 가까운 친척인가봐. 드나드는 의사들도 정확히 모르는 것 같더라고. 부인이라는 얘기도 있는데, 간병인도 안 두고 민원장이 직접 간병했다고⋯⋯."

"부, 부인이요?"

민원장의 부인은, 그녀였다.

"아마 부인은 아닐 거야. 듣자 하니 말기암 환자라던데, 설마 말기암 환자랑 결혼했겠어? 굉장히 어린 여자랑 재혼했다고 말도 많았는데⋯⋯."

나는 허둥지둥 일어섰다.

"갑자기 어디 가려고?"

"VVIP 병실이 꼭대기층 맞죠?"

"응. 그런데 며칠 전부터 출입을 통제하고 있어서 못 들어가."

피오나가 뒤에 대고 말했지만, 나는 엘리베이터를 향해 무작정 뛰었다. 피오나가 하는 이야기 중 반 이상은 헛소문이지만, 그래도 내 눈으로 확인해야 안심할 수 있을 것 같았다. 자꾸 그녀의 말이 마음에 걸렸다.

'걱정 마. 영주 심장은 내가 꼭 구해줄게. 무슨 수를 써서라도 영주는 살릴 거야.'

VVIP 병실이 있는 꼭대기층은 비밀번호를 눌러야만 엘리베이터가 멈췄다. 나는 아래층에서 내린 뒤 계단으로 올라갔다. 다행히 꼭대기층 복도로 통하는 문은 잠겨 있지 않았다. 출입이 통제되고 있다는 피오나의 말과는 달리 복도에는 의사와 간호사들이 꽤 많았다. 다들 뭐가 그리 바쁜지 나 같은 어린아이에게는 눈길도 주지 않았다. 나는 천천히 병실 쪽으로 다가갔다.

"너 누구니?"

누군가가 내게 물었다.

나는 모른 척 발걸음을 빨리하며 병실 쪽으로 다가갔다.

"야! 너 뭐냐고!"

나를 뒤따르는 발걸음소리가 들렸다.

"거기 서!"

나는 있는 힘껏 뛰었다. 하지만 금세 목덜미를 잡히고 말았다.

"뭐야? 여기는 어떻게 들어왔어?"

나를 잡은 의사는 낯선 얼굴이었다.

"문병을 왔는데 길을 잃었어요."

나는 순진한 얼굴로 변명했다. 그때 누가 부르는지 의사가 뒤를 돌더니 '금방 갈게' 하고는 내 목덜미를 잡았던 손을 놓았다.

"여기 함부로 들어오면 안 돼. 빨리 내려가라."

"네."

나는 공손히 대답하며 엘리베이터로 향했다. 의사가 지켜보고 있을 경우에 대비해 일단 엘리베이터 버튼을 눌렀다. 엘리베이터 문이 열리는 순간, 심각한 표정으로 옆사람과 얘기를 나누던 혜란이 놀라서 소리를 질렀다.

"닻별아!"

혜란은 VVIP 병실에 입원한 환자를 보고 싶다는 내 말에 하얗게 질렸다.

"박간호사가 그러는데 민원장 사모님이라고 그랬어요."

"박간호사한테 무슨 얘기를 어떻게 들었는지 모르지만, 박간호사 얘기의 반 이상이 헛소문이라는 건 너도 잘 알잖아."

"그러니까 확인해보고 싶다고요."

"VVIP 환자가 얼마나 까다로운지 몰라서 이래? 이런저런 소문 퍼지는 거 싫다고 출입통제까지 해달라고 한 사람이야."

혜란이 우기면 우길수록 점점 더 불안해졌다.

"민원장님이 직접 간병까지 했다던데요? 그럼 민원장님한 테 부탁해야 해요?"

"말도 안 되는 억지 자꾸 부릴래? 그러잖아도 오늘 네 엄마 수술 때문에 병원 전체가 초긴장 상태야. 네 사소한 부탁 따위 로 시끄러운 일 만들고 싶지 않아."

"알았어요."

혜란은 순순히 대답하는 게 의심스러운지 다시 한 번 물었다.

"VVIP 병실에는 얼씬도 하지 않는다고 약속하는 거지?"

"그럼요. 대신 엄마 수술에 들어갈게요."

내 대답에 혜란의 얼굴이 하얗게 질렸다.

혜란이 민원장을 호출했을 때까지도 견딜 만했다. 견딜 수 있었다. 민원장을 호출했다는 것은 VVIP 병실에 있는 사람이 그녀라는 사실을 긍정하는 것이나 마찬가지였다. 그래도 걱 정하지 않았다. 그때까지는 그랬다.

민원장은 내게 놓을 주사를 가져왔다. 나는 피식 웃었다. 그 녀에게 그 끔찍한 밤에 대해 물어보기 전 우황청심환을 내밀 었던 일이 기억나서였다.

"도대체 얼마나 나쁜 상태기에 이런 주사까지 놓는 거예요?"

나는 주사 맞은 자리를 소독솜으로 누르며 물었다. 민원장과 혜란은 서로 바라보기만 할 뿐 말이 없었다.

"나 답답한 거 싫어해요. 계속 망설이실 거면 그냥 제가 가서 확인할까요?"

나는 소독솜을 살짝 들어보며 물었다. 소독솜을 떼자 주사 맞은 자리에서 다시 피가 올라왔다.

"뇌사상태다."

민원장의 떨리는 목소리에 나는 고개를 갸웃했다. 엄마의 심장수술날이 잡힌 뒤로는 잠도 잘 잤고 하루 세 끼 꼬박꼬박 먹었는데 머릿속이 멍했다. 잘못 들은 게 틀림없었다.

"뭐, 뭐라고요?"

내 목소리가 멀리서 울리는 것 같았다.

"뇌종양 말기였어. 지난 주말에 뇌사판정이 났어."

나는 침만 꿀꺽 삼켰다. 귓속에서 소리가 울렸다. 신체 외부와 내부의 압력이 맞지 않는 모양이다. 침을 삼키면 유스타키오관이 열려 기압조절을 할 수 있다. 그런데 입안이 바짝 말라 침을 삼킬 수가 없었다. 귓속의 멍멍한 느낌이 머릿속까지 퍼져왔다.

혜란이 내 손에 물잔을 쥐어주었다. 나는 물잔을 단숨에 비웠다. 혜란이 물잔을 채워주었다. 나는 물잔을 다시 비웠다.

"고소할 거예요."

민원장도 혜란도 내 말에 아무 반응을 하지 않았다.

"병원에 오래 입원했던 사람이에요. 십 년 넘게 중추신경 관련 약물을 복용했고요. 중추신경 관련 약물의 부작용이 얼마나 다양하고 심각한 게 많은데, 제대로 검진 한 번 안 해봤다는 게 말이 돼요? 뇌종양이라고요? 분명히 약처방을 잘못해서 생긴 부작용일 거예요. 그녀에게 처방했던 약물 다 확인할 거예요. 뇌사라고요? 뇌사판정을 누가 했는데요? 제대로 했어요? 아니, 아니다. 뇌사판정이라는 게 사실 의학적으로 논란이 많잖아요. 나는 인정 못해요."

숨 쉴 틈 없이 쏘아붙이고는 혜란이 다시 채워준 물잔을 입가로 가져가다 멈칫했다. 순간 물잔이 바닥에 떨어져 쨍그랑, 깨졌다.

자살시도로 입원했다가 퇴원한 지 얼마 안 되었을 때, 그녀는 아침 일찍부터 장기기증은 어떻게 하는지 물었다.

"갑자기 장기기증은 왜?"

"어제 영주랑 같이 텔레비전을 보는데 장기이식만 하면 살 수 있는 사람들이 많더라. 나도 하고 싶어서."

"하긴 나쁠 거야 없지. 우리나라의 장기기증 비율은 심각할 정도로 낮은 편이니까. 장기밀매 관련 범죄가 급격히 증가할 만큼 심각한데도 정부는 아무 대책도 내놓을 생각이 없고. 어떤 나라는 장기기증을 자동으로 하게 돼 있어. 그래서 장기기증을 원치 않는 사람만 따로 절차를 밟지. 그런 나라들은 장기기증 비율이 높은 편이야."

"정말? 우리나라도 그러면 좋을 텐데. 나처럼 바보 같은 사람들은 어떻게 해야 하는지 몰라서 못할 수도 있잖아."

"바보 같다는 말 했다고 엄마한테 이른다."

내 말에 놀라 그러잖아도 큰 그녀의 눈이 튀어나올 것처럼 커졌다.

"그러지 마, 닻별아. 영주가 싫어하잖아."

커다란 눈에 금세 눈물이 차올랐다. 너무 겁에 질리는 바람에 놀린 내가 미안할 정도였다.

"이모는 왜 그렇게 엄마한테 꼼짝을 못해? 혹시 어릴 때 엄마한테 크게 잘못한 거 있어?"

그녀의 표정이 어두워졌다.

"정말 잘못한 게 있는 모양이네. 뭘 그렇게 잘못했는데? 엄마 용돈을 빼앗아 썼어? 아니면 외할머니 모르게 막 꼬집고 때리고 그랬어?"

"그냥 많이 잘못했어. 아주 많이."

어린애가 나쁜 짓을 해봤자 얼마나 했겠는가. 그런데 그녀는 심각한 죄라도 지은 죄인처럼 고개를 푹 숙였다.

"쳇! 이모가 잘못을 해봤자지. 지금도 이렇게 순한데 어릴 때는 더 순했겠지. 그리고 설사 어렸을 때 잘못을 했대도 그렇지. 가끔 엄마는 너무하다 싶을 만큼 이모를 막 대해. 이모가 무조건 받아줘서 그런가봐. 솔직히 이모는 엄마가 그렇게 짜증을 내는데도 화가 안 나?"

"짜증을 내는 게 뭐가 어때서? 난 괜찮아. 짜증을 받아줄 수 있는 것만으로도 만족해."

말문이 막혔다. 순수 앞에서는 언제나 할 말이 부족하다. 순수에는 이성, 논리 같은 게 통하지 않는다.

나는 인터넷으로 장기기증서약서 서식을 다운받아 프린트했다.

"이런 것도 온라인으로 신청을 받으면 좋을 텐데. 다른 사람의 장기를 이식하는 최첨단의학과 관련된 곳에서 종이서류만 받는다는 게 참 우습네. 하여간 행정관료들은 융통성이 없는 게 단점이라니까."*

"이걸 쓰면 되는 거야?"

"그래. 그런데 진짜 하고 싶어?"

"응."

그녀는 대답과 동시에 세차게 고개를 끄덕였다.

"그런데 나는 왜 이모가 엄마 때문에 하는 것 같지?"

"왜 영주 때문이라고 생각하는데?"

"그냥. 엄마가 한마디쯤 하지 않았을까?"

나는 눈을 가늘게 뜨며 그녀의 눈을 똑바로 바라보았다.

"장기기증을 하는 사람들 정말 존경스럽다거나, 왜 사람들

---

* 2012년 현재 질병관리본부 장기이식관리센터는 온라인, 우편, 팩스 등록을 모두 받고 있다.

은 어차피 죽은 몸 따위에 연연해서 다른 사람을 살리는 데 망설이는지 모르겠다… 뭐, 그런 말을 했겠지. 그러니까 이모는 엄마한테 칭찬받고 싶어서 아침부터 나한테 이런 걸 해달라고 부탁한 거고. 뻔하지, 뭐."

내가 한마디, 한마디를 할 때마다 그녀의 눈이 점점 커졌다.

"어? 어떻게 알았어? 너도 어제 같이 텔레비전 봤나? 아닌데, 넌 분명히 방에서 혼자 책을 보고 있었는데. 근데 어떻게 알았지?"

나는 푸하하, 웃으며 고개를 45도 각도로 살짝 올리고 잘난 척을 했다.

"내가 말했잖아. 나는 누가 말해주지 않아도 다 아는 사람이라니까."

"우와! 진짜 대단하다, 우리 닻별이. 진짜 대단해."

나는 킥킥 웃으며 서약서의 신청내용 항목들을 설명해주었다. 심장, 신장, 간장, 췌장, 폐, 안구……. 자세히 분류된 각 기관이나 조직을 하나하나 체크하는 형식으로 돼 있었다.

그녀가 자기 손으로 직접 작성하는 게 좋을 것 같아서 나는 펜과 서약서만 주고 물러나 앉았다. 그녀는 방바닥에 엎드려 열심히 서약서를 살펴보고, 하나하나 정성껏 표시를 하고 있었다. 어찌나 진지한지 나까지 숙연해졌다. 결국 나도 장기기증서약서를 한 부 더 인쇄해 서명했다. 어차피 미성년자여서 부모의 동의가 있어야 하지만 내 의지를 밝혀두는 것도 나쁘

지 않을 것 같았다. 일본처럼 소아의 심장이식이 금지된 나라
도 아니니까.

이모는 서약서를 작성한 뒤 숙제검사를 받는 학생처럼 내
게 내밀었다. 나는 서약서를 바라보다 빠진 곳을 보고 펜을 들
었다.

"왜 심장은 체크 안 했어?"

심장 항목에 체크를 하려는데 이모가 내 손을 잡았다.

"심장은 남한테 주고 싶지 않아. 심장은 마음이 담긴 거잖
아. 내 마음만은 남한테 주고 싶지 않아. 그러면 이기적인
건가?"

평소 같으면 마음이란 사실 심장이 아니라 뇌에 의한 작용
이라고 고쳐 말해주었을 것이다. 하지만 그 순간 나는 아무 대
꾸도 하지 못했다. 자신의 장기를 모두 기증한다고 서약하고
도 심장 하나 가지고 떠나는 게 이기적이냐고 묻는 여자. 그
순수함 앞에서 부끄러웠다.

"혹시 엄마가 이식받을 심장이… 그… 심장인가요?"

민원장과 혜란이 황급히 내 눈을 피했다. 믿을 수가 없었다.
세상의 모든 것을 이해할 수 있다고 생각했는데, 도무지 내 운
명만은 이해할 수 없었다. 이해할 수 없어 되묻고 싶었다. 얼
마나 더 견뎌야 하는 건데? 얼마나 더 참아야 하는 건데? 얼마
나 더 비참해져야 관둘 건데?

하지만 아무도 대답해주지 않았다.

4

그녀는 침대 위에 평온하게 누워 있었다. 나는 한 걸음 한 걸음 천천히 다가갔다. 그녀를 보겠다고 우기긴 했지만, 확인하고 싶지 않았다. 보지 않으면 믿지 않을 수 있었다.

나는 그녀의 손을 잡았다. 문득 그녀의 입술 끝이 미소를 지으며 살짝 올라가는 듯한 느낌이 들었다. 그녀의 손은 여전히 따뜻했다. 추운 겨울날 밖에서 돌아온 내 발을 문질러 따뜻한 온기를 전해주던 그때처럼.

'이젠 울지 않는구나. 잠들어서도 울지 않고 미소를 짓는구나.'

나는 그녀의 머리카락을 천천히 쓸어 올려주었다.

그녀의 무릎을 베고 누워 있을 때 내 머리카락을 쓰다듬어주던 손길이 그리웠다.

'행복하니? 행복해? 원하는 대로 엄마를 살려줄 수 있어서?'

내 질문에 대답하듯 그녀가 미소를 지은 것 같았다.

내가 보는 앞에서 뇌사판정검사가 다시 진행되었다. 동공반사, 뇌간반사 등 각종 검사 후 무호흡검사가 시작되었다. 인공호흡기를 제거한 상태에서 실시하는 검사였다. 민원장

의 손이 그녀의 호흡기에 닿았다. 그녀의 얼굴을 가리고 있
던 호흡기를 떼고 민원장은 뒤로 물러났다. 꽤 오래 그 상태
로 있었는지 호흡기의 고무줄자국이 선명하게 그녀의 턱과
목선을 가르고 있었다. 그리고… 그녀의 턱밑에 멍자국이 보
였다.

삶이란 작은 우연들이, 사소한 실수들이 모여 파괴된다. 언
젠가 내가 했던 말이 떠올랐다.

"경동맥을 누르면 3분 만에 기절해버려. 잘못되면 뇌사가
되기도 하지."

그녀가 웃고 있었다. 턱밑에 있는 멍은 노르스름하게 아물
어가고 있었다. 희미해져가는 정신을 붙잡은 채 경동맥을 끝
까지 눌렀을 그녀의 모습이 내 눈꺼풀에 새겨졌다.

신이 파놓은 삶이라는 구덩이에 갑자기 빠진 느낌이었다.
나는 어둡고 축축한 구덩이 안에서 빠져나오기 위해 안간힘
을 쓰는데, 신은 태연하게 내 머리 위로 흙더미를 쏟아부었다.
그렇게 꿀꺽 나를 삼켜버릴 것만 같았다.

잊고 있었다. 내 속에는 피해자인 그녀의 유전자와 함께 가
해자인 그놈의 유전자도 존재했다. 내가 아무리 발버둥을 쳐
도 그 잔인하고 야만적인 유전자를 억누를 수는 없는 모양이
었다.

덜덜 떨리기 시작했다. 흥분한 나를 달래기 위해 민원장이
하는 변명이 귓가에 울렸다.

"비록 뇌간에 생긴 종양이지만 상태가 나빠지지는 않았어. 나이가 들면 어떤 질병이든 악화속도가 느려지는 법이지만, 선영씨는 호전되는 것처럼 보였어. 아마 네 엄마와 함께 있고 싶다는 소원이 이루어져서 그렇겠지. 너도 알다시피 의학이란 밝혀진 부분보다 밝혀지지 않은 부분이 훨씬 많은 영역이니까. 어쩌면 기적이란 게 일어날 수도 있겠다고 기대했지. 그런데 갑자기 악화되기 시작했어. 걷잡을 수 없을 정도로. 이유를 알 수 없었어.

입원하고 며칠 뒤에야 부탁하는 거야. 뇌사를 하도록 만들어줄 수 있냐고, 영주에게 심장을 줘야 한다고. 그제야 깨달았어. 영주에게 심장을 주고 싶은 마음 때문에 악화되고 있다는 걸. 영주에게 심장을 구해주겠다고 약속했지만, 그런데도 나아지지 않더라. 어떻게 손쓸 방법이 없었어. 도대체 어떻게 영주가 심부전증이라는 걸 알게 됐는지, 도대체 누가 심장이식을 받지 않으면 죽게 된다고 얘기한 건지……."

나는 이를 악물었다.

"그냥 운명이라고 생각하자. 잔인하지만 어쩔 수 없는 일이었다고."

민원장이 나를 달래며 내 팔을 잡았다. 나는 그 팔을 뿌리쳤다. 그 잔인한 운명을 만들었던 나는 누구의 위로도 받을 자격이 없었다.

나는 기어이 수술참관실로 갔다. 엄마를 혼자 내버려두고 싶지 않았다. 엄마 곁에 있어줄 사람은 나뿐이었다. 그녀도 엄마를 혼자 두길 원치 않을 터였다. 조그만 일에도 흔들리는 나약한 인간처럼 굴고 싶지 않았다. 나는 역경에 굴복하고 주저앉는 평범한 인간 따위가 될 수 없었다. 그렇게 하찮은 인간이 되기를 거절하며 나는 눈물 한 방울 흘리지 않았다. 내가 만든 결과였다. 상처도 고통도 온전히 내 몫이었다.

수술상황이 아니라 나만 바라보고 있는 혜란과 민원장이 신경 쓰여 나는 계속 종알거렸다.

"심장을 떼어낸 동안에는 어떻게 되는 거죠? 다른 심장을 이식받을 때까지 혈액공급은 어떻게 하죠?"

"인공심폐기를 미리 연결한 뒤 심장을 떼어내는 거야. 인공심폐기가 수술이 끝날 때까지 심장의 역할을 대신하는 거지."

엄마의 침상이 수술실로 들어왔다. 한 달 만에 보는 엄마는 한눈에도 병색이 완연했다. 두려운 듯 여기저기를 둘러보던 엄마의 눈이 나를 향했다. 엄마에게는 내가 보이지 않을 터였다. 참관실의 유리창은 수술실에서는 거울처럼 자신의 모습만 되돌릴 뿐이다. 그런데도 엄마는 한참 동안 거울 속의 엄마와, 거울 뒤의 나와 눈을 맞췄다. 그리고 엄마가 눈을 감았다.

저 눈을 다시 뜰 수 있을까? 다시 엄마와 눈을 맞출 수 있을까? 나는 머릿속에 드는 생각들을 몰아내며 민원장에게 다시 질문했다.

"그러면 인공심폐기가 작동하는 동안은 수술이 잘됐는지 아닌지 확인할 길이 없네요? 이식한 심장이 뛰지 않을 수도 있는 거잖아요?"

"그렇지. 인공심폐기가 작동하는 동안은 그 사람이 죽었는지 살았는지 알 길이 없어."

"원래 심장은 처음에 떼어내는 게 일반적이지 않나요? 왜 모든 장기를 떼어내고 마지막에 이식하죠?"

"그 사람이 원했거든. 영주가 힘든 순간에, 영주가 아픈 순간에 같이 있어주고 싶다고. 그렇게 까마득한 어둠 속에 영주 혼자 남겨두고 싶지 않다고."

계속 무슨 말을 해야 하는데 할 말이 없었다. 혜란이 내 손을 잡았다. 나는 혜란을 보며 억지로 입술 끝을 올려 미소를 지었다. 울지 않을 것이다. 나는 울 자격이 없다. 그녀에게 죽음의 방법을 알려준 사람은 나였다. 내 속에는 그녀의 유전자뿐만 아니라 그녀를 괴롭힌 그 끔찍한 가해자의 유전자도 있다는 것을 잊고 있었다. 그녀를 죽인 사람이 바로 나인 것이다.

피해자의 딸이자 가해자의 딸인 엄마도 이런 심정이었을까? 끊임없이 자신을 의심하고 매순간 자신을 증오했을까?

나는 유리창 너머 엄마를 바라보며 묻고 싶었다. 그리고 그 모든 순간 아팠어? 그래서 심장이 고장난 거야?

엄마에게 마취약이 투여되고, 그녀가 들어왔다. 만약의 경우에 대비해 그녀의 온몸에는 시트가 덮여 있었다. 다행이었다. 지금 그녀의 얼굴을 본다면 간신히 통제하고 있는 감정을 주체할 수 없을 것 같았다. 그때 갑자기 엄마가 뭐라고 외치며 온몸을 비틀었다.

"혹시 마취제가 잘못된 거 아닌가요? 갑자기 우리 엄마가 왜 저래요?"

민원장이 수술실과 연결된 인터폰을 누르자 엄마의 목소리가 스피커를 통해 울려퍼졌다.

"으어, 으어마, 으어엉……."

엄마는 짐승처럼 울부짖었다. 마취약 기운에 뒤틀린 엄마의 혀가 그녀를 부르고 있었다.

"손을, 손을 잡게 해줘요."

민원장이 재빨리 내 말을 수술실에 전했다. 그녀의 손에 엄마의 손이 쥐어졌다. 그제야 엄마는 조용해졌다. 그리고 나는 참관실에서 뛰쳐나왔다. 더 이상 보고 있을 수 없었다.

무서웠다. 속이 울렁거렸다. 두려웠다. 손이 덜덜 떨렸다. 누구라도 곁에 있었으면 좋겠다고 생각했다. 통화연결음을 세 번쯤 들은 끝에 간신히 아빠의 목소리를 들을 수 있었다.

"무슨 일이야?"

"아, 아빠. 지금 여기로 와주면 안 돼?"

"왜? 무슨 일이야? 아빠 대전인데……."

"엄마가 심장수술을 하고 있어. 죽을지도 모른대. 무서워. 무서워서 죽을 것 같아."

"심장수술? 갑자기 무슨 수술?"

"그게 지금 중요해? 빨리 와줘. 제발!"

아빠는 아무 대답이 없었다.

"못 온다는 거야?"

"대전이라니까. 네가 아프다면 몰라도 네 엄마 수술하는 데까지 가는 건 좀 우습지 않니?"

"그냥 수술이 아니라고! 심장이식수술이야! 죽을지도 모른다고!"

희미하게 아빠의 코웃음소리가 들렸다.

"내 그럴 줄 알았다. 네 엄마 심장이 정상일 리 없지. 내가 말했잖아, 네 엄마는 가슴이 없는 사람이라고."

돌아온 기억이 다시 휘몰아쳤다. 오랫동안 잊고 지낸 그 기억들은 아직 내 것인지 확실하지 않았다. 하지만 이제 모든 게 분명해졌다. 시간이 흐르고 세월이 지나면 인간은 모두 변한다. 그 변화가 쌓이고 모여 진화한다. 하지만 아빠의 양심은 예외였다. 심장 안을 가득 채우고 있던 두려움 대신 분노가 차오르기 시작했다.

"할머니가 요즘 보는 아침 드라마 알아?"

"갑자기 무슨 소리야?"

"나 그 드라마 스토리가 너무 싫었거든? 부인이 번 돈 도박으로 모조리 날려먹고, 뻔뻔하게도 바람나서 집 나가고, 돌아오라고 애원하던 부인에게 손찌검하는 남자가 주인공이었거든. 그렇게 갈 데까지 갔던 나쁜 남편이 부인이 암으로 시한부가 되었다니까 반성하고 돌아와 부인이 죽을 때까지 간호하더라고. 그 드라마 보면서 무슨 생각 했는지 알아? 지루하고, 유치하고, 진부하고, 짜증나고, 우습다. 근데 아빠는 어떻게 그것도 못하니?"

나는 마구 소리를 내지른 뒤 휴대전화를 바닥에 던져버렸다.

어느새 다가온 혜란이 바닥에 주저앉아 있던 나를 안아 휠체어에 앉혔다. 혜란은 그녀가 입원했던 VVIP 병실로 나를 데려갔다.

"누워. 주사 가져오라고 할 테니까."

나는 말없이 시키는 대로 했다. 말싸움을 할 기력도 없었다. 하지만 혜란이 주사를 놓아주어도 나는 잠들지 못했다. 혜란이 내 머리카락을 쓸어주었다.

"자. 다 잊고 자려고 노력해봐."

감긴 눈꺼풀에 물기가 느껴졌다. 나는 팔을 들어 눈을 가렸다. 내가 이렇게 나약한 인간이라는 것을 참을 수 없었다.

"책이라도 읽어줄까?"

혜란이 부스럭거리며 여기저기를 뒤졌다. 한참 뒤 혜란이 침대 옆 의자에 와 자리를 잡는 소리가 들렸다. 그리고 목소리가 들려왔다.

"옛날 옛적에 고슴도치 한 마리가 살았습니다."

나는 놀라서 눈을 떴다. 혜란의 손에는 눈에 익은 낡은 동화책이 들려 있었다.

제 12 장

바보 고슴도치

1

"이거 영주가 줬다! 나 한글공부 하라고!"

그녀는 내가 깨자마자 낡은 동화책을 잔뜩 들고 와 펼쳐놓았다. 엄마가 어디서 얻어온 모양이었다. 여기저기 찢어진 데도 있는 낡은 동화책이 뭐 그리 대단하다고 입이 헤벌쭉해 다물 줄 몰랐다.

"읽기 연습하는 거 도와줄 수 있지?"

한숨이 나왔다. 단순한 권선징악을 주제로 한 동화책 읽기를 들어주는 일은 지겹기 짝이 없었다. '옛날 옛적에'로 시작해서 '그래서 그들은 오래오래 행복하게 살았습니다'로 끝나는 동화는 비현실적이었다. 인생은 '그런데 행복한 그들에게 안타까운 일이 생겼습니다'거나 '하지만 그들의 행복은 그리 오래가지 않았습니다'로 끝나기 마련이었다. 그래도 그녀의 간절한 눈을 보며 거절하기는 힘들었다. 그래서 그나마 덜 지겨울 것 같은 창작동화 중 하나를 골랐다.

"행복한 바보 고슴도치."

그녀는 큰 소리로 제목을 읽은 다음 동화책을 펼쳤다.

2

옛날 옛적에 고슴도치 한 마리가 살았습니다. 예쁘고 똑똑하기로 유명한 고슴도치는 멋있고 늠름한 고슴도치와 결혼했습니다. 그리고 작고 귀여운 아기 고슴도치를 낳았답니다.

아기 고슴도치는 무럭무럭 자랐습니다. 아기 고슴도치도 엄마 고슴도치를 닮아 아주 예뻤답니다. 마침내 아기 고슴도치가 다 자라 어른이 되었을 때, 주위에 사는 모든 남자 고슴도치들이 청혼을 했답니다. 하지만 딸 고슴도치는 누구에게도 눈길을 주지 않았습니다.

그러던 어느 날, 딸 고슴도치는 마침내 이상형을 만났습니다. 아주 먼 곳에서 여행 온 고슴도치를 보고 첫눈에 반한 것입니다. 엄마 고슴도치는 딸 고슴도치를 떠나보내기 싫었지만 사랑하는 딸을 위해 결혼을 승낙했습니다.

결혼식 전날, 엄마 고슴도치는 많이 울었습니다. 내일이면 딸 고슴도치가 먼 곳으로 떠난다고 생각하니 너무 슬폈습니다.

'이제는 자주 볼 수도 없겠지.'

엄마 고슴도치는 잠든 딸 고슴도치를 보며 눈물을 흘렸습니다. 하지만 곤히 잠든 딸 고슴도치는 엄마의 눈물을 보지 못합니다.

엄마 고슴도치는 마지막으로 딸 고슴도치를 한 번만 안아보고 싶었습니다. 하지만 뾰족뾰족한 가시가 문제였습니다. 딸 고슴도치가 가시에 찔려 상처가 나면 안 되니까요.

그래서 엄마 고슴도치는 밤새도록 자기 몸의 가시를 뽑았답니다. 가시를 뽑을 때마다 너무너무 아팠지만 꾹 참았습니다. 그저 딸 고슴도치를 한 번 껴안아볼 수 있다는 생각에 행복했습니다.

먼동이 틀 무렵 엄마 고슴도치는 마침내 그 많은 가시를 다 뽑았습니다. 잠에서 깬 딸 고슴도치가 엄마의 모습을 보고 깜짝 놀라 물었습니다.

"엄마, 가시가 모두 어디 갔어?"

딸 고슴도치가 물었습니다.

"내가 다 뽑았단다."

"이상해. 멍게같이 보인단 말이야."

가시를 뽑은 자리가 빨갛게 부어올라 엄마 고슴도치는 정말 멍게처럼 보였습니다.

"왜 그랬어? 오늘이 내 결혼식인데, 다른 고슴도치들이 다 놀릴 거야. 엄마 미워! 엄마가 내 결혼식을 다 망쳤어."

딸 고슴도치는 밖으로 나가버렸습니다. 엄마 고슴도치는 딸 고슴도치를 쫓아갔습니다. 걸음을 내디딜 때마다 가시를 뽑은 자리가 쓰라립니다. 하지만 엄마 고슴도치는 딸 고슴도치를 찾아 숲 속을 헤맸습니다.

딸 고슴도치는 나무둥치에 앉아 울고 있었습니다. 엄마 고슴도치는 딸 고슴도치에게 다가갔습니다.

"울지 마, 아가야."

"싫어, 저리 가! 엄마 미워!"

"엄마가 잘못했어."

엄마 고슴도치는 딸 고슴도치가 우는 것을 보자 가슴이 아픕니다.

"울지 마."

엄마 고슴도치가 아무리 달래도 딸 고슴도치는 눈물을 그치지 않습니다. 결국 엄마 고슴도치도 울음을 터뜨립니다.

"내가 결혼식에 안 가면 되잖아. 그럼 다른 고슴도치들도 안 놀릴 거야."

엄마 고슴도치의 눈물 섞인 말에 딸 고슴도치가 고개를 끄덕입니다.

"맞아! 그러면 되겠다."

결국 엄마 고슴도치는 딸 고슴도치의 결혼식장에 가지 못했습니다. 정말 가고 싶었지만 어쩔 수가 없었습니다. 딸 고슴도치가 놀림을 당하면 안 되니까요. 하지만 먼 곳에 숨어 딸 고슴도치의 행복한 모습을 지켜보았습니다. 결혼식이 끝나면 딸 고슴도치는 떠나야 합니다. 그 생각에 엄마 고슴도치는 또 눈물이 났습니다. 하지만 딸 고슴도치는 행복하게 활짝 웃고 있습니다.

결혼식이 끝나고 나서야 딸 고슴도치가 엄마 고슴도치에게 왔습니다.

"엄마, 나 이제 떠나야 해요."

그 말에 엄마 고슴도치는 목이 메었습니다. 이제 떠나면 언제 다시 볼 수 있을지 모른다는 생각에 엄마 고슴도치는 가슴이 아팠습니다. 하지만 눈물을 보일 수는 없습니다. 딸 고슴도치가 슬퍼하면 안 되니까요.

"그래, 잘 가라. 행복하게 잘 살아야 한다."

"네."

딸 고슴도치는 신랑 고슴도치가 준비한 꽃마차에 올라타며 대답했습니다.

"아가야!"

엄마 고슴도치가 딸 고슴도치를 불렀습니다.

"왜요?"

"한 번만 안아보자꾸나."

"하지만 가시 때문에……."

"괜찮아. 엄마가 가시를 다 뽑았잖아. 그러니 아프지 않을 게다."

"그래도 내 가시가 엄마를 찌를 텐데요."

"괜찮아, 아가야. 네 가시는 절대 날 아프게 하지 못한단 다. 설사 아프더라도 널 한 번만 안아볼 수 있다면 이 엄 마는 소원이 없겠구나."

엄마 고슴도치의 말에 딸 고슴도치가 꽃마차에서 내려왔 습니다. 엄마 고슴도치는 딸 고슴도치를 품에 안았습니 다. 딸 고슴도치의 뾰족한 가시가 엄마 고슴도치를 찔러 피가 납니다. 하지만 엄마 고슴도치는 딸 고슴도치를 더 세게 꼭 껴안았습니다.

"엄마! 피가 나요."

딸 고슴도치가 놀라서 소리칩니다.

"괜찮아. 엄마는 하나도 아프지 않단다."

엄마 고슴도치는 정말 아프지 않았습니다. 딸 고슴도치를 껴안고 있었으니까요. 하지만 딸 고슴도치는 답답한지 몸 을 뒤틀었습니다.

"나 이제 갈래요."

딸 고슴도치는 자신을 기다리는 신랑을 보며 엄마 고슴 도치의 품에서 빠져나오려 합니다.

"조금만 더 있다가 가면 안 되겠니?"

"안 돼요. 신랑이 기다리고 있잖아요."

딸 고슴도치는 그저 남편만 바라볼 뿐입니다. 자신을 껴안고 있는 엄마 고슴도치는 눈에 들어오지 않습니다. 엄마 고슴도치는 그런 딸 고슴도치가 조금 섭섭했습니다. 하지만 딸 고슴도치의 행복한 얼굴이 섭섭함을 다 씻어냈습니다.

마침내 딸 고슴도치가 꽃마차에 올랐습니다. 그리고 활짝 웃으며 엄마 고슴도치에게 손을 흔듭니다.

"엄마, 안녕."

엄마 고슴도치는 피를 흘리면서도 딸 고슴도치에게 손을 흔들어줍니다. 이제 딸 고슴도치는 손을 흔들지 않습니다. 하지만 엄마 고슴도치는 계속 손을 흔듭니다.

엄마 고슴도치가 손을 흔들 때마다 딸 고슴도치에게 찔린 상처에서 피가 흐릅니다. 엄마 고슴도치의 피냄새를 맡고 늑대가 다가옵니다.

"냠냠, 어디에선가 맛있는 피냄새가 나는걸."

으르렁대는 늑대 소리에 엄마 고슴도치가 깜짝 놀랍니다. 빨리 도망쳐야 합니다. 하지만 엄마 고슴도치는 딸 고슴도치의 꽃마차에서 눈을 뗄 수가 없었습니다. 혹시 딸 고슴도치가 뒤를 돌아봤을 때 엄마가 없으면 섭섭해할지도 모릅니다. 딸 고슴도치가 엄마를 찾아 고개를 돌렸을 때 그 자리에 있고 싶었습니다. 엄마 고슴도치가 해줄 수 있는 것은 그것밖에 없으니까요. 그래서 도망갈 수 없었습니다.

늘대가 마침내 엄마 고슴도치를 발견했습니다. 엄마 고슴도치는 슬금슬금 뒷걸음쳤지만 딸 고슴도치의 꽃마차에서 눈을 떼지 않았습니다. 딸의 얼굴을 한 번만이라도 더 보고 싶어 발길도 떨어지지 않습니다.

"이런, 고슴도치잖아!"

늘대는 엄마 고슴도치를 보고 얼굴을 찌푸렸습니다. 전에도 고슴도치를 잡아먹으려다 가시에 찔려 고생한 적이 있습니다. 그런데 이 고슴도치는 뭔가 이상합니다.

"어? 가시가 없네."

배가 고팠던 늘대는 재빨리 고슴도치에게 다가갔습니다. 하지만 어쩐 일인지 고슴도치는 도망갈 생각을 하지 않습니다. 그저 어딘가를 향해 계속 손을 흔들 뿐이었습니다. 그래서 늘대는 고슴도치를 한입에 꿀꺽 삼켜버렸습니다. 엄마 고슴도치는 웃으며 죽음을 맞았습니다. 엄마 고슴도치는 행복했습니다. 딸 고슴도치의 행복한 모습을 두 눈 가득 담고 갈 수 있었으니까요.

3

모든 동화가 그렇지만 그 이야기는 특히 더 멍청한 동화였다. 어차피 황당하고 어이없는 줄거리라면 물거품이 돼버린 '인어공주'보다는 잠에서 깨어나 백 살 연하남과 결혼하는 '잠자는 숲속의 공주'가 나았다. 어차피 영원한 사랑 따위는 없다. 완벽한 모성 따위는 절대로 존재하지 않는다. 없으니까 소설이고 드라마고 그런 완벽하고 영원한 사랑 이야기에 목을 매는 것이지, 현실세계에 존재한다면 뭐 하러 주구장창 사랑을 주제로 하겠는가? 그 이야기에서 순수하고 완벽한 것은 딱 하나밖에 없었다. 허구성.

하지만 그녀는 정말 많이 울었다. 혜란은 언제나 내가 세상을 지나치게 냉소적으로만 판단한다고 지적했다. 습관성 냉소는 이름 모를 어떤 증후군의 증상일 수도 있었다. 거의 통곡에 가까운 그녀의 눈물에 혜란의 지적까지 떠오르면서 신경이 날카로워졌다.

"뭐 이딴 멍청한 얘기로 울기까지 해?"

나는 그녀의 손에서 동화책을 빼앗아 던져버렸다. 그녀는 얼른 달려가 동화책을 가슴에 껴안았다.

"왜 그래? 넌 안 슬퍼?"

나는 내가 읽고 있던 사회생물학 책을 그녀의 눈앞에 흔들어댔다.

"이 책이 뭐냐고 전에도 물었지? 간단히 말하면 모성 따위는 없다는 게 이 책의 주제야. 위대한 모성 같은 건 존재하지 않아. 그저 자신의 유전자번식과 노후대비라는 목적을 모성으로 포장하는 인간만 있을 뿐이지."

그녀에게 현실을 알려주고 싶었다. 이 사회에서 살아가려면 그녀도 추악한 현실에 적응하는 법을 익혀야 했다. 하지만 그녀는 끝까지 내 의견을 반박하며 따지고 들었다. 평소에는 내 말이라면 무조건 옳다며 따르겠다던 그녀와의 설전이 한 시간 넘게 계속되자 나는 점점 지쳐갔다. 게다가 그녀의 주장은 논지만 있을 뿐 논거가 없었다. 내가 아무리 사실논거와 소견논거를 들이밀어도 논리성과 합리성이 완벽히 배제된 그녀의 주장은 바뀌지 않았다. 결국 내가 먼저 지쳐버렸다.

"그래, 이모 맘대로 생각해라."

그녀는 내 말을 자신의 주장을 받아들인 것으로 오해하고 만족스럽게 웃었다.

"이 고슴도치, 영주 닮지 않았니?"

그녀는 그림책의 오동통한 고슴도치 그림을 쓰다듬으며 물었다. 나는 대답하지 않았다. 어차피 대답을 바라고 한 질문은 아니었으니까. 그저 피식 웃었다. 귀엽기만 한 동화책의 그림이 엄마와 닮았다니, 그녀는 치유 불가능이었다.

그 의견까지 받아들이기에는 자존심이 상해 나는 고개를 저었다.

"도대체 어디가 우리 엄마랑 닮았다는 거야? 내가 보기에는 하나도 안 닮았는데."

"닮았어, 많이. 우리 영주랑."

그녀의 눈에는 이미 눈물이 고여 있었다.

"하긴 가시가 돋아 있는 게 비슷하긴 하네. 우리 엄마도 세상을 향해 있는 대로 가시를 뻗치고 있으니까."

"맞아, 그러니까……."

반박을 예상했던 나는 허를 찔린 채 그녀를 바라보았다.

"하지만 그건 다른 사람을 찌르는 게 아니라 자신을 보호하기 위한 건데 아무도 그걸 몰라줘. 모두들 뾰족한 가시에 찔릴까봐 피하기만 하잖아. 뾰족하다고 놀리기만 하잖아."

"그럼 이모도 고슴도치겠네."

"뭐?"

"고슴도치도 제 새끼는 예쁘다고 한다는 속담 몰라? 고슴도치인 엄마가 그렇게 예뻐 보이는 걸 보면 이모도 고슴도치겠지. 고슴도치 눈에나 고슴도치가 예뻐 보일 테니까. 그럼 그 속담을 '고슴도치도 제 동생은 예쁘다'로 고쳐야 하는 건가?"

"맞아. 나도 고슴도치야. 영주가 고슴도치니까."

그녀의 대답에 나는 완전히 포기했다. 아무리 이해하려 해도 엄마에 대한 그녀의 감정은 비정상이었다. 아마 병원에서 치료받으면서 이마엽 기능에 심각한 이상이 온 것 같았다. 그게 아니고는 엄마에 대한 그녀의 무조건적 사랑을 설명할 길이 없었다. 자기 자식을 그렇게 사랑하는 사람도 없는데, 여동생을 그렇게 사랑한다는 게 이해되지 않았다.

　패배를 받아들이며 일어서는 내 등 뒤로 그녀의 질문이 와서 꽂혔다.

　"나도 이 엄마 고슴도치처럼 가시를 다 뽑으면 영주를 안아줄 수 있을까?"

　젠장! 나는 속으로 욕을 내뱉었다. 아무래도 민원장에게 중추신경 약물의 부작용에 대해 물어봐야 할 것 같았다.

제 13 장

상처 없는 심장

1

엄마의 수술이 성공적으로 끝났다는 소식을 들은 뒤 나는 일반병실로 옮겼다. 엄마를 위해 VVIP 병실을 비워줘야 했다. 집으로 가겠다는 나를 혜란은 굳이 잡았다.

"여기 있으면 엄마 소식도 금방 알 수 있잖아."

혜란의 말에도 일리가 있었다. 병실을 나오기 전 동화책을 치워야겠다는 생각이 들었다. 엄마가 보면 좋을 게 없었다.

"아까 읽어준 책 어디 있어?"

"그 동화책? 원래 있던 자리에 넣어두었는데……."

혜란이 병실에 딸린 작은 거실로 나가 진열장을 열었다.

"여기 있네."

그때 진열장에서 익숙한 책이 눈에 띄었다.

"저것도 줘."

나는 링거주사가 꽂힌 팔을 들어 그녀의 일기장을 가리
켰다.

2

처음 현민에게 임상치료에 대한 이야기를 들었을 때 나는
무조건 하겠다고 우겼다. 민원장은 내게 여러 번 물었다.
"정말 해야겠어요? 위험할 수도 있는데요."
"어떤 위험이요? 발작이 일어나면 내가 나를 죽일 수도
있는데, 그건 위험한 게 아닌가요?"
결국 민원장은 나를 임상치료에 참여시킬 수밖에 없었다.
단 한 번만이라도 내가 영주에게 상처를 입히지 않을 거
라고 확신하며 영주를 마주할 수 있다면 그 어떤 것도 나
를 막을 수는 없었다.
5개월쯤 지나자 치료효과가 나타나기 시작했다. 뇌에 관
한 약물은 적어도 6개월은 지나야 효과를 보이기 시작한
다는데, 나는 임상치료에 참여한 환자 중 효과가 가장 빨
리 나타났다. 약을 복용하기 시작하고 한 달쯤부터 발작
증세가 현저히 줄어들었다. 드디어 신이 내 기도에 응답
하기 시작한 것으로 믿고 감사했다. 가끔 머리가 깨질 듯
이 아팠지만 참았다.
민원장은 매일 당부했다.

"혹시 머리가 아프거나 멍하거나 조금이라도 이상한 증세가 있으면 꼭 말해줘야 해요."

"아뇨, 괜찮아요."

내 대답은 늘 똑같았다. 머리가 아프다고 하면 약을 주지 않을까봐 무서웠다. 약을 먹어야만 발작증세를 멈출 수 있고, 그래야 영주에게 돌아갈 수 있었다. 그깟 두통쯤은 견딜 만했다. 게다가 약을 먹고 나서부터 조금씩 이해할 수 있는 것들이 늘어갔다. 시계를 보고 단 한 번에 몇 시인지 알 수 있었고, 손가락을 사용하지 않아도 덧셈이나 뺄셈을 할 수 있었다.

고통은 점점 심해졌다. 어떤 날은 날카로운 쇠꼬챙이가 머릿속을 느릿느릿 긁어대고, 어떤 날은 뭉툭한 도끼가 불규칙하게 머릿속을 찍어대는 것 같았다. 너무 아파서 쓰러질 뻔한 적도 있었다. 혹시 두통을 들킬까봐 되도록 병실 밖으로 나가지 않았다.

약 효과를 알아보는 검사만 피했다면 내 계획은 성공할 수 있었다. 아니, 내 계획은 성공했다. 영주를 다시 보는 게 유일한 목표였으니까.

"저, 이제 정말 나은 건가요?"

내 질문에 민원장은 고개만 끄덕였다. 그리고 아주 길게 무슨 말을 계속했다. 나는 민원장의 설명을 제대로 들을 수 없었다. 내 머릿속은 그저 영주에 대한 생각으로 가득 차 있었기 때문이다. 영주를 다시 본다면 무슨 말을 해야 하나, 혹시 영주가 나를 다시 보지 않으려고 하면 어떻게 해야 하나…….

어쨌든 병원 밖으로 나갈 수 있다는 생각에, 먼발치에서라도 영주를 볼 수 있다는 생각에 나도 모르게 웃음이 나왔다. 그러다 문득 눈을 들어보니 민원장의 눈에 물기가 맺혀 있었다.

"왜 우세요? 너무 기뻐서요?"

민원장이 한숨을 쉬며 살짝 미간을 찌푸리자 눈물이 뚝 떨어졌다.

"제 설명 못 들었어요? 선영씨 지금 아주 아파요."

"하, 하지만 방금 전에 다 나았다고 했잖아요. 이제는 정신이 말짱하다고 하셨잖아요."

순식간에 눈물이 차올랐다. 억울했다. 그렇게 많이 아픈 것을 참고 견디며 치료를 받았는데 낫지 않았다니 믿을 수 없었다. 나도 모르게 고개를 저으며 '아니에요'만 되뇌는데 다시 머리가 아파왔다. 그래서 더 눈물이 났다.

"혹시 지금 머리가 아파요?"

눈물을 훔치며 나도 모르게 고개를 끄덕였다.

"아픈 지 꽤 오래됐을 텐데 왜 말을 안 했어요? 초기에만 발견했어도 이렇게까지는 안 되었을 거예요. 수술이라도 해볼 수 있었을 거라고요!"

민원장의 목소리가 너무 커서 나도 모르게 움찔했다.

"수술이요? 무슨 수술이요? 그게 무슨 뜻이에요?"

민원장의 눈이 깊어졌다.

"미안해요, 미안해요."

그제야 뭔가 이상하다는 걸 깨달았다.

"저, 죽어요?"

왜 그 말이 나왔는지 모르겠다. 그냥 갑자기 그런 생각이 들었다. 민원장은 내 물음에 대답하지 않았다. 그저 내 무릎에 얼굴을 묻고 눈물을 흘렸다.

남자 어른이 우는 것을 나는 전에 한 번 본 적이 있다. 처음 내 앞에서 울었던 사람은 아버지였다. 내가 그 끔찍한 일을 겪었다는 것을 알고 난 직후였다. 사내는 눈물을 보이는 게 아니라던 무뚝뚝한 경상도 남자인 아버지는 나를 껴안고 꺼이꺼이 울었다. 아버지가 그렇게 울 때마다 나도 울었다. 나는 잘못한 게 아무것도 없는데 다 내 탓인 것만 같았다. 그게 억울해서 울었다. 아무것도 잘못한 게 없는 아버지가 아파하는 게 모두 내 탓인 것만 같았다. 그게 미안해서 자꾸 울었다.

민원장의 눈물이 내가 입고 있던 치맛단을 적셨다. 나는 민원장의 머리카락을 쓰다듬으며 달랬다. 우리 아버지가 나를 달래줬던 것처럼 아주 오랫동안.

"한 번이라도 평범한 여자로 행복하게 살아보고 싶다고 했죠? 내가 그렇게 해줄게요."

마침내 고개를 들고 민원장이 내 손을 잡으며 말했다. 나는 그 말이 무슨 뜻인지 모를 만큼 어리석지는 않았다. 민원장이 약속을 지키리라는 것도 알았다. 나도 민원장이 좋았다. 그 끔찍한 밤을 잊을 수 있을 만큼. 하지만 나는 그 손을 슬그머니 뿌리쳤다.

"저는요… 그 무엇으로도 살아본 적이 없어요. 인간으로도, 여자로도, 딸로도……. 하지만 만약 제가 선택할 수 있다면, 한 번이라도 원하는 대로 살 수 있다면, 저는 엄마로 살고 싶어요."

민원장은 한숨만 내쉬다가 내 손을 토닥이며 말했다.

"그렇게 대답할 줄 알았어요. 그래도 나중에 마음이 바뀌면 말해줘요."

"그때도 이렇게 내 손을 잡아주실래요?"

민원장이 무슨 뜻이냐는 듯 나를 빤히 바라보았다.

"영주한테는 좋은 모습만 남겨주고 싶어요. 영주가 기억하는 나는 바보에다 정신분열증 환자겠죠. 더 이상 나쁜 모습을 보이고 싶지 않아요. 그러니까 아픈 모습도 보이고 싶지 않아요."

"그래요. 그때가 되면, 그렇게 많이 아프게 되면 나한테 와요."

나는 정말 이기적이었다. 다른 사람들이 받을 상처는 생각지도 않고 내가 하고 싶은 대로, 순간의 내 감정으로 내 인생을 선택했다.

그때 민원장을 선택했다면 뭔가 달라졌을까?

닻별이가 말했다. 영주가 아픈 건 나 때문이라고. 내가 돌아오지 않았다면 영주의 심장은 괜찮았을까? 아마 그랬을지도 모른다.

닻별이가 말했다. 정신적으로 입은 상처가 결국 영주의 심장을 고장내버린 거라고. 내가 돌아와 영주의 상처를 헤집지만 않았다면 영주의 심장은 괜찮았을 거다.

모두 내 잘못이다. 내가 이렇게 이기적이라 신은 끝까지 내 소원을 들어주지 않는 것일까?

닻별이가 물었다.

"도대체 신한테 그렇게 비굴할 정도로 빌어서 뭘 얻었어? 단 한 가지라도 들어준 적 있어?"

"괜찮아. 한 가지는, 정말 단 한 가지는 들어주실 거야. 그 한 가지를 위해 지금 비는 소원들을 들어주시지 않는 걸 거야."

성당에 가기 싫다는 닻별이를 그렇게 달랬다. 내가 바라는 건 그저 영주가 동화책에 나오는 딸 고슴도치처럼 오래오래 행복하게 사는 것뿐이었다. 믿고 싶었다. 신께서

한 가지 소원만은 꼭 이루어주실 거라고.

닻별이가 말했다. 별이 그렇게 빛을 내는 데는 엄청난 열이 필요하다고. 그 빛을 내기 위해 별 안은 타들어가고 있다고. 그렇게 자신을 태워 세상에 없는 무언가를 만들어내고 있다고. 나도 별이 되고 싶었다. 그래서 영주를 반짝반짝 빛나게 해주고 싶었다.

닻별이가 물었다. 강간당할 확률, 그래서 임신할 확률, 그래서 미칠 확률… 그 많은 확률이 일어날 가능성이 얼마나 되는지 아느냐고. 그러면서 복수를 하라고 나를 설득했다.

그런데 나는 괜찮았다. 정말로 괜찮았다. 그 끔찍한 불가능의 확률이 내겐 저주가 아니라 축복이었으니까. 영주를 얻을 수 있었으니까.

내가 바보라서 다행이었던 단 하나의 이유가 바로 영주였다. 내가 바보가 아니었다면 대부분의 사람들처럼 아기를 지웠을지도 모른다. 영주가 없는 세상은 상상할 수도 없다. 강간을 당해 가진 딸이지만, 강간의 충격으로 미치기까지 했지만, 그리고 그 딸에게서 버림받았지만 영주는 내 인생의 전부였다. 그리고 더 이상 바보가 아닌 지금 이 순간 다시 선택을 하라고 해도 내 선택은 변함이 없을 것이다. 나는 이기적이니까.

언젠가 성폭력에 대한 텔레비전 시사프로그램을 보며 닻
별이가 말했다.
"지적장애인에 대한 성폭력은 아주 어릴 때부터 꽤 오랜
시간 지속되는 경우가 많아. 임신이라도 하지 않으면 아
무도 눈치채지 못하고 지나가는 일이 많아서 문제야."
텔레비전 채널을 돌릴 기회만 엿보고 있던 나는, 치밀어
오르는 구역질과 끓어오르는 그날의 기억을 견딜 수 없던
나는 그 말을 듣고도 아무렇지도 않게 그 프로그램을 끝
까지 볼 수 있었다.
나도 모르는 사이에 영주는 나를 구원했다. 영주를 가지
지 않았다면 그 나쁜 놈에게 끔찍한 밤을 수없이 겪어야
했을 것이다. 엄마가 틀렸다. 영주는 웬수가 아니었다. 그
웬수에게서 나를 구원해준 은인이었다.

"외로워도 슬퍼도 나는 안 울어. 참고 참고 또 참지 울긴
왜 울어."
나는 노래를 불렀다. 민원장이 주사기를 들고 왔다. 나는
두 손을 모아 빌면서 고개를 저었다.
"싫어요! 참을 수 있어요. 그리 많이 아프지 않아요."
"이거 몸에 나쁜 거 아니에요. 아프잖아요? 딱 한 대만 맞

아요."

나는 죽어라 고개를 흔들었다. 고개를 흔들면 두통이 더 심해졌다. 눈물이 앞을 가렸지만, 그래도 나는 고개를 흔들었다.

내가 두통에 시달리다 민원장이 준 약을 먹을 때면 닻별이가 말했다.

"자꾸 진통제 먹는 거 안 좋아. 순간의 고통을 이겨내기 위해 복용하는 약은 오히려 몸을 상하게 만든다고. 그러다 나중에 역치만 높아져 마약을 먹어야 할지도 몰라."

"마약?"

"진통제 중에 강한 건 대부분 마약이거든."

"그거 나쁜 거 아냐?"

"그러니까 진통제 좀 그만 먹어! 일단 마약을 사용하는 단계까지 가면 신체기관이 다 파괴돼서 죽는 일밖에 안 남는단 말이야."

닻별이는 뭐든지 다 아는 아이였다. 그래서 나는 영주가 아프다는 사실을 알게 된 날부터 약을 먹지 않았다. 영주에게 건강한 심장을 주고 싶었다. 영주의 심장에 난 상처는 모두 내가 새긴 거니까. 고통을 참다가 도저히 참을 수 없을 정도로 아플 때는 노래를 불렀다.

"외로워도 슬퍼도 나는 안 울어. 참고 참고 또 참지 울긴 왜 울어."

영주가 좋아하던 만화의 주제가였다. 엄마는 영주가 우는 걸 싫어했다.

"가스나가 재수 없구로 와 울어제껴쌌노?"

엄마가 소리를 지르면 영주는 눈물을 닦고는 노래를 불렀다.

"외로워도 슬퍼도 나는 안 울어. 참고 참고 또 참지 울긴 왜 울어."

그래서 나도 노래를 불렀다. 박자를 맞추며 벽에 머리를 찧었다. 그러면 조금 견디기가 편했다.

현민에게 말해주었다.

"나는 모두 잊었어요. 그러니까 잊어요, 그날의 기억은."

잊는다는 건 용서한다는 뜻이다. 용서하고 싶지 않았지만, 그래도 용서해야 했다. 내 심장의 가시를 모두 뽑아내고, 내 심장의 상처를 모두 낫게 만들어야 했다. 영주의 상처투성이 심장을 대신할 내 심장은 상처 하나 없이 온전해야만 했다.

그래서 나는 모든 것을 잊었다.

닻별이가 말했다, 복수를 하지 않으면 자기가 미쳐버릴 것 같다고!

닻별이가 나처럼 될까봐 두렵고 무서웠다. 그 끔찍한 밤은 영원히 끝나지 않을 것 같았다. 악몽 속의 남자는 늘 얼굴이 없었다. 복수를 하고 싶어도 복수할 대상을 알지 못했지만, 그래도 나는 항상 복수를 꿈꿨다. 매일매일 내가 받은 상처를 곱씹으며, 하루하루 내가 받은 모욕을 되새기며 복수만 꿈꿨다. 얼굴도 모르는 남자를 죽이고 싶다는 갈망이 나를 갉아먹었다. 이룰 수 없는 꿈은 고통밖에 남기지 않았다. 그 고통이 견딜 수 없어 나는 미쳐갔다.

하지만 마침내 그 남자의 얼굴을 보게 되었을 때, 나는 복수를 포기했다. 얼마 남지 않은 시간을 복수를 생각하며 흘려보내고 싶지는 않았다. 내 남은 시간은 영주를 위한 것이었다. 행복을 위해 남겨진 것이었다. 순간, 깨달았다. 내가 복수를 꿈꾸지 않았다면, 그 고통과 모욕을 짊어지고 다니지 않았다면 나는 더 행복할 수 있었다. 남겨진 시간이 아니라 지나가버린 순간도 행복할 수 있었다.

그래서 닻별이의 복수를 말리고 싶었다. 닻별이의 인생이 복수로 뒤틀리고 망가지는 것은 싫었다. 닻별이가 다 잊어버렸으면 했다. 다 잊고 행복했으면 좋겠다. 닻별이를 위해서, 영주를 위해서, 그리고 나를 위해서 닻별이가 모두 다 잊어버렸으면 좋겠다. 잊는다는 건 완벽한 용서니까. 그래서 오래오래 행복했으면 좋겠다.

아마 닻별이는 내 소원을 이루어줄 것이다. 내 기도를 들

으면 항상 그것을 들어주려 노력하던 착한 아이니까. 우
리 영주가 살아갈 이유인 아이니까. 우리 영주를 행복하
게 만들어줄 아이니까. 나는 닻별이를 믿는다. 언제나 그
랬듯이 닻별이는 내 기도를 모른 척하지 못할 것이다.
닻별이를 처음 봤던 날이 기억난다. 엄마는 해산일이 아직
멀었는데 왜 수선을 떠느냐고 구박하면서도 나를 위해 길
을 나섰다. 영주는 연탄불조차 꺼진 차가운 방에서 울고 있
었다. 허옇게 말라붙은 입술을 벌리며 영주는 처음으로 내
손을 먼저 잡았다. 닻별이는 그렇게 태어나는 순간부터 내
기도를 들어준 아이였다. 그러니 걱정할 필요 없었다. 닻별
이는 내 기도를 들어줄 것이다. 그래서 나는 행복했다.

3

　점점 짧아지고, 점점 삐뚤빼뚤해지던 글씨의 일기는 거기
서 끝나 있었다. 그다음에는 엄마의 이름만 가득했다. 끝없이
써내려간 글씨를 보고 나는 멍해졌다.

　김영주
　김영주
　김영주
　김영주

그 이름을 쓰면서 불렀을 노래가 귓가에 울리는 것 같았다.

"외로워도 슬퍼도 나는 안 울어. 참고 참고 또 참지 울긴 왜 울어."

나는 그녀와 함께 노래를 불렀다. 울고 싶지 않았다. 울면 지는 거니까. 그녀에게 지고 싶지 않았다. 복수를 포기하고 싶지 않았다.

"외로워도 슬퍼도 나는 안 울어. 참고 참고 또 참지 울긴 왜 울어."

노래를 부르는데 눈물이 떨어져내렸다. 나는 입을 틀어막았다. 그녀의 일기장은 어느새 내 눈물로 젖어들었다. 그녀가 지운 글씨의 흔적에 눈물이 고이기 시작했다.

나의 심장 김영주
나의 사랑 김영주
나의 행복 김영주
사랑한다 김영주
미안하다 김영주
나의 딸 김영주

눈물로 만들어진 투명한 글씨가 불빛에 반짝였다. 갑자기 심장이 조여왔다.

엄마가 깨어났다는 소식을 전하는 혜란의 표정은 밝지 않았다.

"네가 내려가봐야겠다."

그러잖아도 엄마가 깨어나면 곁에 있을 생각이었다. 심장 이식수술 환자의 생존율은 가족의 존재에 절대적으로 의존한다. 누군가가 자신이 살아주기를 바라고 자신을 기다린다는 막연한 기대가 중요하다. 즉, 환자를 살리는 것은 최첨단 의학 기술이 아니라 자신을 사랑해주는 가족이다.

엄마는 잠들어 있었다. 손목이 새하얀 붕대로 감겨 있었다. 무슨 일이 벌어졌는지 보지 않아도 알 수 있었다. 병실 바닥에는 채 닦아내지 못한 핏자국이 남아 있었다. 혜란은 엄마를 끝까지 속이지 못했다고 했다. 어쩌면 수술결과가 좋은 것은 엄마가 진실을 알게 되어서일 수도 있다고 변명했다. 엄마는 HL-A(Human Leucocyte Antigen, 백혈구 항원)계에 의한 조직 적합성 결과가 별로 안 좋았는데 예상보다 거부반응이 심하지 않았다고 한다. 혜란은 그것이 엄마가 '엄마의 심장'을 품고 있다고 느껴서인 것 같다고 말했다. 그 말에 나는 더 따지지 못했다.

심장박동소리에 맞춘 기계음 사이로 흐느낌이 새어나왔다. 엄마는 여전히 잠든 채 울고 있었다. 그 눈물과 함께 심장박동

소리가 잦아들었다. 나는 손을 엄마의 뺨으로 가져갔다. 처음으로 엄마의 눈물이 반가웠다. 고통스럽다는 것은 엄마가 살아 있다는 증거니까. 그리고 처음으로 그 눈물을 나눠 갖고 싶었다.

엄마는 깨자마자 내 얼굴을 확인하고는 놀라며 은근슬쩍 손목을 이불 아래로 감췄다.

"미련하게 감기로 쓰러지기까지 해? 쓰러져서 여기저기 상처라며?"

나는 미리 준비해둔 변명을 쏘아대며 엄마를 닦달했다.

"쓰러졌대서 걱정했잖아."

"걱정했어?"

"당연한 거 아냐? 심장이 멎는 줄 알았어."

엄마는 멍한 눈으로 되물었다. 나를 향한 시선이 나를 향하고 있지 않았다.

"심장이 멎어?"

"그래. 잊지 마. 엄마 죽으면 나도 죽어."

엄마의 시선이 마침내 나를 향해 초점을 맞췄다. 엄마의 눈에 비친 나는 이를 악물고 있었다.

"그래… 알았어."

엄마가 대답했다.

"뭐 특별히 먹고 싶은 거 있어? 밥 먹으러 갔다 오면서 사다 줄게."

내 질문에 엄마는 눈만 끔뻑였다.

"그냥, 아무거나 너 좋은 걸로 사와."

내가 싫어하는 대답이었다. 엄마는 그런 대답을 자주 했다. 본인의 선택과 결정을 타인에게 미뤄버리는 주체성 상실은 엄마의 고칠 수 없는 단점 중 하나라고 생각했다. 하지만 그것은 오랜 시간 감정을 억누른 채 살아오며 생긴 습관인지도 모른다. 뇌손상으로 감정이 완벽히 사라진 사람에 대한 연구논문을 읽은 적이 있다. 그 사람은 아침에 일어나서 어떤 옷을 입을지도 결정하지 못했다고 한다. 어떤 옷을 입는 게 좋을지 느낄 수 없었으니까.

엄마도 그랬을 것이다. 엄마의 삶은 엄마에게 뭔가를 선택하고 결정할 기회를 주지 않았으니 엄마는 선택하고 싶은 감정까지도 통제하고 억압해야 했을 것이다. 어쩌면 강간당하고 미쳐버린 그녀에게서 태어난 엄마가 선택하고 싶었던 단한 가지는 자신의 탄생이었는지도 모른다.

5

"보고 싶어요."

그 말을 내뱉는 순간, 그 말의 무게만큼 그녀를 보고 싶어하는 마음이 더 강렬해졌다.

"말도 안 되는 소리 마!"

민원장보다 혜란이 먼저 선수를 쳤다.

"네가 아무리 뛰어난 두뇌를 가지고 있다 해도 넌 열 살이야. 겨우 열 살짜리한테 시체를, 그것도 할머니 시신을 보여줄 만큼 우리가 개념 없는 사람은 아니거든?"

민원장은 아무 말 없었다. 다다다다, 두두두두… 나를 설득하기 위해 높아져만 가는 혜란의 목소리를 귓가에 흘리기는 민원장도 마찬가지였다. 민원장은 그녀가 떠난 뒤 계속 그 상태였다. 눈앞에서 벌어지는 일에는 아무 관심도 없다는 듯 보이지도 않는, 볼 수도 없는 곳을 보기 위해 허공을 맴돌던 눈동자가 나와 마주쳤다. 사랑하는 이를 떠나보낸 사람에게서만 볼 수 있는 그 눈빛은 나를 이해한다고 말하고 있었다.

"누가 못 보게 말린다고 해서 내가 순순히 따를 아이가 아니라는 것도 잘 알겠네요."

민원장의 눈에 체념이 어렸다. 민원장이 고개를 끄덕이자 혜란이 진료실이 떠나가라 소리를 질렀다.

"민원장님!"

"네가 데리고 내려가."

"원장님!"

"아니면 내가 데려갈까?"

결국 그 말에 혜란이 휙 돌아섰다. 나는 혜란을 따라나섰다.

엘리베이터가 지하 3층으로 내려가는 동안 혜란은 몇 번이나 되물었다.

"정말 맘 안 바꿀 거야?"

나는 계속 고개만 저었다.

"내가 같이 있어줄게."

혜란이 영안실 앞에서 단호하게 잘라 말했다.

"나 혼자 가고 싶어."

"무섭지 않겠어?"

나는 대답하지 않았다.

두려웠다. 떨렸다. 하지만 그 두려움이 죽은 사람을 처음 본다는 것 때문인지, 그녀가 죽었다는 현실을 마주하고 인정해야 하기 때문인지는 알 수 없었다. 언제나 명확하고 분명하던 내 인생은 그녀를 만나고 난 뒤 모호하고 애매하게 변해버렸다.

영안실, 정확히 말하자면 시체보관실은 사방 벽이 은색의 서랍형 냉동고로 가득 차 있었다.

"문을 조금 열어둘 테니까 조금이라도 무서우면 나를 불러."

혜란은 그녀가 누워 있는 냉동고 보관서랍을 끌어당겨준 다음 밖으로 나갔다.

그녀는 하얀 시트에 싸여 있었다. 하얀 시트를 들어올리면 어떤 일이 벌어지는 걸까? 공포영화에서처럼 무서운 일이라도 벌어질까? 나는 침을 꿀꺽 삼켰다. 심호흡을 하고 눈을 질끈 감았다. 그리고 시트를 걷어냈다. 다시 한 번 크게 심호흡을 하고 눈을 떴다.

그녀는… 그냥 그녀였다.

그녀는 아무렇지 않았다. 나도 아무렇지 않았다. 두려울 줄 알았는데. 공포영화처럼 그녀가 벌떡 일어나 나에게 달려들면 어떻게 하나, 조금은 어리석은 걱정까지 했는데. 그런데 그녀는 너무 말짱해 보였다.

나는 그녀의 코에 손을 갖다댔다. 차가운 그녀의 코끝이 손바닥에 닿을 정도로 가까이 댔는데도 숨결이 느껴지지 않았다. 떨리는 손으로 그녀의 얼굴을 쓸어내려 경동맥에 손을 가져갔다. 아무리 세게 눌러도 희미한 맥박조차 느껴지지 않았다.

그녀를 직접 보면 믿을 수 있을 것 같았다. 그녀의 숨결이 느껴지지 않으면, 그녀의 맥박이 잡히지 않으면 인정할 수 있을 것 같았다. 하지만 나는 여전히 믿을 수가 없었다.

"안 믿을 거야. 난 과학적 증거가 있는 것만 믿거든. 내가 인정할 수 있을 만큼 논리적이고 명백한 증거가 없으면 믿을 수 없어. 죽음이라는 것조차."

그녀가 희미하게 웃은 것도 같았다.

내 결론이 마음에 든 모양이었다. 나처럼.

죽음이라는 것은 생명체의 생명활동이 끝난 것일 뿐 그 영혼까지 끝난 것은 아니다. 그녀의 영혼은 아직도 살아 있었다. 그 영혼에게 묻고 싶었다.

"엄마가 심장병이라는 사실을 내가 알려주지 않았다면 살 수 있었을까? 그렇게 빨리 악화되지 않았을까? 내가 경동맥을 누르면 뇌사한다고 알려주지 않았다면 달라질 수 있었을까? 그랬다면… 우리는 지금도 행복할 수 있을까?"

하지만 영혼은 대답을 할 수 없었다.

"미안해. 정말 미안해."

나는 그녀의 차가운 손을 잡고 바닥에 주저앉아 같은 말만 되풀이했다.

마지막으로 그녀의 손에 드림캐처를 쥐어주며 작별인사를 했다. 촘촘한 그물을 엮어 만든 부적은 그녀의 손에서 툭 떨어졌다. 나는 부적을 주워 다시 그녀의 손에 쥐어주었다.

"내가 주는 선물을 이런 식으로 거절할 거야? 이거 가져가야 해. 생긴 건 좀 이상하지만 인디언들이 만든 부적이야. 이 그물은 아주 촘촘해서 악몽이 들어오지 못하게 막아준대."

힘없는 그녀의 손에서 부적이 다시 떨어졌다.

"이 바보야! 이거라도 가져가야지. 그래야 거기서는 악몽으로 울면서 일어나는 일이 없을 거 아냐."

나는 다시 부적을 주워 그녀의 손에 쥐어주었다.

"내가 바보라고 불러서 기분 나쁜 거야? 내가 잘못했어. 그러니까 이거 가져가."

부적은 다시 바닥으로 떨어졌다. 나는 다시 부적을 집어들
었다.

"그, 만, 둘, 게. 내 인생을 살아갈게. 모든 걸 잊고, 다 잊고
살아갈게. 그러니까 제발 가져가."

그녀가 부적을 움켜쥐며 미소를 지은 것 같았다. 나는 큰 소
리로 웃음을 터뜨렸다. 혜란이 놀라서 영안실로 뛰어들어왔
다. 하지만 나는 웃음을 멈출 수 없었다.

믿지 않았다. 그녀는 세상에서 가장 불행한 여자여야만 했
다. 끔찍한 일이란 일은 모두 겪었는데도 끔찍하게 살아 있어
야만 하는 여자. 그런데도 그녀는 행복하다고 했다. 나는 믿지
않았다. 믿을 수가 없었다. 그녀가 겪은 불행의 절반도 겪지
않은 내가 이렇게 불행한데 그녀가 행복하다는 것을 믿을 수
없었다. 그저 선의의 거짓말이거나 지독한 자기세뇌의 결과
라고만 생각했다. 하지만 이젠 믿을 수 있다. 그녀는 행복했던
거다. 그저 자신이 사랑하는 가족이 행복할 수 있다는 희망만
으로도 그녀는 행복했던 거다. 그래서 나는 웃었다. 웃으면 그
녀가 내 행복을 느낄 수 있을 테니까.

단 한 번도 누군가와 헤어져본 적이 없었다. 그녀와 내 생애
의 첫 이별을 하게 되리라고는 꿈에도 생각지 못했다.

제 14 장

나를 버린 가족

1

엄마에게 줄 죽을 사들고 병원 현관으로 들어서던 나는 현민과 정면으로 마주쳤다. 혜란의 말로는 사표를 냈다고 하는데, 인수인계를 하러 나온 모양이었다. 나는 모른 척하고 지나쳤다.

"닻별아."

들리지 않았다. 듣고 싶지도 않았다. 그녀에게 약속했다. 복수 따위는 포기하겠다고. 복수를 상기시키는 그 무엇도 피해야 했다.

"얘기 좀 해."

죽그릇이 담긴 비닐봉지가 바들바들 떨렸다. 그녀가 들었던 소리도 이랬을까? 바스락바스락……. 그 끔찍한 악몽의 순간도 이렇게 예기치 못하게 떠올랐을까? 바스락바스락…….

"나한테 말 걸지 말아요."

나는 현민을 외면한 채 대답했다.

"제발… 영주와 너한테 용서를 빌고 싶어."

나는 뒤돌아 현민을 노려보았다.

"우리 엄마는 아무것도 몰라요."

나도 모르게 목소리가 커지는 바람에 로비에 있던 사람들의 눈길이 현민과 나를 향했다.

"아직 내 진료실 비어 있어. 우리, 거기 가서 얘기 좀 하자."

"감히 우리라는 말로 당신이랑 나를 묶지 말아요."

그렇게 대답하면서도 나는 현민을 따라갔다. 엄마의 심장은 불안정한 상태였다. 그 심장을 더 불안정하게 만들고 싶지는 않았다.

"지금은… 복수 따위는 생각지 않을 거예요. 그러니까 그 얘기라면 할 거 없어요."

나는 진료실문을 닫자마자 말했다.

"갑자기 왜? 난 네가 더 눈에 불을 켜고 달려들 줄 알았는데……"

현민이 말을 하다 멈췄다. 그 뒤에 올 말은 뻔했다. 현민이 하지 못한 말들이 내 안에서 휘몰아쳤다. 그녀가 죽었다! 아직도 믿을 수 없는 그 말들이 갉작갉작 내 속을 파고들었다.

"맞아요. 복수하고 싶은 마음이 더 커졌어요. 그 끔찍한 밤에 대한 복수 이유가 하나 더 늘었으니까요."

그녀가 과거에 복용한 약 중에는 뇌종양을 유발시키는 부작용으로 지금은 처방이 금지된 약물도 있었다. 매순간 그녀에게 그 약을 먹게 만들었던 '그놈'을 찢어발기고 싶었다.

"그런데 왜?"

"그게 중요해요?"

나는 되물었다. 현민의 호기심까지 만족시켜주고 싶지는 않았다.

"범인이 누군지도 캐묻지 않을 거야?"

나는 현민을 빤히 바라보았다. 현민이 자신을 삼촌이라 불러달라고 했던 게 떠올랐다. 나는 고개를 저어 기억을 흩어지게 만들었다.

"아뇨, 알고 싶지 않아요."

현민의 눈에 안도감이 드리웠다.

"그러면 나를 용서해주는 거야?"

현민이 물었다. 나는 현민을 빤히 바라보았다. 현민도 피해자였다. 가해자의 가족이라는 이유로 나에게 용서를 구하고 있지만. 어린 나이에 끔찍한 범죄를 목격하고 그 충격으로 연애 한 번 제대로 못한 채 살아왔다. 수십 년 동안 마음 졸이며 그녀를 보살피기 위해 병원에 자원봉사를 다녔고, 그녀를 위해 자신의 전 재산을 쏟아부었다. 하지만 그래도 현민의 입에서 '용서'라는 단어가 나와서는 안 되는 거였다. 감히… 현민이 꺼내서는 안 되는 단어였다.

"난 그때 어렸어. 아무것도 모르는 나이였지. 그저 앞으로 나서서는 안 된다는 생각만 있었을 뿐이야. 그 사람이 나쁜 일을 벌이고 있는 것 같다는 짐작만 했을 뿐이야."

진실은 하나다. 하지만 그에 대한 해석은 어느 관점이냐에 따라 관련된 사람의 수만큼 완전히 다른 이야기가 되어 버린다.

"그렇다면 알고 나서는요?"

"그 사람을 강간범으로 고소할 수는 없었어. 그러면 누가 행복해지는데? 강간범인 그 사람? 아니면 강간당해 미친 선영누나? 그 둘을 부모로 해서 태어난 네 엄마? 모두의 행복을 위해서는 최선의 선택이었어."

현민의 말끝에 한숨이 어렸다. 만약 내가 현민이었다 해도 같은 선택을 했을 것이다. 하지만 나는 현민이 아니다.

"그래서 행복했나요? 그 선택 덕분에?"

"난 아니라도 내 가족은 행복했겠지."

"그래요, 우리는 당신 가족이 아니니까요."

현민이 움찔했다.

"미안해. 미안해."

현민이 무릎을 꿇었다.

"미안해, 전부 다. 그 사람이 벌였던 일도, 내가 모른 척했던 것도 모두 잘못했어. 제발 용서해줄래?"

현민의 눈에서 눈물이 떨어졌다.

"선영누나가 나를 용서해주겠다고 말했던 날, 수십 년 만에 처음으로 꿈도 꾸지 않고 깊이 잠들 수 있었어. 그런데 네가 진실을 알게 된 뒤로 또다시 잠을 잘 수가 없어. 네가 하라는 대로 할게. 그러니까 용서해줄래? 마음속 깊은 곳에서는 용서해주지 않아도 좋아. 그저 용서해준다는 말 한마디면 괜찮아질 것 같아. 용서해줘. 그냥 고갯짓이라도 좋아. 제발… 용서해줄래?"

내가 살아온 세월보다 오랜 세월을 고통받은 사람이 내 앞에서 무릎 꿇은 장면은 어색했다. 용서하는 것은 복수를 하지 않는 것과는 다른 일이었다. 어떤 일을 하지 않는 것은 하는 것보다 쉬우니까.

"제발 용서해줄래?"

나는 애원하는 현민을 한참 동안 바라보았다. 그리고… 조용히 그 곁을 지나쳤다.

현민의 진료실에서 나오다가 혜란과 마주쳤다. 혜란은 망연자실한 얼굴로 나를 향해 뛰어왔다.

"어디를 그렇게 급히 가?"

대답도 하지 않고 뛰어가던 혜란이 갑자기 멈추더니 돌아섰다.

"닻별아!"

혜란이 달려와 나를 껴안았다. 나는 어리둥절한 채 혜란의 품에 안겨 있었다. 혜란은 감정표현에 인색한 사람이었다.

"왜 그래? 무슨 일 있어?"

"나, 나는 너한테 무슨 일이 있는 줄 알고… 네가 현민이와 같이 가는 걸 박간호사가 봤다고…….

갑자기 혜란이 눈물을 터뜨렸다.

"나, 미쳤나봐."

무슨 일인가 싶어 주위로 사람들이 몰려들었다. 나는 혜란의 손을 잡고 엘리베이터로 향했다. 혜란은 휘적휘적 이끌려왔다. 민원장의 진료실이 있는 꼭대기층에 도착할 때까지 혜란의 눈물은 멈추지 않았다. 다행히 민원장은 진료실을 비웠고, 비서는 우리가 진료실로 들어가도 아무 말 하지 않을 정도의 판단력은 갖춘 사람이었다.

혜란은 민원장의 소파에 앉아 한참을 울었다. 나는 혜란의 눈물이 멎기를 잠자코 기다렸다.

"나 지금 바보 같지?"

한참을 울고 난 뒤 혜란이 고개도 들지 않고 물었다. 나는 피식 웃었다.

"바보 같지는 않은데 보기 흉하긴 해. 마스카라가 다 번졌거든."

나는 혜란이 원하는 대답을 해주었다. 어떤 상황에서는 위로가 더 아픈 법이다. 지금 혜란에게 필요한 것은 냉소적 시선이었다. 내 예상대로 혜란이 피식 웃었다.

"어쩌면 넌 그렇게……."

말을 하다 말고 혜란이 고개를 들어 나를 빤히 바라보았다. 나는 시선을 피하지 않았다.

"어쩌면 난 그렇게 바보 같았을까?"

마침내 혜란이 내게서 시선을 돌리며 말했다.

"싫었어. 민원장에게 좋아하는 사람이 생긴 것 같다는 얘기를 전해 들었을 때, 화가 났어. 하필이면 그 사람이 정신분열증 환자였다는 것도 싫었어. 볼품없는 배경에 바보에 가까운 여자라는 것도 싫었고. 그때까지 나는 민원장이 돈만 보고 우리 엄마와 결혼했고, 돈을 지키기 위해 자기 자식이 아닌 내게 골수이식을 해준 나쁜 놈이라고만 생각했으니까. 네 이모, 아니 할머니와의 결혼이 나쁜 놈이라는 내 판단을 뒤흔드는 것 같아서 싫었어. 네 할머니가 뇌종양 말기라는 사실을 알았을 때는 더 화가 났어.

네가 그랬지? 복수를 생각지 않으면 살 수 없을 것 같다고. 나도 그랬어. 민원장을 미워하지 않으면 살 수 없을 것 같았지. 그러면서도 네 할머니한테 따졌어. 어떻게 그렇게 잔인할 수 있냐고? 네 엄마에게 상처를 주지 않기 위해 민원장한테 온 네 할머니를 용서할 수 없었어. 민원장이 네 할머니에겐 두 번째밖에 안 되냐고 따졌어. 그랬더니 네 할머니가 뭐라고 했는지 알아? 괜찮아요, 민원장님의 인생에서도 제가 두 번째거든요. 황당해서 말문이 막힌 나한테 네 할머니가 민원장의 지갑을 내밀더라. 거기에 내 사진이 있었어. 이력서에 붙였던 촌스러운 증명사진. 화들짝 놀라서 지갑을 내던지고 달아나는데 네 할머니가 말했어. 꼭 같은 핏줄이어야만 가족이 될 수 있는 건 아니라고."

혜란은 눈물보다 더 많은 사연을 쏟아내고는 숨을 골랐다.

"바보처럼 달아나버렸어. 그리고 다시는 생각지 않았어. 그런데 오늘 너랑 현민이가 같이 가는 걸 봤다는 박간호사의 말을 듣는 순간, 갑자기 그 말이 생각났어. 나도 이해할 수 없었는데, 아니 사실은 나 자신을 납득시키려고 많이 노력했어. 너랑 계속 가깝게 지내는 건 민원장이 네 할머니한테 반했으니까 결혼을 반대할 구실을 만들기 위해서라고. 네가 복수하겠다고 할 때 징계를 받으면서까지 한국으로 돌아온 건 어떻게든 민원장의 결혼을 망칠 핑계를 만들기 위해서라고. 그렇게 바보 같은 변명만 했어. 정말 바보 같지?"

"당연하지. 우리 가족이 되려면 필수적으로 바보여야 하거든."

내 말에 혜란이 놀라서 숨을 들이켰다. 나는 침을 한 번 삼키고 덧붙였다.

"바보처럼 눈치채지 못했어. 그렇게 자주 머리가 아프다고 하는데도, 민원장님이 그렇게 많은 약을 떠안겼는데도, 음식 맛이 점점 이상해지는데도… 몰랐어. 아프다는 생각조차 못 했어. 나는 내 상처에만 예민하게 반응하는 나쁜 바보니까. 복수에 눈이 멀어 깨닫지 못했어. 결혼식날 혜란샘을 보고 모른 척했다고 할 때도, 보고도 모른 척할 수는 없는 사람인데도. 엄마 심장을 꼭 구해줄 거라고, 약속한다고 말했을 때도 바보처럼 몰랐어. 나는 뭐든 말해주지 않아도 아는 아이였는데 끝까지 몰랐어. 바보처럼."

혜란이 내 손을 잡았다.

"네 탓이 아냐. 나도 몰랐어. 의사인 나도 눈치채지 못했어. 결혼식날 나를 모른 척해놓고는 며칠 뒤 밑반찬을 해왔는데도. 보기와는 달리 민원장에게 잘 보이려고 쇼를 하는 영악한 사람이구나, 그렇게만 생각했어. 바보처럼."

나는 그 말에 웃음을 터뜨렸다.

"정말 우리 둘 다 바보네. 그런데 엄마한테는 그 말 함부로 하면 안 돼. 바보라는 말 굉장히 싫어하거든."

"알았어."

"그래도 마지막으로 한 번만 더 하자. 정말 바보야?"

"뭐?"

"프로포폴 함부로 다루다 의사면허 취소당하고 싶니?"

혜란이 놀라서 펄쩍 뛰듯이 일어섰다.

"무, 무슨 소리야?"

"아까 나한테 달려올 때 주사기 들고 있었잖아. 나를 발견하고는 가운 안에 도로 집어넣었지만. 엘리베이터 안에서 보니 앰플병도 가운 안에 있더라. 프로포폴이던데? 내가 위험하

면 그거라도 쓰려고 했어? 그래도 그렇지, 바보처럼 정맥주사
해야 하는 걸 가져온 거야? 급박한 상황에서 정맥을 찾을 수
있을 것 같아?"

혜란은 내 말에 대꾸하지 않았다. 나는 피식 웃으며 일어나
혜란의 품을 파고들었다.

"그래도 이모가 달려와줘서 고마웠어."

이모라는 말을 듣는 순간, 혜란의 손이 내 어깨를 꼭 끌어안
았다.

2

장례식을 치르고 며칠 뒤 엄마는 다시 상태가 악화돼 입원
했다. 나는 그녀가 죽은 충격 때문이라는 엄마의 변명을 믿는
척했다. 그렇게 우리는 서로를 속이며 견디고 있었다.

아빠는 장례식에 오라는 내 부탁을 간단히 거절했다. 장례
식에 오고 싶어도 갑작스러운 감정변화를 설명할 변명과 핑
계를 대기 어려워 참석하지 못했던 혜란은 아빠 얘기를 듣고
분노했다.

"나는 네 엄마 만나서 민원장 결혼 반대한다고 설쳐서 장례
식에 못 간다지만, 네 아빠는 정말 너무한 거 아냐?"

나는 혜란의 비난에 동조하지 않았다. 다만 혜란을 보호자
로 삼아 각 은행을 돌아다녔다. 할머니가 사용하는 통장 중에

는 내 명의도 꽤 많았다. 얼마 전 건물을 처분한 할머니는 사용 가능한 명의는 모두 끌어들여 돈을 분산시켜놓았다. 나는 내 명의로 된 통장을 모두 해지했다. 할머니의 통장에서 꾸준히 이체한 돈은 액수가 꽤 컸다. 그제야 사정을 알아차린 혜란도 분이 풀린 듯 더 이상 아빠를 비난하지 않았다. 아니, 아빠를 비난할 틈도 없었다. 혜란은 어떻게든 엄마와 가까워지려고 애쓰느라 바빴으니까. 엄마는 아직 그런 혜란에게 적응하지 못하면서도 내심 싫지 않은 모양이었다.

"사실은 혜란샘이 민원장님 결혼을 반대했었거든. 나한테 둘이 만나지 않게 해달라고까지 했다니까. 그런데 어제 혜란샘이 뭐라고 했는지 알아? 한 번이라도 엄마라고 불러줬으면 좋았을 거라고 후회된다면서 울더라. 그 쌀쌀맞은 사람이 그렇게 엉엉 우는 걸 보니까 진심이구나 싶고, 안됐기도 하고……."

엄마의 말에는 아직도 그녀에 대한 호칭이 빠져 있었다. 나를 위한 배려였다. 자신이 받은 상처를 물려주고 싶지 않은 것이다. 나는 싱긋 웃기만 했다. 그녀는 나에게 여전히 그녀였다. 나도 혜란처럼 후회하고 싶었다. 그녀를 할머니라 불러줄 걸 그랬다고. 하지만 나는 후회할 수 없었다. 그녀는 그렇게 3인칭의 그녀로 남아야만 했다. 그래야 잊을 수 있을 테니까. 그게 그녀가 원한 거니까.

엄마가 입원한 지 일주일 만에 아빠가 전화를 걸어왔다. 나는 한참 동안 진동하는 전화기를 엎어놓았다. 아빠는 언제나 그랬듯 시늉만 하고 말 테니까.

"아빠가 전화했는데 연결이 안 되더라고."

　예전에는 그런 아빠의 변명을 믿었다. 바보처럼. 다시 돌아온 기억들은 잊고 있었던 세월이 곱해져 몇 배나 더 쓰라렸다. 어떻게 나를 쥐어박던 아빠를 잊고 엄마의 사랑을 의심할 수 있었을까? 어떻게 내 눈앞에서 애정행각을 벌이던 아빠를 잊고 엄마가 의부증이라 착각할 수 있었을까?

　전화벨이 몇 번 울리기도 전에 금세 끊기던 다른 때와는 달랐다. 이번에는 끈질기게 전화벨이 울리더니, 곧이어 또다시 울리기 시작했다. 이상한 일이었다. 나는 전화기의 전원을 꺼버렸다.

　엄마의 걱정을 덜어주기 위해 나는 밤이 되면 꼬박꼬박 집으로 돌아왔다. 밤에는 민원장과 혜란이 번갈아 엄마 곁을 지켜주기 때문에 그나마 마음이 편했다. 엘리베이터에서 내려 복도를 천천히 걸어가면서 나는 다시 뛰기 시작하는 가슴을 진정시켰다. 오늘은 그냥 디지코드를 누르고 들어가야지. 벨을 누르지 말아야지. 그렇게 되뇌며 현관문 앞에 서면 나도 모르게 벨을 누르게 된다. 그녀가 달려나와 현관문을 열어줄지도 모른다는 헛된 희망을 품고. 그녀의 호흡기를 떼던 그 순간도 확인했고, 영안실에 있던 차가운 그녀를 만져보기까지 했고, 화장터에서 나온 그녀가 바다 너머로 날아가는 것까지 보고서도 아직 믿을 수가 없었다. 그래서 나도 모르게 또 벨을 눌렀다.

그 순간, 갑자기 문이 열렸다. 나는 깜짝 놀란 나머지 뒤로 넘어질 뻔했다. 아빠였다.

"너, 왜 전화 안 받아?"

아빠는 다짜고짜 물었다.

"여긴 무슨 일로 왔어?"

나는 신발을 벗고 집 안으로 들어섰다. 현관 비밀번호를 바꾸는 걸 잊고 있었다. 아빠가 디지코드를 알고 있다 해도 다시 올 일은 없다고 생각해 안심하고 있었다.

"아빠 동창 중에 유명한 학습지 회사 전무가 있는데, 너를 그 회사의 모델로 쓰고 싶다고 하네."

아빠는 뭐가 그리 급한지 용건부터 디밀었다.

"그러니까 지금 나보고 학습지 모델을 하라는 말이야?"

너무 기가 막혀 웃음이 나왔다. 하지만 아빠는 내 기분이 좋은 걸로 착각한 모양이었다.

"이런 얘기 어린애한테 하는 게 아닌 건 알지만, 넌 평범한 어른보다 나은 사람이니까 이해할 수 있을 거라고 믿어. 정교수 임용도 늦어지고 있고, 그 학습지 회사가 아빠가 강의하는 대학과도 관계가 있으니까, 아무래도 네가 나서면 내 이미지에 도움이 될 거야. 천재를 낳은 대학교수라는 게······."

아빠가 엄마를 사랑하지는 않아도 나만은 사랑한다고 믿고 싶었다. 하지만 아빠는 나를 사랑하는 게 아니다. 아빠가 사랑하는 건 내가 아니라 천재유전자를 물려준 자신이다. 아빠는 나와 함께 시간을 보내는 걸 좋아했던 게 아니라 내가 가진 뛰어난 NR2B 유전자를 자신이 물려주었다는 사실을 즐기고 있었을 뿐이다. NR2B 유전자는 기억단백질인 NMDA(N-methyl-D-asparate)를 만들어 기억, 학습을 활성화시키는 유전자다. 아빠에게 나란 존재는 자기 유전자의 우수성을 증명해주는 도구일 뿐이다.

나는 현관문을 확 열어젖히는 것으로 대답을 대신했다. 하지만 아빠는 거절을 받아들이는 법을 모르는 사람이었다.

다음 날 병원에 갔을 때 나를 맞은 것은 아빠의 목소리였다.

"당신이 그랬지?"

나는 병실문 밖에 멈춰 섰다.

"무슨 소리야?"

"닻별이한테 무슨 소리를 했길래 애가 저렇게 나와? 당신이 나랑 닻별이 사이 이간질한 거잖아."

"닻별이한테 왜?"

"내가 학습지 모델 해달라고 했는데……."

"어떻게 그런 걸 부탁할 수 있어? 닻별이가 사람들 이목 끄는 거 얼마나 싫어하는지 몰라서 그래?"

내가 대중이나 언론의 관심에서 벗어날 수 있었던 것은 엄마의 고집 덕분이었다. 하지만 아빠는 더 이상 엄마의 고집에 져줄 생각이 없는 모양이었다.

"그럼 네가 돈 대줄 거야? 정교수 되는 게 얼마나 힘든지 알아? 니네 엄만지 뭔지 닻별이 치료하던 의사랑 눈 맞아서 결혼했었다며? 그 의사한테 말해서 돈 좀 달라고 하면… 아니, 돈이 문제가 아냐. 뭔가 이슈를 만들어야 된다고."

"정말 할 말이 없다."

"나 아직 서류접수 안 했어."

"뭐?"

"우리 아직 부부라고. 그러니까 내 장래에 대해 당신도 그렇게 모른 척할 수만은 없어."

엄마의 심장박동기가 경고를 울렸다. 나는 병실문을 벌컥 열고 들어가며 소리를 질렀다.

"해줄게, 그 학습지 모델. 그러니까 엄마 좀 그만 괴롭히고 나와."

아빠는 반색하며 나를 따라나섰다. 엄마를 노려보는 것도 잊지 않았다.

"그래? 진작 그럴 것이지. 나도 사실 우리 공주님이 거절할 거라고는 생각 안 했어. 우리 공주님이 얼마나 착한데……."

나는 병실에서 한참을 걸어 복도 끝으로 향했다.

"대신 조건이 있어."

"뭔데? 아빠가 들어줄 만한 거면 꼭 학습지 모델 안 해도 다 들어줄 수 있어."

아빠는 자신의 생각대로 일이 잘 풀린다고 예상해서인지 다시 여유롭고 좋은 아빠의 모습을 연기하기 시작했다.

"무릎 꿇고 빌어!"

아빠는 놀라서 나를 바라보았다.

"왜 그렇게 놀라? 아빠 잘하던 말이잖아. 매일 엄마한테 하던 말. 그렇게 간절하면 무릎 꿇고 빌어! 잊었어? 아빠가 잘못한 주제에 엄마더러 그랬지. 무릎 꿇고 빌어! 참 우스웠어. 내가 그걸 본 게 두 살 때였나? 그 나이에도 우스운 게 있더라고. 기억하지, 아빠도? 그래서 잘못한 거 하나 없는 엄마가 매일 아빠한테 무릎 꿇고 빌었잖아."

"다, 닻별아."

"광고모델 해줄게. 근데 정말 간절하면 무릎 꿇고 빌어봐. 나한테가 아니라 엄마한테. 이제껏 잘못한 거 하나 없이 수백 번, 수천 번 아빠한테 무릎 꿇고 빌었던 엄마한테 무릎 꿇고 빌어. 잘못했다고, 용서해달라고. 그러면 해줄게."

"너 정말 그렇게 말도 안 되는 소리 할래?"

"왜 말이 안 돼? 별로 간절하지 않은 모양이네? 그렇게 하지 않으면 땡전 한 푼 없을 줄 알아. 미안하지만 엄마는 땡전 한 푼 없어. 다 내 명의로 돼 있거든. 엄마가 자기 죽을 줄 알고 재산 전부를 내 앞으로 해놨어."

"가족이란 게 뭔데? 서로를 위해 희생하는 게 가족이야."

"맞아. 하지만 가족이란 건 한 사람의 희생으로 행복해질 수 없는 거야. 한 사람이 희생해서 다른 가족이 행복해질 수 있다면 그렇게 하는 게 당연하다고? 한 사람의 희생을 강요하는 것 자체가 가족이라는 이름으로 행해지는 폭력이고 횡포야. 이미 불행해진 한 사람이 있는데 어떻게 행복할 수 있어? 정말 가족이라면 한 사람의 희생을 지켜보며 행복할 순 없는 거야."

가족이라는 이름과 사랑이라는 잣대로 폭력적인 희생을 강요하고 무차별적인 억압을 정당화할 수는 없었다.

"아빠, 착각하지 마. 내가 이혼 반대한 거 아빠를 좋아해서가 아냐. 이혼해서 한 번 금가기 시작하면 진짜 깨질까봐, 그래서 엄마도 나 포기해버릴까봐 그게 무서워서야. 그런데 이제는 내가 아빠 포기해야 할까봐."

그녀의 말이 맞았다. 꼭 같은 핏줄이어야만 가족이 될 수 있는 건 아니다. 그리고 같은 핏줄이라도 가족이 될 수 없는 경우도 있다. 나는 아빠에게서 돌아섰다. 한 번 나를 버린 가족은 다시 내 가족이 될 수 없다.

3

현민의 본가는 강남에서도 알짜배기 땅에 있었다. 꽤 큰 단

독주택이지만 주위를 둘러싼 고층아파트 때문에 상대적으로 아담해 보였다. 대로변에서 벗어난 뒷골목인데도 카페와 술집이 제법 있었다. 나는 그 집 대문이 잘 보이는 각도에 있는 카페를 골라 자리를 잡았다. 이른 시간인데도 바로 옆 아파트 단지에 있는 유치원에 아이를 데려다주고 브런치를 즐기러 온 주부들로 카페가 북적였다.

셀프서빙을 하는 곳이라 그나마 종업원의 제지를 받지 않고 자리에 앉을 수는 있었지만 주위의 시선을 피할 수는 없었다. 그들의 눈에는 그저 어린아이로만 비칠 내가 혼자 카페에 앉아 창밖 풍경을 바라보는 모습은 신경에 거슬리는 일이었다. 결국 30분쯤 지나자 종업원이 다가왔다.

"누가 여기서 기다리라고 했니?"

"네, 여기서 기다리면 엄마가 오신댔어요."

내 대답을 듣고서야 종업원이 물러났다. 나는 이어폰을 꽂아 세상을 완전히 차단시켰다. 더 이상 방해받고 싶지 않았다. 나는 목표물에 집중했다. 짙은 베이지색 벽과 자줏빛 지붕으로 이루어진 3층집이었다. 잘 손질된 잔디가 깔린 앞마당에는 은행나무 몇 그루와 그네까지 있었다. 다행히 얼마 지나지 않아 집 안에서 여자 셋이 나와 마당에 테이블을 내놓고 파티준비를 시작했다. 내 예상이 틀리지 않았다. 오늘은 현민 아버지의 생일이었다. 게다가 일요일이기도 해서 모두 그 집으로 모일 것이라 생각했다.

봄햇살에 반짝이는 날렵한 디자인의 검은 외제차가 주차하더니 영주와 기혜가 내렸다. 영주와 기혜 모두 굵은 체크무늬가 있는 얇은 니트 원피스를 입고 있었다. 운전석에서 내린 영주의 남편도 짙은 감색 양복 안에 체크무늬 와이셔츠를 입은 모습이었다. 편안한 차림이지만 누가 봐도 한가족이라는 것을 알 수 있었다. 기혜가 쪼르르 달려가 현관벨을 누르자 문이 열리고 모두 마당으로 들어섰다. 집 안에서 나온 할머니에게 달려가 안기는 기혜의 치마가 봄바람에 살랑였다. 현민과 현민의 아버지가 뒤따라 나오자 준비하던 여자들의 손길이 바빠졌다.

테이블 가득 차려진 다양한 음식을 먹는 그들을 바라보는데 내 뱃속에서 꼬르륵, 소리가 났다. 그러고보니 아침도 제대로 먹지 못하고 나왔다. 나는 가방 안에 언제나 가지고 다니는 칼로리바를 꺼내 물었다. 그들은 웃고 떠들면서 음식을 나누고 있고, 나는 그들을 바라보며 혼자 칼로리바를 씹었다. 오늘따라 칼로리바의 건조한 곡물 알갱이가 입안에서 맴돌기만 할 뿐 식도로 넘어가기 힘들어 했다.

그들의 웃음소리가 바람을 타고 내게도 날아올 것만 같았다. 그들은 행복해 보였다. 타인이 누려야 할 행복까지 빼앗은 그들은 고통, 절망, 상처, 모욕 같은 부정적 단어는 모르고 사는 듯했다. 당연했다. 그들의 불행은 모두 엄마가 겪어내야 했으니까. 원래 엄마가 가져야 할 것들을 되찾아주고 싶었다. 바삭, 나도 모르게 힘을 줬는지 칼로리바가 손 안에서 부서졌다.

그저 마지막으로 한 번쯤은 보고 싶었다. 그들이 어떤 삶을 살고 있는지, 지금 내가 살아내고 있는 삶과 얼마나 다른지. 어리석은 짓이었다. 그들을 바라보는 동안 내 머릿속에는 수천 가지 생각이 오갔다. 그 수천 가지 생각의 목적은 단 하나였다. 복수.

내일이 출국이다. 이 나라를 떠나면, 그들과 멀어지면 통제할 수 없는 이 감정에서도 멀어질 수 있을까?

나도 확신할 수 없었다. 기억은 세포 속의 유전자에 새겨져 전해지니까. 나를 이루고 있는 수많은 세포 속의 기억을 모두 지우는 것은 불가능했다. 그래도 희망을 가지고 싶었다. 내 유전자 속에 조각돼 있는 그녀와 엄마의 기억 속 슬픔과 절망을 지우고 또 다른 감정의 기억을 채워 넣고 싶었다. 그리고 그녀의 소망처럼 행복해지고 싶었다. 그녀를 완전히 잊어버린 채……

제 15 장

윈터 걸스[*]

1

알람이 울렸다. 나는 부엌으로 가 주전자에 든 상온의 물을 컵에 따르고 약상자를 꺼냈다. 약의 종류는 총 23종. 오전 9시와 오후 4시 복용, 식후 30분에 복용, 잠들기 전 30분에 복용, 12시간마다 복용. 약의 종류가 많은 만큼 복용시간도 다양했다.

약이 몇 알 들어 있는 작은 비닐봉지를 도마 위에 놓고 나무 밀대를 꺼냈다. 밀대로 몇 번을 두드리자 부스러진 약가루가 투명한 비닐에 하얗게 달라붙었다. 비닐봉지를 열고 아직 터지지 않은 캡슐을 꺼내 가위로 잘랐다. 부스러진 약이 든 봉지와 물컵을 들고 엄마의 방문을 열었다. 엄마는 이미 일어나 침

---

[*] 삶과 죽음 사이에서 오도 가도 못하는 사람.

대에 앉아 있었다.

"내가 알아서 챙겨먹는다니까."

엄마가 약을 입에 털어넣고 물을 삼켰다. 나는 베드벤치에 앉았다.

"학교는?"

적어도 30분간은 곁을 떠나지 않을 걸 알면서도 엄마가 또 묻는다.

"조금 있다 갈 거야."

엄마는 한숨을 내쉬며 눈을 감고 침대에 누웠다.

"다시는 그런 일 없을 거야."

엄마가 눈을 감은 채 속삭였다. 나는 대답하지 않았다.

'그런 일'은 미국에 와서 내가 대학생활에 적응할 무렵부터 시작되었다. 처음에는 나도 믿었다. 약 먹는 시간을 깜박했다는 서투른 변명이었다. 하지만 내가 약 먹는 모습을 지켜보기 시작한 뒤로도 그런 일은 반복되었다. 엄마는 혓바닥 밑에 알약을 넣었다가 물을 삼키고는 몰래 약을 뱉어냈다. 내가 약을 가루로 만들어 먹이고 나서는 화장실에서 몰래 토해냈다.

또다시 응급실 병상에 누워 있는 엄마를 보고 싶지는 않았다. 30분 뒤 엄마의 손목에 채워진 시계모양의 측정기에서 혈압, 맥박 등을 확인한 뒤에야 나는 집을 나섰다.

수업시작까지는 아직 2시간이 남아 있었지만 나는 서둘렀다. 아빠 덕분에 학교에서 먼 곳으로 이사를 하는 바람에 통학 시간이 T*로 15분이나 더 걸린다.

아빠는 지난달에 갑자기 학교로 찾아왔다. 그동안 연락을 끊고 지내던 터라 많이 당황했다. 아빠는 엄마와 내가 한국을 떠날 때도 공항으로 마중조차 나오지 않았다. 강의실 앞 복도에서 서성대던 아빠가 내 모습을 보고 소리를 질렀다.

"닻별아!"

오랜만에 듣는 이름인데도 본능이 먼저 반응했다. 아빠와 눈이 마주치자 나는 황급히 주위를 둘러보았다. 다행히 한국인 학생은 눈에 띄지 않았다. 내가 한국인이라는 사실을 아는 사람은 아무도 없었다.

아빠의 목적은 간단했다. 돈.

"사실 얼마 전에 할머니가 사기를 당했어. 그래서 지금 집안 사정이 안 좋아. 지난주에 가압류 딱지를 붙이고 갔어. 게다가 아빠도 사정이 별로 좋지 않거든."

아빠는 긴 사연을 듣고도 아무 반응을 보이지 않는 내 손을 잡았다. 아빠의 손이 덩굴처럼 내 손을 감쌌다. 나는 소름끼친다는 듯 아빠의 손을 뿌리쳤다. 덩굴식물은 자기 힘으로 서지 않고 무엇이든 감아 오르면서 살기 때문에 멀쩡한 나무를 질

---

* 보스턴의 전철시스템.

식시켜 죽인다.

"너 정말 이럴 거야? 네가 이렇게 유학까지 와서 떵떵거리면서 살 수 있는 게 다 누구 덕인데? 솔직히 네가 그때 광고출연만 해줬어도 상황이 이렇게 나빠지지는 않았어. 네 동생은 어떤지 궁금하지도 않아? 넌 머리는 날 닮았을지 몰라도 가슴은 엄마를 쏙 빼닮은 모양이다. 가슴이 없어. 쯧쯧……."

나는 고개를 내저으며 혀를 차는 아빠를 노려보았다. 아빠는 움찔하긴 했지만 여전히 포기를 몰랐다.

"이번 한 번만 도와줘."

한국을 떠나기 전 아빠에게 전화를 걸었다. 그래도 한 번은 보고 떠나고 싶었다. 하지만 아빠는 내 전화를 끊어버렸다.

"너는 나 포기하겠다며? 나도 너 포기할 거야."

그게 아빠가 내게 준 마지막 상처였다. 그 뒤로 몇 번이나 연락을 하고 싶었지만 꾹 참았다. 나 자신을 상처 입힐 수 있는 상황에 다시 나를 내던지고 싶지 않았다. 하지만 아빠는 그 모든 것을 또 잊은 모양이었다.

"딱 한 번만 도와주면 안 돼? 여기까지 오는 건 쉬웠는 줄 알아? 너 민원장한테 돈 많이 받았다면서!"

나는 놀라서 아빠를 노려보았다.

"내가 모를 줄 알아? 민원장이 재단지분을 다 너한테 넘겼다며? 종합병원이 3개나 되는 재단이 너 때문에 들썩였다던데?"

"그건 어떻게 알았어?"

아빠는 대답하지 않았다.

"설마 민원장님을 찾아갔던 거야?"

아빠는 여전히 대답이 없었다. 나는 황당함에 할 말을 잃었다.

민원장과 혜란은 공항까지 마중을 나왔다. 민원장은 만약의 상황에 대비해 응급의학과 전문의까지 수배해 데리고 나왔다.

"허영민 선생님이셔. 비행 중에 혹시 이상이 있을지도 모르니까 동행해주실 거야. 왕복티켓까지 끊어놨으니 거절해도 소용없어."

나는 그 세심한 배려에 할 말을 잃었다. 솔직히 그때는 뭔가를 준비할 만한 상황이 아니었다. 그저 빨리 한국을 뜨고 싶다는 생각뿐이었다. 혜란이 엄마와 화장실에 간 사이 민원장은 내 손에 통장을 쥐어주었다. 뱅크 오브 아메리카. 나는 내 손에 놓인 통장을 물끄러미 바라보았다.

"요즘 들어 제게 돈을 주려는 사람이 참 많네요."

현민도 내 통장으로 거액의 돈을 이체시켰다. 환전을 하러 가서야 알았는데, 연락처가 바뀌어 돌려줄 수도 없었다.

돈은 자본주의 사회에서 중요한 가치다. 물론 돈으로 살 수 없는 것들도 있지만, 돈으로 살 수 있는 것들이 거의 전부

다. 편안하고 안락한 여유, 짜릿하고 신나는 모험, 고통스런 상처와 죽음까지도 살 수 있다. 하지만 나는 돈으로 해결할 수 없는 것들만 바랐다. 그녀가 살아 돌아오는 기적, 그것이 안 된다면 그녀와 관련된 모든 기억을 지울 수 있는 망각의 병이라도…….

"혜란샘이 알면 좋아하지 않을 텐데요."

내가 할 수 있는 말은 겨우 그것뿐이었다. 호의를 거절할 마땅한 말이 떠오르지 않았다. 그리고 두렵기도 했다. 민원장은 내가 미국으로 간 뒤 무엇을 할지 알고 있는 것만 같았다. 일단 LA행 티켓을 끊었다. 혜란과 민원장은 내가 캘리포니아에 있는 대학에 진학하는 것으로 알고 있었다. 하지만 엄마와 나는 그곳에서 다시 보스턴으로 갈 계획이었다.

"혜란이도 찬성한 일이야."

"나중에 주셔도 돼요."

"아니, 나는 지금 주고 싶구나."

그 순간, 민원장이 그리고 혜란도 우리의 계획을 다 알고 있다는 생각이 들었다.

혜란은 출국장으로 들어서는 나를 꼭 껴안고 속삭였다.

"잊어. 다 잊어버려. 괜찮아, 네가 다 잊어도. 그러니까 모두 잊어."

혜란은 그렇게 말하고는 먼저 돌아서 멀어져갔다. 다시 보자는 말도, 편지나 전화를 하라는 인사도 없었다. 그것이 혜란과의 마지막이었다. 멍하니 혜란의 뒷모습을 바라보고 있는 나를 민원장이 돌려세웠다.

"가라. 뒤돌아보지 말고 가."

민원장은 그렇게 내 등을 떠밀었다. 그것이 민원장과의 마지막이었다.

"왜? 너도 민원장 얘기를 하니까 찔리는 모양이구나? 하긴 그렇게 잘해줬는데도 연락을 끊고 사는 거 보면 너도 참 독하지."

나는 아빠의 말에 미간을 찌푸렸다.

"네가 아무리 독한 애라도 이번에는 어쩔 수 없어. 쥐도 궁지에 몰리면 고양이를 문다는데, 내가 지금 완전히 코너에 몰렸거든. 네 엄마한테까지 갈래, 아니면 여기서 해결을 볼래?"

결국 내가 질 수밖에 없었다. 엄마의 심리상태는 여전히 불안정해서 조금도 충격을 주고 싶지 않았다. 아빠는 내가 준 돈을 받더니 얌전히 돌아갔다. 하지만 안심할 수 없었다. 혹시 아빠가 찾아오는 게 아닐까 불안해 밤에 초인종이 울리면 신경이 있는 대로 곤두섰다. 결국 급하게 이사를 결정했다. 그나마 한 학기만 지나면 졸업이라는 게 다행이었다. 그때는 아빠가 절대 찾을 수 없는 곳으로 도망칠 것이다.

엄마의 저염식단에 맞추다보니 항상 짭조름한 뭔가가 당겼다. 대학 구내식당에서 포테이토 칩스를 사들고 앉을 자리를 찾았다. 요즘은 어느 장소에서나 사람들이 휴대전화만 들여다보고 있다. 식당에서 주문한 음식이 나오기를 기다리는 동안, 전철을 기다리면서도, 버스 안에서도 모두 서로를 바라보지 않고 휴대전화만 들여다본다. 그러면서도 모두 외로움에 치를 떤다. 매일 SNS를 통해 안부를 주고받아도, 내가 직접적으로 알지 못하는 사람의 사소한 일상까지 매일 매순간 알 수 있어도 외롭다. 삶이란 그렇게 외로운 것이라고, 혼자라고 말해주는 이가 없어도 외롭다. 그러니까 지금 내가 느끼는 외로움도 당연한 것이다.

나는 휴대폰으로 인터넷 뉴스를 검색하며 포테이토 칩스를 먹었다.

"싱싱!"

대학원 조교가 내 어깨를 가볍게 쳤다.

"무슨 생각을 그리 열심히 하느라 불러도 못 들어?"

중국어로 별이라는 뜻의 '싱싱'이라는 이름을 들을 때마다 멍하니 있다가 깜짝 놀라곤 한다. 아직까지는 닻별이라는 이름에 더 익숙해서인지도 모른다.

몽골리언 중에 일본인이 아닌 중국인 행세를 하기로 한 데는 일본인에 대한 무의식적 반감도 있었지만 언어도 한몫을 했다. 한국인이 아닌 다른 나라 사람 행세를 하려면 그 언어를 익힐 때까지 여유시간 동안 써먹을 수 있는 변명이 필요했다. 그전에는 다른 언어를 익히는 데 두 달 정도밖에 걸리지 않았는데, 당시에는 미국 생활에 적응하느라 중국어를 완벽히 익히는 데 석 달이나 걸렸다. 다행히 중국인 행세는 완벽한 핑계를 만들어주었다.

어쩌다 중국인을 만나 말을 못 알아들을 때의 반응은 간단하다. "난 표준어를 잘 못해요"라거나 "광둥어를 잘 못해요" 하면 된다. 광대한 나라의 장점이다. 이도 저도 안 되면 "이민 2세대라 중국어를 잘 못해요"도 잘 먹히는 변명 중 하나다. 게다가 해외에 사는 한국인들이 중국인이라면 질색을 한다는 점도 마음에 들었다.

"정말 우리 교회에 나오지 않을래? 그냥 나오기만 하는 건데 뭘?"

조교는 질리지도 않는지 만날 때마다 같은 이야기다. 베이징 출신인 조교는 중국 출신 유학생의 모임에도 적극적인 편이었다.

"너 같은 천재야말로 우리 중국인의 우수성을 알리는 살아 있는 증거 아니겠니?"

끈질긴 거절에 지칠 만도 한데 조교는 나보다 더 끈질겼다.

"스터디그룹은 네 공부 스타일과 안 맞아서 나오지 않는다

쳐도, 어느 정도의 사교활동은 해야 할 거 아냐? 우리끼리라
도 뭉쳐야지."

외국에 사는 사람들에게 교회는 종교집단이라기보다는 사
교집단에 더 가깝다. 그런데도 나는 끝까지 교회를 거부했다.
신분을 들킬 우려도 있지만, 무엇보다 아직은 신의 존재를 믿
을 준비가 안 되었다. 만약 신의 존재를 믿는 결정적 사건이
벌어진다면 신에게 뭔가를 바라며 기도하고 신을 떠받들기보
다는 지옥에 떨어질 것을 각오하고 신을 파멸시킬 계획을 세
우고 싶었다.

때마침 울린 휴대전화 벨이 나를 조교의 전도에서 구해주
었다.

"여기는 경찰서입니다."

그 한마디에 나는 경찰서를 향해 달렸다.

3

엄마는 경찰서 한구석에 멍한 눈빛으로 앉아 있었다. 내가
경찰서 안으로 들어섰는데도 나를 알아보지 못하는 눈빛이
다. 나는 데스크로 가서 신분증을 내밀었다.

"무슨 일이죠?"

내 질문에 경찰이 아무렇지도 않게 대답했다.

"저분이 어떤 여자분을 스토킹했다네요. 여자분이 이상한

낌새를 채고 도망가는데도 울면서 끝까지 쫓아갔다더군요."

"그럴 리가요."

엄마는 심각한 감정표현불능증이었다. 엄마는 자신의 감정에도 타인의 감정에도 무관심했다. 가장 극단적인 도피방법 중 하나였다. 엄마는 기뻐서 웃는 일도 슬퍼서 우는 일도 없었다. 기쁨, 슬픔, 환희, 분노……. 엄마는 세상의 모든 감정을 느끼는 것 자체를 거부했다. 감정이 없는 인간은 스스로 아무것도 하지 못한다.

때로는 그런 상태가 차라리 낫다는 생각도 들었다. 프리드먼과 로젠먼의 성격유형에 따르면, 부정적 감수성으로 자기표현을 못하며 사회적으로 억제된 D타입은 혈관성형술 후 심장마비로 사망할 확률이 5배나 높다. 감정표현불능증이 조금밖에 호전되지 못한다면 엄마는 감정을 느끼지만 표현하지 못하는 D타입이 돼버린다. 그러니 차라리 아예 감정을 느끼지도 못하는 지금 상태가 나은지도 몰랐다.

"하필이면 스토킹한 여자분이 한국에서 유명한 배우였다고 합니다. 매니저란 사람이 신고를 했는데……."

다행히 그 여배우는 엄마의 처벌을 원치 않는다고 했다. 그래도 진술서를 쓰고 이런저런 절차를 거치느라 경찰서에서 나왔을 때는 이미 어두워져 있었다.

"왜 그랬어?"

엄마는 내 물음에 대답하지 않았다. 나도 더 묻지 않았다.

엄마의 고집과 싸우기에는 너무 지친 상태였다. 게다가 내 보호자이자 감시자인 제럴드 애머리 중령이 경찰서 앞에서 기다리고 있었다.

"아무 문제 없었어요."

중령이 마련해준 새로운 신분은 완벽했다.

"그렇겠지. 그래도 혹시나 해서……."

중령은 말끝을 흐렸다. 나는 중령의 눈빛에 어린 연민과 걱정을 모른 척했다. 어차피 서로가 서로를 이용하는 입장이었다. 불필요한 감정은 관계를 망칠 뿐이다.

"좀 지쳐서 그런데, 자동차 좀 빌려줄 수 있으세요?"

중령은 말없이 자동차키를 내밀었다. 내 새로운 신분의 나이로는 운전하는 데 아무 문제가 없었다.

자동차를 몰고 가는데 알람이 울렸다. 벌써 밤 9시였다. 엄마는 가방에서 주섬주섬 약을 꺼냈다. 나는 갑자기 브레이크를 밟았다. 끼이익, 파열음과 함께 자동차가 멈춰 서고 엄마의 손에서 알약이 튕겨나가 앞 유리창에 부딪혔다.

"왜! 정말 왜 이래? 언제까지 이럴 거야? 나더러 어쩌라고?"

나는 자동차 핸들에 얼굴을 묻고 마른 눈가를 문질렀다. 이제는 눈물조차 남아 있지 않았다.

"미안해."

엄마의 말투에서는 높낮이조차 사라진 지 오래였다. 엄마의 멍한 눈을 마주할 때면 그 깊은 절망과 슬픔이 나까지 끌어당기는 듯한 두려움에 휩싸였다. 그 절망과 슬픔의 바다에 빠져 죽을 것만 같았다.

나는 엄마의 가방을 빼앗아 다시 약봉지를 꺼냈다. 손이 덜덜 떨렸다. 겨우 이 정도로 포기할 수는 없었다. 엄마의 절망과 슬픔이 바싹 마르는 그날까지 버텨야 했다. 버틸 수 있었다. 엄마는 내 손에서 약을 받아 입안에 털어넣고 물과 함께 삼켰다.

"아, 해봐."

엄마는 내 말에 입을 벌리고 혀를 들어올렸다. 갑자기 웃음이 터졌다. 울지 못하면 웃기라도 해야 했다. 어떻게든 내 가슴속에 끓어오르는 감정을 토해내야 했다.

"미안해."

엄마의 사과에 나는 고개를 휙 돌리고 다시 시동을 걸었다.

"미안하면 살아!"

나를 위해서도, 그녀를 위해서도. 덧붙이고 싶은 말을 삼키는 목이 썼다.

엄마가 잠들고 난 뒤에야 인터넷에 접속했다. 한글을 지원하지 않는 노트북이어서 여러 프로그램을 다운받느라 시간이 걸리긴 했지만, 엄마가 스토킹했다는 여배우의 얼굴을 확인할 수 있었다.

그 여배우가 환히 웃는 노트북 화면 앞에서 나는 그만 울음을 터뜨렸다. 하얗고 투명한 피부, 커다랗고 검은 눈동자, 가녀린 뼈대, 부서질 듯한 연약함과 살짝 드러나는 어두운 그늘……. 여배우는 그녀와 지독하게 많이 닮아 있었다.

맘껏 울고 싶었다. 이성과 논리 따위는 집어던지고 울고 싶었다. 내 정신적 상태에 대한 이성적이고 합리적이며 논리적인 판단 따위는 집어치우고 싶었다. 그저 기대어 울 누군가가 필요했다.

너무 피곤하다. 너무 피곤해서 잠을 잤으면 좋겠는데 잠이 오지 않는다. 어쩌다 잠을 자도 피곤함이 가시지 않는다. 그래도 나는 침대에 누워 잠들기를 기다렸다. 한 시간, 두 시간… 시간이 흘러도 정신은 말짱했다.

수면제를 씹어 삼키며 거실 소파에 누워 텔레비전을 켰다. 인기절정의 토크쇼가 나오자 재빨리 리모컨을 눌러 채널을 돌렸다. 행복한 사람들이 나와서 이야기하는 걸 듣고 있으면 화가 났다. 불행을 극복한 사람들의 이야기도 화가 나는 것은 마찬가지였다.

결국 내가 택한 것은 다큐멘터리 채널이었다. 스트랜딩(stranding)*으로 죽어가는 고래를 살리려 고군분투하는 사람들이 나왔다. 고래는 수면 밖으로 나오면 체중에 짓눌려 숨이

---

* 고래나 물개 등의 해양동물이 스스로 해안가 육지로 올라와 옴짝달싹하지 않고 식음을 전폐하며 죽음에 이르는 현상.

막혀 죽어버린다. 내가 꼭 그 고래 같았다. 내 세포 하나 하나에 새겨진 슬픔과 절망의 무게가 나를 서서히 질식시키고 있었다. 이 세상은 내가 살아갈 수 있는 곳이 아닌 것 같았다. 이 세상에서는 결국 내가 나를 죽이고 말 것 같았다.

나는 다시 부엌으로 가 수면제 세 알을 씹어 삼켰다. 언젠가부터 숨을 쉬고 있다는 사실 자체가 벅찼다. 그냥 잠들어서 깨지 않았으면 좋겠다는 생각이 들었다. 궁금했다. 다른 사람들도 모두 이렇게 살아갈까? 죽지 못해서, 차마 죽지 못해서 살아가는 걸까?

그녀와 함께했던 겨울, 세상에서 가장 따뜻했던 그 겨울이 지난 지 3년이 흘렀다. 하지만 우리는 아직도 그해 겨울에 살고 있었다. 가장 견딜 수 없는 점은 우리가 영원히 그 겨울에 살 것만 같다는 것이었다.

제16장

WRONG WAY GO BACK

1

한밤중에 자동차 타이어가 길게 마찰음을 냈다. 곧이어 경찰차의 사이렌 소리가 이어졌다. 굽은 도로를 역주행하던 차와 한가한 도로를 빠른 속력으로 내려오던 차가 충돌한 사고였다.

도로는 우리가 사는 빌라로 들어오는 입구에서 끊겨 있었다.

'WRONG WAY GO BACK'

표지판을 보고 유턴하지 않으면 역주행으로 인한 사고를 막을 수 없다.

그 표지판이 마치 내게 말을 거는 것 같았다.

'잘못된 길이니 돌아가시오.'

나는 표지판에서 고개를 돌려 하늘을 보았다.

여기서 지구의 자전은 반대다. 지구가 거꾸로 돌고, 세상도 거꾸로 돈다. 비록 아무도 느끼지 못하고 있지만, 이곳은 모든 게 반대인 나라였다. 그래서 이 나라에서는 행복할 수 있었는지도 모른다. 비록 짧은 시간이긴 했지만.

북극성은 보이지도 않는다. 항상 내 눈앞에 보이던 뭔가가 완벽하게 사라져버렸을 때는 어떻게 해야 할까.

WRONG WAY GO BACK

과연 돌아가야 하는 걸까? 나는 표지판을 보며 망설였다. 괜찮다. 이곳은 모든 게 반대인 나라니까. 이곳이라면 선이 악이 되고, 악이 선이 돼도 괜찮지 않을까? 거꾸로 돌고 있는 이곳에서라면…….

2

롱블랙(long black)*이 든 종이 커피잔을 들고 활주로가 내다보이는 유리벽을 따라 설치된 바에 자리잡은 지 두 시간. 나를 주목하는 사람은 아무도 없었다. 유리벽 너머로 수많은 사람들이 나를 스쳐갔다. 코카시안, 몽골리언, 콩고이드, 카포이드, 말레이, 폴리네시안……. 그들이 끌고 가는 다양한 색깔과 모양의 캐리어처럼 그 사람들을 단순한 몇 가지 종류로 구분

---

* 오스트레일리아와 뉴질랜드에서 주로 마시는 커피의 한 종류로, 뜨거운 물에 에스프레소 샷 두 잔을 더한 것이다.

할 수는 없었다.

　사람들이 끊임없이 스쳐가는 통로 너머의 유리벽 뒤로 거
대한 비행기가 보였다. 나를 스쳐간 사람들을 싣고 이 땅을 떠
날 비행기는 거대한 몸체를 서서히 움직였다. 국제공항이라
는 이름에 걸맞지 않게 활주로가 3개밖에 없는 시드니공항은
언제나 비행기가 아슬아슬하게 스쳐간다.

　나는 어디에도 속하지 못한 사람이었다. 어디를 가든 필연
적으로 이방인이 돼버린다. 한국에서도 미국에서도 그리고
호주에서도……. 내가 자신의 돈지갑인 줄 아는 아빠를 피해,
내가 잊어야 할 그녀의 기억을 피해 우리는 항상 떠돌았다. 아
니, 그런 이유가 없어도 나는 떠돌았을 것이다.

　몇 년 동안 어디를 떠돌아도 엄마는 아무 말 하지 않았다.
한동안 엄마는 죽은 사람처럼 지냈다. 세상에 흥미도 없고 벌
어지는 일에 관심도 없는 사람, 그게 엄마였다.

　나는 세상 어디에서도 적응하지 못한 채 떠날 준비만 했다.
그곳이 어디든 그곳이 아닌 어디인가로 떠나고 싶었다. 그곳
이 아닌 다른 곳이라면 괜찮을 것 같았다. 그저 다시 시작하고
싶었다. 그나마 유일하게 마음이 편안해지는 공간이 바로 공
항이었다. 떠날 수 있다는 희망을 가진 곳, 어디인지는 모르지
만 내가 속할 수 있는 곳, 내 마음이 따뜻해지는 그곳으로 나
를 데려가줄 비행기가 있는 곳.

　이곳에서라면 달라질 것으로 생각했다. 이곳에서라면 따

뜻해질 수 있을 것으로 생각했다. 각종 조사에서 행복도가 가장 높은 나라, 도시로 꼽히는 곳이니까. 그리고 처음에는 행복했다. 하지만 또다시 행복은 나를 떠나버렸다. 갑자기 묻고 싶어졌다. 행복한 사람들 속에서 불행한 것이 나은가, 불행한 사람들 속에서 불행한 것이 나은가. 누구도 대답할 수 없으리라.

긴 바 형태의 테이블에 몇 자리 건너 앉아 있던 중국인 남자가 빠른 광둥어를 쏘아대며 내게 다가왔다. 내가 어색한 미소를 지으며 못 알아듣는 척하는데도 남자는 포기하지 않고 북경어로 물었다.

"어떤 비행기를 기다리나요?"

나는 전혀 알아듣지 못한다는 듯 영어로 대답했다.

"난 중국인이 아니에요."

낯선 중국인이 말을 걸어올 때마다 하는 말인데, 생각보다 신경질적인 어조가 되어버렸다. 외국에서 사는 몽골리언들은 중국인으로 오해받는 것을 가장 싫어한다. 게다가 중국인들은 몽골리언만 보면 북경어나 광둥어로 말을 걸어온다. 못 알아들어도 끈질기게.

십 년이 넘도록 중국인으로 행세하면서도 나 역시 낯선 이들에게 중국인으로 오해받는 게 싫었다. 그리고 중국인으로 오해받는 것보다 더 싫은 것은 한국인으로 오해받는 것이었다. 우리 가족에게 한국이라는 나라는 그 기능을 수행하는

데 완전히 실패했다. 그녀를 범죄로부터 지켜주지도 못했고, 그들이 만들어놓은 체제에 안 맞는다는 이유로 나를 부적응자로 낙인찍었으며, 사회적 편견으로 엄마의 심장을 찢어놓았다.

나는 더 이상 한국인이 아니었다. 그 나라를 떠나면서 그 나라를 버렸다. 또다시 버림받지 않기 위해서는 내가 먼저 버릴 수밖에 없었다. 그 나라가 나를 먼저 버렸기에 아무 죄책감도 없었다. 오히려 내게 상처를 준 모든 것들과 인연을 끊을 수 있다는 생각에 홀가분했다.

미국을 떠나기로 마음먹은 뒤 후보지는 연평균기온으로 결정했다. 심장병에 추운 날씨가 해가 될지 몰라 내린 결정이었다. 이탈리아가 갑작스러운 재정위기로 휘청거리지 않았다면 내 선택은 이탈리아였을 것이다. 몽골리언이 훨씬 적은 나라니까. 하지만 엄마는 시드니로 가게 되었다는 말을 듣고 좋아했다. 더블베이의 빌라에 이사하고 난 뒤, 베란다에서 해변을 바라보며 팔짝팔짝 뛰기까지 했다.

"와, 태평양이다. 여기서는 엄마가 더 가까운 것처럼 느껴져."

그렇게 좋아하며 뛸 수 있었던 엄마가 그리웠다.

엄마의 심장은 수명을 다해가고 있었다. 심장이식을 받은 사람들의 수명은 심장기증자의 예상수명과 동일하다. 하지만 그 예상수명을 어떻게 알아낼 수 있었는지는 아무도 모른다.

이미 죽어버린 사람의 예상수명이라는 역설적 표현도 우스웠다. 엄마에게 심장을 이식했을 때 그녀의 나이는 45세였다. 평균수명으로 따진다면 40년은 더 살 수 있다. 하지만 심장이식에 관한 전문지식과 이론은 아무 소용이 없었다. 엄마의 심장에 관한 모든 수치가 그렇게 말하고 있었다. 아무 소용이 없다고.

음악이 내 귓가를 울렸다. 나는 MP3의 볼륨을 높였다. 트리토누스(tritonus), 온음이 세 개 겹쳐 생기는 증4도 음정. 아름답지도 않고 어색하고 거슬리는 음정이다. 두 음정차가 3음 이상 나면 사탄을 불러오는 힘이 있다고 금지됐던 화음이다. 디아볼루스 인 무지카(diabolus in musica). 나는 지금 악마의 음악을 듣고 있다. 지금 나에게 가장 필요한 것이었다. 사탄.
『죄와 벌』의 주인공 라스콜리니코프가 말했다. 이성이 도움이 되지 않을 때는 악마가 돕는다고. 지금 내게는 악마의 도움이 절실했다.

선불 휴대전화가 지이잉 울리며 문자가 떴다.
'3시 정각이 되면 카브라마타의 돼지동상 발치에 서류를 두고 가시오.'
문자를 확인하며 보니 2시 15분 전이었다. 나는 그곳에서 나와 택시를 잡아탔다. 카브라마타에 도착하자 택시기사는 위험한 거리가 마음에 안 드는지 택시문을 미처 닫기도 전에 자리를 떴다.

때마침 내리기 시작한 비를 피해 나는 바로 앞 상가로 들어 갔다. 언젠가 그녀와 함께 갔던 재래시장이 눈앞에 펼쳐졌다. 진열대에 널려 있는 듯한 과일과 생선들, 두꺼운 종이에 손으로 써놓은 가격표, 천장에 매달린 다양한 물건들……. 베트남인들이 가득하다는 것만 달랐다. 마치 그녀가 내게 뭔가 메시지를 전하는 것 같았다.

'하지 마. 돌아가.'

나는 재빨리 싸구려 비닐우산을 산 뒤 그곳에서 도망쳤다. 지금 흔들릴 수는 없었다. 우산도 안 쓰고 뛰어가 돼지동상 발치에 서류를 두고 길 건너 음식점으로 향했다. 혹시 다른 사람들이 서류를 집어가지는 않을까 걱정되었지만 다행히 비오는 거리는 한산했다.

음식점에는 베트남인 외에도 다양한 관광객들이 있었다. 엉성한 영어를 쓰는 주인이 주문을 받은 지 얼마 안 되어 주문한 음식이 나왔다. 나는 베트남국수와 돼지고기 튀김을 먹는 척하며 유리창 너머 거리의 사람들을 관찰했다. 마침내 일곱 마리 돼지 옆으로 다가가는 남자가 보였다. 왜소한 체구의 베트남인은 분명 관광객이 아니었다. 파란 비닐우산을 펼쳐든 남자는 한눈에 보기에도 불안정한 몸짓을 보여주고 있었다. 남자는 비닐로 포장된 서류를 들고 금세 자리를 떴다.

'다음 연락을 기다릴 것!'

나는 다시 한 번 울린 휴대전화를 확인한 뒤 가게를 나왔다. 이제 기다리는 일만 남았다.

"오늘은 괜찮으셔. 하루 종일 침대에 누워 계시긴 했지만."

내가 현관으로 들어서자 입주간호사 안드리아가 나와 보고했다. 나는 고개를 끄덕이고는 곧장 엄마 방으로 향했다.

엄마는 내가 들어오는 소리에 눈을 떴다. 휴일에 외출할 때면 어디를 가는 거냐, 어디를 갔다 왔냐며 끈질기게 물었는데 오늘은 이상하게 아무것도 묻지 않았다. 내가 이제는 엄마의 심장박동기 수치를 확인하지 않는 것처럼.

"오늘은 나랑 같이 잘래?"

나는 멍한 얼굴로 고개를 끄덕였다. 평소에는 입주간호사가 엄마 방에서 잤다.

나는 샤워를 하고 잠옷으로 갈아입은 뒤 수면제를 삼키고 엄마 방으로 갔다. 입주간호사가 쓰던 침대로 향하는데 엄마가 자기 옆자리를 토닥였다.

"여기서 자."

나는 엄마 옆자리로 가 누웠다. 엄마는 리모컨으로 전등의 조도를 낮췄다. 그녀와 함께한 짧은 시간의 습관은 세월이 흘러도 변치 않았다. 희미한 어둠 속에서 엄마는 나를 끌어안고 토닥였다. 나는 잠든 척 고른 숨소리를 내려고 노력했다. 하지만 엄마는 속지 않는다.

"미안해, 닻별아."

순간, 나는 엄마의 품 안에서 굳어버렸다.

"잊어버려."

내가 잃어버렸다 되찾은 기억 속의 대사를 엄마는 다시 읊조렸다.

"잊어버려, 모두 다. 그리고 옳지 않은 그 길을 가지는 마. 혹시라도 옳지 않은 길을 가려고 나섰다면 지금이라도 늦지 않았으니까 돌아와."

엄마는 마치 내가 오늘 한 일을 알고 있기라도 한 것처럼 말했다. 나는 잠든 척하며 끝내 대답하지 않았다. 장기밀매조직이 어떤 경로로 심장을 구해오는지는 내가 상관할 바 아니었다. 나는 단 한 사람, 엄마를 염려하는 것만으로도 충분히 버거웠다.

수면제 효과 덕분인지 얼핏 잠이 들었다. 나는 긴 병원 복도를 따라 걷고 있었다. 복도 끝 병실의 남자는 혼수상태로 누워 있었다. 그 남자의 호흡기만 떼면 간단했다. 나는 수술용 장갑을 꼈다. 남자의 호흡기에 손을 대는 순간, 나는 꿈에서 깨어났다.

다행히 소리를 지르지는 않았는지 엄마는 곤히 잠들어 있었다. 나는 조용히 자리에서 일어나 거실로 나왔다. 거실의 전면 유리창으로 반짝이는 밤바다가 보였다.

요즘 들어 그 남자에게 복수하는 꿈을 자주 꿨다. 남자는 다양한 모습으로 내 앞에 나타났다. 병으로 고통스러워하거나, 배가 고프다며 구걸하거나, 사고를 당해 구조를 요청하거나……. 모두 내가 꿈꾸는 복수 속의 모습들이었다. 나는 고통스러워하는 그 남자 앞에서 그가 원하는 약이나 빵을 들이밀며 더 고통스럽게 만들곤 했다. 그래 봤자 꿈이지만.

만약 엄마의 가슴에서 뛰고 있는 그녀의 심장이 멈춘다면 그때는 그 꿈이 현실이 될 수도 있었다. 나도 나 자신을 통제할 수 없을 테니까.

아직도 그 시절의 일들은 드문드문한 데다 엉망진창이다. 시간순으로, 논리순으로 설명할 수 없는 시간들이었다. 가끔 본능이 일깨우는 감각으로 그 시간이 밀려든다. 해리스팜*에 가득 쌓여 있는 복숭아의 달콤한 냄새를 맡을 때, 메이드가 만든 고소한 계란찜을 맛볼 때, 세인트메리 대성당의 성모상을 보거나 미사곡을 들을 때, 그녀의 손길처럼 부드럽게 내 머리카락을 스치는 바람을 느낄 때…….

아니, 그것은 거짓말이다. 그녀는 늘 떠올랐다. 열차를 탈 때면 그녀가 지하철역이 무너질까봐 살금살금 걷던 게 떠올

---

* 농산물을 많이 파는 슈퍼마켓 체인점.

랐다. 동화책이 진열된 서점을 지날 때면 그녀의 낡은 동화
책이 기억났다. 추운 겨울이 되면 내 손을 꼭 잡아 호주머니
에 넣어주던 그녀가 그리웠다. 그녀는 그렇게 항상 나와 함
께했다.

　하루도 복수를 생각지 않은 날이 없었다. 끊임없이 생각했
다. 십 년이라는 세월 동안 복수를 위한 계획은 점점 더 치밀
해지고 점점 더 잔인해졌다. 나는 복수계획을 적는 대신 매일
매일 용서에 관한 명언을 찾아 적었다. 복수에 대한 갈망이 커
지는 날에는 노트 한가득 내가 아는 용서에 관한 명언을 적어
넣었다.
　때때로 참을 수 없을 정도의 절망감과 무력감이 나를 사로
잡았다. 그런 날이면 나는 가슴을 손톱으로 긁으며 팠다. 그리
고 내게 상기시켰다. 복수를 포기하겠다는 그녀와의 약속을.
그것은 그녀와의 약속이기도 하지만 나와의 약속이기도 했
다. 내 안 깊숙이 자리잡고 있는 잔인하고 야만적인 그놈의 유
전자에게 질 수는 없었다.
　그녀도 알까? 복수를 포기하는 순간 나는 감정도 포기해야
했다. 내게는 어떤 감정도 허락되지 않는다. 끊임없는 자기세
뇌에도 견딜 수 없이 답답할 때면 무조건 차를 몰고 밖으로 나
가 기름이 떨어질 때까지 라운드어바웃(roundabout)*을 돌기
만 했다. 그리고 양파 한 상자를 사 가지고 돌아와 부엌에 가

서 열심히 양파를 까고 썰었다. 보통 네 개째가 되면 눈물이 나기 시작했다. 그렇게 울고 나면 겨우 잠들 수 있었다.

3

언제나처럼 나는 점심시간에 엄마의 상태를 점검하기 위해 안드리아에게 전화를 했다.

"한국에서 온 친척들 때문에 조금 흥분한 상태이긴 하지만, 병원에 가야 할 정도는 아냐."

나는 놀라서 되물었다.

"친척?"

"응. 아버지와 언니라고 하던데? 두 사람 오는 거 몰랐던 거야?"

나는 곧장 주차장으로 달려가 자동차에 올라탔다. 출퇴근 용으로만 사용했던 포르세는 엔진성능을 뽐낼 기회를 놓치지 않겠다는 듯 시드니 시내를 질주했다. 더블베이의 집앞에 도착할 때까지 나는 브레이크를 한 번도 밟지 않았다. 리모컨으로 대문을 열고 지하주차장에 주차를 한 뒤 정신 없이 계단을 뛰어올랐다.

---

* 회전교차로. 로터리교차로와 비슷하지만 교차로 내부 회전 자동차가 주행의 우선 권이 있다는 점이 다르다.

1층 거실에서 혜란과 민원장이 엄마와 함께 나를 기다리고 있었다. 지난 10년 동안 그들을 피해 다닌 사람은 나였다. 과거와 연결되는 것은 사소한 것조차 거절하고 싶었다. 단 한 번도 그들을 그리워해본 적 없었다. 내 선택이었으니 그리워할 자격도 없었고, 그리움이라는 감정이 내 선택에 대한 후회를 뜻하는 것만 같아 그런 감정을 스스로 허락할 수 없었다. 하지만 혜란이 달려와 나를 껴안는 순간 깨달았다. 내가 얼마나 혜란을 그리워했는지, 내가 얼마나 혼자가 되는 것을 무서워했는지. 혜란의 품에 안기는 것만으로도 충분했다.

엄마는 오랜만에 들뜨고 행복해 보였다. 아무것도 아닌 사소한 일상을 이야기하며 호들갑을 떠는 혜란도 상기돼 있었다. 아침에 전화를 받고 오후 비행기를 탔다는데, 민원장과 혜란이 가져온 짐가방의 무게는 엄청났다. 라면, 미역, 멸치, 고추장, 간장, 화장품, 선글라스, 시계……

"뭘 가져와야 할지 모르겠더라고. 급하게 마트에 가서 손에 잡히는 대로 담았더니 일관성이 없기는 하네."

"이런 건 여기에도 다 있어."

"그래도 면세점에서 사온 선물은 맘에 들지? 이 화장품, 반응이 괜찮더라고. 닻별이 너도 이젠 성인이니 가꿔야지. 이건 영주 네 거."

엄마는 혜란의 선물을 풀어보고 깔깔거렸다. 민원장은 그

둘과 나를 번갈아 보는 것만으로도 좋은 모양이었다. 누가 봐도 행복한 가족의 모습이었다. 문득 한국을 떠나기 전 보았던 현민의 가족이 떠올랐다. 통계에 따르면 범죄의 피해자 가족은 서로에게서 보이는 상처와 고통을 견디지 못하고 뿔뿔이 흩어지는 일이 흔하다. 하지만 가해자 가족은 서로를 위한 변명과 핑계를 만들어내며 똘똘 뭉친다. 다시는 내 가족이, 우리가 그 통계의 범주 안에 들게 하지 않을 것이다.

"내가 잘못한 거니?"
엄마가 침대에 누워 물었다. 엄마는 어제 민원장에게 연락을 했다고 한다. 그런데 내게 그 사실을 말하기도 전에 민원장과 혜란이 도착할 줄은 몰랐다고, 보고 싶다는 말 한마디에 그길로 비행기를 타고 와줄 거라고는 상상하지 못했다고 했다.
"너 혜란언니 좋아했잖아. 민원장님도 좋아했고."
"엄마가 더 좋아했던 건 아니고?"
"그랬을지도 모르지. 가족이잖아. 항상 보고 싶었어. 그런데 용기가 나지 않았어."
나도 마찬가지였다. 그들과 우리를 가족으로 연결시켜준 사람은 그녀였다. 그녀를 생각지 않고 그들을 마주할 수는 없을 거라고, 그들과 함께하면 그녀를 잊을 수 없을 거라고, 서로 아프기만 할 거라고 생각했다. 하지만 어리석은 생각이었다. 그들이 없어도 그녀는 항상 내 곁을 맴돌았다. 어차피 아플 거라면 누군가와 함께 아픈 것도 나쁘지 않았다.

"다행이야. 엄마가 나보다 훨씬 용감해서."

나는 엄마의 손을 토닥이며 말했다. 엄마는 오랜만에 쉽게 잠들었다. 잠든 엄마에게 묻고 싶었다. 왜 하필 지금이야, 엄마? 왜 하필……. 나는 질문을 삼켰다. 이미 답을 아는 질문은 할 필요가 없으니까. 엄마는 나를 세상에 혼자 남겨두고 싶지 않은 거였다.

"어떻게 이렇게 불쑥 자랄 수가 있지?"

혜란은 내 곁에서 자고 싶다고 우겼다. 잠잘 생각은 하지 않고 밤새도록 내 머리를 쓰다듬으며 같은 말만 할 것 같아 나는 심술을 부렸다.

"그러게. 어쩜 이렇게 불쑥 늙을 수가 있을까?"

"뭐가 어쩌고 어째?"

"민원장님은 원래 노인이었으니까 그렇게 늙으신 걸 모르겠는데, 혜란샘은 좀 충격이었어."

"야! 이래 봬도 밖에 나가면 아직까지 나 좋다는 남자 널렸어."

"아, 그러세요?"

"그럼. 내가 눈이 좀 높아서 그렇지."

"그러게. 어떻게 그 눈은 점점 더 높아지기만 하냐고! 민원장님 폭삭 늙으신 게 이해되더라. 그 나이가 되도록 시집도 안 가고 공주놀이 하는 딸을 뒀으니 얼마나 근심이 크겠어? 여기에 있으면서 남자나 구해봐. 여기 남자들은 아직 순진해서 혜란샘한테 넘어올지도 모르니까."

"정말 그래야겠네. 멋있는 금발 연하남이나 한번 꼬셔볼까?"

나는 어둠 속에서 눈을 흘겼다.

"어쩌면 정신연령은 점점 더 어려지기만 하냐?"

"어쩌면 그놈의 싸가지는 점점 더 독해지기만 하냐? 정말 여전하구나?"

"그럼, 여전히 독하고 못됐지. 그런데 그런 내가 뭐가 좋다고 겁도 없이 여기까지 날아와? 내가 어떻게 나올 줄 알고?"

"어쨌든 겉으로는 반가워하지 않을 거 알았어. 그래서 오전에 네 엄마 전화 받고 곧장 저녁 비행기 예약해서 날아오느라 짐도 제대로 못 쌌지. 출발하기 전 네가 오지 말라고 전화를 할까봐 무서웠어."

"겉으로는? 그러면 속으로는 반가워한다는 거야? 어떻게 그렇게 확신해?"

"너 없는 10년 동안 행운의 여신이 나를 따라다녔거든."

"뭐?"

"응모한 적도 없는 이벤트에 당첨되지를 않나, 아버지가 보낸 적도 없는 꽃바구니가 아버지 이름으로 오지를 않나, 이름도 생소한 사람이 선물을 보내지 않나……."

나는 아무 말 하지 않았다. 가끔 견딜 수 없이 혜란이 보고 싶었다. 그럴 때면 전화기를 들고 몇 번을 망설이고, 이메일을 쓰고 몇 번을 지우고, 편지를 쓰고 몇 번을 찢어버리곤 했다. 그래도 참을 수 없으면 혜란이 좋아할 만한 또는 혜란이 보고 웃을 만한 뭔가를 보내곤 했다. 하얀 플록스 바구니, 뜬금없는 사주풀이, 해골모양의 재떨이, 남자모양의 의자……. 가끔은 선물을 고르는 것만으로도 기분이 좋아졌다.

"그래? 그 행운의 여신은 도대체 왜 그랬대? 실수한 거 아냐? 그 여신, 아무래도 업무처리 미숙으로 잘려야 할 것 같은데?"

나는 농담으로 어물쩍 그 순간을 넘기려 했다.

"어쩜 정말 하나도 안 변했네. 겉으로는 몰라볼 정도로 숙녀가 됐는데."

혜란은 다시 내 머리카락을 쓰다듬으며 말했다. 혜란의 목소리에 물기가 묻어나는 게 싫어 나는 그 손을 쳐냈다.

"숙녀 머리카락 다 뽑아서 대머리 만들 거 아니면 그만해라."

순간 나를 노려보던 혜란이 갑자기 소리를 지르며 일어나 앉았다.

"진짜, 그러고보니 너 이제는 정말 어른이네."

황당해하는 내게는 아랑곳없이 혜란이 일어나 방문을 열었다.

"그럼 이젠 같이 술을 마실 수도 있겠다. 그렇지?"

결국 혜란은 나를 끌고 지하 와인창고로 내려가서 가장 비싼 와인을 세 병이나 품에 안고서야 만족한 미소를 지었다.

두 번째 와인을 따고 나서 혜란이 물었다.

"궁금하지 않니?"

불완전한 문장을 단번에 알아들은 나는 고개를 저었다. 아직 자신이 없었다. 세상에는 모르고 사는 게 훨씬 좋은 일들이 있다. 혜란이 차마 내뱉지 못한 현민이라는 이름과 관계된 것들도 그중 하나다. 그들이 아직도 잘살고 있다면 치밀어오르는 분노를 주체할 수 없을 것 같았고, 그들이 못살고 있다면 그것보다 더한 절망을 줄 수 없어 무력감에 치를 떨 것 같았다. 다행히 혜란은 그 이야기를 더 이상 꺼내지 않았다. 그리고 10년의 시간을 안주 삼아 와인 세 병을 모두 비운 뒤에야 우리는 잠이 들었다.

4

나는 지난 며칠 동안의 습관대로 잠들기 전 서랍 안에 넣어두었던 선불 휴대전화의 전원을 켰다. 전원이 들어오자 불빛이 깜박이며 새 메시지의 도착을 알렸다.

'조건에 맞는 심장을 찾았음. 아래 계좌로 계약금 입금 바람.'

나는 한참을 메시지만 바라보고 있었다. 어둠 속에서 휴대전화 불빛을 너무 오래 마주했는지 눈이 따가워서 고개를 드니 창밖 표지판이 보였다.

WRONG WAY GO BACK

돌아갈 수 있는 길은 없었다.

똑똑, 노크소리에 나는 일단 휴대전화를 끄고 문을 열었다. 엄마에게 무슨 일이 생겼을까봐 겁이 났다.

"왜? 엄마 상태가 안 좋아?"

불쑥 튀어나온 질문에 혜란의 표정이 굳었다.

"난 그저 잠이 잘 안 와서……."

내 표정에 당황한 듯 혜란의 목소리가 점점 줄어들었다.

"놀랐구나. 미안해."

"괜찮아. 다행이지, 뭐. 다른 일이 아니라서."

"그 정도로 나쁜 상태니?"

나는 고개를 끄덕였다. 혜란은 가만히 나를 끌어안더니 말없이 머리카락을 쓰다듬어주었다. 순간, 울음이 터져나왔다. 잘 참고 있었는데, 나 혼자였을 때도 독하게 잘 견디고 있었는데… 이젠 한계에 부딪힌 듯했다.

내 얘기가 끝난 뒤 거실에는 에어컨 소리만 울렸다. 혜란은 아무런 표정이 없었다.

"어떤 대답이 듣고 싶은데?"

내가 바라는 대답이 아니라면 들을 필요가 없었다.

"일단 버틸 수 있는 데까지 버티면서 시간을 벌자. 아버지한테 말하면 분명히 심장을 찾아주실 거야. 일단은 합법적으로……."

"이미 이식수술을 한 번 받은 사람이잖아. 순위가 얼마나 뒤로 밀려나는지 몰라서 그래? 새치기해서 이식을 받는 건 합법적이야? 그럼 엄마 때문에 순위가 밀려나 심장이식을 못 받은 사람이 죽을 수도 있는데? 어차피 마찬가지야."

"그래. 네 말이 맞을 수도 있어. 하지만 너무 서두르지는 말자. 아직까지 이식받을 단계는 아니잖아. 주치의도 일 년은 확실히 더 버틸 수 있다고, 호전될 가능성도 있다고 했다면서? 네 말대로 갑자기 언제 나빠질지도 모르지만 서서히 좋아질 수도 있는 거니까. 걱정 마, 영주는 네가 결혼해서 아이 낳는 걸 볼 때까지는 못 죽는다고 했으니까."

"엄마가 그런 말을 했어?"

"그래. 아버지한테 부탁하더라. 도와달라고. 혹시나 잘못되면 널 혼자 내버려두지 말아달라고……."

역시 엄마도 알고 있었다.

"아버지는 모레 한국으로 돌아가실 거야. 그리고 최선을 다해 네 엄마를 도울 테고. 그건 나도 마찬가지야. 분명 행운은 우리 편일 거야. 걱정 마."

믿고 싶었다. 이번만은 신이 우리 편일지도 모른다고, 어쩌면 신은 지금 이 순간을 위해 그 오랜 시간을 숨죽이며 지켜봤는지도 모른다고. 그렇게 믿고 싶었다.

5

12월 31일, 여름이 한껏 기세를 펼치려는지 아침부터 무척 더웠다. 혜란은 새벽부터 미역국을 끓인다며 부산을 떨었고, 엄마는 서큘라키에 있는 호텔 레스토랑에 예약을 해뒀다며 기대에 부풀었다. 민원장이 다녀가고 혜란이 우리와 함께 살게 된 뒤로 엄마의 상태는 기적에 가까우리만큼 급호전되어 외출에도 무리가 없었다. 나는 혜란이 끓여준 미역맛만 나는 맹맹한 미역국을 억지로 다 먹어준 뒤 민원장에게 영상전화를 걸었다.

"혜란이가 내 카드 가지고 있으니까 그걸로 맛있는 거 사먹고, 하고 싶은 거 다 하면서 보내. 생일축하 선물이야."

민원장의 말에 혜란이 옆에서 끼어들었다.

"아버지 미쳤어요? 서큘라키에 있는 호텔 레스토랑이 얼마나 비싼 줄 알아요? 그리고 돈은 아버지나 나보다 닻별이 얘가 훨씬 더 많다고요. 나는 몰랐는데 여기 더블베이를 사람들이 더블페이라고 부른대요. 집값이 하도 비싸서……."

"그만해라. 자꾸 그러면 지난번에 준 에르메스 가방 도로 빼앗을 거야."

내 협박에 혜란은 가방을 숨겨야겠다며 방으로 쪼르르 달려갔다.

"뭐라고? 너한테 선물을 해주지는 못할망정 선물을 받았다고?"

"제가 안 쓰는 가방이었는데 맘에 든다고 해서 준 것뿐이에요. 야단치지 마세요."

"내가 왜 혜란이를 야단쳐? 야단은 네가 맞아야지! 왜 혜란이한테만 선물을 주는 건데? 나는 아무것도 없냐?"

민원장의 농담에 나는 피식 웃었다.

"알았어요. 저녁에 불꽃놀이 시작하면 생중계해드릴게요."

"그럼, 그 정도는 해줘야지. 약속 꼭 지켜라."

페리를 타고 도착하니 서큘라키는 발 디딜 틈 없이 붐볐다. 불꽃놀이 사흘 전부터 자리를 잡은 사람도 있다는 소문이 허풍은 아닌 모양이었다. 혹시나 자리를 빼앗길까 신경이 날카로운 사람들을 헤치고 겨우 호텔에 도착할 수 있었다.

레스토랑에서는 오른쪽으로는 오페라하우스가, 왼쪽으로는 하버브리지가 보였다. 물론 정면은 태평양이었다. 시드니에 와서도 몇 달 동안 엄마의 간병에 매달리느라 제대로 관광을 할 수 없었던 혜란은 창밖으로 보이는 야경에서 눈을 떼지 못했다.

식사를 마친 뒤 엄마가 내 앞에 서류봉투 하나를 내밀었다.

"이게 뭐야?"

"생일선물."

봉투 안에는 주치의의 소견서가 들어 있었다.

'환자의 심장은 현재 양호한 편으로 별다른 문제점이 발견되지 않았음.'

몇 달 전 심장이식을 한 번 더 해야 할지도 모른다는 부정적인 의견과는 정반대였다.

"이거 가짜 아냐?"

나는 일부러 의심하는 척하며 눈을 비볐다. 저절로 눈물이 난다는 게 아직 어색했다. 지난 몇 년간 나는 의도하지 않은 눈물을 흘린 적이 거의 없었다. 하지만 혜란과 살게 되면서부터 시도 때도 없이 눈물을 흘리는 일이 많아졌다.

"가짜 아냐. 뒤에 종합검진결과도 있잖아."

"내가 같이 가서 받아온 거야. 가짜 아니니까 걱정 마."

혜란이 옆에서 끼어들었다.

"정말 이제는 괜찮대?"

"그래. 이게 다 내 덕분 아니겠니?"

"이게 왜 혜란샘 덕분이야?"

"심장이식 후 생존율이 가족의 존재와 밀접한 연관이 있다는 연구결과 몰라? 나라는 가족의 존재만으로도 네 엄마의 심장이 뛰고 싶어 했다는 거지."

그 말이 맞을지도 모른다. 혜란이 함께 살면서부터, 민원장이 아침저녁으로 전화를 하면서부터 엄마의 상태는 눈에 띄게 좋아졌다. 어쩌면 엄마에게 필요했던 것은 또 다른 심장이 아니라 또 다른 가족이었는지도 모른다.

나는 혜란의 손을 붙잡았다.

"그래. 정말 혜란샘 덕분인지도 모르겠다. 고마워."

"고마우면 네 자동차 나 주면 안 될까?"

기다리고 있었다는 듯 나오는 대답에 엄마도 나도 피식 웃었다.

"안 돼!"

"피, 치사하기는."

혜란은 괜스레 입을 비죽거렸다.

"대신 똑같은 걸로 하나 사줄게."

"뭐? 정말? 그럴 필요까지는 없는데……."

"그냥 받아, 언니. 닻별이 그 정도 재력은 있어."

엄마가 옆에서 끼어들었다.

"정말? 너 그 정도로 부자야?"

혜란의 질문에 나는 고개를 끄덕였다.

"도대체 네가 하는 일이 정확히 뭐야?"

혜란은 내가 답하지 않을 것을 뻔히 알면서 또 물었다.

"비밀!"

"불법적인 건 아니지? 하긴 불법적인 거라도 상관없어. 지금 네가 내 곁에 있다는 게 중요하지, 뭐."

혜란은 혼자 묻고 대답한다. 언제나 그랬듯 끝까지 추궁하지도 않는다. 그럴 때마다 진짜 가족이라는 생각이 든다. 아무것도 모르면서 그저 서로의 곁에 있을 수 있어 행복한 관계.

"불꽃놀이 시작한다!"

누군가의 외침에 모두의 시선이 창밖으로 쏠렸다. 형형색색의 불꽃이 밤하늘을 수놓고 있었다. 새해의 시작이었다.

엄마와 혜란은 불꽃놀이 광경에 푹 빠져 친자매처럼 손을 맞잡은 채 창에 얼굴을 들이밀고 있었다. 바륨의 녹색, 스트론튬의 진홍색, 나트륨의 노란색 불꽃이 차례로 엄마와 혜란의 얼굴을 물들였다. 어떤 불꽃이 반사되어도 둘의 얼굴에 떠오른 행복은 변하지 않았다.

찰나에 사라져버리는 불꽃놀이에는 의외로 많은 과학적 원리가 집약돼 있다. 화학물질을 섞는 비율을 조정해 다양한 색깔을 만들어내고, 탄피의 크기나 모양 등을 변형해 불꽃을 폭포수나 긴 꼬리를 남기는 형태로 디자인하며, 금속박편을 넣거나 탄피에 구멍을 뚫어 지지직 타는 소리나 휘파람소리를 내도록 만드는 일은 꽤 복잡하고 시간도 많이 걸린다. 하지만 제조과정에서 수많은 시행착오를 거쳐 탄생한 불꽃은 길어야 수십 초 동안 사람들의 감탄을 자아내곤 완벽하게 사라져버린다.

내 인생도 불꽃놀이 같았다. 오랜 시간에 걸친 복잡하고 힘겨운 노력은 한순간의 행복만 안겨준 채 사라져버렸다. 내가 그 행복감에 푹 젖기라도 하면 큰일이라도 난다는 듯 행복은 늘 순식간에 증발해버렸다. 그래서 어느 순간부터 행복을 믿지 않았다. 믿지 않으면 그게 사라졌을 때 좌절할 일도 없을 테니까. 하지만 어쩌면 그런 좌절의 순간이 있었기에 더 행복할 수 있었는지도 모른다. 끝나지 않을 것 같은 절망 속에서 허우적댄 시간이 길었기에 순간의 행복에 날아갈 것처럼 기뻤던 것인지도 모른다. 아마 지금 내가 느끼는 이 행복도 마찬가지일 것이다.

어쩌면 엄마는 또다시 상태가 나빠질 수도 있다. 어쩌면 나는 또다시 살아 있는 심장을 찾아 헤맬지도 모른다. 어쩌면 나는 또다시 내 안의 끓어오르는 분노를 참지 못해 복수를 위해 한국으로 돌아갈 수도 있다. 그 모든 상황이 한꺼번에 벌어질 수도 있다. 하지만 좌절과 절망 속에서 버티느라 눈물조차 흘리지 못하는 상황이 와도 나는 행복해지려고 최선을 다할 것이다. 그녀의 기도를 이루어주기 위해……

비록 그 행복이 시드니 하늘을 수놓고 순식간에 사라져가는 불꽃놀이처럼 짧더라도.

〈끝〉

글을 맺으며

　어린 시절, 방학이면 으레 외할머니댁에서 오래 머물렀다. 열 살, 여름방학, 나는 외할머니와 시장 가던 길에 100원짜리 수박을 샀다. 그때 내 하루 용돈이 100원이었다. 맛이 없을 거라는 외할머니의 만류에도 나는 고집을 꺾지 않았다. 산 김씨 셋이 죽은 최씨 하나를 못 당할 정도로 세다는 최씨 고집의 대명사가 바로 나였다. 아기 머리통만 한 작은 수박이었는데, 어찌나 맛이 없던지 먹으면 먹을수록 수박이 커지는 것 같았다. 외할머니는 아무 말 없이 수박에 설탕 몇 숟가락을 넣어주었다. 거봐, 내가 맛이 없을 거라고 하지 않았니! 다른 사람들은 그렇게 말했겠지만 외할머니는 한마디도 하지 않았다. 그저 틀렸다는 걸 인정하기 싫어 억지로 수박을 삼키고 있는 나를 대신해 수박을 먹어치웠다.

　억지로 먹은 수박 덕분에 신물이 올라오는데도 내 고집은 꺾이지 않았다. 나는 수박껍질로 바가지를 만들겠다고 나섰다. 물론 수박껍질로는 바가지를 만들 수 없다. 하지만 쌀이 쌀나무에서 나는 줄 알 만큼 철저한 도시아이인 나는 수박을 잘 씻어 볕이 잘 드는 장독대 위에 널어놓았다. 며칠이 지나자 수박껍질은 오그라들어버렸다. 그제야 나는 수박껍질로는 바가지를 만들 수 없다는 걸 깨달았다. 그래도 모른 척했다. 내가 틀렸다는 걸 인정할 수는 없었다.

그리고 며칠 뒤 소나기가 내렸다. 외할머니가 달려나가는 것을 보고 빨래를 챙기려는 줄 알았다. 바지랑대도 장독대 옆에 있었으니까. 하지만 외할머니는 말라비틀어진 수박껍질을 품에 안았다. 억수같이 퍼붓는 소나기에 젖으면서도 외손녀의 바보 같은 꿈이 깨질까봐 고이 안고 왔다.

외할머니는 항상 그런 식이었다. 당신에게 상처만 주는 외손녀에게 더 줄 게 없는 것을 안타까워했다. 용돈 따위 필요 없다며 나서는 나를 쫓아 병든 몸으로 현관까지 기어나왔던, 그래서 기어이 내 손에 용돈을 쥐어주던 사람이 외할머니였다. 당신 자식들이 병원비에 보태라고 준 돈을 통째 내게 내주며 공부하다가 맛있는 거 사먹으라던 외할머니. 그것이 외할머니에 대한 내 마지막 기억이다.

단 한 번도 상처 주는 법 없이 내 상처를 감싸 안기만 했던 유일한 사람, 외할머니.

글쓰기를 포기하고 싶을 때 나는 외할머니만 생각했다. 말라비틀어진 내 수박껍질을 껴안고 달려오던 외할머니의 모습만 기억했다. 끝까지 글쓰기를 포기하지 않게 해주신 외할머니에게 진심으로 감사한다.

언제나 글 쓰는 딸이 스트레스를 받을까 염려해주시는 부모님, 내 어떤 모습도 받아들여주는 친구 선영, 시드니에서도 한국보다 더 편히 지낼 수 있게 배려해주었던 세용, 어린 시절 내내 나 때문에 희생해야 했던 내 동생 혜경이와 재성이, 그리고 사랑하는 제이미에게 감사한다. 초판이 나온 뒤 오랜 세월 동안 나를 믿고 지지해주신 황인원 사장님과 책을 만드는 데 도움을 주신 여러분들에게도 감사인사를 전한다.

아주 많은 사람들의 도움으로 출판이 가능했다는 것을 잘 알고 있다. 그 모든 사람들에게는 미안하지만, 이 글은 오로지 나의 외할머니 덕분에 가능했다. 그분만을 생각하며 썼고, 그분만을 위해서 쓸 수 있었다.

그래서 이 초라한 글을 내 어머니의 어머니, 나의 외할머니에게 바친다.

2012년 10월

최문정

최문정 장편소설

바보엄마 2권

2 닻별 이야기

지은이 | 최문정
펴낸이 | 황인원
펴낸곳 | 다차원북스

신고번호 | 제409-251002011000248호

초판 1쇄 발행 | 2012년 10월 20일
초판 2쇄 발행 | 2014년 12월 05일

우편번호 | 415-781
주소 | 경기도 김포시 김포한강2로 114, 106-1204(장기동)
전화 | (031)984-2010(代)
팩시밀리 | (031)984-2079
E-mail | dachawon@daum.net

ISBN 978-89-97659-13-5 04810
ISBN 978-89-967221-1-3 (전2권)

값·12,000원

이 도서의 국립중앙도서관 출판시도서목록(CIP)은
e-CIP 홈페이지(http://www.nl.go.kr/ecip)와
국가자료공동목록시스템(http://www.nl.go.kr/kolisnet)에서
이용하실 수 있습니다.
(CIP제어번호: CIP2012004641)